KNAUR

Über die Autorin:
Ángeles Doñate ist Journalistin und Schriftstellerin. Sie ist eine große Tierfreundin und hat in dem Bereich auch schon einige Bücher veröffentlicht (z. B. »La Sonrisa de un Perro«). Als Co-Autorin hat sie ebenfalls Bücher über und für Kinder geschrieben (z. B. »Dios explicado a mi hijo« – Wie ich meinem Kind Gott erkläre).

ÁNGELES DOÑATE

Der schönste Grund, Briefe zu schreiben

ROMAN

Aus dem Spanischen
von Anja Rüdiger

Die spanische Originalausgabe erschien 2016 unter dem Titel
»El invierno que tomamos cartas en el asunto« bei Ediciones B, Barcelona.

Besuchen Sie uns im Internet:
www.knaur.de

Vollständige Taschenbuchausgabe August 2017
Knaur Taschenbuch
Ein Imprint der Verlagsgruppe
Droemer Knaur GmbH & Co. KG, München

Covergestaltung: Christina Krutz, Biebesheim am Rhein
Coverabbildung: Birgit Tyrrell / Arcangel
Satz: Wilhelm Vornehm, München
Druck und Bindung: CPI books GmbH, Leck
ISBN 978-3-426-51978-3

2 4 5 3

Alle Liebesbriefe sind
lächerlich.
Sie wären nicht Liebesbriefe, wären sie nicht lächerlich.

Auch ich schrieb zu meiner Zeit Liebesbriefe,
wie alle anderen,
lächerlich.

Die Liebesbriefe,
falls Liebe vorhanden ist,
sind notgedrungenermaßen
lächerlich.

Letztlich jedoch sind nur die Leute,
die niemals Liebesbriefe geschrieben haben,
lächerlich.

Was gäbe ich um die Zeit, in der ich,
ohne es zu bemerken,
Liebesbriefe verfasste,
lächerliche.

Wahr ist, heute sind nur
meine Erinnerungen
an diese Liebesbriefe lächerlich.

(Alle Wörter mit dem Akzent auf der
drittletzten Silbe
sind wie die Gefühle von Hause aus
lächerlich.)[1]

FERNANDO PESSOA
unter dem Pseudonym ÁLVARO DE CAMPOS

I

Erinnerungen auf Papier

Eine der angenehmen Seiten beim Lesen alter Briefe ist das Bewusstsein, dass man sie nicht beantworten muss.

LORD BYRON

»Wer braucht denn noch eine Briefträgerin in einer Welt, in der keine Briefe mehr geschrieben werden?«, sagte Sara niedergeschlagen.

Der Klang ihrer traurigen Stimme hing noch eine Weile im Raum und machte dann einer schwerwiegenden Stille Platz, die in jeden Winkel drang.

Ihre Nachbarin Rosa hatte das Gefühl, dass genau in diesem Moment in ihrem Dorf und in ihrem Herzen der Winter begann. Sie betrachtete die Kacheln an den Wänden ihrer Küche, von denen einige bereits so abgenutzt waren, dass sie zu bröckeln begannen. Dann wanderte ihr Blick weiter zu dem kleinen Schrank, in dem sie ihre Töpfe und Teller aufbewahrte, und schließlich zur mit Saras Hilfe gerade gefüllten Vorratskammer. Mit ihren achtzig Jahren reichten ihre Kräfte an manchen Tagen nicht einmal mehr aus, um diese alltäglichen Dinge zu erledigen.

Gedankenverloren rieb sie über den goldenen Trauring an ihrer beinah transparent wirkenden linken Hand. Immer wenn etwas Unangenehmes drohte, suchte sie auf diese Art nach Unterstützung. Sie war sich sicher, dass ihr Mann Abel sie von da aus, wo er jetzt war, begleitete und ihr Kraft gab.

»Aber, Sara …«, murmelte Rosa, »bist du denn sicher, dass …?«

Sie wagte es nicht, die Frage auszusprechen, aus Angst vor der Antwort, die sie dennoch bekommen würde.

»Die Postfiliale hier in Porvenir soll geschlossen werden. Gleich nach Weihnachten wollen sie mich nach Madrid versetzen. Sie nennen es ›optimale Nutzung der Ressourcen‹ oder ›Kostenreduzierung‹ oder was weiß ich … So etwas in der Art stand jedenfalls in der Mail, die ich von der Zentrale erhalten habe.«

Schon in zwei Monaten, dachte die alte Dame.

»Das ist eine Zumutung, schließlich bin ich keine zwanzig mehr und habe drei Kinder«, erklärte Sara hilflos. »Ich bin in diesem Dorf aufgewachsen, und meine Kinder sind hier geboren. Wir sind hier doch alle wie eine große Familie. Wenn ich versetzt werde, wird alles anders.«

Sie sah aus dem Fenster. Wie zu sich selbst sagte sie dann leise: »Ich werde verrückt in dem Straßengewirr der Großstadt, aber ich habe keine andere Wahl, als der Versetzung zuzustimmen. Schließlich muss ich von meinem Gehalt vier Menschen ernähren.«

Nur ein paar Stunden später blickte Rosa auf die kleine Uhr auf ihrem Nachttisch. Es war kurz vor Mitternacht. Seit Sara gegangen war, klopfte ihr Herz wie verrückt. Es pochte in ihren Schläfen und hinderte sie hartnäckig am Einschlafen.

Sie hatte zwei Tassen Lindenblütentee getrunken und, dem Rat ihres Arztes folgend, eine leichte Suppe gegessen. Dann hatte sie das Geschirr abgewaschen, die Linsen für den nächsten Tag eingeweicht und die saubere Wäsche gefaltet.

Doch nichts davon hatte die schlechte Nachricht aus ihrem Bewusstsein verdrängen können: Ihre Nachbarin würde in Kürze nach Madrid versetzt! Sosehr sie sich auch bemühte, es gelang ihr einfach nicht, sich Porvenir ohne Sara vorzustellen. Dieses Dorf hat nichts Besonderes, keine präromanischen Klöster oder irgendwelche Freiheitskämpfer, die hier das Licht der Welt erblickt haben, aber es ist unser Dorf, dachte sie ein wenig trotzig, während sie im Schrank nach ihrem Nähzeug suchte. Und das reichte ihrer Meinung nach aus, es zu lieben.

Porvenir war ein kleines Gassenlabyrinth aus altem Stein und Ziegeldächern, in dem etwa tausend Einwohner lebten, dazu gab es etwa noch ein Dutzend vereinzelte Häuser in den Wiesen und Feldern rundherum. In den letzten Jahren waren auch ein paar moderne Wohnanlagen gebaut worden, die den Ort wie ein Ring umschlossen. Für Rosa jedoch waren die Neuhinzugezogenen Fremde. Sie war davon überzeugt, dass sie mit dem Ausbau des Hochgeschwindigkeitszuges und der Immobilienspekulation hier gelandet waren und genauso schnell wieder verschwinden würden.

Aber wie konnte es sein, dass Sara, ihre liebe Sara, noch vor diesen Leuten gehen musste?

Rosa dachte an jenen Tag im Winter, als Sara geboren worden war. Damals hatte es heftig geschneit.

Jemand hatte an ihre Tür geklopft. Es war ihr Nachbar gewesen, der kreidebleich vor ihr stand. Völlig verzweifelt hatte er ihr erzählt, dass seine Frau in den Wehen lag und der Arzt es wegen des Wetters nicht mehr rechtzeitig schaffen würde. Rosa hatte erschrocken auf ihre Hände geblickt und gleichzeitig gewusst, dass es keine andere Möglichkeit gab.

»Deine Mutter und ich haben dich gemeinsam zur Welt gebracht«, hatte sie gern zu Sara gesagt, als diese noch ein kleines Mädchen war. »Dein Vater wurde schon beim ersten Blutstropfen ohnmächtig, und der Arzt kam erst, als wir dich schon gesäubert hatten.«

Rosa, die selbst keine Kinder hatte bekommen können, hatte damals aus nächster Nähe erfahren, wie es war, ein Kind zu gebären.

Und nun spürte sie, wie die Angst in ihr hochstieg. Sie setzte sich in einen Sessel in ihrem Wohnzimmer und schlang die

Arme um sich. Denn bei all den Gedanken, die ihr durch den Kopf gingen, war eines gewiss: Wenn Sara versetzt würde, würde sie allein in diesem Haus zurückbleiben. Sie zitterte, wenn sie nur daran dachte.

In ihrer Hochzeitsnacht hatte sie zum ersten Mal hier geschlafen, mit Abel, ihrem frisch angetrauten Mann. Es war ein schlichtes, aus ockerfarbenen Steinen errichtetes Haus. Der Mann, der es gebaut hatte, hatte sich nur eine Zierde erlaubt: eine schmiedeeiserne Wetterfahne mit einer Eule darauf. »Das Tier der Weisheit«, hatte Abel gern gesagt.

Im Erdgeschoss befand sich die Garage, in der ersten Etage hatten damals sie gewohnt und in der zweiten Etage die Schwiegereltern. Als sie starben, hatte ihr Mann das Haus geerbt. Und nachdem sie erfahren hatten, dass sie keine Kinder haben konnten, hatten sie die leer stehende obere Wohnung vermietet. Wenige Monate später wurde Sara geboren.

Für Rosa war es eine glückliche Zeit gewesen, und die Erinnerung daran ließ ihren Herzschlag wieder ruhiger werden. Die kleine Sara war fröhlich durchs Haus gelaufen, an den Samstagen hatten sie Karten gespielt, beim Wäscheaufhängen auf der Dachterrasse fröhlich geplaudert, und im Sommer waren sie Brombeeren sammeln gegangen. Später hatte Sara geheiratet und das erste, das zweite und das dritte Kind bekommen.

Doch eines Tages war plötzlich Dunkelheit in ihr Leben eingezogen.

Abel starb bei einem Autounfall.

Und kurz darauf hatte Saras Mann die Familie verlassen, und sie war mit den drei Kindern und jeder Menge offener Rechnungen allein zurückgeblieben. Saras Eltern, die das Elend ihrer Tochter hilflos mit ansehen mussten, waren darüber krank geworden. Und so wie Rosa geholfen hatte, Sara auf die Welt zu bringen, stand sie deren Mutter bei, als diese die Welt verließ.

Nach und nach füllte die Lebensfreude der drei Kinder die Lücken, die die anderen hinterlassen hatten. Sara und Rosa hatten sich daran gewöhnt, mit dem, was sie verloren hatten, zu leben, und sich in ihrem stillen, zufriedenen Dasein eingerichtet, das nun von einer Mail aus Madrid bedroht wurde.

Um sich abzulenken und zur Ruhe zu kommen, begann Rosa zu stricken. Doch während sie Masche an Masche reihte, gingen ihr die beunruhigenden Gedanken nicht aus dem Kopf: Wie sollten Sara und ihre Kinder weit weg von Porvenir, ohne die geliebte Umgebung und ihre Freunde, zurechtkommen? Und auch wenn sie sich ein wenig egoistisch fühlte, drängte sich ihr dazu auch immer wieder die Frage auf, wie sie ohne Sara zurechtkommen sollte.

Sie unterbrach ihre Arbeit und ließ abrupt das Strickzeug sinken. Denn da war noch eine Sache, die sie bei all ihren Sorgen nicht vergessen durfte: Das Postamt, das bereits seit über hundert Jahren bestand, sollte geschlossen werden. Auch das war eine nicht zu unterschätzende Bedrohung, die sich über Porvenir zusammenbraute. Und alle lagen ahnungslos in ihren Betten, alle außer ihr, einer armen alten Frau, die nicht schlafen konnte und der Katastrophe wehrlos gegenüberstand.

Rosa wurde von einer Erschöpfung erfasst, die durch Schlaf nicht zu heilen war. Dennoch beschloss sie, zurück ins Bett zu gehen.

Zwei Stunden waren vergangen, und noch immer lag Rosa wach und blickte auf die Zeiger der kleinen Uhr. Ihre aufgeregten Überlegungen ließen sie nicht schlafen. Wie bei einem Wollknäuel, das nach und nach abgerollt wurde, reihte sich ein Gedanke an den anderen. Und so kam sie irgendwann in der Vergangenheit an, in einer Zeit, als sie selbst noch jung war.

Damals hätte sie gewusst, was zu tun war, denn sie war ein unerschrockenes, unternehmungslustiges junges Mädchen gewesen. Wenn sie gerade mal nicht damit beschäftigt gewesen war, der Lehrerin zu helfen, die aufsässigen Kinder zu bändigen, ließ sie sich von ihrer Großmutter das Stricken beibringen oder leistete ihrem Vater in dessen Lebensmittelgeschäft Gesellschaft. Deswegen hatte Abel sich in sie verliebt. »Es gibt keine Mauer, die hoch genug ist, um dich aufzuhalten«, hatte er am Tag ihrer Hochzeit zu ihr gesagt. Dem schönsten Tag ihres Lebens ... oder beinah.

In diesem Moment stahl sich ein Name auf ihre Lippen, den sie seit Jahrzehnten nicht mehr ausgesprochen hatte: »Luisa.«

Die Vergangenheit enthält immer auch schmerzhafte Erinnerungen. Und wenn man seinen Erinnerungen nachhängt, läuft man Gefahr, ihnen zu begegnen, sagte sie sich, während sie eine heimliche Träne fortwischte.

Luisa und sie waren gleich am ersten Schultag zu unzertrennlichen Freundinnen geworden, die alles gemeinsam unternahmen. Luisa hatte in dem Haus am äußersten Dorfrand gewohnt und war ein schüchternes, liebes und ruhiges Mädchen – der perfekte Ausgleich für ein Energiebündel, wie sie selbst es war. Sie verbrachten jeden Tag der Woche zusammen, im Winter und im Sommer. In der Schule lernten sie gemeinsam Lesen, Schreiben und Rechnen und gingen später beide zum Handarbeits- und Hauswirtschaftsunterricht.

Als sie aufhörten, mit Puppen zu spielen, erkundeten sie die Gegend auf ihren Fahrrädern. Eines Tages wurden sie, ein paar Kilometer vom Dorf entfernt, vom Regen überrascht und suchten Schutz in der kleinen Marien-Wallfahrtskapelle, die an der staubigen Landstraße lag und nicht viel mehr war als ein einfaches quadratisches Steingebäude mit einem undichten Dach. Am Eingang gab es einen Türklopfer, der den Kopf eines Engels darstellte, eines Engels mit schielendem Blick. Der Legende nach war dieser von einem auf Rache sinnenden Schmied dort angebracht worden, der in zweiter Ehe eine verwitwete Bäuerin geheiratet hatte. Diese hatte einen Sohn, der ein kleiner Teufel war und seinem Stiefvater das Leben zur Hölle machte. Irgendwann, als der Schmied einmal besonders verärgert war, fertigte er den Engel an, der genau wie sein lebendes Vorbild schielte. Als der Mann den Türklopfer mit dem Engelskopf fertig hatte, sah er diesen ernst an und sagte: »Jetzt wirst du all die Schläge erhalten, die du verdienst, auch wenn nicht ich sie dir verpassen werde, damit deine Mutter nicht böse auf mich ist.«

Die beiden Freundinnen schlugen der Tradition gemäß lachend ein paarmal mit dem Engel gegen die Tür. Als sie eintraten, stellten sie überrascht fest, dass in der Kapelle neben einem olivgrünen Rucksack ein junger Mann auf dem Boden saß, der nur wenige Jahre älter war als sie. Er sah sie lächelnd an, und seine Augen glänzten im Halbdunkel der Kapelle. Die Mädchen kannten ihn, wenn sie auch nicht gleich wussten, woher.

Sie setzten sich neben ihn und warteten darauf, dass der Regen nachließ. Unterdessen erklärte er ihnen, dass er seinen Militärdienst abgeleistet habe und nun auf dem Rückweg ins Dorf sei. Er untermalte seine Erzählung gestenreich mit seinen schönen kräftigen Händen, die Rosa von da an nicht mehr aus dem Kopf gingen.

Die Zeit verflog. Und als das Unwetter vorbei war, eilte der Soldat nach einem kurzen Abschied hinaus, dem Wiedersehen mit seinen Freunden entgegen. Er hatte den Mädchen nicht gesagt, wie er hieß, dennoch wussten sie noch am selben Abend seinen Namen: Abel.

In den folgenden Wochen sprachen die beiden Freundinnen nur selten über den jungen Mann, doch die Erinnerung an ihn nahm in ihren Herzen einen immer größeren Raum ein.

Sie sahen ihn erst beim Dorffest zum Ende des Sommers wieder. An diesem Abend war Luisa ganz besonders hübsch, und Abel tanzte öfter mit ihr als mit allen anderen Mädchen. Daher beschloss Rosa, ihre gerade erst erwachten Gefühle hinter einer gespielten Gleichgültigkeit zu verstecken und den jungen Mann zu vergessen.

Nach dem Tanzabend wagte Luisa es nicht, Abel noch einmal anzusprechen. Sie war zu schüchtern. Wenn sie ihn auf der Straße sah, versteckte sie sich in irgendeinem Hauseingang. Wenn sie sich in einem Geschäft begegneten, senkte sie den Kopf und hob erst wieder den Blick, wenn sie sicher war, dass er zur Tür hinaus war. Sie hatte sich bis über beide Ohren verliebt, zumindest glaubte sie das, denn sie hatte keinen Appetit mehr und konnte an nichts anderes mehr denken als an Abel.

Rosa machte sich Sorgen und schlug ihrer Freundin vor, etwas zu unternehmen. Sie heckten einen Plan aus, der ihnen zunächst perfekt erschien: Rosa würde das Vertrauen des jungen Mannes gewinnen und ihm dann von Luisas Gefühlen erzählen, um herauszufinden, ob sie erwidert wurden. Ähnlich wie La Celestina in Fernando de Rojas berühmter Tragikomödie sollte sie die beiden verkuppeln. Diese Vorstellung beruhigte Luisa und in gewisser Weise auch Rosa selbst.

Doch es ist schwer, die Strömung eines Flusses aufzuhalten, wenn er einmal seine Kraft entfaltet hat. Denn Folgendes geschah: Rosas Gefühle für Abel, die sie empfunden hatte, als sie sich kennenlernten, erwachten erneut und wurden jeden Tag stärker. Ihr Verstand sagte ihr, dass sie Luisa helfen wollte. Ihrem Herzen war dies jedoch unmöglich.

Und Abel ging es nicht anders. Die Erinnerung an das hübsche, schüchterne Mädchen auf dem Dorffest wurde von Rosas lebendiger Frische hinweggefegt. Das ganze Dorf bemerkte, was da geschah, nur die Beteiligten selbst verschlossen die Augen, während die Frauen im Ort bereits wussten: Drei sind einer zu viel.

Am Ende geschah dann das Unvermeidliche. Eines Abends gestand Abel Rosa seine Liebe, und sie hatte nicht die Kraft, ihn zurückzuweisen. Drei Monate später waren sie verheiratet.

Beide brachten sie nicht den Mut auf, der Freundin gegenüberzutreten und ihr die Wahrheit zu sagen. Sie ließen jede Gelegenheit verstreichen, in der abwegigen Hoffnung, dass sich noch eine bessere bieten würde. Und so kam es, dass weder Rosa noch Abel der scheuen Luisa jemals erklärten, was geschehen war. Am Tag ihrer Hochzeit sahen sie sie zum letzten Mal.

Sechzig Jahre später und längst verwitwet, musste Rosa jetzt an die vollständig in Schwarz gekleidete Freundin denken, die ganz hinten in der Kirche stand. Als der Priester sagte: »Und jetzt dürfen Sie die Braut küssen«, öffnete Luisa die Tür, ging hinaus und verschwand für immer. Dass es für immer war, ahnte Rosa in diesem Augenblick natürlich nicht.

Am Anfang vermisste sie Luisa nicht in all ihrem Glück. Erst nach ein paar Wochen fasste sie sich ein Herz und beschloss, die Freundin zu besuchen. Doch ihre Eltern sagten ihr, dass Luisa das Dorf verlassen hatte. Und nie sollte Rosa erfahren, wohin sie gegangen war.

»Ach, Luisa!«, seufzte die alte Dame nun in die Nacht. »Dass du damals gegangen bist, haben wir nie ganz verwunden.« Allerdings hatten sie und Abel ihre Entscheidung niemals angezweifelt. Sie hatten sich bis zum Schluss leidenschaftlich geliebt, und der einzige Schatten in ihrem Leben war, dass sie keine Kinder bekommen konnten.

Ungesagte Worte sind wie Anker, die uns an die Tiefe ketten, hatte Rosa sich oft gesagt. Und in dieser Nacht wurde ihr bewusst, dass die Worte, die sie vor ihrer Hochzeit versäumt hatte, Luisa zu sagen, immer noch sehr schwer wogen.

Womöglich waren dies die einzigen Schulden, die sie noch zu begleichen hatte. War es nun zu spät dafür?

Die alte Frau öffnete die Schublade ihres Nachttisches und nahm ein vergilbtes Foto von Abel an ihrem ersten Weihnachtsfest nach ihrer Hochzeit heraus. Darauf lachte er fröhlich, weshalb es ihr Lieblingsfoto war.

»Abel, du hast immer gesagt, dass nichts ohne Grund geschieht, nicht wahr? Es hat einen Grund, dass sie das Postamt in unserem Dorf schließen und Sara versetzen wollen. Genauso wie es kein Zufall ist, dass sie es ausgerechnet mir erzählt hat, einer armen Alten mit einem Herzen, das so müde ist wie ein klappriger Traktor.«

Sie lächelte, als ihre Lippen das Foto berührten.

»Es ist sicher kein Zufall, dass ich mich ausgerechnet heute Nacht, in der ich Saras Neuigkeiten erfahren habe, an Luisa erinnere.«

Sie schwieg für einen Moment.

»Irgendjemand wartet darauf, dass ich etwas tue, Abel! Vielleicht Sara oder du oder Luisa … Und weil ihr verrückt seid, glaubt ihr, dass ich es schaffen kann. Das habe ich nun davon, dass ich mein ganzes Leben lang so entschlossen und starrsinnig war … Aber ich bin keine zwanzig mehr, Abel, wenn ich dich daran erinnern darf!«

Nachdenklich blickte sie auf das Foto.

»Allerdings: Die Katze lässt das Mausen nicht.« Ein verschmitztes Lächeln glitt über ihre Lippen. »Und vielleicht, nur vielleicht, finde ich ja doch eine Möglichkeit, etwas für Sara und das Postamt von Porvenir zu tun. Und kann dabei noch meine Schulden begleichen.«

Sie drückte das Foto an ihre Brust und schloss die Augen.

Und bevor sie fest einschlief, träumte sie, wie sie langsam zum Postamt ging, eintrat und vor dem Schalter stehen blieb. Sie führte ihre Hand unter den Stoff ihres Mantels und suchte etwas, genau dort, wo sich ihr Herz befand.

2

Rosa

Porvenir, 9. November

Liebe Luisa,

bitte ZERREISS DIESEN BRIEF NICHT. Jedenfalls nicht sofort.

Gib dieser Nachricht und mir eine Chance. Mit diesen Worten und auf Deine Großzügigkeit hoffend, wage ich es, Dich zu bitten, uns ein paar Seiten zu gewähren, bevor Du über unser Schicksal entscheidest.

Ich bin sicher, dass Du meine Schrift wiedererkannt hast, so wie ich auch nach all den Jahren Deine Schrift sofort wiedererkennen würde. Du weißt, wer ich bin, auch wenn mein »L« nicht mehr ganz so aufrecht ist wie früher und mein »F« nicht mehr ganz so elegant, wie unsere Lehrerin es uns beigebracht hat.

Entschuldige, ich schweife vom Thema ab … Diese schlechte Angewohnheit hat sich mit den Jahren leider noch verschlimmert. Inzwischen verlaufe ich mich nicht mehr nur beim Reden, sondern auch beim Beten oder Denken zwischen meinen eigenen Worten.

Ich weiß, dass ich nach über sechzig Jahren nicht das Recht habe, Deinen Frieden zu stören. Glaub mir, ich würde es nicht tun, wenn es nicht absolut unvermeidlich wäre. Ich weiß auch, dass ich Dir diesen Brief schon vor vielen Jahren hätte schicken sollen. Wahrscheinlich wird es kein Trost für Dich sein, dass ich ihn im Grunde schon vor langer Zeit geschrieben habe. Denn das, was Du nun liest, ist wohl die hundertste Fassung eines Briefes, an dem ich seit Jahrzehnten schreibe.

Eine Version davon habe ich sogar mal länger als sechs Monate in der Tasche mit mir herumgetragen und niemals den Mut gefunden, sie abzuschicken. Jedes Mal, wenn ich vor dem Briefkasten stand, haben meine Hände derartig gezittert, dass ich ihn nicht einwerfen konnte ... Am Ende war der Brief so zerknittert, dass die Adresse kaum noch lesbar war.

Und so vergingen die Zeit und das Leben.

Irgendwann war dann das, was so unerlässlich schien wie die Luft zum Atmen, zwar noch nötig, aber nicht mehr zwingend. Später war es dann nur noch wichtig und schließlich nur noch ein Vorsatz, den man für das neue Jahr fasste.

Weißt Du noch, wie Du am Neujahrstag immer über meine guten Vorsätze gelacht hast, als wir noch jung waren? Ich habe damit angefangen, als Tante Margarita mir zu Weihnachten die Holzkiste mit den aufgemalten Feen schenkte. Am 31. Dezember haben wir dann vor dem Schlafengehen zusammen meine guten Vorsätze aufgeschrieben und den Zettel in die Kiste gelegt. Ich frage mich, wo sie wohl jetzt ist ...? Damit meine ich nicht Tante Margarita. Die liegt in dem Grab mit der Nummer 2011F, zwischen 2011E, wo meine Eltern begraben sind, und 2011G von Herminia aus dem Tabakladen.

Ich frage mich, wo die Kiste wohl geblieben ist ...

Bei meinen guten Vorsätzen ging es meistens um Dinge wie die Wohnung zu streichen oder meine Schwester zu besuchen und mehr Sport zu machen oder einen Kochkurs. Den Brief an Dich zu schreiben gehörte immer dazu. Und dennoch hat es bis zu diesem Jahr gedauert, dem ersten ohne Vorsätze übrigens, dass ich es endlich tue.

Jetzt fragst Du Dich wahrscheinlich, warum ich mir nach all der Zeit der Listen mit Vorsätzen im letzten Januar nichts für das neue Jahr vorgenommen habe. Um ehrlich zu sein, hatte ich Zweifel, ob ich das nächste Weihnachtsfest überhaupt noch erlebe: Vor elf Monaten hat der Arzt mir gesagt, dass mein Herz sehr schwach ist. Vor ein paar Wochen war ich noch einmal beim Arzt und habe ihn gefragt, warum ich immer noch lebe, und er meinte, dass das Gute am Altern ist, dass auch die schlechten Dinge langsamer vonstattengehen. Und so kommt es, dass ich noch immer auf der Erde weile.

Und nun, da Weihnachten wieder vor der Tür steht und ich ein weiteres Jahr überstanden habe, ist mir wie jedes Jahr dieser Brief an Dich in den Sinn gekommen.

In den vergangenen sechzig Jahren habe ich vier Mal die Küche gestrichen, mich zu Gartenkursen an- und wieder abgemeldet und mir als Köchin einen Namen gemacht. Aber dieser Brief an Dich – das ist der eine Vorsatz, der noch auszuführen ist. Die eine Erklärung, die ich dir schulde und die mir seit Jahren auf der Seele brennt. Dein Brief und Du, Ihr seid die Schulden, die ich noch zu begleichen habe.

Warum ich Dir ausgerechnet heute schreibe? Ich will Dir den wahren Grund gestehen: Eine junge Frau, die ich sehr mag, Sara, hat Probleme. Sie ist die Briefträgerin hier in Porvenir und meine Nachbarin. Mit Recht fragst Du nun, was das mit Dir zu tun hat. Aber das hat es, und ob.

Sara soll nach Madrid versetzt werden, weil sie das Postamt in unserem Dorf schließen wollen. Wir haben dann keinen Postboten mehr hier. Du weißt ja, dass die jungen Leute heutzutage alles über Computer verschicken, sodass es ausreicht, wenn den wenigen Alten, die noch hier leben, ein Mal pro Woche die Post mit dem Lieferwagen zugestellt wird.

Doch nun bin ich auf eine Lösung gekommen, wie ich etwas für diese junge Frau tun kann und für Porvenir. Und gleichzeitig meine alte Schuld bei Dir begleichen kann.

Du wirst es kaum glauben, aber auf diese Lösung bin ich durch einen Traum gekommen. Ich war in einem Postamt und habe einen Brief, auf den ich Deinen Namen geschrieben hatte, aus meinem Mantel gezogen. Sara braucht einen Brief, um ihn zustellen zu können. Und ich muss einen Brief schreiben, um Dir endlich die Wahrheit sagen zu können nach all den Jahren.

Damals hat mir der Mut dazu gefehlt, aber nun sollst Du es wissen: Ich habe mich auf den ersten Blick in Abel verliebt, und ich liebe ihn immer noch, obwohl er nun schon seit fast dreißig Jahren tot ist. Aber was macht das schon, wenn ich noch immer seine Gegenwart spüre?

Abel ist mit dem Auto verunglückt. Vielleicht hast Du davon erfahren, auch wenn ich Dich nicht bei der Beerdigung gesehen habe. Wir konnten keine Kinder bekommen. Das war das einzige Glück, das Gott uns nicht zugestanden hat.

Dass er und ich uns ineinander verlieben, war nicht der Plan, den wir beide damals ausgeheckt haben, ich weiß. Es lag auch nicht in meiner Absicht. Es ist einfach so geschehen.

Du ahnst nicht, wie oft ich an jenen Regentag gedacht habe, an dem wir beide uns in die Marien-Wallfahrtskapelle geflüchtet haben, ohne zu wissen, was uns dort erwartete: die glückliche und die unerfüllte Liebe. Zwei Seiten einer Münze, die Abels Namen trug. Dort haben wir ihn zum ersten Mal gesehen, erinnerst Du Dich?

Über die Jahre ist es für mich zur Qual geworden, an der Kapelle vorbeizugehen. Seit einem halben Jahrhundert war ich nicht mehr dort. Und Du? Vielleicht sind die Holzbalken ja längst morsch geworden. Und ob der Türklopfer mit dem schielenden Engel noch da ist? Er muss inzwischen längst verrostet sein …

Ich kann Dich nicht um Verzeihung bitten, weil ich das, was geschehen ist, nicht bereue. Ich will auch nicht versuchen, alles zu erklären. Ich habe Dich hintergangen. Nicht, indem ich mich in Abel verliebt habe oder zuließ, dass er sich in mich verliebte. Nein. Ich habe Dich verraten, weil ich es Dir nicht gesagt habe, weil ich hingenommen habe, dass uns diese Sache entzweit hat, ohne Dir die Hand zu reichen. Ich war glücklich und habe Dich davon ausgeschlossen. In unserem Leben wäre Platz für Dich gewesen, doch wir haben ihn Dir nicht angeboten.

Wenn man hintereinander aufschreiben würde, wie oft ich gesagt habe: »Wenn ich das Luisa erzählen könnte!«, wäre das Ergebnis länger als die Chinesische Mauer. Natürlich hatte ich andere Freundinnen. Du sicher auch. Aber ich wünsche mir so sehr, dass, auch wenn Du mich all die Jahre über sicher gehasst hast, keine von ihnen den Platz eingenommen hat, den ich einst innehatte.

Den Deinen hat in meinem Herzen jedenfalls niemals jemand anderes erobern können.

Wenn ich an Dich denke, kommen mir eine Menge Fragen in den Sinn. Die wichtigste davon ist: Bist Du glücklich geworden? Ich wünschte, ich könnte hören, wie Du Ja sagst! Hast Du geheiratet? Hast Du Kinder? Hast Du gearbeitet? Warst Du jemals in Paris, wovon Du doch immer geträumt hast? Hast Du irgendwann tatsächlich Tango tanzen gelernt?

Wohin bist Du gegangen, Luisa? Am Anfang habe ich gedacht, dass Du Dich in Eurem Haus versteckst und einfach nur nicht mehr ins Dorf kommst. Doch nach einer Weile habe ich dann geglaubt, was Deine Eltern mir gesagt haben: dass Du Porvenir wirklich verlassen hast.

Solange Deine Eltern lebten, hatte ich die Hoffnung, dass Du früher oder später zurückkommen würdest. Nachdem sie gestorben waren, gab es immerhin noch Deinen jüngeren Bruder. Er war selten hier im Ort. Ich nehme an, wenn er etwas brauchte, ist er lieber in die Stadt gefahren. Wie ich gehört habe, hat er spät geheiratet und ist dann mit seiner Frau nach Deutschland gezogen.

So sind die Jahre vergangen. Irgendwann habe ich dann gedacht, dass ich Dich nie mehr wiedersehen und dass Euer Haus verfallen würde. Dass damit auch ein Teil meines Lebens, meiner Kindheit, unter den alten Steinen und dem Unkraut begraben sein würde. Das hat mich sehr traurig gemacht. Doch dazu ist es nicht gekommen. Das Haus ist zwar immer verschlossen, aber irgendjemand scheint sich in letzter Zeit darum zu kümmern. Der Garten ist nicht mehr so verwildert, und jemand zupft am Eingang das Unkraut aus.

Das hat mich dazu veranlasst, Dir jetzt diesen Brief zu schreiben. Du wirst ihn finden, oder derjenige, der sich für Dich um das Haus kümmert. Ich weiß, dass Du früher oder später diese Zeilen lesen wirst. Ich spüre, dass Du darauf wartest.

Ich vermisse Dich noch immer, Luisa, und wenn ich vor dem Einschlafen die Augen schließe, sehe ich vor mir, wie wir zusammen über die Feldwege zur Schule gehen. Und ich hoffe, dass auch Du Dich nach Deiner Rosa sehnst, dem kleinen Wildfang, der Dich so oft in Schwierigkeiten gebracht hat. Diese Rosa ist im Laufe der Zeit ver-

schwunden. Ist das Gleiche mit der Luisa geschehen, die ich so sehr vermisse?

Wenn noch irgendetwas von dem Mädchen vorhanden ist, das keiner Fliege etwas zuleide tun konnte, ist es das, woran ich mich nun wende.

Ich weiß, dass dieser Brief sehr spät kommt. Und ich erwarte auch nicht, dass Du mir antwortest. Ich schreibe nicht mal meinen Absender darauf. Aber ich möchte Dich um eines bitten:

Sara, die eine Frau ist wie Du oder ich, hat gerade etwas erfahren, was ihr Leben vollkommen verändern wird und sie sehr unglücklich macht. Vielleicht bist Du ihr schon einmal begegnet, sie ist in unserem Dorf aufgewachsen. Nun hat sie drei Kinder, die ebenfalls fröhlich durch unsere Straßen laufen. Obwohl sie es nicht leicht hat, hat sie für jeden immer ein Lächeln übrig. Und nun will ihr Chef sie versetzen lassen und uns wegnehmen.

Das würde bedeuten, dass es nach über hundert Jahren in Porvenir kein Postamt und keinen Briefträger mehr gäbe. In Madrid ist man davon überzeugt, dass wir nicht gern Briefe schreiben oder welche bekommen. Was für eine Unverschämtheit! Ich würde Dir all das nicht erzählen, wenn es nicht in Deiner Hand läge, Sara und unserem Dorf zu helfen. Wie Du das machen kannst? Ganz einfach: genauso wie ich. Schreib einen Brief. Es ist völlig egal, ob er kurz oder lang, gut oder schlecht geschrieben ist. Und schick ihn dann an jemanden, der auch in diesem Dorf lebt, denn er wird sicher verstehen, wie schwierig es sein wird, allein und fern von der Heimat seine Kinder großzuziehen. Selbst wenn Du die Person, die den Brief erhalten wird, nicht kennst, verbringe mit ihr ein paar Minuten. Auf diese Art werden wir alle zusammen eine Kette aus Worten knüpfen, die so lang ist, dass sie bis in die Stadt reicht, und so fest, dass auch dort niemand sie zerreißen kann.

Liebe Luisa, ich werde wissen, dass Du noch da bist und meinen Brief gelesen hast, wenn ich sehe, dass Saras Postsack wieder gefüllt ist. Im Voraus schon einmal vielen Dank dafür.

Leb wohl.

Ich habe Dich lieb

Rosa

PS: Ich erinnere mich daran, wie sehr Du den Lavendel geliebt hast. Deshalb habe ich den Brief mit Lavendelöl betupft. Ich hoffe, dass der Duft alle schlechten Erinnerungen vertreibt und dass Du meinen Plan unterstützt.

3

Stimmen aus der Vergangenheit

Ihr Brief, mein lieber, guter Wohltäter, hat mich mit der Heftigkeit eines Blitzes getroffen. Er hat mich derart bewegt, dass ich nur mühsam die Tränen zurückhalten konnte. Ich denke nun, dass er eine tiefe Spur in meiner Seele hinterlassen hat. […] Alle Menschen, die mir nahestehen, sehen auf meine schriftstellerischen Bemühungen herab und geben mir immer wieder den freundschaftlichen Rat, meine derzeitige Beschäftigung um des Schreibens willen nicht aufzugeben.

ANTON TSCHECHOW AN DMITRI GRIGOROWITSCH

Alma blickte überrascht auf den verschlossenen Umschlag.

Sie hielt ihn mit beiden Händen fest, als hätte sie Angst, dass er davonfliegen könnte. Vielleicht fürchtete sie auch, er könnte zwischen ihren Fingern zu Staub zerfallen. Das Papier war sehr dünn, und der Name des Empfängers war in zittrigen, unregelmäßigen Buchstaben mit der Hand geschrieben.

Es stand kein Absender darauf.

Sie schüttelte den noch geschlossenen Brief ein wenig, als könnte sie ihn so zum Sprechen bringen. Ein feiner süßlicher Geruch stieg von ihm auf und legte sich über die mit alten Laken bedeckten Möbel. Sie versuchte zu erkennen, was für ein Duft es war, und schnupperte an dem Umschlag.

»Lavendel!«, rief sie schließlich glücklich aus, froh, etwas Vertrautes gefunden zu haben.

Ein paar Stunden zuvor war sie erwacht. Ihr ganzer Körper war verspannt, und ihre Laune war nicht viel besser gewesen. Immer wenn sie zum ersten Mal in einem fremden Bett schlief, fühlte sie sich am nächsten Morgen wie zerschlagen. Und diese durchgelegene Matratze war seit Jahrzehnten nicht mehr benutzt worden.

Sie hatte sich in dem größten Zimmer im oberen Stockwerk des Hauses einquartiert, weil ihr die himmelblauen Wände und der große Schrank mit der Spiegeltür, der dem Bett gegenüber stand, gefallen hatten. Außerdem meinte sie sich zu erinnern, dass sie sich als Kind manchmal zwischen den Kleidern und Mottenkugeln in diesem Schrank versteckt hatte.

An das schmiedeeiserne Kopfende des Bettes gelehnt, betrachtete Alma sich im Spiegel. Sie blies sich den kastanienfarbenen Pony aus der Stirn. Ihre Mutter hatte sie zu diesem jungenhaften Kurzhaarschnitt überredet. Warum nur hatte sie auch diesmal wieder auf sie gehört? Denn das Ergebnis gefiel ihr ganz und gar nicht. Wobei sie an diesem Morgen so ziemlich alles störte, was sie im Spiegel sah. Die Ereignisse der letzten Monate hatten ihre Spuren hinterlassen. Unter ihren honigfarbenen Augen lagen dunkle Schatten, und ihr Gesicht war sehr blass.

Sie beschloss, dass es wohl das Beste wäre, eine warme Dusche zu nehmen, um in Schwung zu kommen und sich der Aufgabe zu stellen, die sie an diesen abgelegenen Ort geführt hatte.

Im Badezimmer öffnete sie das Fenster, und während sie sich vom Wasser berieseln ließ, richtete sie den Blick auf die Felder. Das war das Gute daran, so abgelegen zu wohnen: Es gab keine Nachbarn, die einen sehen oder stören konnten. Zum ersten Mal, seit sie nach Porvenir gekommen war, lächelte Alma.

Im nächsten Moment, so als wollte das Schicksal ihr das Gegenteil beweisen, bemerkte sie, wie sich ein kleiner Lieferwagen über den Feldweg dem Haus näherte. Die grellgelbe Farbe verriet ihn schon von Weitem: Es war ein Postauto. Sie beachtete es nicht weiter. Schließlich war das Haus seit zwanzig Jahren unbewohnt.

Sie hörte das Quietschen der Bremsen, als der Wagen vor dem Haus hielt. Eine Postbotin stieg aus. Von dort, wo sich Alma befand, konnte sie ihr Gesicht nicht erkennen, nur das rote Haar. Das letzte Stück des Weges legte die gerade Angekommene zu Fuß zurück. Eine vollschlanke Frau mit weichen Bewegungen und leichtem Schritt.

Vor dem weißen Holzzaun blieb sie stehen. Die Postbotin schien nicht weniger überrascht zu sein als sie selbst. Sie blickte sich im Garten um, unschlüssig, ob sie ihn betreten sollte. Dann hob sie den Blick und sah suchend zu den Fenstern des Hauses hoch.

Alma hielt den Atem an.

Einem seltsamen Reflex folgend, trat sie vom Fenster zurück und verließ das Badezimmer. Sie wollte von niemandem hier gesehen werden. Noch nicht. Vorher musste sie sich erst einigen Fragen stellen, und mit ein wenig Glück würde sie in diesen Räumen vielleicht ein paar Antworten finden.

Sie schlich die alte Steintreppe hinunter, die direkt ins Wohnzimmer führte. Neben dem Kamin aus gebrannten Ziegeln hielt sie inne. Auf dem Sims hatte jemand ein paar Fotos zurückgelassen, die in Bilderrahmen steckten, stumme Zeugen der Einsamkeit.

Sie blickte sich um. In diesem Zimmer schien die Zeit stehen geblieben zu sein. Alles war von Staub bedeckt, und nur zwei Dinge passten nicht hierher: ihr grüner Rucksack und die Umhängetasche. Beides hatte sie auf dem Sofa, das dem Kamin gegenüber stand, abgestellt.

Am Abend zuvor war sie erst sehr spät mit dem Taxi angekommen und zu Bett gegangen, ohne sonst irgendetwas anzuführen. Sie war sich sicher gewesen, dass am nächsten Morgen alles einfacher sein würde. Allerdings hatte sie nicht mit diesem frühen Besuch gerechnet. Doch da die Fensterläden noch geschlossen waren, fühlte sie sich sicher.

Auf dem kleinen Weg, der durch den Garten führte, näherten sich Schritte. Erstaunt sah Alma, wie unter der Haustür ein leicht zerknitterter malvenfarbener Briefumschlag durchgeschoben wurde. Alma starrte auf den Brief, der unschuldig auf den Terracotta-Fliesen des Wohnraums lag, und ahnte nicht, dass sein Inhalt ihr Leben für immer verändern würde.

Ein Stromanbieter oder die Wasserwerke würden niemals einen solchen Umschlag benutzen. Es muss ein persönlicher Brief sein, dachte sie. Ein Irrtum wahrscheinlich. Denn wer würde an eine Adresse schreiben, wo seit so langer Zeit niemand mehr wohnte?

Doch als sie den Brief aufhob, stellte sie fest, dass die Adresse stimmte. Was sie allerdings noch viel mehr überraschte, war der Name, der auf dem Umschlag stand: Luisa Meillás.

Eine Viertelstunde später stand Alma noch immer im Morgenmantel mitten im Wohnzimmer und hielt den Brief unschlüssig in den Händen. Sie wusste nicht so recht, was sie damit anfangen sollte. Sollte sie ihn öffnen? Ihn aufbewahren? Ihn vernichten? Sie beschloss, sich erst einmal anzuziehen.

Daher legte sie den Brief auf den Kaminsims, nahm ihren Rucksack und ging wieder in das blaue Zimmer hinauf. Dort verstaute sie die Kleidungsstücke, die sie mitgebracht hatte, ihre Turnschuhe und die niedrigen Stiefel.

Von den Wäldern und Wiesen, die das Dorf umgaben, hatte sie nur noch eine vage Vorstellung. Sie wollte wenigstens einmal die Gegend erkunden, um ihren Erinnerungen nachzugehen. Als Kind war ihr alles riesengroß und geheimnisvoll erschienen. Allerdings war sie sich sicher, dass die Zeit, die inzwischen vergangen war, dem Ganzen ein vernünftiges Maß verleihen würde.

Als sie die Schranktüren öffnete, flogen ihr torkelnd ein paar Motten entgegen, die wohl schon viel zu lange auf die Freiheit gewartet hatten. Bei der Vorstellung, wie sie sich in dem halb leeren Gefängnis gelangweilt hatten, musste Alma lächeln.

Denn in dem Schrank befanden sich nur ein paar vergessene Kleiderbügel, eine alte Männerhose und eine Flickendecke, die sie noch nie gesehen hatte.

Sie hängte ihre Sachen hinein und ließ die Tür offen, damit der modrige Geruch abziehen konnte. Das Beste, was sie in diesem Haus tun konnte, um nicht im Staub zu ersticken, war zweifellos, alle Fenster und Türen aufzureißen.

Sie öffnete das Fenster in ihrem Zimmer und stieß die Läden weit auf. Das Gleiche machte sie in allen anderen Räumen des oberen Stockwerks. Es gab insgesamt fünf Schlafzimmer und zwei Badezimmer. Sie überlegte, die Tücher von den Möbeln zu nehmen, wie sie es in dem blauen Zimmer, in dem sie geschlafen hatte, getan hatte, kam jedoch zu dem Schluss, dass es sich für ein paar Tage nicht lohnte.

Es überraschte sie, dass alles so aufgeräumt war. Sie hatte immer gedacht, dass unbewohnte Häuser als Rumpelkammer für vergessene, unnütze Dinge dienten. Hier jedoch lag nichts herum. Alles war am rechten Platz und schien darauf zu warten, dass jeden Moment wieder jemand einzöge.

Auf dem Speicher sieht es sicher nicht so ordentlich aus, sagte sich Alma, und der Gedanke hielt sie davon ab, ihn sich näher anzusehen. Stattdessen ging sie die Treppe hinunter, um auch im Erdgeschoss überall zu lüften. Unten angekommen, griff sie nach ihrer Tasche, die ihr Handy, ein Notizbuch, eine Müslipackung und mehrere Teebeutel enthielt.

Vorsichtshalber öffnete sie nur einen Laden des großen Wohnzimmerfensters. Dann ging sie in die Küche, die im hinteren Teil des Hauses lag. Unter großen Mühen bekam sie die kleine Holztür auf, die sich verzogen hatte und in den hinteren Garten führte. Die bereits hoch stehende Morgensonne blendete sie. Sie trat hinaus, ging ein paar Schritte und verspürte ein lang entbehrtes, tief in ihr verborgenes Wohlgefühl. Sie holte tief Luft, ging in die Hocke, wühlte mit der Hand in der Erde und griff hinein. Dann schloss sie die Augen.

Etwa fünf Jahre alt war sie damals gewesen. Beim letzten Mal, als sie hier war. Mit riesigen Gummistiefeln war sie durch die von grünen Blättern bedeckten dunklen Erdfurchen gestapft. Übermütig war sie in jede Pfütze gesprungen, hinter sich eine lachende, freundliche Stimme: »Achtung, Señores und Señoras, hier kommt der gestiefelte Kater!«

Die Erinnerung an diese Stimme rief ihr wieder den Brief in Erinnerung, und sie entschied sich, ihn zu holen.

Unter dem großen Kirschbaum sitzend, der noch genau so dastand wie früher, strich sie vorsichtig mit den Fingern über den Umschlag.

Alma glaubte nicht an Zufälle.

Es war gerade mal vierundzwanzig Stunden her, dass sie ihren Rucksack zugemacht hatte. Ohne groß nachzudenken, hatte sie die wenigen Sachen eingepackt, die sie auf ihr Abenteuer in Porvenir mitnehmen wollte.

Während sie packte, war ihre Mutter ihr laut schimpfend durch den Flur hinterhergelaufen. Sie verstand nicht, wieso ihre Tochter so plötzlich verreisen wollte. Als Alma die Tür ihres Dachzimmers hinter sich schloss, meinte sie zu hören, wie ihre Mutter aufgeregt ihren Vater anrief.

So hatte ihr vierundzwanzigstes Lebensjahr begonnen.

Ohne irgendjemandem Bescheid zu sagen, war sie zum Bahnhof gegangen und in den Zug gestiegen. Während sie sich leichten Herzens von den Betonklötzen und den Fabriken verabschiedete, las sie noch einmal das offizielle Schreiben, das pünktlich zu ihrem dreiundzwanzigsten Geburtstag eingetroffen war.

Hiermit möchten wir Ihnen mitteilen, dass, dem Wunsch des vorherigen Besitzers gemäß, das Eigentum an der Casa Meillás und dem dazugehörenden Grundstück in der Ortschaft Porvenir ab sofort an Sie übergeht. Sie können es sogleich in Besitz nehmen und von nun an frei darüber verfügen.

Das ordnungsgemäß vom Notar beglaubigte Dokument in der einen Hand, hatte sie die andere fest um die beiden Schlüssel geschlossen, die in demselben gepolsterten Umschlag gelegen hatten. Sie hatte gespürt, wie die Zähne der Schlüssel sich schmerzhaft in ihre Handflächen drückten.

Der Schmerz ließ sie die Hand wieder öffnen, wobei ihr gleichzeitig klar wurde, dass ihr nun tatsächlich etwas gehörte. War sie wirklich die Eigentümerin dieses Hauses? Warum? Spielte ihr jemand einen Streich? Schließlich kannte sie das Haus und den Ort Porvenir kaum! Sie erinnerte sich daran, dass sie dort Kirschen direkt vom Baum gegessen hatte. Auch ein verwunschener Garten, ein blaues Zimmer und ein großer Spiegelschrank waren ihr im Gedächtnis geblieben. Mehr jedoch nicht. Sie strengte sich an, damit ihr vielleicht noch etwas einfallen würde, doch alles verschwand in dichtem Nebel. Und wie sollte sie über die Zukunft von etwas entscheiden – auch wenn es nur ein altes Steinhaus war –, wenn sie nicht einmal in der Lage war, ihre eigene Zukunft in die Hand zu nehmen?

Sie dachte an all die Diskussionen, die sie mit ihren Eltern geführt hatte, nachdem sie ein paar Jahre zuvor mit hervorragenden Noten ihr Philologiestudium abgeschlossen hatte. Die Eltern waren der Meinung, dass sie sich um eine Stelle als Lehrerin bewerben sollte. »Du brauchst ein sicheres Einkommen, Kind«, hatte ihre Mutter gesagt, und ihr Vater hatte sich bereit erklärt, dass er ihr, sollte sie eine wissenschaftliche Laufbahn anstreben, mit ein paar guten Kontakten den Einstieg erleichtern könne. Er würde ihr helfen, ein Stipendium zu bekommen, damit sie mit ihrer Doktorarbeit beginnen könne. Und nach der Doktorarbeit kämen dann die wohlbekannten Auswahlverfahren bei der Bewerbung um eine Stelle an der Universität.

Zur Enttäuschung ihrer Eltern hatte Alma jedoch zunächst einen Job in einem Modegeschäft angenommen. Sie versicherte den beiden, dass es nur eine vorübergehende Beschäftigung wäre, während sie die Entscheidung traf, was sie mit ihrem

Leben anfangen wollte. Allerdings war ihr damals bereits klar gewesen, dass sie nicht bereit war, sich noch jahrelang mit irgendwelchen Studien abzumühen, um irgendwann ein anständiges Gehalt zu verdienen.

Im Grunde ihres Herzens wusste sie ganz genau, was sie wollte, wagte jedoch nicht, es offen zu sagen. Während sie in der Kinderabteilung des Geschäfts Pullover auszeichnete, rezitierte sie leise ein paar Verse von Pablo Neruda. Zwischen zwei Kunden las sie schnell einige Gedichte von Gabriela Mistral, und in der Mittagspause schloss sie sich mit einem Buch von Lord Byron im Lager ein. Abends füllte sie Blatt um Blatt mit Metaphern und bildhaften Sätzen. Gedichte, die sie bei Wettbewerben einreichte und an Verlage schickte, in der Hoffnung auf eine Antwort, die, wenn auch in unterschiedlicher Form, doch immer die gleiche war: NEIN.

Alma wollte eine Dichterin sein. Aber wie sollte sie davon leben?

Zwölf Stunden später war sie in Porvenir angekommen. Mitten in der Nacht nahm sie das einzige Taxi, das an dem einsamen Bahnhof auf Kunden wartete.

Als sie den Schlüssel in das Schloss des alten Hauses steckte, flüsterte sie beschwörend: »In einer Sekunde kann sich alles verändern.« Dabei dachte sie an den Moment, in dem dieses Abenteuer begonnen hatte.

Als sie an ihrem dreiundzwanzigsten Geburtstag vor ihrer Torte saß, war sie kurz davor gewesen, dem Drängen der Eltern nachzugeben. Beinah hätte sie ihnen versichert, dass sie sich nicht länger Sorgen zu machen brauchten, dass sie sich um eine Stelle bei der Europäischen Union bewerben würde. Die Poesie musste sie deshalb ja nicht aufgeben. Schließlich konnte sie sich damit auch in ihrer Freizeit beschäftigen. Sie konnte zu Dichterlesungen gehen, an Schreib-Workshops teilnehmen, und natürlich würde der Gedichtband von Lord Byron sie überallhin begleiten.

Doch nach dem Auspusten der Geburtstagskerzen war wie durch Magie auf einmal alles anders gewesen. Ihr Vater gab ihr einen großen Umschlag, dessen Inhalt für ihn genauso rätselhaft war wie für seine Tochter. Dieser wurde, als sie die offiziellen Dokumente darin fand, beinah schwindelig.

Eine handgeschriebene Nachricht lag bei den notariellen Bekundungen:

Wenn Du diese Worte liest, liebe Alma, bedeutet das, dass ich Deinen dreiundzwanzigsten Geburtstag nicht mehr erlebe. Du ahnst nicht, wie gern ich bei Dir wäre, um von Deinen Träumen und Deinen Zukunftsplänen zu erfahren! Doch der Mensch denkt, und Gott lenkt.

Es sollte nicht sein, daher wirst Du mein Geschenk nach meinem Tod von einem Notar erhalten.

Gern hätte ich Dir diese Schlüssel an Deinem heutigen Geburtstag persönlich übergeben und Dich auf Deiner Reise begleitet. Dir jeden Winkel gezeigt und mit Dir zusammen meine Erinnerungen wiederentdeckt, die ich in dem Haus meiner Kindheit zurückgelassen habe, um zu sehen, wie die Zeit mit ihnen umgegangen ist. Ich habe mir so sehr gewünscht, noch einmal mit Dir gemeinsam dorthin zu fahren, um mit meiner Vergangenheit Frieden zu schließen.

Nun wirst Du dies für mich tun. Allein. Und ganz allein wirst Du eine Entscheidung treffen. Wie sie auch aussehen wird, es wird die richtige sein. Ich liebe Dich.

Als sie jetzt, an diesem sonnigen Morgen, unter dem Kirschbaum saß, hatte Alma das Gefühl, Lichtjahre von den Diskussionen mit ihren Eltern entfernt zu sein, von ihrer Geburtstagsfeier, dem Zimmer unter dem Dach, den asphaltierten Straßen der Stadt, dem Modegeschäft. Die Zukunft war nirgendwo zu entdecken, und die erste Entscheidung, die sie nun vor allen anderen treffen musste, betraf einen Brief in einem malvenfarbenen Umschlag.

Gedankenverloren zeichnete sie den Namen der Empfängerin nach, *Luisa Meillás*, die ehemalige Besitzerin dieses Hauses.

Luisa Meillás, ihre Großmutter.

Wer hatte sich wohl die Mühe gemacht, an eine Frau zu schreiben, die schon seit mehr als fünfzehn Jahren nicht mehr lebte?

4

Nicht begleichbare Schulden

Niemals wird eine Träne eine E-Mail verwischen.

JOSÉ SARAMAGO

»*Dein Brief und Du, Ihr seid die Schulden, die ich noch zu begleichen habe*«, wiederholte Alma noch einmal laut.

Diesem Satz, den sie mehrfach gelesen hatte, war der Kummer anzumerken, der in ihm steckte. Die Buchstaben des Wortes *Schulden* drängten sich aneinander, als schämten sie sich und wollten so wenig Platz wie möglich einnehmen.

Diese Nachricht scheint für denjenigen, der sie verfasst hat, äußerst wichtig zu sein, dachte die junge Frau und richtete den Blick in den Himmel.

Das Licht der Sonne fiel, durch die Zweige des Kirschbaums gefiltert, auf ihre schlanken Beine und malte spielerische Schatten darauf. »Du hast schöne Beine und solltest sie besser zur Geltung bringen, Kind«, hatte ihre Mutter immer wieder gesagt. Denn Alma versteckte ihre langen Beine lieber unter ihren verschlissenen Jeans oder langen Röcken, die bis zu den Fußknöcheln reichten.

Sie hatte den Brief eilig überflogen, war von einem Absatz zum nächsten gesprungen, wobei sich ihr immer mehr Fragen aufdrängten.

Wer hatte diesen Brief geschrieben? Wer verbarg sich hinter dem Namen *Rosa*?

Alma hatte noch nie etwas von dieser Marien-Wallfahrtskapelle gehört oder von einem Mann namens Abel. Die Geschichte, von der in dem Brief die Rede war, kam ihr irgendwie seltsam vor. Sie hatte etwas völlig Antiquiertes, und sie zu lesen war, wie ein Album mit alten Schwarzweißfotos zu öffnen. Es fiel ihr schwer, sich ihre Großmutter als kleines Mädchen vorzustellen, das eilig in die Schule rannte. War sie tatsächlich so ein schüchternes, liebes Kind gewesen?

Sie konnte sich noch gut an Luisa erinnern, die gestorben war, als Alma noch nicht einmal zehn Jahre alt gewesen war. Ihre Großmutter war ihr als starker, liebenswürdiger Mensch im Gedächtnis geblieben. Ganz anders als das ätherische, empfindsame Wesen, von dem in dem Brief die Rede war.

Niemals hatte sie die Großmutter weinen sehen oder sich über irgendetwas beklagen hören. Almas Vater sagte immer, dass sie wie ein Fels in der Brandung gewesen sei: unerschütterlich und mit überraschenden, geheimnisvollen Seiten. War die Geschichte in dem Brief ein solches Geheimnis? Jene Rosa schien viel über eine Luisa zu wissen, die Alma bis dahin völlig unbekannt gewesen war: eine junge Frau, die sich heftig in einen Mann verliebt hatte, der nicht Almas Großvater war. In einer lange vergangenen Zeit schien Rosa ihre Großmutter sehr gern gehabt zu haben. Dennoch hatten sie sich sechzig Jahre lang nicht mehr gesehen. Und nun war der Brief leider zu spät gekommen.

Alma versuchte sich vorzustellen, wie sie selbst wohl in sechzig Jahren aussehen würde. Würde das Leben sie bis dahin so verändern, wie es bei ihrer Großmutter der Fall gewesen war? Würde sie weit weg von ihrer Heimat leben? Wer würden ihre Freunde sein?

Wenn ich an Dich denke, kommen mir eine Menge Fragen in den Sinn. Die wichtigste davon ist: Warst Du glücklich? Ich wünschte, ich könnte hören, wie Du Ja sagst!, las Alma erneut.

Ihre Augen füllten sich mit Tränen: Wenn sie ihrer Großmutter doch nur selbst diese Frage hätte stellen können! Bisher war Alma davon überzeugt gewesen, dass ihre Großmutter eine glückliche Frau gewesen war. Doch jetzt, nachdem sie erfahren hatte, dass ihre beste Freundin sie hintergangen hatte, dass sie eine unerfüllte erste große Liebe verschwiegen und ihr Elternhaus verlassen hatte, war sie sich dessen nicht mehr so sicher.

Was würde ich dafür geben, eine Telefonnummer wählen und mit ihr sprechen zu können!, dachte sie.

Für einen Moment meinte Alma, mit der unbekannten Verfasserin des Briefes ein gemeinsames Leid zu teilen, doch im Gegensatz zu dieser wusste sie, dass ihre Großmutter geheiratet und einen Sohn gehabt hatte. Und dank dieses Sohnes eine Enkelin, Alma Meillás.

Alma musste lächeln, als sie die Fragen las, die sich auf Paris und den Tango bezogen. Sofort kamen ihr eine Reihe Bilder in den Sinn, die sie vergessen zu haben glaubte. Sie wusste, was ihre Großmutter mit Anfang zwanzig gemacht hatte, wo sie gelebt und als was sie gearbeitet hatte. Luisa war nur noch einmal in ihr Heimatdorf zurückgekehrt. Und Alma hatte plötzlich so eine Ahnung, warum sich jemand um das Haus gekümmert und ihre Großmutter es behalten hatte.

Sie erinnerte sich noch gut an das überraschte Gesicht ihres Vaters an ihrem Geburtstag, als klar wurde, dass das Haus und der Landbesitz seiner Familie nicht ihm, sondern seiner Tochter zufielen. Er war nicht gerade begeistert gewesen.

Alma fühlte sich ihrer Großmutter plötzlich ganz nah, als sie jetzt noch einmal einen der letzten Sätze des Briefes las: *Das hat mich dazu veranlasst, Dir diesen Brief zu schreiben. Du wirst ihn finden oder derjenige, der sich für Dich um das Haus kümmert. Ich weiß, dass Du früher oder später diese Zeilen lesen wirst. Ich spüre, dass Du darauf wartest.*

Die Dinge geschahen nicht einfach so. Vielleicht war sie ein Teil von etwas, was passieren sollte. Möglicherweise hatte das Schicksal es gewollt, dass sie diesen Brief erhielt.

Alma schüttelte den Kopf. Wie üblich spielte ihre Phantasie ihr einen Streich. »Du hast keine poetische Ader, sondern eine poetische rosa Brille auf«, hatte ihr Vater oft in Anspielung auf ihre Neigung, die Wahrheit zu beschönigen, gesagt. Aber egal, ob dieses Zeugnis ein Wink des Schicksals war oder nicht, in jedem Fall hielt sie einen nach Lavendel duftenden Brief in den Händen, der sie zum Handeln aufforderte.

Rosa erwartete keine Antwort. Das erleichterte Alma ungemein, denn sie wusste nicht, ob sie in der Lage gewesen wäre, der alten Dame zu schreiben. Immerhin hatte diese vor langer Zeit viel Unheil angerichtet. Sie wusste auch nicht, ob sie auf diese Rosa wütend oder ihr dankbar sein sollte. Denn wenn ihre Großmutter Porvenir nicht verlassen und stattdessen diesen Abel geheiratet hätte … gäbe es sie nicht!

In jedem Fall hatte Luisas Jugendfreundin eine konkrete Bitte geäußert: dass man einen Brief schreiben solle, um Sara zu »retten«, diesen guten Menschen, der an einen Ort weit weg von zu Hause versetzt werden sollte. Ob dabei von der rothaarigen Briefträgerin die Rede war, die sie vom Badezimmerfenster aus gesehen hatte? In einem so kleinen Ort wie diesem gab es sicher nicht mehrere Briefträger. Sie muss es sein, sagte sich Alma.

Fasziniert spürte sie erneut, dass sie ein Teil dieser seltsamen Geschichte war, ohne wirklich zu wissen, wie sie dazu kam. Denn für sie war die Briefträgerin nur ein guter Mensch unter vielen.

So als zupfte sie einer Blüte die Blätter ab – »Er liebt mich, er liebt mich nicht …« –, überlegte Alma hin und her, ob sie Rosas Bitte erfüllen und einen solchen Brief schreiben sollte. Zwei Argumente sprachen dagegen.

Das erste war das, was die Absenderin ihrer Großmutter angetan hatte, auch wenn sie seit sechzig Jahren darunter litt. »Sie hat ihre beste Freundin verloren, und weder ich noch sonst jemand kann sie ihr wiederbringen«, murmelte Alma vor sich hin.

Das zweite Gegenargument wog ihrer Meinung nach schwerer. Porvenir war für sie nur eine Durchgangsstation, an der sie mehr oder weniger zufällig gelandet war. Es war nicht mehr als ein geeigneter Ort, um einer öden Gegenwart und einer wenig vielversprechenden Zukunft zu entfliehen. Alma war in den Zug gestiegen, um hier die Kraft zu sammeln, ihren Eltern entgegentreten zu können. Sie hatte vor, eine Woche, höchstens zwei Wochen zu bleiben. Hatte sie also überhaupt das Recht, sich in das Leben dieses Dorfes einzumischen, wenn sie doch vorhatte, ebenso schnell zu verschwinden, wie sie gekommen war? Letztendlich war der Brief ja rein zufällig in ihre Hände gelangt, und es war sogar gut möglich, dass sie das Haus noch vor ihrer Abreise zum Verkauf anbot.

Am besten lasse ich alles so, wie es ist, sagte sich Alma. Sie war nicht Luisa Meillás, also hätte sie den Brief vielleicht besser gar nicht öffnen sollen. Sie faltete das Schreiben zusammen und wollte es wieder in den Umschlag stecken, als sie an einem Absatz hängen blieb: *In Madrid ist man davon überzeugt, dass wir nicht gern Briefe schreiben oder welche bekommen. Was für eine Unverschämtheit!*

»Was für eine Unverschämtheit!«, wiederholte Alma laut, als wolle sie die Behauptung des Madrider Postamts weit von sich weisen.

Sie zum Beispiel liebte es, Briefe zu schreiben, also wurden durchaus noch Briefe geschrieben, wenn auch nicht allzu häufig.

Während ihres Philologiestudiums hatte sie sich einmal in ein Seminar mit dem Thema »Geschichte der brieflichen Korrespondenz« eingeschrieben, eigentlich vor allem, weil es gut in ihren Stundenplan passte. Doch schon bald hatte sie festgestellt, dass sie einen Zufallstreffer gelandet hatte.

Der Professor, der aussah wie ein Zeitgenosse Methusalems, hatte ihnen erklärt, dass die ersten Briefe so alt waren wie die Schrift. Das bewiesen Zeugnisse aus Mesopotamien und dem alten Ägypten. Im Zeitalter der klassischen Antike spielte die Korrespondenz zwischen Politikern, Händlern oder Philosophen eine wichtige Rolle, und der heilige Paulus hatte in Briefen die

Botschaft Jesu vermittelt. Ein Semester lang lasen Alma und ihre Kommilitonen Texte von Aristoteles, Cicero, Petrarca, Quevedo oder der heiligen Theresia.

Sie würde nie vergessen, mit welcher Leidenschaft der Professor betonte, dass der Kunst des Briefeschreibens ab dem sechzehnten Jahrhundert dank der ganz normalen Bürger plötzlich eine große Bedeutung zukam. »Geburten, Tode, Hochzeiten und Trennungen, Käufe und Verkäufe … Briefe sind Zeugnisse des täglichen Lebens! Behandeln Sie sie mit Respekt!«, hatte er immer wieder gesagt.

Normale Menschen wie Sara, Rosa oder sie selbst hatten dafür gesorgt, dass das Briefeschreiben überdauert hatte. Eine uralte Tradition, die einst von Verfolgung und Zensur bedroht gewesen war … War sie nun durch die digitale Kommunikation zum Tode verurteilt?

Nachdenklich blickte Alma auf den malvenfarbenen Umschlag. Und plötzlich wusste sie, dass sie diesen Brief schreiben wollte. Und zwar noch heute. Sie wusste sogar schon, an wen sie ihn schreiben würde.

Als sie die Tür zum Garten schloss, fiel ihr Blick noch einmal auf den Kirschbaum, unter dem sie gesessen hatte. Sie zuckte mit den Schultern, zog die Küchentür zu und sagte zu ihrem Spiegelbild in der Glasscheibe: »Dass du diesen Brief schreibst, Alma Meillás, bedeutet nicht, dass du damit auch entschieden hast, was du mit diesem Haus und dem Grundstück anstellen wirst.«

Eine Aufgabe für diesen Tag zu haben versetzte Alma in gute Laune. Zumindest schien es ihr so, während sie leichten Schritts mit dem leeren Rucksack auf dem Rücken über den Feldweg ging. Sie hatte beschlossen, gleich drei Fliegen mit einer Klappe zu schlagen. Sie würde ein paar Lebensmittel im Ort kaufen, dann den Brief schreiben und diesen anschließend gleich in den Briefkasten stecken.

Leicht außer Atem folgte sie dem ansteigenden Weg. Es war ein schmaler, nicht asphaltierter Weg, über den in der vergangenen Nacht auch das Taxi gefahren war. Für eine Weile genoss sie es, mit den Pinien am Wegrand allein zu sein. Die Stille war ungewohnt und beruhigend. Auf der Straße, in der sie wohnte, war zu den Hauptverkehrszeiten immer die Hölle los. »Das ist der Nachteil, wenn man im Zentrum lebt«, sagte ihre Mutter oft seufzend, wenn sie Kopfschmerzen hatte.

Der Weg führte zu einer Kreuzung mit zwei Abzweigungen: Die eine ging nach Porvenir hinein, die andere nach Mastán, einem etwas größeren Dorf. Das Haus ihrer Großmutter befand sich genau in der Mitte zwischen den beiden Ortschaften.

Ein paar Sekunden lang zögerte Alma, in welche Richtung sie gehen sollte. Dann gab sie erneut ihrem Wunsch nach, möglichst wenig aufzufallen. Sie machte sich auf den Weg nach Mastán, durchquerte ein kleines Waldstück und stellte fest, dass die Straße von da an asphaltiert war.

Auf der rechten Seite lag eine kleine Lichtung. Alma blieb abrupt stehen, denn sie konnte nicht glauben, was sie dort sah.

Sie hielt den Atem an. So viele Kapellen konnte es an dem Weg, der die beiden Orte verband, nicht geben! Einmal mehr, so schien es, hatte ihr das Schicksal einen Wink gegeben. Auf einer kleinen Anhöhe stand ein quadratischer Steinbau mit einem Ziegeldach. Es würde sie nur ein paar Minuten kosten, den Umweg zu machen und festzustellen, ob es die Kapelle war, die Rosa in ihrem Brief erwähnt hatte: die Marien-Wallfahrtskapelle.

Wie von selbst lenkte ihr Schritt sie auf die Anhöhe.

Der kleine schielende Engel, den Rosa in ihrem Brief erwähnt hatte, bewachte noch immer die Eingangstür.

Alma schloss die Augen. Sie stellte sich vor, sechzig Jahre in der Zeit zurückzureisen. Schließlich meinte sie zu hören, wie die Regentropfen auf die Ziegel des Daches prasselten. Das Gelächter zweier Mädchen mischte sich mit Fahrradgeräuschen.

Mit geschlossenen Augen streckte sie die Hand nach dem Kopf des Engels aus, um an die Tür zu klopfen, wie es die beiden Freundinnen so oft getan hatten.

Ihr plötzlicher Schrei zerriss die Stille des Ortes. Alma hatte damit gerechnet, kühles Metall unter ihren Fingern zu spüren, doch stattdessen hatte sie etwas Weiches, Warmes berührt.

Erschreckt öffnete sie die Augen und starrte in ein ebenso erschrecktes Gesicht. Ein grünes Strahlen bannte ihren Blick. Die Augen des blonden jungen Mannes, der in der Kapelle gewesen sein musste und ihr nun gegenüberstand, waren weit aufgerissen. Sie hatte an seine Stirn gefasst.

Noch bevor sie etwas sagen konnte, stürzte der Mann davon, als wäre der Teufel hinter ihm her, und rannte in Richtung des Wäldchens, das sich hinter der Kapelle erstreckte. Alma sah, wie etwas aus seinem Rucksack fiel. Sie eilte ihm nach, um ihn darauf aufmerksam zu machen, doch der junge Mann war innerhalb von wenigen Sekunden zwischen den Bäumen verschwunden.

»*Bruce Chatwin, Der Nomade. Briefe 1948–1988*«, las Alma laut.

Sie entschied sich, ein paar Minuten zu warten, in der Hoffnung, dass der Besitzer des Buches zurückkommen würde. Unterdessen konnte sie nicht widerstehen, darin zu blättern.

Vor Jahren hatte sie Chatwins Buch *In Patagonien: Reise in ein fernes Land* gelesen, wobei sie die Geschichte um die Entstehung des Buches im Grunde mehr interessiert hatte als dessen Inhalt. Zu Beginn der Sechzigerjahre hatte Chatwin die dreiundneunzigjährige Innenarchitektin und Designerin Eileen Gray in ihrem Atelier in Paris interviewt. Dort war ihm eine wunderbare, von ihr selbst gezeichnete Karte von Patagonien aufgefallen. Infolgedessen hatte er Eileen Gray anvertraut, dass er schon immer einmal dorthin reisen wollte. Sie hatte erklärt, dass es ihr genauso ging, und ihm eine ungewöhnliche Bitte angetragen: »Fahren Sie für mich.«

Ohne lange darüber nachzudenken, hatte sich der wohl bedeutendste und umstrittenste Reiseschriftsteller des zwanzigsten Jahrhunderts auf den Weg nach Südamerika gemacht. Bei seinem Chefredakteur hatte er sich mit der lapidaren Nachricht »Ich fahre nach Patagonien« verabschiedet. Er blieb etwa sechs Monate dort und schrieb über das Abenteuer in dieser entlegenen Gegend ein Buch. Jahre später hatten einige Leute, die dort lebten, Chatwins Reisebericht allerdings widersprochen und gesagt, die Phantasie sei wohl mit ihm durchgegangen.

Alma blätterte durch das Vorwort des Buches und stieß auf einen Satz von Elizabeth Chatwin, der Ehefrau des Autors, der ihre Aufmerksamkeit erregte: *Briefe sind die anschaulichste Art des Schreibens.* Und weiter unten wurde der kanadische Journalist Michael Ignatieff mit den Worten zitiert: *Der Bruce Chatwin der Briefe ist sich weniger sicher, wer er ist, ist verletzlicher, aber auch menschlicher.*[2]

Ob das immer so ist, wenn jemand einen Brief schreibt?, fragte sich Alma, während sie den Blick über die Dachbalken der Kapelle schweifen ließ.

Das Gelächter einer Gruppe von Kindern, die offenbar aus der Schule kamen, riss Alma aus ihren Gedanken. Ohne dass sie es bemerkt hatte, war es Nachmittag geworden. Sie hatte noch eine ganze Weile auf den jungen Mann mit den grünen Augen gewartet. Schließlich sagte sie sich, dass er wohl unwiederbringlich im Wald verschwunden war, und machte sich wieder auf den Weg.

Als sie Mastán erreichte, suchte sie gleich den Schreibwarenladen auf und kaufte Briefpapier, Umschläge und Briefmarken. Anschließend ging sie zum Supermarkt.

Den Rucksack voller Lebensmittel, bummelte sie noch ein wenig durch den Ort und sah sich nach einem Platz um, der geeignet war, die letzte Aufgabe des Tages anzugehen. Der Brief, den sie schreiben wollte, erforderte schließlich eine angemessene Umgebung.

Das kleine Café, von dem aus sie durch das Fenster die spielenden Kinder beobachten konnte, schien dafür wie gemacht. Sie setzte sich an einen Tisch mit Marmorplatte, dessen schmiedeeisernen Fuß ein paar schelmische Feen bildeten, die sich unter einer Lilienranke vergnügten.

Leider jedoch kam keine Muse in das alte Café, um Alma zu küssen.

Sie versuchte sich wieder auf den Bogen zu konzentrieren, der vor ihr auf dem Tisch lag. Versuchsweise strich sie mit der Spitze ihres Füllers ein paarmal sanft darüber, als wollte sie so die Worte wecken, die unter der weißen Papierdecke zu schlafen schienen.

So schwierig konnte es doch nicht sein, einen Brief zu schreiben!

5
Alma

Mastán in der Nähe von Porvenir, 12. November

Sehr geehrte Mara Polsky,

glauben Sie an Zufälle? Ich nicht.

Und genau darum, weil ich nicht an Zufälle glaube, sitze ich hier und schreibe Ihnen.

Schon oft habe ich daran gedacht, Ihnen einen Brief zu schreiben. Immer wieder habe ich mir vorgestellt, wie ich Ihnen von meinen Problemen erzähle, Sie um Ihren Rat bitte oder Ihnen zu Ihrem großen Erfolg gratuliere. Einmal habe ich vor einer Prüfung sogar geträumt, dass ich Ihnen die Fragen habe zukommen lassen, damit Sie mir die Antworten vorsagen können! Ziemlich unverschämt, ich weiß …

Doch erst heute hat sich in meinem kleinen Universum alles so gefügt, dass mein Wunsch zur Realität wird. Wie Schopenhauer einst sagte: Das Schicksal mischt die Karten, wir spielen. *So ist mir vor ein paar Stunden, ebenfalls in Form eines Briefes, ein As in die Hände gefallen, und ich habe beschlossen, es auf diese Weise einzusetzen.*

Und wer ist nun die schreibende Kartenspielerin? Alma Meillás. Laut meines Ausweises eine junge Frau von dreiundzwanzig Jahren und fast achtundvierzig Stunden. In meinem Lebenslauf würde stehen, dass ich Kassiererin in einem Modegeschäft gewesen bin und einen Studienabschluss in Philologie habe. Meine Eltern halten mich für eine gescheiterte Existenz, eine etwas seltsame Tochter, die vor Kurzem Hals über Kopf aus ihrem Haus verschwunden ist. Wenn ich auf mein Herz höre, träume ich davon, Gedichte zu schreiben, wobei es mir äußerst peinlich ist, das vor Ihnen zuzugeben.

Vor Mara Polsky, meiner Lieblingsdichterin. Der größten von allen.

Ich liebe Gedichte, seit ich denken kann.

Schon früher habe ich alle Bücher verschlungen, die ich zu Hause gefunden habe. Zugegebenermaßen waren das nicht gerade viele. Oder besser gesagt: nicht gerade viele, die es zu lesen lohnt. Doch wenn man Hunger hat, isst man das, was man bekommen kann. Mein Vater ist Anwalt, vierundzwanzig Stunden am Tag, dreihundertfünfundsechzig Tage im Jahr. Er denkt, spricht und handelt wie ein Anwalt. Seine bevorzugte Lektüre sind Gesetzestexte, gesellschaftskritische Essays, und hin und wieder erlaubt er sich den ein oder anderen Krimi. Er zitiert gern den heiligen Thomas: »Ich glaube nur, was ich sehe.«

Sein Herz schlägt im Rhythmus von Recht und Schuld, und es hat überhaupt keinen Zweck, ihm etwas von Inspiration, Musen, Leidenschaft oder Verzweiflung zu erzählen.

Wenn ich ihm sage, dass ich Dichterin werden möchte, sagt er: »Wozu?« Ich habe versucht, ihm mit den Worten Rimbauds zu antworten: »Um das Leben zu ändern.« Darauf reagierte er mit dem entwaffnenden Satz: »Die Dinge ändern sich, wenn wir etwas dafür tun, nicht, wenn wir davon träumen.« Damit war für ihn die Diskussion beendet: Ich kann gern so viele Gedichte lesen, wie ich will, soll mir aber mit einer vernünftigen Arbeit meinen Lebensunterhalt verdienen. »Etwas Sinnvolles tun.« Und je sicherer und besser bezahlt der Job ist, desto besser.

Mein Vater hat meinem Philologiestudium nur zugestimmt, weil meine Mutter ihn davon überzeugt hat, dass ich danach als Lehrerin arbeiten könnte. In einem sicheren Beruf.

Ich habe nicht einen Moment daran gedacht, liebe Mara Polsky, dass sie eingegriffen hat, um meine Liebe zur Literatur zu fördern. Wenn ich an meine Mutter denke, kommen mir ein paar Verse von Alfonsina Storni in den Sinn: Manchmal erwachte in meiner Mutter der Drang / nach Freiheit, doch dann stieg in ihre Augen / eine tiefe Bitterkeit, und im Dunkeln weinte sie heimliche Tränen. *Ich weiß nicht, welches Geheimnis sie verbirgt, aber ich wünsche mir, dass es eins gibt. Dass die Sehnsucht sie verbittert. Oder ein großer Schmerz, den sie mir ersparen will.*

Ich weiß, dass meine Worte übertrieben klingen. Aber ich bin mir sicher, dass Sie mich verstehen. Wenn nicht Sie, wer dann? Ich habe Sie immer verstanden. Vielleicht nicht jedes Wort – immerhin trennen uns viele Jahre und eine große Entfernung –, aber dieses Gefühl, das Sie von Verzweiflung oder Freude sprechen ließ.

Wie ich bereits schrieb, habe ich früh mit dem Lesen begonnen. Zunächst hat es mir genügt. Doch nicht lange. Schon bald habe ich angefangen, ungelenke Verse zu schreiben. Seitenweise. Oft voller Fehler. Ich konnte nicht anders. Ich hatte das Gefühl, dass alles um mich herum voller Verse, Reime steckte. Und indem ich all die Bilder zusammenfügte, entstanden Gedichte.

Ich nahm meinen ganzen Mut zusammen und ging mit meinen ersten Werken zum Dichterclub an meiner Uni. Dort traf ich auf Menschen mit den gleichen Träumen wie ich. Wir steckten uns gegenseitig an. Ich fühlte mich ermutigt, und nachdem ich ein paar Gedichtwettbewerbe an der Uni gewonnen hatte, hielt ich mich für begabt. Heimlich reichte ich meine Gedichte bei anderen Wettbewerben ein, schickte sie an Verlage und Zeitschriften. Doch am Ende folgte auf all die Lorbeeren, die ich an der Universität erhalten hatte, nur ein großes Schweigen.

Niemals habe ich irgendeine Antwort bekommen.

Vielleicht denken Sie jetzt: Du schreibst also nur, um etwas zu veröffentlichen? Um Geld zu verdienen? Um berühmt zu werden? Aber nein, nein, nein!

Ich schreibe Gedichte, weil ich nicht anders kann. Wenn ich wach bin, träume ich von Worten, und wenn ich schlafe, schreibe ich sie. Kennen Sie die Verse von Concha Méndez? Ich möchte – was mir nicht gelingt – wie die anderen sein, die die Welt bevölkern und Menschen genannt werden: immer einen Kuss auf den Lippen, die Tatsachen verschweigen und am Ende … die Hände in Unschuld waschen. *So fühle ich mich manchmal.*

Vor zwei Tagen bin ich dreiundzwanzig Jahre alt geworden. Ich nehme an, dass das in Ihren Augen noch sehr jung ist, da Sie bereits die sechzig überschritten haben. Aber bitte, liebe Mara Polsky, versuchen Sie sich zu erinnern, wie Sie sich gefühlt haben, als dreiundzwanzig Kerzen auf Ihrem Geburtstagskuchen brannten. In einem Interview habe ich gelesen, dass Sie Ihre ersten Reime verfasst haben, bevor Sie Ihren Namen schreiben konnten. Der Journalist hat dies zunächst für eine Redewendung gehalten, woraufhin Sie erklärt haben, dass dies keine Redewendung, sondern die Wahrheit sei. Ich habe Ihnen sofort geglaubt. Wenn Sie also mit fünf Jahren schon Gedichte geschrieben haben – in welchem Alter wussten Sie dann, dass Sie nichts anderes im Leben tun wollten?

Schon vor langer Zeit ist mir klar geworden, dass ich Dichterin werden möchte. An meinem Geburtstag war ich fast so weit, mir einzugestehen, dass ich es niemals schaffen würde. Doch dann habe ich ein Schreiben erhalten, das mir noch einmal ein wenig Zeit verschafft hat, um darüber nachzudenken. Meine Großmutter, die schon lange nicht mehr unter uns weilt, hat mir ein ganz besonderes Geschenk gemacht: Sie hat mir das Anwesen meiner Familie vererbt. Ein Steinhaus mit einem kleinen Garten, umgeben von Feldern und Wiesen. Ein Ort, an den ich mich zurückziehen kann.

Noch einmal habe ich mit meinen Eltern diskutiert, die strikt dagegen sind, dass ich Schriftstellerin werde. Also habe ich mich einfach in den Zug gesetzt. Ich bin hergekommen, um darüber nachzudenken, was ich mit dem Rest meines Lebens anfangen soll: Kann ich etwas anderes tun, als Gedichte zu schreiben? Ich bin mir nicht sicher. Aber ich muss mir auch darüber klar werden, was ich mit diesem Haus anfangen will.

Deshalb bin ich hergekommen, aber wie es scheint, wird sich nun alles etwas nach hinten verschieben.

Vor einer Woche wusste ich nur drei Dinge über Porvenir. Erstens, dass meine Großmutter hier geboren wurde, den Ort jedoch sehr früh verlassen hat. Nachdem ihre Eltern gestorben waren und seitdem auch ihr Bruder weggezogen ist, hat das Haus leer gestanden.

Zweitens, dass es in diesem Haus ein blaues Zimmer gibt und dass es einen Garten hat. Denn mit knapp fünf Jahren habe ich einmal einen Sommer hier verbracht. Ich bin mit meiner Großmutter hergefahren. Nur wir beide. Ich kann mich kaum noch an diese Reise erinnern. Ich habe lange nicht mehr an diesen Sommer gedacht, doch seit ich das Haus geerbt habe, kommen mir einzelne Szenen in den Sinn.

Und drittens habe ich durch Zufall erfahren, dass die von mir so verehrte Schriftstellerin Mara Polsky sich derzeit in Porvenir aufhält.

In meinem zweiten Studienjahr lernte ich eine amerikanische Austauschstudentin kennen. Wir haben in der Uni nebeneinandergesessen. Eines Tages kam sie mit dunklen Ringen unter den Augen in den Seminarraum. Sie vertraute mir an, dass sie die ganze Nacht nicht hätte schlafen können, weil die Verse einer Dichterin sie derart bewegt hatten, dass es ihr beinah den Atem nahm. Sie gab mir ein in Zeitungspapier gewickeltes Buch, als handelte es sich um verbotene Drogen, und sagte, ich solle es lesen, wenn ich spüren wolle, was es wirklich bedeute zu leben. Es war eine sehr alte Ausgabe des ersten Gedichtbands einer bereits mit Literaturpreisen ausgezeichneten Autorin aus ihrer Heimat: Zwischen den Rissen meiner Seele *von einer gewissen M. P. Das Buch war bereits durch viele Hände gegangen, was auf mich einen besonderen Reiz ausübte: Jede Seite wies Gebrauchsspuren auf – Knicke, Kaffeeflecken, Düfte. Ich war wie verhext. Seitdem war nichts mehr wie vorher. Die Stimme dieser Dichterin ließ mich nicht mehr los, ich hörte ihre Worte sogar, wenn jemand mit mir sprach.*

Können Sie sich nun meine Überraschung vorstellen, als ich vor ein paar Monaten von meiner ehemaligen Kommilitonin eine Mail erhielt, in der sie mir mitteilte, dass M. P. die Vereinigten Staaten verlassen habe, um sich in ein kleines Tal in meinem Heimatland zurückzuziehen? Die Überraschung war umso größer, als ich feststellte, dass mir der Name des Tals durchaus bekannt war. Meine Freundin wusste sogar, wo genau M. P. sich niedergelassen hatte. Sie arbeitet inzwischen für eine sehr bekannte Literaturzeitschrift. Ihr entgeht nichts.

Mara Polsky ist also ebenfalls hier, in Porvenir, gleichzeitig ganz nah und unendlich weit weg.

Diese Tatsache wäre nichts weiter als eine nette Anekdote gewesen, wenn nicht durch einen eigenartigen Zufall jener malvenfarbene Brief in meine Hände gelangt wäre, der den Stein ins Rollen gebracht hat. Nach sechzig Jahren des Schweigens hatte jemand beschlossen, meiner Großmutter zu schreiben. Und nach zwei Jahrzehnten hat zum ersten Mal wieder jemand in dem verlassenen Haus übernachtet. Um den Brief entgegenzunehmen, der ausgerechnet heute Morgen eingetroffen ist? Nicht früher und nicht später.

Ich habe ihn gelesen, und neben anderen Dingen, die hier nichts zur Sache tun, hat die Absenderin eine Bitte an den Empfänger des Briefes gerichtet.

Ich habe mich als Teil dieser Geschichte gefühlt, als Glied einer Kette, die viel bedeutender ist als ich, und diese Bitte erfüllt, die ich nun an Sie weitergebe:

»Sara, die eine Frau ist wie Du oder ich, hat gerade etwas erfahren, was ihr Leben vollkommen verändern wird und sie sehr traurig macht. Vielleicht bist Du ihr schon einmal begegnet, sie ist in unserem Dorf aufgewachsen. Nun hat sie drei Kinder, die ebenfalls fröhlich durch unsere Straßen laufen. Obwohl sie es nicht leicht hat, hat sie für jeden immer ein Lächeln übrig. Und nun will ihr Chef sie versetzen und uns wegnehmen.

Das würde bedeuten, dass es nach über hundert Jahren in Porvenir kein Postamt und keinen Briefträger mehr geben würde. In Madrid ist man davon überzeugt, dass wir nicht gern Briefe schreiben oder welche bekommen. Was für eine Unverschämtheit! Ich würde Dir all das nicht erzählen, wenn es nicht in Deiner Hand läge, Sara und unserem Dorf zu helfen. Wie Du das machen kannst? Ganz einfach: genauso wie ich. Schreib einen Brief. Es ist völlig egal, ob er kurz oder lang, gut oder schlecht geschrieben ist. Und schick ihn dann an jemanden, der auch in diesem Dorf lebt, denn er wird sicher verstehen, wie schwierig es ist, allein und fern von der Heimat seine Kinder großzuziehen. Selbst wenn Du die Person, die den Brief erhalten wird, nicht kennst, verbringe mit ihr ein paar Minuten. Auf diese Art werden wir alle zusammen eine Kette aus Worten knüpfen, die so lang ist, dass sie bis in die Stadt reicht, und so fest, dass auch dort niemand sie zerreißen kann.«

An wen, wenn nicht an Sie, hätte ich diesen Brief schreiben können? Ich wusste es sofort. Niemandem sonst könnte ich anvertrauen, was mich bewegt. Ich erwarte keinen Rat von Ihnen. Auch keine Antwort. Auch wenn ich mich noch so sehr danach sehne, denn das Ganze ist wohl so gedacht, dass die Briefe anonym sein sollen. Die Kette soll nur in eine Richtung fortgesetzt werden. Bitte lassen Sie sie nicht abreißen!

Ist Ihnen schon einmal der Gedanke gekommen, dass Sie in gewisser Weise denen etwas schuldig sind, die Ihre Werke lesen, die Sie bewundern und Sie lieben? Bitte schreiben Sie etwas für Sara, auch wenn es nur eine Zeile ist, und begleichen Sie so die kleinen Schulden, die Sie bei mir, Ihrer bedingungslosen Leserin, haben.

Die Zeit, die ich mit Ihnen verbringen konnte, indem ich diesen Brief schrieb, ist das Beste, was mir seit Langem passiert ist. Und Balsam für meine beunruhigte Seele. Dafür danke ich Ihnen.

Bevor ich mich verabschiede, möchte ich Ihnen noch etwas gestehen. Wissen Sie, warum ich Ihre Gedichte so mag? Weil Ihre Stimme kraftvoll und klar ist. Sie verleugnen nichts, auch nicht Ihre Ängste.

Vielleicht kann ich genauso wie die spanische Dichterin Belén Reyes eines Tages herausschreien: Was ihr hier lest, das bin ich, dieser verdammte Vers / ein Pfahl aus Tinte, stützender Träger meiner Angst.

Ihre
Alma

PS. Keine Sorge, ich werde niemandem verraten, dass Sie sich hier vor der Welt verstecken. Ihr Geheimnis ist bei mir sicher.

6

Sticher

Es gibt nichts,
was Menschen nicht in Briefen festhalten würden.[3]

ERNST JÜNGER,
verantwortlich für die Briefzensur im von den Nazis besetzten Paris

»Nein, nein, das darf nicht sein!«, rief die schwarz gekleidete Frau zum wiederholten Mal. Sie war so außer sich und ihre Stimme erhob sich derart, dass ein Spatz, der im Garten friedlich vor sich hin pickte, erschreckt aufflatterte.

Sara sah die Dame in Schwarz irritiert an. Der Postsack wurde allmählich schwer, und der Kragen ihrer Uniformbluse schien mit einem Mal enger um den Hals zu sitzen. Unbehaglich versuchte sie ihn mit zwei Fingern zu lockern. Solch eine Situation hatte sie in all den Jahren als Postbotin noch nicht erlebt. Seit mehr als zwanzig Minuten stand sie nun schon heftig diskutierend in der Tür des einzigen bewohnten Hauses der Feriensiedlung *La Rosa de los Vientos*, die am Ortsrand von Porvenir lag.

Als der Umschlag am Morgen auf dem kleinen Postamt eingegangen war, hatte Sara zunächst gedacht, dass es sich um einen Irrtum handeln müsse. Außerhalb der Saison war die Feriensiedlung wie ausgestorben. Ihre Nachbarin Rosa sagte immer, dass man früher an den blühenden Kirschbäumen erkennen konnte, dass es Frühling geworden war, während man heute durch die Autoschlangen, die sich freitagnachmittags den Hügel herauf zu der Feriensiedlung quälten, sah, dass die Saison angefangen hatte.

Doch nun war es November. Was hat diesen Unglücksraben wohl in unsere Wälder verschlagen?, dachte Sara und versuchte es noch einmal.

»Aber … sind Sie nun Mara Polsky oder nicht?«, fragte sie langsam.

»Ja! Das habe ich Ihnen doch eben schon gesagt«, entgegnete die Frau aufgebracht. »Oder glauben Sie, dass ich plötzlich jemand anderes geworden bin? Wenn Sie wissen, wie man so etwas hinkriegen kann, dann verraten Sie mir bitte den Trick …«

»Also … dann ist dieser Brief doch für Sie …«, sagte die Briefträgerin vorsichtig.

»Das sollte man meinen«, entgegnete die Frau in ironisch-gelangweiltem Tonfall, »denn mein Name steht darauf. Also können wir wohl davon ausgehen, dass Sie recht haben.«

»Dann müssen Sie ihn annehmen.«

Sara streckte der Frau den Brief so energisch entgegen, dass sie beinah eine Ecke des Umschlags in eines ihrer Nasenlöcher gebohrt hätte.

Die Frau stieß ein empörtes Zischen aus, und Sara senkte etwas hilflos den Kopf. Wenn ihr langes, bis zur Taille reichendes Haar nicht silberweiß gewesen wäre und ihr Gesicht nicht voller Falten, hätte sie gedacht, es mit einem bockigen Kind zu tun zu haben. Die eigenartige Frau sprach zwar Spanisch, doch ihr Akzent verriet, dass sie Ausländerin war. Ihre sackartige dunkle Kleidung wirkte alles andere als elegant. Und sie trug seltsame Schellen an den Füßen, deren stetiges Klirren die rothaarige Briefträgerin ganz nervös machte.

»Da bin ich anderer Ansicht, Señora. Ich *muss* ihn keineswegs annehmen. Was bedeutet das überhaupt – *müssen?*« Die Frau warf ihr einen inquisitorischen Blick zu. Es war eine rhetorische Frage, denn zweifelsohne wusste die Fragende die Antwort bereits.

Sara zuckte mit den Schultern. Sie wollte einfach nur den Brief loswerden und diese absurde Situation beenden. Wenn sie sich dafür einen Vortrag aus dem Wörterbuch anhören musste, ergab sie sich gern in ihr Schicksal. Sie hatte keine Ahnung, welcher Floh diese Ausländerin gestochen hatte.

»›Müssen: von göttlichem, natürlichem oder positivem Recht her zu etwas verpflichtet sein‹«, rezitierte die Frau in selbstgefälligem Ton und sah Sara lauernd an. »Sind Sie vielleicht ein Priester oder ein Richter? Und im Übrigen: Das sage nicht ich, sondern die RAE.«

»Die RAE?«, rutschte es der verwirrten Postbotin heraus.

Das Gesicht, das Mara Polsky daraufhin machte, bewies Sara, dass sie besser den Mund gehalten hätte.

»Die *Real Academia Española*, die Königlich Spanische Akademie. Wenn ihr Muttersprachler nicht mal wisst, wer oder was das ist, was soll ich als Ausländerin dann sagen?«, fuhr sie fort. »Ihr armen Dichter und Schriftsteller, die ihr in dieser Ödnis an – hicks!«

Ein Schluckauf hatte den melodramatischen Appell urplötzlich unterbrochen. Er erwischte Mara Polsky völlig unvermittelt, und sie lehnte sich an den Türrahmen. Sie holte tief Luft, nicht bereit zu tolerieren, dass irgendetwas ihr brillantes Plädoyer störte.

»›Reinigt, legt fest und verleiht Glanz.‹ Schon mal gehört?« Sie warf der Briefträgerin einen herausfordernden Blick zu und hickste wieder. »Bitte sagen Sie mir jetzt nicht, dass es sich um den Werbeslogan eines Reinigungsmittels handelt.«

Sie wurde von einem erneuten Hicksen geschüttelt und stieß mit dem Kopf unglücklich gegen den Türrahmen, an dem sie noch immer lehnte. Heftig rieb sie mit der linken Hand über die schmerzende Stelle.

Dann blickte sie theatralisch auf ihre Finger, an denen Blut zu sehen war.

Sara trat erschrocken einen Schritt zurück. Sie wollte etwas sagen, doch als sie den bohrenden Blick der Frau auf sich spürte, blieben ihr die Worte im Halse stecken.

Eine seltsame, düstere Atmosphäre lag in der Luft.

Mara Polsky wandte sich um, ging ins Haus und ließ die Tür hinter sich offen stehen. Sara wagte es nicht, über die Schwelle zu treten, obwohl sie den Eindruck hatte, dass es sich um ein ganz normales, elegantes und komfortables Ferienhaus handelte und nicht um ein Hexenhäuschen.

Von drinnen hörte sie die Stimme der Verrückten, die ihr jetzt zurief: »Ach, machen Sie doch, was Sie wollen! Lassen Sie den verdammten Brief hier oder verbrennen Sie ihn oder machen Sie einen Papierflieger draus … Aber gehen Sie jetzt endlich, und vergessen Sie mich. Vor allem vergessen Sie mich! Ich bin nicht da, kapiert? Sie haben mich nie gesehen! Laufen Sie nicht gleich zu Ihren Nachbarinnen und tratschen herum, dass Mara Polsky sich in diesem Nest versteckt. Ich bin nicht da, verstanden?!«

Sara hörte einen dumpfen Knall im Inneren des Hauses.

Sie stürzte hinein. Überrascht nahm sie den muffigen Geruch wahr. Offenbar wurde hier nicht gelüftet. Draußen war strahlendes Wetter: Die Sonne stand am blauen Himmel, an dem keine Wolke zu sehen war. Hier drinnen dagegen war es dunkel und unordentlich.

Sie eilte ein paar Schritte durch den Flur. Links ging es ins Wohnzimmer, und weiter hinten führte eine breite Treppe nach oben, hinter der der Flur weiterzugehen schien. Die Fremde kniete auf der untersten Stufe, ihr Kopf war auf die Brust gesunken.

Zum ersten Mal seit langer Zeit wusste Sara – die normalerweise eine zupackende und entschiedene Person war – nicht, was sie tun sollte. Sollte sie näher treten, um nachzusehen, wie es der Frau ging? Sollte sie ihr helfen aufzustehen? Oder sollte sie, wie die Frau gesagt hatte, einfach nur den Brief dalassen und verschwinden?

Während sie noch überlegte, was zu tun sei, schien Mara Polsky wieder zu Kräften zu kommen. Sie hielt sich mit beiden Händen am Treppengeländer fest und zog sich hoch. Dabei stellte sie sich ziemlich ungeschickt an. Ohne sich auch nur einmal umzudrehen, begann sie den Aufstieg. So wie sie die Sache anging, hatte Sara den Eindruck, dass sie im Himalaya unterwegs war und nicht eine Treppe von gerade mal dreizehn Stufen erklomm.

Mara Polsky murmelte vor sich hin, bis sie im oberen Stockwerk verschwand, wobei das leise Klingeln der Schellen an ihren Füßen sie ununterbrochen begleitete. Was zurückblieb, war Sara nicht unbekannt: der Geruch nach Whisky, wie sie ihn auch von den Betrunkenen in der Bar im Ort kannte.

Während sie das soeben Erlebte, das ihr wie ein skurriler Traum erschien, von sich abschüttelte, hörte sie Mara Polsky aus der Ferne rufen: »Wie Miguel de Unamuno sagte: ›Ihr werdet siegen, aber nicht überzeugen!‹ Du, die du die Worte anderer Menschen herumträgst und damit deinen Lebensunterhalt bestreitest, weißt du eigentlich, was sie *wirklich* wert sind? Wohl kaum.« Gelächter. »Für dich nur die Brötchen, die du dir damit verdienst.«

Dann hörte Sara ein Schnarchen. Offensichtlich war der Schlaf mächtiger als die Mischung aus Wut und Alkohol. Das Haus versank in einem zweifelhaften, zerbrechlichen Frieden.

Sara sagte sich, dass dies ein guter Moment wäre, um sich zurückzuziehen. Sie wollte nicht die Heldin spielen, die in Ausübung ihres Dienstes ihr Leben verlor. Sie hatte keine Ahnung, wer diese Mara Polsky war, und bezweifelte, dass eine ihrer Freundinnen schon mal von ihr gehört hatte. Dafür war sie fest davon überzeugt, dass diese Ausländerin eine Schraube locker hatte.

Wenn die Frau den Brief nicht wollte, würde sie ihn eben an den Absender zurückschicken. Erst als sie den Umschlag umdrehte, fiel ihr auf, dass er keinen Absender trug.

Wie seltsam!, sagte sie sich. Denn wie es aussah, war das Briefpapier sorgfältig ausgewählt worden. Der Umschlag war aus Büttenpapier und schien getrocknete Reste von Blüten oder

Zweigen zu enthalten. Die Adresse des Empfängers war in schön geschwungener Schrift mit einem Füller darauf geschrieben worden, man konnte also davon ausgehen, dass der Mensch, der diesen Brief geschrieben hatte, eine gewisse kulturelle Bildung besaß, sagte sie sich, stolz auf ihre detektivischen Fähigkeiten. Nur wie konnte jemand, der auf derartige Einzelheiten achtete, vergessen, seinen Absender auf den Umschlag zu schreiben?

Und was dachte diese Schnepfe mit der Wallemähne eigentlich! Sie trug nicht nur die Briefe anderer Leute durch die Gegend. Sie konnte Dutzende Papiertypen unterscheiden und beinah ganz genau deren Gewicht bestimmen. Anhand der Färbung der getrockneten Tinte konnte sie beurteilen, ob ein Brief vor kurzer oder längerer Zeit geschrieben worden war. Und sogar ergründen, ob der Absender männlich oder weiblich, gebildet oder ungebildet, älter oder jünger war ... Dazu wäre diese Hexe aus dem Ausland garantiert nicht in der Lage! Oder hatte die Frau vielleicht schon einmal wie sie den Wettbewerb der Landbriefträger gewonnen, weil sie all diese Dinge und noch viel mehr wusste?

»Betrunkene haben eben keine Ahnung«, murmelte Sara vor sich hin. »Außerdem sind sie unberechenbar.« Sie wandte sich in Richtung der Haustür, die immer noch offen stand, um so rasch wie möglich von diesem spukigen Ort zu verschwinden. Als sie am Wohnzimmer vorbeikam, änderte sie jedoch ihre Meinung. Denn zwischen den unordentlich herumliegenden Sofakissen schien sich etwas Kleines zu bewegen. Bestimmt eine Maus, sagte sich Sara, die keine Angst vor Mäusen hatte.

Sie bahnte sich einen Weg zwischen leeren Flaschen, vollgekritzelten Papierseiten und auf dem Parkett herumliegenden Büchern.

»Hallo!«, sagte sie überrascht. »Was machst du denn hier?«

Beim Klang der liebevollen Stimme öffnete das kleine Spatzenjunge den Schnabel und piepste. Sara strich ihm mit dem Zeigefinger vorsichtig über den Kopf.

»Du bist ja noch ganz klein. Sogar deine Augen sind noch zu …«

Das Vögelchen schien sich zu beruhigen, als es die zarte Berührung spürte, und plusterte sich auf. Es saß in einem Schuhkarton, der weich mit teurem Stoff ausgepolstert war. Die Mieterin des Ferienhauses hatte sich augenscheinlich viel Mühe gegeben, damit das Tierchen überlebte. Es handelte sich also um eine Hexe mit Herz.

Sara lächelte, als sie neben dem Vogel einen kleinen runden mit Wasser gefüllten Flaschenverschluss und ein paar Brotstückchen entdeckte.

»Hmm. Da bist du wohl bei jemandem gelandet, der viel über das Schreiben, aber wenig über kleine hilflose Wesen weiß, was?«

In ihrer kleinen Wohnung war es nicht schwer zu erraten, wo sich welches Zimmer befand, doch dieses Haus war ein Labyrinth, in dem Sara eine Weile herumirrte, bevor sie das Badezimmer entdeckte.

Das Vogeljunge riss in seiner Verzweiflung weit den Schnabel auf, als es den wassergetränkten Wattebausch spürte. Dies waren wohl seit Stunden die ersten Tropfen, die es zu trinken bekam, sagte sich Sara, während sie vorsichtig die Flüssigkeit direkt in den Schnabel träufelte.

»Nicht so gierig, sonst verschluckst du dich noch! Komm, jetzt gibt es etwas zu fressen. Aber etwas Richtiges, hmmm! Einen leckeren Wurm, den ich im Garten gefunden habe. Sieht der nicht köstlich aus?«

So wie das Spätzchen den Regenwurm verschlang, schien es Saras Meinung zu teilen.

Sara streichelte noch einmal über die weichen Federn. Das Spätzchen tat ihr leid. Sie wusste, dass seine Überlebenschancen gering waren. Als kleines Mädchen hatte sie einmal auf dem Schulhof ein Vogeljunges gefunden, das aus dem Nest gefallen war. Mühsam war sie auf den Baum geklettert und hatte es wieder hineingelegt. In jener Nacht war sie glücklich eingeschlafen, da sie glaubte, den kleinen Piepmatz gerettet zu haben. Nie wäre sie auf den Gedanken gekommen, dass sie ihn am nächsten Tag tot am Fuß des Baumes auffinden würde. Das Köpfchen war von Schnabelhieben zerstört gewesen. Es fehlte ein Auge, und ein Flügel war gebrochen.

Weinend war sie mit dem toten Vogel in den Händen zu ihrem Biologielehrer gelaufen, um ihn um eine Erklärung zu bitten. War vielleicht aus dem Gebirge ein Adler hergeflogen? Oder war es eine wütende Taube gewesen, weil die Kinder lieber die Spatzen fütterten?

Der Lehrer hatte ihr über den Kopf gestrichen. Seine Worte hatte sie nie vergessen.

»Die Vogelmutter hat deinen Geruch wahrgenommen, sie hat den Menschen gerochen und ihr Kleines verstoßen. Sie mögen uns nicht.«

Sara war ein paar Tage lang untröstlich gewesen. Hätte sie den kleinen Vogel mit nach Hause genommen, hätte sie ihm vielleicht das Leben retten können. Als sie das ihrem Lehrer gegenüber erwähnte, meinte dieser, dass auch dann die Überlebenschancen des Vogels gering gewesen wären. Es liege nicht in ihrer Hand, ob er überlebte, sondern nur an ihm selbst, hatte er freundlich erklärt.

»Also merk es dir gut, es liegt nur an dir, ob du, wenn du kräftig genug bist, hinausfliegen kannst!«

Bevor Sara ging, blickte sie noch einmal in das Wohnzimmer zurück.

Der Brief lag auf dem Sofa neben dem Schuhkarton. Die zärtliche Geste, mit der sich die Fremde um den Spatz gekümmert hatte, rührte Sara. Sie würde ihr eine zweite Chance geben. Wenn Jemand mit solcher Umsicht einen ansprechenden Umschlag ausgesucht und sich um eine schöne Schrift bemüht hatte, konnte der Brief nur freundliche Worte enthalten. Und es war offensichtlich, dass die Frau, die hier so einsam lebte, freundliche

Worte gut gebrauchen konnte. Wenn sie den Brief nicht lesen will, kann sie ihn ja ungeöffnet wegwerfen, dachte Sara, um ihre letzten Bedenken zu zerstreuen.

Der kleine Vogel schlief friedlich. Neben dem Schuhkarton hatte sie die wichtigsten Dinge hinterlassen, die nötig waren, damit das Tierchen überleben konnte: einen mit Wasser vollgesogenen Wattebausch, eine Streichholzschachtel mit ein paar toten Insekten und eine kurze Nachricht: *Sie können ihm auch zerstampfte Samenkörner geben. Außerdem sollten Sie ihn mit einer eingeschalteten Glühbirne wärmen.*

Aus irgendeinem unerfindlichen Grund hasst Mara Polsky Briefträgerinnen, liebt jedoch Spatzen, sagte sich Sara. Und das machte sie in ihren Augen – so seltsam dies auch klingen mochte – irgendwie menschlich.

Zurück im Postamt, machte Sara sich daran, Formulare für die Zentrale auszufüllen. Eine Tätigkeit, die sie hasste. Sie war Postbotin geworden, weil sie lieber draußen war und gern Leute traf und nicht, um stundenlang vor dem Computer zu sitzen. Ihre Vorgesetzten jedoch glaubten fest an den Segen der absoluten Kontrolle, die sie nur erreichten, wenn sie wussten, was sie jeden Tag und jede Stunde tat.

Sie schaltete den Computer ein. Im selben Moment erhielt sie eine Einladung zum Chat.

Sie musste nicht erst nachsehen, wer ihr wie jeden Tag um zwölf Uhr mittags schrieb.

CASTAWAY 65: Habemus sol?

SARA: Und wie! Ein strahlend schöner Tag. Keine Wolke am Himmel.

CASTAWAY 65: Hey, willst Du mich armen Bewohner der Dunkelheit neidisch machen?

SARA: Aber nein! Ich habe das so genau beschrieben, damit Du die Sonne auch spüren kannst. Übrigens: Guten Appetit!

CASTAWAY 65: Danke. Du weißt ja, dass seit ein paar Monaten das Mittagessen meine Lieblingsmahlzeit ist.

SARA: Wie kommt's?

CASTAWAY 65: Wahrscheinlich weil hier im »Gefängnis« das Essen besser geworden ist. Seit drei Monaten findet sich an seltenen Tagen tatsächlich mal ein Stückchen Huhn in der Suppe oder dem Reis. Endlich! Wahrscheinlich nur eine Fata Morgana. Am nächsten Tag ist nämlich alles wie gehabt.

SARA: Du tust mir so leid! Mundet dem gnädigen Herrn der norwegische Lachs nicht? Hier können wir uns so etwas nicht einmal an Weihnachten leisten. Wie gern würde ich einmal norwegischen Lachs essen!

CASTAWAY 65: Dein Wunsch ist mir Befehl, Prinzessin. Ich lade Dich zum Essen ein. Wann würde es Dir passen?

SARA: ☺

CASTAWAY 65: Wie? Das ist alles? Wie kannst Du einen galanten Eroberer mit einem gewöhnlichen Emoticon beleidigen!

SARA: Wenn ich zusage, wohin würdest Du mich ausführen?

CASTAWAY 65: In das beste Lachsrestaurant der Welt.

SARA: Wie ist es dort?

CASTAWAY 65: Es ist sehr klein, hat höchstens fünf Tische, und es liegt, zwischen Bäumen versteckt, am Ufer eines Sees. Viele verliebte Pärchen gehen dorthin, denn es ist der perfekte Ort für einen romantischen Abend.

SARA: Nicht so schnell, Castaway 65. Von einem Rendezvous war nicht die Rede, nur von einem Essen.

CASTAWAY 65: Ach so, heißt das, Du willst bezahlen? Wunderbar. Dann gehen wir doch in ein Restaurant in einem Fünf-Sterne-Hotel, das …

SARA: Du bist schrecklich! ☺

CASTAWAY 65: Das hat meine Mutter früher auch immer gesagt. Deswegen hat sie mich an diesen entlegenen Winkel der Erde geschickt, damit ich gut darüber nachdenke, was ich angestellt habe.

SARA: ...

CASTAWAY 65: Und hier bin ich nun und sitze meine Strafe ab. ☺

SARA: Warum siehst Du es als Strafe? Ich finde es äußerst spannend, auf einer Bohrinsel zu leben.

CASTAWAY 65: Wenn Du es sagst ... Es ist aber furchtbar langweilig. Ich sitze seit sechs Stunden hier rum und starre auf das Wasser. In der Dunkelheit. Und nach dem Mittagessen noch drei Stunden. Und morgen und übermorgen ...

SARA: Was würde ich dafür geben, jeden Tag das Meer zu sehen!

CASTAWAY 65: Ob ich hier am Meer bin oder mitten in New York, Sara, macht keinen Unterschied, man sieht sowieso nichts, denn sechs Monate lang ist es stockdunkel. So ist das im norwegischen Winter. So ist das Leben auf einer Bohrinsel. Ich weiß, dass Du Dir das nicht so einfach vorstellen kannst.

SARA: Da fällt mir etwas ein, das ich Dir erzählen wollte ...

CASTAWAY 65: Dann aber flott, mein Smutje! In zwei Minuten ist meine Mittagspause zu Ende.

SARA: Erinnerst Du Dich, dass ich versetzt werden soll, weil hier nur so wenige Briefe auszutragen sind?

CASTAWAY 65: Ja, Du hast diese E-Mail erwähnt, von den hohen Tieren bei der Post.

SARA: Du wirst es nicht glauben: Seit ich diese Nachricht erhalten habe, schreiben sich die Leute wieder.

CASTAWAY 65: Wie meinst Du das?

SARA: Genau so, wie ich es sage. Heute habe ich schon wieder einen Brief zugestellt. Es ist wirklich seltsam ...

CASTAWAY 65: Seltsam – warum?

SARA: Keiner der beiden Briefe hatte einen Absender, aber wie es aussah, waren es besondere Briefe. Die Leute, die sie geschrieben haben, haben mit sehr viel Sorgfalt das Papier ausgewählt, die Schrift war sehr ordentlich ...

CASTAWAY 65: Vielleicht waren beide Briefe von derselben Person?

SARA: Es waren unterschiedliche Handschriften.

CASTAWAY 65: Die Pause ist vorbei, meine Liebe. Der Kapitän ruft.
SARA: Meldest Du Dich morgen wieder?
CASTAWAY 65: Was für eine Frage!

Auf dem Bildschirm erschienen keine neuen Buchstaben mehr, dennoch hielt Sara noch eine ganze Weile den Blick darauf gerichtet. Sie hatte Fernando schon zwanzig Jahre zuvor kennengelernt. Damals hatte er im Nachbarort bei einer Heizungsbaufirma gearbeitet. Fünf Winter war er immer wieder bei ihr auf dem Postamt gewesen, weil sie ständig Probleme mit der Heizung hatte.

Zu jener Zeit war sie noch verheiratet gewesen und hatte vom perfekten Familienleben geträumt. Sie und Fernando hatten sich ein bisschen angefreundet. Er war ein freundlicher, fröhlicher junger Mann, der immer ein Kompliment auf den Lippen trug. Irgendwann hatte er ihr dann gesagt, dass er sich hier in den Bergen wie eingesperrt fühle. Ein Cousin von ihm arbeitete zu dieser Zeit auf einer norwegischen Bohrinsel und hatte ihm dort einen Job auf Zeit besorgt.

Eigentlich sollte es nur für sechs Monate sein, doch inzwischen waren daraus schon fast zehn Jahre geworden. Unterdessen hatte sie ihre Kinder bekommen, sich von ihrem Mann getrennt und war in ihr Elternhaus zurückgekehrt. Doch nach wie vor arbeitete sie auf dem kleinen Postamt von Porvenir.

Lange Zeit hatten sie und Fernando keinen Kontakt mehr. Bis Sara ein paar Monate zuvor eine Mail von ihm bekommen hatte. Er hatte sie um Hilfe gebeten, denn seine Geburtsurkunde war in der Post verloren gegangen. Er brauchte sie aber, um seine Aufenthaltsgenehmigung zu verlängern.

Sara hatte keinen Moment gezögert. Sie hatte alle Hebel in Bewegung gesetzt, um Fernando zu helfen, den sie stets in guter Erinnerung behalten hatte.

Eines führte zum anderen. Als die Kopie der Geburtsurkunde schließlich bei ihm ankam, schrieb er ihr, um sich zu bedanken.

Von den E-Mails gingen sie zum Chatten über. Scherze flogen hin und her, und nachdem sie beide in den letzten Jahren nicht viel zu lachen gehabt hatten, fanden sie Spaß an der Leichtigkeit dieses kleinen Austauschs. Zuerst hatten sie sich nur alle zwei, drei Tage geschrieben. Seit anderthalb Monaten chatteten sie jeden Mittag.

Sara meinte, einen leichten Meeresgeruch in dem kleinen Postamt wahrzunehmen, und ihr Herz wurde von einer frischen Brise erfasst.

7
Mara Polsky

Porvenir, 19. November
An irgendeine Unbekannte.

Ich weiß nicht, wer Du bist. Ich weiß nicht, was Du machst, und die Wahrheit ist, dass es mir im Grunde egal ist.

Im Moment weiß ich nicht einmal, wer ich eigentlich bin.

Ich heiße Mara Polsky. Oder besser gesagt, man nennt mich Mara Polsky. Denn seit einem halben Jahrhundert habe ich mich kaum noch mit mir selbst beschäftigt. Als ich ein kleines Mädchen war und zusammen mit ein paar alten Leuten im Krieg in einem Bunker vor den Bomben Schutz gesucht habe, habe ich, um mir die Zeit zu vertreiben, mit mir selbst gesprochen. »Alles wird gut, Marita!«, habe ich gesagt, um mir Mut zu machen. Ich habe für mich selbst gesungen, um einschlafen zu können. Und ich habe mich selbst ermahnt … So hat meine Mutter es mir jedenfalls erzählt.

Bedeutet das nun, dass ich Mara Polsky bin? Oder Marita? Oder eine der vielen Personen, die es zwischen den beiden gab? Ich maße mir nicht an, es zu bestätigen. Sind wir als eine Art Anhängsel mit dem Namen verbunden, den wir tragen? Oder sind wir mehr das, was sich nicht definieren oder benennen lässt?

Als ich geboren wurde, wollten meine Großeltern mich Sara, Ruth oder Judith nennen. Mir einen jüdischen Namen geben, »weil sie doch schließlich eine Jüdin ist«, sagten sie immer wieder. Meine Großeltern, an die ich mich nicht erinnere, da meine Eltern, als ich drei Jahre alt war, mit mir aus Deutschland geflohen sind, dem Land, wo man uns umbringen wollte. Bin ich Jüdin? Auch das wage ich nicht zu bejahen. Und das sage ich nicht, weil meine Mutter aus Angst alles getan hat, um jeden verräterischen Hinweis auf meinen Namen zu verbergen, als könnte sie damit unseren gesamten Stammbaum auslöschen. Sie nannte mich von da an Mara und ließ sich auch von meinem Vater nicht davon abbringen. Ich bin keine Jüdin, weil ich mich nie wie eine solche verhalten oder mich so gefühlt habe, auch unabhängig von meinem Namen.

Lass mich mit den Worten eines Dichters aus Deinem Land sagen, was ich denke: Fort mit den Kleidern, / den Kennzeichen, den Porträts; / so will ich dich nicht, / verkleidet als eine andere, / stets die Tochter von irgendwas. / Ich will dich rein, frei, / einzig: dich selbst. / Ich weiß, wenn ich dich rufe / unter allen Völkern / der Welt, / nur du bist du. / Und wenn du mich fragst, / wer ist's, der dich ruft, / dich als die Seine will, / begrab ich die Namen, / die Schilder, die Geschichte. / Ich zerschlage alles, / was man mir aufgepackt / schon vor der Geburt. / Und zurückgekehrt zum namenlos / Ewigen der Nacktheit, / des Steins, der Welt, / werd ich dir sagen: / »Ich liebe dich, ich bin's.«[4]

Wie recht er hat, Pedro Salinas! Findest Du nicht? Meine Eltern, die sehr gute Menschen, aber sehr kurzsichtig waren, haben entschieden, nach Frankreich zu flüchten, das nur wenige Monate später von den Nazis besetzt und von Vichy aus regiert wurde. Sie waren nicht weitsichtig genug und bemerkten nicht, dass das böse Geschwür des Antisemitismus auch dort wucherte. Erneut war unser Leben in höchster Gefahr, bis wir auf einem Schiff den europäischen Kontinent verließen und in die Neue Welt reisten.

Damals wurde der Faden gesponnen, der heute der Grund dafür ist, dass ich mich hier in Porvenir verstecke. Du kannst Dir also vorstellen, wie lang dieser Faden sein muss!

Auf dem Schiff lernten meine Eltern Ramón, einen republikanischen spanischen Lehrer, kennen, der in dieser Gegend unterrichtet hatte. Wenn Deine Familie von hier stammt, weißt Du vielleicht, von wem die Rede ist. Auch er war auf der Flucht. Diese Freundschaft wurde so eng, dass sie in der nächsten Generation fortgeführt wurde.

Mit den Jahren wurde Ramón zum erfolgreichen Unternehmer. Doch je reicher er wurde, desto größer wurde seine Sehnsucht nach den

Wäldern seiner Heimat. Auf dem Sterbebett nahm er seinen Kindern das Versprechen ab, dass sie hier ein Haus kaufen und ab und zu herkommen würden. Den ersten Teil des Versprechens haben sie hundertprozentig eingehalten. Den zweiten nur zum Teil. Marisa und Ramón sind für mich die Geschwister, die ich nie hatte. Sie haben sich Sorgen um mich gemacht und mir angeboten, für eine Weile in ihrem Haus in Spanien zu wohnen und es sozusagen einzuweihen. Ich erinnere mich noch gut an Marisas letzten Satz, als wir uns vor ein paar Wochen verabschiedeten: »Wenn es das Paradies gibt, dann muss es in Porvenir sein. Denn so hatte mein Vater es in Erinnerung, und wie du weißt, neigte er nicht zu Übertreibungen. Dort wirst du wieder zu dir selbst finden.«

Während der einen Woche, die die Atlantiküberquerung damals dauerte, veränderte sich etwas in meiner Familie und auch in der von Ramón. Und diese Veränderung kam zum Tragen, als wir im Zielhafen einliefen, in einem Amerika voller Farben und Licht. Wir waren als furchtsame Raupen eingestiegen und verließen das Schiff als Schmetterlinge. Wir waren Flüchtlinge gewesen, und nun waren wir Emigranten. Nur meine Mutter ist zeit ihres Lebens in ihrem Kokon geblieben und hat das Schiff im Grunde nie wirklich verlassen. Sie fand Mexiko furchtbar, sodass mein Vater, der ihr nie etwas abschlagen konnte, entschied, zu einer kleinen Stadt in Minnesota weiterzureisen, wo entfernte Verwandte von uns lebten. Die übliche Geschichte also. Vielleicht ist es jemandem aus Deiner Familie ja ähnlich ergangen.

Bin ich eine Emigrantin? Ich bezweifele es. Meine Mutter ist immer ein Flüchtling geblieben. Mein Vater, meine Onkel, meine Cousins haben sich bis ans Ende ihrer Tage als Emigranten gefühlt. Sie träumten davon, in ein Land zurückzukehren, das nur in ihrer Phantasie existierte und unerreichbar war. In meiner Erinnerung haben sie sich stets bemüht, möglichst nicht aufzufallen. Sogar in der Straße, in der sie wohnten, wirkten sie unscheinbar, fast so als bäten sie um Erlaubnis, dort sein zu dürfen. Ein Gefühl, das ich nicht kenne.

Meine Heimat? Sie ist in mir drin. Der Ort, den ich betrete, ist nur ein Stück Land. Ich bin viel gereist, aus beruflichen und privaten

Gründen, und erst wenn ich bei der Passkontrolle meinen Ausweis vorzeigen muss, wird mir bewusst, dass ich aus den Vereinigten Staaten komme. So steht es zumindest in meinem Pass. Manchmal wird er beim Stempeln neugierig betrachtet, manchmal bewundernd und manchmal hasserfüllt. Es sind diese Menschen und meine Ausweispapiere, die mich so definieren, nicht ich selbst.

Ich nehme an, Álex ist ein weiblicher Name, oder? Ich habe Dich nach dem Zufallsprinzip aus dem örtlichen Telefonbuch herausgesucht.

Bedeutet Dein Name jetzt, dass Du eine Frau bist? Bin ich eine Frau? So wie eine Frau definiert wird, sind wir wohl beide eine, oder nicht? Ich bin als Mädchen aufgewachsen und zur Frau geworden. Ich war fünfundzwanzig Jahre alt und hatte das perfekte Leben vor mir. Ich habe an einer unbedeutenden Universität in einer kleinen Stadt Philosophie und Literatur studiert. Und bin sofort aufgefallen.

Wenn ich heute über dieses Kapitel meines Lebens nachdenke, glaube ich, dass das eher an der Unfähigkeit der anderen lag als an meinen Leistungen. Doch damals fühlte ich mich als etwas Besonderes: Ich erhielt eine Stellung als Assistentin des Professors für Nordamerikanische Literatur und wurde Dozentin. Das war mehr, als meine Eltern oder meine Großeltern sich jemals für mich erträumt hatten. Wenn ich nicht im Büro oder im Vorlesungssaal war, habe ich Apfelkuchen gebacken, den Leuten im Altersheim vorgelesen oder an den Winterabenden zusammen mit meiner Mutter gestickt. Ich habe mit meiner Doktorarbeit begonnen, habe unterrichtet und sogar einen ersten Gedichtband veröffentlicht.

Ich erinnere mich nicht mehr an den Titel, aber auch wenn er mir wieder einfallen würde, würde ich das Buch sicher nirgendwo finden. Ich hoffe, dass es in irgendeinem Lager vor Langeweile gestorben ist mit all seinen singenden Vögeln, den Sonnenuntergängen und den Händchen haltenden Verliebten. So voller Klischees.

Aber so war mein Leben damals: rosarot. Und das Sahnehäubchen war, dass ich kurz davorstand, den bestaussehenden Mann zu heiraten, den Du Dir vorstellen kannst. Ich übertreibe nicht. Es gibt ein

Foto, das mein Glück beweist. Darauf bin ich im Begriff, eine Bilderbuchfamilie zu gründen.

Nun fragst Du Dich sicher, wo bei dem Ganzen das »Aber« ist, richtig? Wie jemand, der alle Möglichkeiten hatte, glücklich zu werden, so enden kann: in einem unbewohnten Haus irgendwo in einem kleinen Dorf in den Bergen, wütend und betrunken. Denn genau das bin ich: wütend und betrunken. Und leer. Jetzt und seit den letzten zehn Tagen. Oder sogar länger. Seit ich mich in diesem Zustand befinde, habe ich jegliches Zeitgefühl verloren.

Das »Aber« hat medizinische Gründe und wurde durch eine unvermeidliche Operation besiegelt. Wie heißt es bei Euch? Totaloperation? Etwas in der Art … Mit siebenundzwanzig Jahren wurde mir der Unterleib ausgeräumt und damit die Möglichkeit genommen, jemals Mutter zu werden. Und wieder habe ich mich in einen Kokon eingeschlossen und bin erneut verändert daraus hervorgegangen. Diesmal habe ich in New York »das Schiff verlassen«, weit weg von meiner Familie, von meinem Verlobten, der früher oder später vor mir geflohen wäre, und von der Vorzeigedozentin, die ich niemals werden wollte.

Was ist dann aus mir geworden? Wie habe ich mich in den kommenden vierzig Jahren meines Lebens verhalten? Wie eine Dichterin?

Ja. Bis vor ein paar Monaten ist dies die einzige Definition gewesen, die ich für mich akzeptiert habe. Wer ist das? Eine Dichterin. Wie heißt sie? Das ist völlig unbedeutend. Jemand, der für die Poesie lebt und stirbt. So habe ich mich gefühlt. So haben auch die anderen es gesehen: Kritiker, Verleger, Kulturjournalisten, Jurymitglieder bei der Vergabe von Literaturpreisen … vielleicht auch der Leser oder die Leserin. Ich spreche gern im Singular von ihm oder ihr. Für mich waren sie nie wie die Schafe in einer Herde. Sogar jetzt, in meiner Verzweiflung, verdienen sie noch meinen absoluten Respekt. Denn wir alle sind der Poesie in bedingungsloser Liebe verbunden.

Wenn Du bis hierhin gekommen bist und diesen Monolog einer alten Säuferin ertragen hast, verdienst Du es, die Wahrheit zu erfahren.

Wahrscheinlich ist es Dir völlig egal, bist Du Dir nicht einmal bewusst, dass ich mich vor Dir entblöße. Ironie des Schicksals! Vielleicht werde ich nun einer Hausfrau, die nur Handarbeitszeitschriften liest, ein großes Geheimnis der Gegenwartsliteratur verraten, für das jede Kulturzeitschrift ein Vermögen bezahlen würde.

Mara Polsky fühlt keine Poesie mehr in sich. Die Nobelpreisanwärterin, die bereits auf der Titelseite der New York Times *war und über zehn Ehrendoktortitel von Universitäten auf fünf Kontinenten verfügt … schreibt nicht mehr. Weil sie es nicht mehr kann. Es gelingt ihr nicht mehr. Sie weiß nicht mehr, wie es geht. Sie hat ihre Gabe verloren. Sie ist so leer wie nach der Totaloperation.*

Deshalb lebt sie nun hier. Versteckt. In aller Stille. Allein. Und büßt ihre Sünden ab, an die sie sich nicht erinnern kann. Ich habe stets so gelebt, wie ich es wollte: ohne Regeln. Dennoch glaube ich nicht, dass ich irgendjemandem ein Leid zugefügt habe. Ich habe nie jemandem geschadet außer mir selbst. Bin ich es also, die sich nun bestraft?

Vielleicht befinde ich mich wieder in einem Kokon, aus dem ich verändert hervorgehen werde. Als eine andere Mara Polsky.

Ich war Jüdin, war ein Kriegskind, ein Flüchtling, eine Emigrantin, eine glückliche Verlobte, eine erfolgreiche Dozentin … Muss ich nun auch sagen, dass ich eine Dichterin war, in der Vergangenheitsform?

Ich lebe nur, wenn ich schreibe. Bin ich also dazu verdammt, die letzten zwanzig Jahre meines Lebens wie ein Gespenst auf dieser Erde herumzuirren?

Ich habe mich in die Dunkelheit und die Stille zurückgezogen.

Doch nun bin ich nicht mehr allein mit meinem Geheimnis.

Jetzt bist Du bei mir, wer Du auch bist. Was Du auch tust. Wie Du auch heißt.

Und es gibt Alma, eine junge Frau, die an mich gedacht hat und der es gelungen ist, mich hier, in meinem Kokon, zu finden. Sie hat mir einen Brief geschrieben, und sie erinnert mich an jemanden, den ich vor vielen Jahren kannte. Eine Studentin an einer namenlosen Universität in einer Kleinstadt, die sich seitenlang und nicht gerade kunstvoll über

Vögel und Sonnenuntergänge ausgelassen hat. Und die, während sie dies tat, davon träumte, dass ihre Gedichte eines Tages veröffentlicht werden würden, ohne lange darüber nachzudenken, ob sie gut oder schlecht waren, ob ihr Agent sie würde verkaufen können, ob ein Verlag sie in sein Programm aufnehmen würde oder ob sie eines Tages einen Literaturpreis dafür erhalten würde …

Alma ist dreiundzwanzig Jahre alt. Ihr Leben steht vor einer entscheidenden Veränderung, sicherlich ohne dass sie es ahnt, genau wie es mir in ihrem Alter ging. Sie träumt vom Dichten. Ich musste ihren Brief einfach zu Ende lesen, nachdem ich mit der Lektüre begonnen hatte.

Und dann ist da noch diese verdammte rothaarige Briefträgerin, die mich vor ein paar Tagen den letzten Nerv gekostet hat. Vielleicht bist Du ja sogar mit ihr befreundet. Wäre gut möglich in einem so kleinen Ort. Sie ist ein bisschen mollig und hat so viele Sommersprossen im Gesicht, dass man sie nicht zählen kann. Sie ist daran schuld, dass ich Dir nun diesen Brief schreibe, und immerhin bringe ich auf diese Weise nach langer Zeit mal wieder etwas zu Papier. Wenn es auch keine Verse sind.

Muss ich dieser aufdringlichen Postbotin etwa dankbar sein?

Sie ist aus mehreren Gründen dafür verantwortlich, dass diese Zeilen zustande gekommen sind.

Erstens weil sie zu diesem scheinbar unbewohnten Haus gekommen ist und hartnäckig an der Tür geklingelt hat. Genauso gut hätte sie den Brief mit dem seltsamen Namen, der an eine Adresse gerichtet war, wo eigentlich keiner lebt, einfach zurückschicken können. Er hatte zwar keinen Absender, aber … Sicher gibt es bei der Post irgendeinen Sack in der Art eines Massengrabs, wo derartige Briefe landen. Also einen Sack, in dem die Briefe verrotten, nach denen niemand fragt, bis sie zu Staub zerfallen oder von Ohrwürmern gefressen werden.

Wenn es so einen Sack nicht gibt, sollte man ihn schleunigst erfinden.

Jedenfalls ist diese Briefträgerin hier aufgekreuzt und hat Sturm geklingelt. Irgendwann am Vormittag. Ich habe noch geschlafen, weil *ich keinen Grund hatte aufzustehen. Nachts bin ich wach, und tagsüber schlafe ich. Na und? Ist das ein Verbrechen? Bringt denn niemand den spanischen Postboten bei, auf so etwas Rücksicht zu nehmen?*

Sie hat mich geweckt. Und dann wie eine Besessene darauf bestanden, dass ich diesen Brief annehme. Verdammt, da reise ich auf die andere Seite der Erde, damit ich von den Leuten, die ich kenne, in Ruhe gelassen werde, und soll mich dann mit Unbekannten auseinandersetzen? Nur zwei Menschen, die mir etwas bedeuten, wissen, dass ich hier bin: Marisa und Ramón junior. Was für eine Dreistigkeit, ungebeten einfach so vor der Tür zu stehen!

Allein der Gedanke an diese Briefträgerin macht mich nervös.

Ich habe den Brief nicht angenommen. Das weiß ich mit Sicherheit. Doch als ich um Mitternacht aufgestanden bin, um etwas zu essen und dem Spatz, den ich aufgenommen habe, ein paar in Milch eingeweichte Kekskrümel zu geben … lag da dieser Umschlag mit den Blüten!

Also ist sie irgendwann einfach ins Haus gekommen! Dafür könnte ich sie anzeigen, aber da ich mich nicht erinnern kann, wie es genau gewesen ist, halte ich mich lieber zurück. Außerdem hat die Rothaarige, wie es aussieht, den kleinen Vogel gerettet. Sie hat mir sogar einen Zettel mit ein paar Tipps dagelassen. Ein Überlebensset für den Kleinen. Deswegen werde ich sie nicht anzeigen.

Ich bin nicht unbedingt ein Tierfreund, aber … ich konnte ihn ja nicht einfach seinem Schicksal überlassen, als ich ihn vor ein paar Tagen draußen entdeckt habe.

Jedenfalls habe ich von dieser ganzen Diskussion an der Haustür ziemliche Kopfschmerzen bekommen. Ich glaube, dann habe ich mich einfach wieder ins Bett gelegt und den heiligen Hiob der Postboten nicht weiter beachtet.

Als ich nachts den verdammten Brief vorfand, habe ich ihn vor Wut erst einmal nicht geöffnet. Was glauben die eigentlich! Diese Rothaarige und derjenige, der ohne meine Erlaubnis einfach meinen Namen auf einen Briefumschlag geschrieben hat! Aber weggeworfen habe ich ihn auch nicht. Ich habe ihn erst mal dort gelassen, wo die

Briefträgerin ihn hingelegt hatte, neben dem Nest, das ich für den Spatz gebaut habe. Ein Akt des Triumphs, denn was bringt es, einen Brief zu schreiben und zuzustellen, wenn er dann nicht gelesen wird? Nichts. Am Ende hatte ich also doch noch gewonnen.

Leider habe ich einen Fehler. Oder besser gesagt, viele Fehler. Aber einen, den ich jetzt zugebe: Ich bin neugierig. Ich bin viel neugieriger als nachtragend oder dickköpfig. Schon als kleines Mädchen war ich so.

Als ich heute, zwei Abende später, aufgestanden bin, war der Brief kein Zeichen des Triumphs mehr, sondern eine Provokation meiner Neugier. Und ich konnte nicht widerstehen. Ich habe mir gesagt: Mara Polsky, wenn niemand erfährt, dass du ihn gelesen hast, hast du irgendwie immer noch gewonnen.

Inzwischen ist es fünf Uhr morgens. Ich habe Almas Brief am Abend gegen neun Uhr gelesen, als ich mein erstes Glas Wein geleert habe. Der Whisky ist alle, sodass ich mich mit dem Bacchustrunk zufriedengeben musste, was die Erklärung dafür ist, dass ich, obwohl ich inzwischen schon die zweite Flasche angebrochen habe, immer noch so weit bei Verstand bin, um Dir zu schreiben. Wenn man harte Sachen gewohnt ist, braucht es viel Rebensaft, um einen umzuhauen.

Da ist noch ein letzter Grund, weshalb Sara – so heißt die nervige Briefträgerin – schuld daran ist, dass ich Dir schreibe. Etwas, was mir Alma erklärt hat, die für mich irgendwie keine Fremde mehr ist. Sie hat Folgendes geschrieben:

»Sara, die eine Frau ist wie Du oder ich, hat gerade etwas erfahren, was ihr Leben vollkommen verändern wird und sie sehr traurig macht. Vielleicht bist Du ihr schon einmal begegnet, sie ist in unserem Dorf aufgewachsen. Nun hat sie drei Kinder, die ebenfalls fröhlich durch unsere Straßen laufen. Obwohl sie es nicht leicht hat, hat sie für jeden immer ein Lächeln übrig. Und nun will ihr Chef sie versetzen und uns wegnehmen.

Das würde bedeuten, dass es nach über hundert Jahren in Porvenir kein Postamt und keinen Briefträger mehr geben würde. In Madrid ist man davon überzeugt, dass wir nicht gern Briefe schreiben oder welche bekommen. Was für eine Unverschämtheit! Ich würde Dir all das nicht erzählen, wenn es nicht in Deiner Hand läge, Sara und unserem Dorf zu helfen. Wie Du das machen kannst? Ganz einfach: genauso wie ich. Schreib einen Brief. Es ist völlig egal, ob er kurz oder lang, gut oder schlecht geschrieben ist. Und schick ihn dann an jemanden, der auch in diesem Dorf lebt, denn er wird sicher verstehen, wie schwierig es sein wird, allein und fern von der Heimat seine Kinder großzuziehen. Selbst wenn Du die Person, die den Brief erhalten wird, nicht kennst, verbringe mit ihr ein paar Minuten. Auf diese Art werden wir alle zusammen eine Kette aus Worten knüpfen, die so lang ist, dass sie bis in die Stadt reicht, und so fest, dass auch dort niemand sie zerreißen kann.«

Du wirst Dich sicher fragen, was eine ehemalige Dichterin mit einem amerikanischen Pass, die sich leer, betrunken und müde fühlt, dazu bewogen hat, bei einem derartig verrückten Schwachsinn mitzumachen. Aber ich hasse es, jemandem etwas schuldig zu sein. Keine Ahnung, ob das nun ein Fehler ist oder eine gute Eigenschaft. Entscheide Du.

Wobei es sicher nicht Sara ist, der ich etwas schuldig bin, ihr habe ich höchstens meine heftigen Kopfschmerzen zu verdanken, wobei ich zugeben muss, dass auch der Alkohol dabei eine Rolle gespielt haben könnte.

Aber Alma hat in ihrem Aufruf Folgendes geschrieben: »Ist Ihnen schon einmal der Gedanke gekommen, dass Sie in gewisser Weise denen etwas schuldig sind, die wir Ihre Werke lesen, Sie bewundern und Sie lieben? Bitte schreiben Sie etwas für Sara, auch wenn es nur eine Zeile ist, und begleichen Sie so die kleinen Schulden, die Sie bei mir, der bedingungslosen Leserin, haben.«

Ich habe ja schon am Anfang dieses Briefs erwähnt, dass ich einen beinah ehrerbietigen Respekt meinen Lesern oder Leserinnen gegenüber empfinde, zu denen auch diese junge Frau zählt, wie sie behauptet. Umso mehr, wenn sie tatsächlich mein Erstlingswerk gelesen hat, Seelengeheimnisse.

Jemandem etwas schuldig sein? Das will ich nicht. Das hasse ich wie die Pest. Der Wunsch einer Leserin, einer erklärten Liebhaberin von Gedichten? Sollte erfüllt werden.

Die Wahrheit ist aber, dass ich, als ich mich am Abend mit einem Glas Wein neben den Spatz aufs Sofa gesetzt habe, Dir eigentlich nur ein paar Zeilen schreiben wollte:

An irgendeine Unbekannte.

Ich weiß nicht, wer Du bist. Ich weiß nicht, was Du machst, und die Wahrheit ist, dass es mir im Grunde egal ist.

Ich will nur eine Schuld begleichen, und dieser Brief mit diesen drei Sätzen ist der Preis dafür.

Doch als ich den dritten Satz schreiben wollte, wurde der Stift irgendwie von einem Eigenleben erfasst.

Wenn Du gern schreibst – und damit meine ich nicht Weihnachtskarten –, hast Du so etwas sicher auch schon erlebt. Deine Finger gehorchen Dir nicht mehr, sondern tun, was der Stift will. Er fliegt über das Papier, und Du kannst nur noch zusehen und verwundert die Spuren betrachten, die auf dem Papier zurückbleiben.

Dieses kleine Wunder, das sich bei mir schon so lange nicht mehr eingestellt hat, ist heute Nacht geschehen. Und dafür bin ich Dir unendlich dankbar, wie Du auch heißt, wo Du auch bist und was Du auch machst. Vielen Dank, dass Du mir ermöglicht hast, so etwas noch einmal zu erleben. Auch wenn es vielleicht das letzte Mal ist.

Nicht ich, sondern der Stift hat meine Kindheit, meine Jugend und den Beginn meines Erwachsenenlebens herbeigerufen. Wenn Dich aus der Zeit danach irgendetwas interessiert, kannst Du es in jeder Bibliothek oder bei Google finden. Nichts davon ist dem Licht der Öffentlichkeit entgangen. Liebesgeschichten und Trennungen, Kommen und Gehen, Triumph und Scheitern. Alles bekannt, bis zu dem Zeitpunkt vor ein paar Wochen, als ich abgetaucht bin. Seit ich mich in diesem Haus verstecke, das nicht mein Haus ist, weiß niemand mehr etwas von mir.

Von nun an bist Du im Besitz meines Geheimnisses. Ich versuche mir vorzustellen, wo Du es ablegen wirst: in Deiner Nachttischschublade? Das ist eine Sache zwischen mir und Dir. Von niemandem sonst. Ich kenne Dich zwar nicht, doch ich vertraue Dir, in der naiven Überzeugung, dass es so sein wird.

Aber vergiss nicht, dass es hier eigentlich weder um mich noch um Dich geht. Es geht um Sara und das Postamt und eine Kette aus Worten, die so stark ist, dass niemand sie zerreißen kann. Führe sie fort.

Mara Polsky

8

Oase

Der wahre Reisende hat keinen festgelegten Weg,
noch will er an ein Ziel.

LAOTSE

»Ich bin eben mal weg!«

Der gedämpfte Knall einer sich schließenden Haustür bestätigte die Ankündigung.

Álex' Stimme hing noch im Flur, während er bereits die Straße entlangging.

Er durchquerte den Schatten des Kirchturms, der auf die Straße fiel. Dann sprang er übermütig über die drei Geranien im Eingangsbereich des Nachbarhauses. Dabei streckte er den rechten Arm aus und versuchte, die Strümpfe zu erreichen, die an der Wäscheleine im ersten Stock hingen. Er verlor das Gleichgewicht und schürfte sich den Ellbogen an der verwitterten Steinfassade des Pfarrhauses auf. Doch er hatte keine Zeit, auf den Schmerz zu achten, da ein paar Autos kamen.

Bevor er auf die Hauptstraße von Porvenir abbog, konnte er gerade noch einer gefleckten Katze ausweichen, die, sich putzend, in der Sonne lag. Das Tier beschwerte sich mit einem lauten beleidigten Miauen.

Ohne den Bürgersteig zu verlassen, machte er ein paar Frauen Platz, die von der Bäckerei zurückkamen, und grüßte im Vorbeigehen den Zeitungsverkäufer. Unwillkürlich blickte er auf sein Spiegelbild im Schaufenster des Eisenwarenhandels.

Seine grünen Augen funkelten. Er lächelte.

Er hatte einen Brief bekommen. Einen Brief!

Bei jedem Schritt spürte er das raschelnde Papier in der hinteren Hosentasche seiner Jeans. Das Geräusch schien ihm etwas mitteilen zu wollen.

Seine Gedanken eilten voran wie seine Schritte. Wer ihm wohl geschrieben hatte? Und warum? Vielleicht einer seiner ehemaligen Schulkameraden?

Eigentlich hatte er, als sie einer nach dem anderen das Dorf verlassen hatten, ganz bewusst den Kontakt abgebrochen. Aber vielleicht wollte einer von ihnen ihm etwas Wichtiges mitteilen. Möglicherweise stammte der Brief aber auch von jemandem aus dem Reiseclub. Eigentlich verständigten sie sich über E-Mail, aber vielleicht hatte jemand Lust bekommen, einen richtigen Brief zu schreiben.

Der Brief konnte natürlich auch von seinem Bruder sein, der in Madrid wohnte. Er hatte ihm zwar noch nie geschrieben, aber ... Warum sollte dies nicht das erste Mal sein? Der fehlende Absender verleitete zu allerlei Mutmaßungen. Jedenfalls war dieser unerwartete Brief eine willkommene Abwechslung in seiner langweiligen täglichen Routine. Und dafür war er dem Absender dankbar, wer immer er auch war.

Er dachte an den Weg, der noch vor ihm lag, bis er sein Ziel erreichte: Er würde die Umgehungsstraße nehmen, die den Verkehr um das Gewirr an kleinen Häusern und Geschäften herumleitete. Er kam an dem Denkmal des Schäfers mit seinem Hund vorbei, zu dessen Füßen immer ein paar Katzen schliefen, als wollten sie das Standbild provozieren.

Einen Block weiter führte ein Zebrastreifen über die Straße und in den Fußweg zur Apotheke und zur Arztpraxis, die im Winter nur zweimal pro Woche geöffnet war. Anschließend musste er rechts abbiegen und an Rosas Haus mit der Eulen-Wetterfahne vorbei. Nach etwa zweihundert Metern würde er dann das Labyrinth aus Stein und Ziegeldächern, den alten Ortskern, hinter sich lassen.

Das kleine Postamt, an dessen Tür um diese Uhrzeit sicher das Schild *Wegen Postzustellung geschlossen* hängen würde, lag genau auf der Grenze zwischen dem alten und dem neuen Teil von Porvenir. Beide wurden durch eine Brücke miteinander verbunden. Wenn man diese überquerte, kam man in ein anderes Reich, das aus Beton errichtet war. Dort gab es keine verwitterten Pflastersteine, keine roten Dachziegel oder Regenrinnen aus Zinn.

Der Weg führte an den wenigen modernen Gebäuden des Dorfes mit den glatten Fassaden und den Neonbuchstaben vorbei. Es gab ein paar Wohnblöcke, ein Autohaus, einen Supermarkt und drei Immobilienhändler, die nach und nach sämtliche Grundstücke am Ortsrand von Porvenir verkauften.

Schließlich kam man dann zur ersten Feriensiedlung.

Álex störte sich nicht daran, doch sein Vater hatte in den letzten Jahren, in denen er noch klar bei Verstand gewesen war, heftig gegen diese »architektonischen Sünden« gekämpft. Eines Tages hatte er mit erhobener Faust drohend an der Einfahrt zur Siedlung *La Rosa de los Vientos* gestanden und den verblüfften Passanten unverständliche Parolen zugerufen. Das waren die ersten warnenden Anzeichen gewesen, als sein Gehirn noch nicht vollständig von der Krankheit befallen war. Damals hatte seine Mutter noch gelebt, und sein Bruder war noch nicht zum Studium nach Madrid gezogen.

Er ging schneller, als könnte er so den Schmerz der Vergangenheit und der Gegenwart hinter sich lassen.

Er bog auf die Landstraße ein, die Richtung Mastán führte. Nur noch wenige Meter, dann würde er bei seinem Unterschlupf ankommen, dem perfekten Ort, um in Ruhe den Brief zu lesen. Er liebte das Halbdunkel dort, den Geruch nach Feuchtigkeit und die Stille, die in dieser fast vergessenen Kapelle herrschten.

Dort drinnen gab es an der Wand, die nach Norden zeigte, ein kleines Fenster, durch das man, wenn man ihm genau gegenübersaß, die sich im Wind wiegenden Bäume des Waldes betrachten konnte. Dort war er oft, um zu lesen, nachzudenken oder einfach nur so.

Seit Jahren war niemand mehr hier gewesen, man hätte beinahe sagen können, dass dieser Ort ihm gehörte.

Plötzlich überfiel ihn ein Gedanke, den er tagelang verdrängt hatte. Beim letzten Mal, als er hier bei der Marien-Wallfahrtskapelle gewesen war, war er auf einen Eindringling getroffen: eine junge Frau mit erschreckt blickenden honigfarbenen Augen und zarten Händen, die ihn berührt hatten. Ohne zu wissen, warum, bekam er eine Gänsehaut.

Keuchend hielt er inne. Er wollte nicht an diese seltsame Begegnung denken und lenkte seine Erinnerungen an diesen Ort auf eine Begebenheit aus seiner Kindheit.

Es war am Ende des Sommers gewesen. Am ersten Tag des Dorffestes. Alle waren mit Blumen zu der Kapelle gekommen, um der Schutzpatronin daraus einen Mantel zu weben. Am letzten Tag des Festes hatten sie sich um Mitternacht dann hier im Kerzenschein bis zum nächsten Jahr von ihr verabschiedet. Álex konnte sich vage an die Schatten erinnern, die die Flammen der Kerzen an die Wände malten, und an den strengen Geruch der älteren Frauen aus dem Dorf und der Blumen, die nach sieben Tagen in der Kapelle welk geworden waren.

Dann fiel ihm ein anderer Tag ein, an dem er Jahre später allein und traurig hergekommen war. Schon Jahre zuvor war die Marienstatue aus der Kapelle in die Kirche des Dorfes gebracht worden, wo sie nach der Meinung des Pfarrers sicherer war. Seitdem verlief sich kaum noch jemand an diesen Ort. Die Kapelle war nun jedes künstlerischen oder historischen Wertes beraubt und geriet immer mehr in Vergessenheit. Nur der kleine schielende Engel an der Tür war geblieben.

Damals war Álex aus Zufall hier gelandet oder vielleicht von der unsichtbaren Hand seiner Mutter geleitet, die zu jener Zeit schon gestorben war. Wie auch immer. Er wollte nur vor diesem Wort flüchten, das ihn gnadenlos verfolgte: *Alzheimer.* Damit hatte der Arzt sein Schicksal entschieden. Er war damals gerade sechzehn Jahre alt, sein älterer Bruder dreißig und sein Vater knapp über sechzig. Er war aus der Praxis gestürzt und den Berg hinauf bis zur Kapelle gerannt, die ihn, ohne Fragen zu stellen, aufnahm. Er hatte mehrere Stunden gebraucht, um in sein Leben zurückzukehren und sich der Zukunft zu stellen.

Er beschloss, bei seinem Vater im Dorf zu bleiben. Damit verzichtete er darauf, Geographie zu studieren. Er gab sich mit ein paar Gelegenheitsjobs zufrieden und verabschiedete seine Freunde, die, einer nach dem anderen, in die Ferne zogen.

Zu Beginn waren sie noch jeden Sommer zu Besuch gekommen. Dann hatte Álex sich einen Monat lang wieder lebendig gefühlt. Doch nach und nach waren sie fortgeblieben. Sie reisten lieber in der Welt herum, machten Praktika oder bereiteten sich auf ihre Prüfungen vor.

Ohne es wirklich zu merken, vereinsamte er immer mehr. Er flüchtete sich in seine Bücher, reiste in Gedanken an ferne Orte, die auf den Buchseiten und auf Landkarten Gestalt annahmen. Er war den Umgang mit Fremden nicht mehr gewohnt und reduzierte auch den Kontakt zu den anderen Dorfbewohnern auf ein Minimum.

»Álex ist weder mürrisch noch schlecht gelaunt, er ist nur keine Menschen mehr gewohnt«, hatte sein älterer Bruder einmal gesagt.

Alzheimer war ein gewichtiges Wort, das schwer auf dem Rücken eines so jungen Menschen wog. Dennoch war Álex auch fünf Jahre später noch in Porvenir und ertrug sein Schicksal mit Fassung.

Tief in Gedanken war er an der Kapelle angelangt. Überraschenderweise stand die Tür offen.

Wieso lag dort, in seiner Kapelle, ein Buch auf dem Boden?

Er war so irritiert, dass er ein paar Sekunden lang nicht wagte, einzutreten.

Wer war da in sein Gebiet eingedrungen?

Wie hätte Álex auch ahnen können, dass dieser 21. November ein ganz besonderer Tag für ihn sein würde. Der Winter kam und hatte ihm zwei Geschenke mitgebracht: einen Brief und ein Buch. Eines in jeder Hand, konnte er sich nicht entscheiden, was er zuerst öffnen sollte.

Unschlüssig stand er mitten in der kleinen Kapelle. Schließlich siegte das Buch mit dem abgegriffenen Einband.

»›Die Dinge sind alle nicht so fassbar und sagbar, als man uns meistens glauben machen möchte; die meisten Ereignisse sind unsagbar, vollziehen sich in einem Raume, den nie ein Wort betreten hat‹«, las er laut vor. Und zum ersten Mal nach langer Zeit dachte er, dass da jemand wirklich zu ihm sprach, zu ihm, Álex Mas, geboren und aufgewachsen in Porvenir. Und dieser Jemand tat dies zu Beginn des zwanzigsten Jahrhunderts und war niemand Geringerer als Rainer Maria Rilke.

Ein paar Absätze weiter unten hatte jemand sorgfältig einen Satz unterstrichen: *Niemand kann Ihnen raten und helfen, niemand. Es gibt nur ein einziges Mittel. Gehen Sie in sich. Erforschen Sie den Grund, der Sie schreiben heißt.*

Álex setzte sich auf den kalten Steinboden der Kapelle, lehnte sich mit dem Rücken an die Wand, die nach Norden zeigte, denn mithilfe des Lichts, das durch das kleine Fenster hereinfiel, wollte er herausfinden, was denjenigen, der ihm dieses Buch hinterlassen hatte, sonst noch beschäftigte. Die nächste unterstrichene Aussage schien ihm auch auf sich selbst äußerst zutreffend, obwohl er noch nie den Wunsch verspürt hatte zu schreiben: *Wenn Ihr Alltag Ihnen arm scheint, klagen Sie ihn nicht an; klagen Sie sich an, sagen Sie sich, dass Sie nicht Dichter genug sind, seine Reichtümer zu rufen; denn für den Schaffenden gibt es keine Armut und keinen armen, gleichgültigen Ort. Und wenn Sie selbst in einem Gefängnis wären, dessen Wände keines von den Geräuschen der Welt zu Ihren Sinnen kommen ließen – hätten Sie dann nicht immer noch Ihre Kindheit, diesen köstlichen, königlichen Reichtum, dieses Schatzhaus der Erinnerungen?*

Er wurde von einer eigenartigen Freude ergriffen. Entschieden klappte er das Buch zu, wobei ihm ein kleiner Zettel auffiel, der zwischen den Seiten steckte. Er zog ihn heraus.

Auge um Auge, Buch um Buch. Ich behalte die Briefe Chatwins … zumindest für eine Weile. Aber dafür überlasse ich Dir meinen Rilke … mindestens genauso lange. Sicher laufen wir uns irgendwann wieder über den Weg, flüchtender Jüngling.

Er musste nicht lange nachdenken, um zu wissen, wer ihm die *Briefe an einen jungen Dichter* in die Kapelle gelegt hatte: das Mädchen mit den honigfarbenen Augen. Ein Lächeln huschte über sein Gesicht, und er legte das Buch neben sich auf den Boden. Er würde genug Zeit haben, es zu lesen, bevor er es zurückgab … *wenn* er es zurückgab. Wiederholen ist gestohlen, sagte er sich, ohne dass das Lächeln von seinem Gesicht verschwand.

Dann riss er entschlossen den Briefumschlag auf und nahm die handbeschriebenen Papierbögen heraus.

Er brauchte eine halbe Stunde, um herauszufinden, worum es in dem Brief eigentlich ging.

Zunächst war er nicht in der Lage, die unordentliche Schrift zu entziffern. Die Zeilen waren zum Teil ineinandergerutscht, was das Lesen zu einer Art archäologischer Höchstleistung machte. Etwa nach der Hälfte des Briefes gestand die Absenderin selbst, eine gewisse Mara Polsky, den Grund für das wilde Durcheinander: Sie war betrunken.

Als Álex die ersten Seiten gelesen hatte, hielt er inne und atmete ein paarmal durch. Er fühlte sich wie ein Voyeur: Jemand, der ihm vollkommen unbekannt war, entblößte sich vor ihm. Er zeigte seine blutenden Wunden und alle seine Leiden. Er untersuchte und analysierte sie nacheinander in einem Chaos aus vergangenen und gegenwärtigen Schmerzen, die wie Eingeweide ineinander verschlungen waren.

Aber da war noch etwas, was ihn sich noch schlechter fühlen ließ: Unzweifelhaft war der Brief nicht an ihn gerichtet, sondern an eine Frau. Er war in ein Gebiet eingedrungen, das ihm seit seiner Geburt verwehrt war, aus der simplen Tatsache heraus, dass er ein Mann war.

Dennoch wusste er, dass er den Brief zu Ende lesen musste. Diese Worte waren wie ein Hilferuf von einem Schiff irgendwo mitten auf dem Ozean. Die verzweifelte Absenderin hatte mit ihren treffsicheren Worten seinen Schwachpunkt getroffen.

»Denn das ist auch mein großer Fehler, Mara Polsky. Ich bin sehr neugierig«, murmelte er.

Er las also weiter und entdeckte bald bekannte Namen, die in diesem tosenden Meer wie kleine Inseln waren. Er war auch schon in der Feriensiedlung *La Rosa de los Vientos* gewesen. Und natürlich kannte er die Briefträgerin mit den roten Locken. Er war wütend auf Mara Polsky, weil sie diese als mollig und nervig bezeichnete. Und genau wie Sara wusste auch er, wovon sich ein kleiner Spatz ernährte. Wie konnte man nur auf den Gedanken kommen, einem Vogeljungen in Milch eingeweichte Kekskrümel zu fressen zu geben?!

Als Álex den Brief zur Hälfte gelesen hatte, erfuhr er zu seiner Erleichterung, dass dieser augenscheinlich doch für ihn bestimmt gewesen war. Mara Polsky hatte sich seine Adresse aus dem Telefonbuch herausgepickt und dabei den Fehler gemacht, Álex für einen weiblichen Namen zu halten.

Er musste lachen, als er sich das Gesicht dieser merkwürdigen Frau vorstellte, wenn sie erfuhr, dass jemand, der sich morgens rasierte, nun alle ihre Geheimnisse kannte. Wäre es ihr unangenehm? Oder wäre es ihr egal? Eines war jedenfalls offensichtlich: Diese Frau war unberechenbar. Zumindest für jemanden wie ihn. Kurz versuchte er, sich die unglückliche Dichterin vorzustellen. Ob sie dunkelhaarig oder blond war? Sicher war ihr Haar bereits ergraut. Ob sie es gefärbt hatte? Sie musste sehr dünn sein, wenn sie sich erlaubte, Saras Figur zu kritisieren. Und groß. Ob sie groß war? Er hatte mal gehört, dass Kinder, die einen Krieg miterleben, aufhören zu wachsen.

Seinem reinen Herzen tat sie leid, ohne jede Ironie.

Nach einer Weile bemerkte er, dass er die Zeilen nun flüssig lesen konnte und nicht mehr bei jedem Satz hängen blieb. Einige Aussagen waren sehr treffend formuliert, und er begann, die Verzweiflung der amerikanischen Dichterin am eigenen Leib zu spüren. Oder der ehemaligen Dichterin. Oder der Jüdin. Oder was auch immer sie war.

»Bin ich jetzt auch so verrückt wie du, Mara Polsky«, fragte er sich entsetzt.

Und auf einmal beneidete er sie. Ohne ihr Böses zu wollen.

Der junge Mann, der sich damit zufriedengeben musste, Reiseführer zu lesen, um die Welt zu entdecken, las zwischen den Zeilen des Briefes von den vielen Orten, die Mara Polsky kennengelernt hatte und die ihm versagt blieben: Deutschland, Frankreich, Mexiko oder die Vereinigten Staaten in ihrer Kindheit. Und als Erwachsene Japan, Chile ... und wohin ihre Bücher und das Geld, das sie damit verdient hatte, sie sonst noch geführt hatten!

Er faltete den Brief zusammen, steckte ihn wieder in den Umschlag und legte ihn zwischen die Seiten des Buches. Ein wenig traurig spürte Álex, dass dieser Brief sicher besser bei dem Mädchen mit den honigfarbenen Augen aufgehoben wäre, das junge Leute Ratschläge von Rilke lesen ließ. Oder bei jemandem wie dieser Alma, die in dem Brief erwähnt wurde und die davon träumte, Dichterin zu sein. Aber nicht bei ihm, einem einfachen Jungen, der seinen Träumen nachhing und im Leben nur wenig gelernt hatte.

Zufällig hatte diese Mara Polsky unter allen Namen in Porvenir den seinen ausgewählt. Er war irrtümlich in dieser Briefkette gelandet, doch das enthob ihn nicht der Aufgabe, die er als Glied dieser Kette zu erfüllen hatte. Wenn völlig Fremde wie diese Alma oder Mara Polsky einen Brief schrieben, um die Arbeitsstelle der Briefträgerin zu retten, dann musste er, der sie seit seiner Kindheit kannte, es erst recht tun!

»Dein Geheimnis ist bei mir sicher, Mara Polsky. Ich bin ein Mann, der zu seinem Wort steht«, rief er in Richtung Horizont, während er über die Landstraße zurück nach Hause lief, in dem Gefühl, nun auch eine Figur in diesem unvollendeten und verrückten Gedicht zu sein. Er war derartig aufgeregt, dass er beinah mit Sara zusammenstieß, die, ebenfalls in Eile, ins Postamt zurückkehrte. Es war zwölf Uhr mittags und höchste Zeit für ihre virtuelle Verabredung.

CASTAWAY 65: Ist jemand da?

SARA: Ja, hier bin ich. Hallo.

CASTAWAY 65: Ich habe schon gedacht, dass Du mich versetzt. Das ist nicht gerade nett!

SARA: Entschuldige. Ich war in Mastán und ...

CASTAWAY 65: ☺ Mensch, das war ein Witz!

SARA: Ich bin über die Landstraße gerannt, um pünktlich hier zu sein.

CASTAWAY 65: Erzähl mir, was Du gesehen hast.

SARA: Was ich gesehen habe? Wo?

CASTAWAY 65: Auf der Landstraße.

SARA: Auf der Landstraße? Bäume und Asphalt.

CASTAWAY 65: Bäume ... Wie schön!

SARA: Stinknormale Bäume.

CASTAWAY 65: Umso besser. Noch ein Brief ohne Absender?

SARA: Nein. Heute nicht. Zum Glück. So kann ich mich von der letzten Zustellung erholen.

CASTAWAY 65: Was ist passiert? Hat Dich ein Hund angefallen? Eine Deutsche Dogge, ein Pitbull ...?

Sara blickte verwundert auf den Bildschirm. Ein großer Hund? Sie mochte Hunde. In Porvenir gab es viele Hunde, und sie hatte noch nie ein Problem mit einem von ihnen gehabt. Eine betrunkene Ausländerin mit Schellen an den Füßen war bei Weitem gefährlicher als jeder Vierbeiner.

SARA: Nein, ich musste mich nicht gegen einen Hund wehren. Den ersten Brief habe ich bei einem Haus ein wenig außerhalb des Dorfes zugestellt, das seit vielen Jahren leer steht.

CASTAWAY 65: Das war sicher ein Brief vom Finanzamt ... Die verfolgen einen sogar bis zu einer Bohrinsel im Nordmeer. Ich weiß, wovon ich rede.

SARA: Nein, nein. Es war ein persönlicher Brief an die Tochter der früheren Besitzer. Dabei hat sie schon vor so vielen Jahren das Dorf verlassen, dass ich sie gar nicht mehr kennengelernt habe.

CASTAWAY 65: Aber das Haus gehört ihr noch?

SARA: Soweit ich weiß, ja. Oder ihrem Bruder, an den ich mich noch erinnere, aus der Zeit, als ich ein kleines Mädchen war. Aber er ist schon vor Jahrzehnten nach Deutschland ausgewandert.

CASTAWAY 65: Was hast Du mit dem Brief gemacht?

SARA: Ich war hin- und hergerissen. Am Ende habe ich ihn unter der Tür durchgeschoben. Das Haus ist sehr gepflegt. Also kümmert sich wohl irgendjemand darum.

CASTAWAY 65: Seit ich nicht mehr in Porvenir wohne, scheint dort richtig viel los zu sein. Schade eigentlich!

SARA: Ja. Unser Dorf ist gerade sehr begehrt ...

CASTAWAY 65: Begehrt?

SARA: Sogar eine berühmte amerikanische Dichterin hat sich hierher zurückgezogen.

Zurück im Postamt, hatte Sara gleich den Namen Mara Polsky in Google eingegeben.

CASTAWAY 65: Das muss eine äußerst interessante Frau sein.

SARA: Ich würde sie eher als Hexe bezeichnen.

CASTAWAY 65: Warum?

SARA: Sie war die Empfängerin des zweiten Briefes, den ich ausgetragen habe.

CASTAWAY 65: Und?

SARA: Sonderbar, unfreundlich, aggressiv, schlampig und völlig durchgeknallt. Mit der könnte ich nie warm werden.

CASTAWAY 65: Man sollte niemals nie sagen … Ich habe unser Tal verflucht und es mit fliegenden Fahnen verlassen, als ich gegangen bin, und jetzt träume ich davon zurückzukehren.

SARA: Ernsthaft?

Als Sara dieses letzte Wort schrieb, klopfte ihr Herz.

Ungeduldig wartete sie auf die Antwort.

CASTAWAY 65: Meine liebste Briefträgerin, ich habe den Gemüsebrei und den Seehecht verspeist. Die Arbeit ruft. Ich hoffe, dass Du bald einen neuen Brief bekommst. Das musst Du mir dann unbedingt erzählen.

Tja, sagte sie sich, jetzt ist er weg, ohne mir eine Antwort gegeben zu haben.

9
Álex

Porvenir, 26. November

Liebe Hypatia,

weißt Du eigentlich, dass Du den Namen einer griechischen Philosophin, Astronomin und Mathematikerin trägst?

Ich nehme an, ja, denn irgendwer wird es Dir sicher schon vor mir gesagt haben.

Du weißt nicht, wer ich bin, aber ich weiß, wer Du bist.

So sind die Regeln in diesem Spiel: eine Kette anonymer Briefe, um zu verhindern, dass Sara, unsere Briefträgerin, ihren Job verliert und unser Dorf nach mehr als hundert Jahren kein Postamt mehr hat. Sara weiß von nichts. Bitte verrate es ihr nicht. Wir müssen den Postverkehr hier ein wenig in Schwung bringen, um ihre Vorgesetzten davon zu überzeugen, dass wir eifrige Briefschreiber sind und auch gern welche bekommen, damit man sie nicht nach Madrid versetzt.

Ich wurde nicht gefragt, ob ich bei dieser Sache mitmachen will, und ich werde auch Dich nicht fragen. Wenn Du diesen Brief gelesen hast, kannst Du selbst entscheiden, ob Du das Spiel fortführst oder nicht. Allerdings, Hypatia, musst Du wissen, dass, wenn Du beschließt, die Kette zu beenden, alles vorbei sein wird. Überleg es Dir also gut.

Du brauchst nur eine Kleinigkeit zu schreiben, einen Satz, ein paar Zeilen. Und es spielt keine Rolle, ob Du eine schöne Schrift hast oder nicht oder ob Du Rechtschreibfehler machst. Du kannst schreiben, was du willst und wem du willst, auch an jemanden, den Du nicht kennst.

Ich für meinen Teil schreibe nicht besonders gern. Ich bin nicht gut darin, zu schildern, was ich sehe und was geschieht. Und noch schwerer fällt es mir, etwas zu erklären, was mich selbst betrifft.

Was ich wirklich gern tue, ist zu lesen. Das war schon als Kind so. Ich kann stundenlang meine Zeit damit verbringen, mit welcher Lektüre auch immer: der Zeitung, einem Geschichtsbuch oder einem Krimi. Ich denke, dass man beim Lesen immer etwas Neues erfährt. Oder sich ablenken kann, was manchmal noch wichtiger ist. Zumindest für mich.

ÜBRIGENS, BEVOR DU WEITERLIEST: ICH HABE VERGESSEN, DIR ETWAS WICHTIGES MITZUTEILEN: DAS, WAS MAN IN SEINEM BRIEF SCHREIBT, BLEIBT EIN GEHEIMNIS. UND AUCH, WAS DU LIEST, DARFST DU NIEMANDEM ERZÄHLEN. SO LAUTET DER PAKT ZWISCHEN ALLEN TEILNEHMERN DER BRIEFKETTE.

Die Bücher trösten mich, wenn ich traurig bin.

Dann schließe ich mich in mein Zimmer ein, streiche über den Einband und fühle mich schon besser. Manchmal, wenn ich Sorgen habe oder mich vor dem fürchte, was geschehen könnte, lege ich das Buch, das ich gerade lese, vor dem Einschlafen neben mich auf mein Kopfkissen. Es beruhigt mich irgendwie, dass ich jederzeit das Licht anmachen kann und das Erste, was ich dann sehe, Marco Polo ist oder Jules Verne. So kann ich das Buch einfach aufschlagen und mit ihm in die Ferne reisen.

Meine Lieblingsbücher sind Reiseberichte. Egal, ob es sich um eine Biographie Alexander des Großen oder die von Mata Hari handelt, um In achtzig Tagen um die Welt *oder die Berichte eines Reporters über das aktuelle Kriegsgeschehen.*

Für mich ist nur wichtig, dass es um Orte geht, an denen ich noch nicht war. Und das ist nicht schwer, das kann ich Dir versichern. Ich möchte erfahren, wie das Indien der Maharadschas war, was Darwin fühlte, als er auf den Galapagosinseln ankam, oder was der Kurier

Michael Strogoff erlebte, als er blind durch das zaristische Russland reiste. Hast Du Dich noch nie gefragt, was Christoph Kolumbus dachte, als er einen neuen Kontinent entdeckte? Ich schon. Oft sogar. Ich würde mein Leben dafür geben, um mit Diego de Triana auf dem Ausguck des Schiffes zu stehen und zu rufen: »Land in Sicht!« Zu sehen, was er sah.

Doch genauso gern möchte ich wissen, wie heute die mongolischen Nomaden leben. Was sie essen. Ob sie schon mal einen Wildschweinbraten probiert haben. Interessiert Dich das nicht?

(27. November)

Es tut mir leid, Hypatia. Gestern musste ich den Brief mittendrin abbrechen, weil etwas dazwischengekommen ist.

Álex schloss die Augen und erinnerte sich an das, was am Vortag geschehen war.

Er saß gerade in der Küche mit einer Tasse Milchkaffee in der einen und einem Stift in der anderen Hand. Auf dem Tisch lagen eine Weltkarte und ein paar Bögen Papier. Nachdem er lange darüber nachgedacht hatte, wie er den Brief beginnen sollte, hatte er schließlich einfach losgelegt … Und er war sehr zufrieden mit dem, was dabei herausgekommen war!

Doch plötzlich hatte er hinten im Haus die Pflegerin, die sich zeitweise um seinen Vater kümmerte (ein Geschenk seines Bruders, um sein schlechtes Gewissen zu beruhigen), entsetzt schreien hören. Die Frau war nur eine Sekunde lang abgelenkt gewesen, wie sie später erklärte, während der sein Vater auf die Fensterbank geklettert war und nun, auf beängstigende Weise das Gleichgewicht haltend, mit einem Bein drinnen und einem Bein draußen im offenen Fenster saß. Er hatte die Arme ausgestreckt und versuchte die Tauben zu imitieren, die er vor sich sah.

Als es ihnen zu zweit endlich gelungen war, ihn wieder ins Bett zurückzubringen und das Fenster zu schließen, hatte Álex weder Lust noch die Kraft gehabt, mit dem Brief fortzufahren. Nun griff er erneut zu seinem Stift.

Aber heute werde ich Dir mit frischen Kräften von meinen liebsten Reisen erzählen. Von denen, die ich genau verfolgt habe. Habe ich Dir schon gesagt, dass ich ein großer Fan von Landkarten bin? Na ja, so ist es jedenfalls. Ich habe eine Karte für jeden berühmten Reisenden angelegt. Darauf habe ich mit Filzstift in verschiedenen Farben die Routen eingezeichnet und sie ganz genau verfolgt. Manchmal glaube ich, dass ich jeden dieser Abenteurer besser kenne als ihre eigenen Mütter.

Es ist eine ziemlich aufwendige Kleinarbeit. Aber, sagen wir mal so, ich habe alle Zeit der Welt dafür.

Beginnen wir mit Marco Polo. Ein Großer unter den Großen. Das musste er auch sein, um so etwas wie Das Buch der Wunder *zu schreiben, als venezianischer Händler im dreizehnten Jahrhundert. Zu einer Zeit, in der die Menschen zu Pferde oder auf Segelschiffen unterwegs waren, auf denen die Besatzung starb wie die Fliegen. Er hatte das unbeschreibliche Glück, nach Armenien, Persien, Afghanistan, Japan, Indien, Sri Lanka, Südostasien und an die afrikanische Ostküste zu reisen. Das Ganze dauerte vierundzwanzig Jahre, und er legte mehr als 24 000 Kilometer zurück. Ich habe alles nachverfolgt, von seinen Besuchen in Palästen und bei unbekannten Herrschern bis hin zu den wunderbaren Entdeckungen, die er machte, wie das Schießpulver oder die Nudeln.*

Ein anderer großer Reisender, den ich auch sehr bewundere, ist Ferdinand Magellan. Ich habe jede Menge Biographien über ihn gelesen. Er wurde im fünfzehnten Jahrhundert in Portugal geboren und starb auf den Philippinen. Allein das beweist schon, dass er nicht gerade häuslich war. Er war der erste Europäer, der vom Atlantischen Ozean in den Pazifischen Ozean gesegelt ist. Der erste Europäer bedeutete zur damaligen Zeit, der erste Mensch, von dem man es wusste. Das heißt also nicht, dass nicht vielleicht irgendein Indio es bereits vor ihm getan hat. Magellan jedenfalls unternahm die Entdeckungsreise, die zur ersten Weltumsegelung führte. Er selbst konnte sie leider nicht vollenden. Das hat das Schicksal ihm nicht gegönnt.

Mit zehn Jahren war er bereits Page am Hof einer Königin, und mit fünfundzwanzig nahm er an einer zweiundzwanzig Schiffe umfassenden Indienexpedition teil. Dort lebte er acht Jahre. Erst viel später unternahm er die Reise, auf der er die Meerenge entdeckte, die seinen Namen trägt und die beiden Ozeane verbindet, von denen ich eben geschrieben habe. Ist es nicht genial, wenn eine Meerenge nach einem benannt wird? Oder ein See, ein Berg oder eine Stadt? Oder auch nur eine Straße?

Aber Magellan hat im Leben auch unglaublich viel Pech gehabt. Er hat seine beiden Kinder verloren, das eine starb als kleines Kind, das andere schon bei der Geburt; es gab Meutereien während seiner Reisen; viele Seeleute sind vor Hunger oder am Skorbut gestorben, und er selbst wurde am anderen Ende der Welt von Eingeborenen umgebracht. Wusstest Du, dass eine Ratte für die Seeleute Gold wert war? Und dass sie das Leder ihrer Gürtel gegessen haben, wenn es nichts anderes mehr gab?

(28. November)

Gestern ist es sehr spät geworden, und ich war völlig erschöpft. Das Schreiben ist ganz schön anstrengend.

Ich weiß, was ich Dir erzählen will, aber ich finde nicht die richtigen Worte. Oder doch, ich weiß die Worte, aber es fällt mir schwer, sie aufzuschreiben.

Ich hoffe, es macht Dir nichts aus, stückweise zu lesen.

Heute möchte ich Dir von jemandem erzählen, der vor nicht ganz so langer Zeit gelebt hat, damit Du nicht glaubst, dass ich mich nur für die frühen Abenteurer interessiere. Na ja, dieser ist auch schon vor einer ganzen Weile durch die Welt gefahren, aber es ist noch nicht ganz so lange her. Er lebte im neunzehnten Jahrhundert und war Schotte. Sein Name war Livingstone. Er war Arzt, Entdecker und

Missionar. Was für eine Kombination! Er wurde bewundert, weil er so viele unterschiedliche Dinge wusste, und er hat Bücher über Zoologie, Botanik und Geologie geschrieben. Er hat sogar die Landkarten der damaligen Zeit anhand der Sterne korrigiert, unglaublich, oder? Er ist einer meiner Liebsten, weil er nicht nur gereist ist und gekämpft hat, sondern Großes für die Menschheit getan hat.

Ich habe fast alles über ihn gelesen, was auf Spanisch über ihn veröffentlicht wurde. Und ich habe seine Reisen auf meinen Landkarten verfolgt. Ich habe mir das, was er alles gesehen hat, so oft vorgestellt, dass ich manchmal den Eindruck habe, wirklich dort gewesen zu sein. Er hat Afrika bereist und zum Beispiel die Victoriafälle entdeckt! Den größten Wasserfall des afrikanischen Kontinents!

Hier will ich einen Moment innehalten. Schon als ich das über Magellan geschrieben habe, ist mir etwas durch den Kopf gegangen, was ich jetzt loswerden möchte. Und ich habe es auch schon angedeutet. Livingstone hat die Victoriafälle entdeckt*? Soll das heißen, dass bis dahin niemand anderes sie gesehen hatte? Das kann nicht sein! In den Tausenden von Jahren, die es bereits Menschen in Afrika gab, soll keiner die Victoriafälle gesehen haben? Kein Weißer, wollen wir damit sagen, niemand von UNS.*

Denn WIR sind es, die die Geschichte geschrieben haben, und wir lesen sie nur aus unserer Sicht. Hast du darüber schon einmal nachgedacht? Ich denke in letzter Zeit sehr viel darüber nach.

Wie auch immer! Auf einer von Livingstones Expeditionen sind jedenfalls beinah alle Europäer, die ihn begleiteten, gestorben, darunter auch sein Bruder und seine Frau. Er selbst überlebte. Aber diese Expedition war nicht die bekannteste, die er unternahm. Vor allem eine Geschichte hat ihn berühmt gemacht. Hast Du schon mal Stanleys berühmten Satz: »Doktor Livingstone, wie ich annehme?« gehört? Vielleicht irgendwann mal im Fernsehen?

Einmal, als unser Held auf Reisen war, ließ er mehrere Jahre lang nichts von sich hören. Ich glaube, damals war er auf der Suche nach der Quelle des Nils. Wahnsinn, oder? Stell Dir mal vor, jemand würde mich fragen: Und was machst Du so? Und ich könnte darauf antworten: Ich suche nach der Quelle des Nils.

Damals jedenfalls beschloss eine amerikanische Zeitung, der New York Herald, *einen ihrer Reporter, Henry Stanley, loszuschicken, um nach Livingstone zu suchen. Du fragst Dich jetzt sicher, wie man denn jemanden auf diesem riesigen Kontinent finden soll. Man muss sich mal vorstellen, wie viele tropische Regenwälder, Wüsten und Flüsse es in Afrika gibt! Da dürfte es einfacher sein, eine Nadel in einem Heuhaufen zu suchen. Jedenfalls hat dieser Stanley Livingstone irgendwo an einem Flussufer tatsächlich aufgespürt. Kurz entschlossen gingen sie für eine Weile gemeinsam auf Entdeckungstour. Wobei Stanley nicht ganz so eifrig war wie Livingstone, denn schließlich kehrte er nach London zurück und ließ Livingstone allein weiter Afrika erkunden, bis dieser starb.*

Mit Livingstones Tod ist auch eine schöne Geschichte verbunden, und zwar die folgende: Die Afrikaner haben seinen Leichnam in Salz konserviert und brachten ihn zu einem Hafen am Indischen Ozean. Von dort aus schifften sie ihn nach England ein. Er wurde in der Westminster Abbey beigesetzt. Doch bevor die Afrikaner sich von ihm verabschiedeten, begruben sie sein Herz unter einem Baum in dem Dorf, wo er gestorben ist. Denn sie waren der Meinung, sein Herz gehöre Afrika und nicht Europa.

(29. November)

Wohin gehört Dein Herz, Hypatia?

Gestern, als ich Dir von Livingstones Tod berichtet habe, habe ich eine Weile darüber nachgedacht, wohin meines gehört. Nach Porvenir, nehme ich an.

Hier wurde ich geboren. Hier bin ich aufgewachsen. Und hier werde ich, hoffentlich erst in vielen Jahren, wohl auch sterben. Was mich nicht weiter stört.

Allerdings kannst Du Dir nicht vorstellen, wie oft ich schon davon geträumt habe, auf eine lange Reise zu gehen! Und Du hast keine

Ahnung, wie sehr ich mich für diesen Wunsch schäme, denn damit er in Erfüllung gehen kann, muss erst etwas Schreckliches geschehen. Etwas, was ich möglichst lange verhindern will. Was für ein Widerspruch! Also stecke ich hier, auf den staubigen Wegen von Porvenir, fest und sehe zu, wie die Schiffe in See stechen. Wie die Jahre vergehen. Wartend.

Hier endet mein Brief, Hypatia. Denn ich möchte, dass Du ihn endlich bekommst.

Und nun musst Du eine Entscheidung treffen: Wirst Du den nächsten Brief schreiben? Wirst Du ihn abschicken?

Ich hoffe es.

Für Sara. Für Porvenir. Und für uns alle, die wir mit diesem Spiel begonnen haben.

Und vergiss nicht: Was auch immer Du in Deinen Umschlag steckst, ist ausreichend, solange Du den Brief losschickst.

Dein unbeweglicher Reisender

Álex blickte auf den Brief, der nun endlich fertig auf dem Tisch lag. Obwohl er so lange an dem Brief gesessen hatte, war die Zeit wie im Nu verflogen. Nun musste er ihn schnell zum Briefkasten bringen, damit die Briefträgerin ihn darin fand, wenn sie ihn am Nachmittag leerte.

Während Álex den Atlas schloss und seinen Füller weglegte, versuchte er sich Hypatias Gesicht vorzustellen, wenn sie die Post erhielt. Er mochte diese Frau, seit seine Mutter ihm eines Tages gesagt hatte, dass er und Hypatia etwas Kostbares miteinander teilten. Álex hatte sie überrascht angesehen: Was konnte er mit der Mutter eines Klassenkameraden gemeinsam haben, einer einfachen, leicht einfältigen Hausfrau?

»Ihr tragt beide die Namen zweier berühmter Menschen, die vor vielen Jahrhunderten im alten Griechenland gelebt haben«, hatte ihm seine Mutter erklärt. »Du den von Alexander dem Großen, einem der bedeutendsten Eroberer, und Hypatia den einer der weisesten Frauen der Antike. Ihr seid dazu berufen, besondere Dinge zu vollbringen.«

Álex wurde von einer plötzlichen unbeholfenen Zärtlichkeit erfasst. Ach Mama, wie sehr du dich geirrt hast!, dachte er. Denn weder Hypatia noch er konnten ihrem großen Namen gerecht werden – Hypatia, weil sie an ihr Dasein als Hausfrau und Mutter gebunden war, und er wegen der Krankheit seines Vaters.

Er hatte die alte Hypatia, die kaum lesen konnte, aus der Solidarität des Gescheiterten heraus zur Empfängerin seines Briefes gemacht. Miguel, Hypatias jüngster Sohn, war einer von Álex' besten Freunden gewesen. Und der letzte, der Porvenir verlassen hatte.

Sie hatten Hypatia und ihn auf dieser einsamen Insel inmitten der Berge zurückgelassen, ohne sich noch einmal umzublicken.

10

Briefe und Kochtöpfe

Für mich ist das Schönste am Schreiben nicht das Thema,
um das es geht, sondern die Musik der Worte.

TRUMAN CAPOTE

»Wonach schmeckt wohl eine Ratte? Wahrscheinlich ähnlich wie du …«, murmelte Hypatia, während sie das Hähnchen mitleidlos zerlegte.

Die rhythmischen Schläge des Messers auf dem Schneidbrett hallten von den bunten Wandfliesen wider und drangen in ihr Ohr, um kurz die Gedanken in ihrem Kopf zu übertönen. Es war nun zehn Tage her, dass sie diesen komischen Brief erhalten hatte. Immer wieder kam er ihr plötzlich in den Sinn, egal, womit sie sich gerade beschäftigte.

Irgendwann hatte sie, als sie unter der Dusche stand, versucht, sich das Gesicht dieses Marco Polo vorzustellen. Sie hatte keine Ahnung, wo sich Armenien oder Persien befanden. Afghanistan schon, das kannte sie aus den Nachrichten, und Venedig zumindest vom Namen, weil ihr Bruder und ihre Schwägerin dort ihren dreißigsten Hochzeitstag gefeiert hatten. »Wasser, sehr viel Wasser«, hatte ihre Schwägerin nachher zu ihr gesagt.

An anderen Tagen überfielen die Gedanken sie beim Kochen, so wie jetzt. Dann fragte sie sich, was die Seeleute Magellans wohl gegessen hatten, dieses bärtigen Entdeckers mit dem unglücklichen Leben. Denn Hypatia war der festen Überzeugung, dass alle Seefahrer Bärte hatten wie ihr Onkel Manuel, der in jungen Jahren auf einem Thunfischfrachter angeheuert hatte.

Zehn Tage lang über etwas nachzudenken war eine lange Zeit, befand Hypatia.

Das Öl in der Kasserolle war nun heiß, sie musste schnell das Huhn hineingeben, sonst würden sie und Tomás es außen verbrannt und innen roh essen müssen.

»Das wäre dann das erste Mal in fünfzig Jahren Ehe, dass mir so etwas passiert«, erklärte sie dem Holzlöffel, der auf der Marmorablage lag.

Sie griff nach dem Teller, der schon bereitstand: Ein Mosaik aus roten, grünen und weißen Gemüsestückchen bedeckte die Hähnchenteile. Sie ließ noch etwas Salz darauf regnen. Dann schloss sie den Deckel der Kasserolle und atmete tief durch. Geschafft. Zur Vorspeise eine Brühe, die bereits fertig war, und als Hauptgericht das Huhn. Wie ein Dirigent blickte sie stolz auf die Bühne, die vor ihr lag, ihre Küche. Kein einziger Fettspritzer an den Wänden, auf der Arbeitsfläche oder auf dem Boden. Alles war an seinem Platz: Das Geschirr und die Küchenwerkzeuge waren in den weißen Schränken verstaut. Der blankgescheuerte Holztisch am Fenster war bereits gedeckt.

Sehr langsam las sie die Aufschrift, die in bunten Großbuchstaben unten auf ihrer Schürze stand: FÜR DIE BESTE MUTTER DER WELT.

Die hatte ihr ihr Sohn Miguel, der Jüngste, zu ihrem letzten Geburtstag geschenkt. Er hatte sie ihr nicht persönlich übergeben können, weil er nicht mehr in Porvenir lebte. Und weil er so viel arbeiten musste, hatte er sie mit einem Kurierdienst geschickt. In rosafarbenes Geschenkpapier eingepackt, das sie anschließend noch einmal für das Weihnachtsgeschenk für ihre Freundin Puri verwendet hatte. Man durfte nichts einfach so wegwerfen, das hatte sie ihren vier Kindern beigebracht.

»Ich denke, ich würde eine Ratte einem Ledergürtel vorziehen«, sagte sie zu den Orangen, die sie für den Nachtisch zu schälen begann.

Als sie gegessen hatten, ging Tomás hinüber zum Sofa und setzte sich vor den Fernseher, um ein wenig zu dösen, während Hypatia sich noch einen zweiten Milchkaffee gönnte. Gedankenverloren steckte sie die Hand in die Schürzentasche und zog den Umschlag hervor, der vom vielen Anfassen schon ganz zerknittert war.

Es hatte sie einige Mühe gekostet, den Brief zu lesen. Immer wenn sie ein bisschen Zeit hatte, hatte sie ihn hervorgeholt. Als Hausfrau und Mutter einer großen Familie war sie eine Meisterin darin, sich hier und da ein paar Minuten abzuzwacken. Am Sonntag nach der Messe hatte sie sich kurz auf eine Parkbank gesetzt. Und am Montag, beim Bohnenschnippeln, hatte sie auch ein wenig Zeit gefunden. Am Dienstag war Tomás auf die Jagd gegangen, sodass sie den Brief fast zu Ende lesen konnte. Und am Mittwoch und Donnerstag hatte sie noch einmal die Sätze gelesen, die ihr besonders gut gefallen hatten.

»Ganz schön seltsam, was dieser unbewegliche Reisende so von sich gibt!«, meinte sie, ganz nebenbei an den Zuckerlöffel gerichtet, nachdem sie die Unterschrift gelesen hatte.

Sie war sich nicht sicher, ob sie alles, was dort stand, richtig verstanden hatte.

Anders als es ihr Name vermuten ließ, konnte Hypatia nicht besonders gut lesen. Wenn ihre Kinder oder ihre Enkel sie fragten, warum sie beim Lesen des Arztrezepts den Finger zu Hilfe nahm und die Worte vor sich hin murmelte, antwortete sie verlegen, dass es am Alter läge. Ihr Mann schwieg dazu. Nur er wusste, dass sie schon mit zwanzig, als sie sich kennengelernt hatten, nur mit Mühe lesen konnte. Tomás hätte es nichts ausgemacht, seinen gebildeten Nachkommen die Wahrheit zu sagen. Denn der Grund für Hypatias Leseschwäche war, dass ihr Vater so früh gestorben war. Damals musste sie sich als ältestes von sechs Kindern um ihre Geschwister kümmern, während ihre Mutter als Dienstmädchen arbeitete.

Ihm machte es nichts aus, zumal er nicht viel besser lesen und schreiben konnte. Er liebte seine Frau so, wie sie war.

Doch Hypatia behielt diese Sache lieber für sich, und er respektierte ihren Wunsch.

Im Großen und Ganzen glaubte sie jedoch verstanden zu haben, worum es in dem Brief ging: Jemand in Porvenir träumte davon, in die Welt zu ziehen, noch weiter weg als ihre Kinder, was ihm aber aus irgendeinem Grund nicht möglich war. Also begnügte er sich damit, das zu lesen, was er über die Reisen von anderen Leuten fand. Und das hatte er ihr erzählt, ihr, Hypatia, die in Porvenir geboren und aufgewachsen war und hier auch sterben würde. Sie hatte auch nie etwas anderes gewollt. Nicht einmal als ihre Kinder den Ort verlassen hatten.

»Und das in dem Brief, was ich nicht verstanden habe, wird mich auch nicht dazu bringen, jetzt noch mein Leben zu verändern«, wandte sie sich wieder an den Löffel. »Wohin mein *Herz* gehört? Was für eine seltsame Frage! Als ob es irgendwo anders sein könnte als dort, wo auch die Brust ist!« Sie lachte.

Das von dem armen Magellan, dem die kleinen Kinder gestorben waren, tat ihr leid. Daran, dass er im Kampf mit den Eingeborenen getötet worden war, war er selbst schuld. Und daran, dass das auf den Philippinen passiert war, genauso, schließlich hätte er nicht an diesen entlegenen Ort reisen müssen! »Aber das mit den Kindern«, meinte sie seufzend, während sie die Tasse an die Lippen führte, »das ist schon sehr traurig.«

Hypatia blickte nachdenklich aus dem Fenster. Was sie wohl getan hätte, wenn ihre Kinder gestorben wären? Ein eiskalter Schauer lief ihr den Rücken hinunter, und Tränen stiegen ihr in die Augen, als sie sich ihren Schmerz nur vorstellte.

»Vielleicht wäre ich dann auch bis ans Ende der Welt gereist, um zu sterben«, erklärte sie dem Keks, den sie in der Hand hielt.

Sie blickte noch einmal konzentriert auf den Brief und musste erneut lachen, als sie an eine andere Frage dachte, die darin gestellt wurde.

Und was das Essen der Mongolen anging: Kümmerte es denn die, was sie hier in Porvenir aßen? Sie schüttelte den Kopf. »Jeder soll doch das essen, was er will und was ihm zur Verfügung steht und gut ist!«, sagte sie und setzte ihre Tasse entschlossen ab.

Wobei man wissen muss, dass Hypatia leidenschaftlich gern kochte.

»Am Herd kommt die Künstlerin zum Vorschein, die in dir steckt«, hatte ihr Sohn Miguel mal im Scherz zu ihr gesagt. Er hatte mehrfach angeregt, dass sie doch von dieser Gabe profitieren und andere daran teilhaben lassen sollte.

»Aber wer sollte sich dafür interessieren, was eine alte Frau irgendwo auf dem Dorf für Gerichte kocht?«, fragte sie sich jetzt.

Da fiel ihr noch etwas ein, was in dem Brief ihre Aufmerksamkeit erregt hatte. Sie faltete das Papier wieder auseinander. Ihre Lieblingssätze hatte sie rot unterstrichen, so wie man es in der Schule machte, wenn etwas besonders wichtig war. Sie suchte, bis sie den Absatz, der sie so beeindruckt hatte, gefunden hatte: *Stell Dir mal vor, jemand würde mich fragen: Und was machst Du so? Und ich könnte darauf antworten: Ich suche nach der Quelle des Nils.*

Es war bereits später Nachmittag.

Sie hatte die Küche aufgeräumt, die Waschmaschine angemacht, die Wäsche gefaltet und ein paar Hemden gebügelt. Dann war sie mit ihrem Mann ein wenig spazieren gegangen, wie der Arzt es empfohlen hatte.

Erst anderthalb Wochen später erinnerte sie sich wieder an den Brief. Sie hatte selbst noch keinen abgeschickt. Ob die anderen, wer auch immer sie waren, bereits dachten, dass sie die Briefkette unterbrochen hatte?

Sie sah auf die Kuckucksuhr im Wohnzimmer: halb neun. Erleichtert atmete sie auf. Gleich würde ihr ältester Enkel eintreffen und mit ihm die Lösung des Problems. Tomás holte den Jungen am Busbahnhof ab. In etwa zehn Minuten würden sie da sein.

»Keine Sorge, Sara«, sagte sie. »Die Kette aus Briefen wird in Kürze fortgeführt.«

Fasziniert erinnerte sie sich daran, wie das Ganze begonnen hatte.

Sie war hinuntergegangen, um Brot zu kaufen. Als sie zurückkam, hatte sie den Metallbriefkasten geöffnet, der die Form eines Briefumschlags hatte. Der Brief war gleich auf den Boden gefallen. Ansonsten waren nur ein Werbeprospekt für Seniorenreisen, ein Schreiben von der Bank und ein an Tomás gerichteter Brief der Telefongesellschaft darin gewesen. Sie hatte den Briefkasten wieder geschlossen und sich gebückt, um den Umschlag aufzuheben, der auf die Fußmatte gefallen war.

Das Erste, was sie überrascht hatte, war das Gewicht. Rechnungen oder Werbesendungen waren immer viel leichter. Sie sah sich den Brief genauer an und entdeckte drei weitere ungewöhnliche Details: Auf dem Umschlag war weder ein Firmenlogo noch ein Absender zu finden, und er war nicht weiß, sondern grau. Aber was sie am meisten erstaunte, war die Tatsache, dass der Brief an *sie* adressiert war. Um sicher zu sein, las sie Namen und Adresse sehr aufmerksam noch zwei Mal: *Hypatia González. Calle Principal, 11. Porvenir.*

Irrtum ausgeschlossen.

»Jemand hat mir geschrieben«, murmelte sie. »Mir!«

Auf einmal hatte sie das Gefühl, dass die Sonne intensiver vom Himmel schien.

Sie drückte den Brief an ihre Brust.

Wie ein kleines Mädchen, das seine Süßigkeiten mit niemandem teilen möchte, meinte sie zum ersten Mal, etwas vor Tomás verstecken zu müssen. Sie schob den Brief in ihre Tasche und ging zurück ins Haus, um zu frühstücken. Sie ahnte nicht, dass Sara eine Straßenecke weiter stand und sie beobachtete. Der Briefträgerin war es seltsam erschienen, dass der dritte handschriftliche Brief in dieser Woche ausgerechnet an Hypatia gerichtet war. Hypatia hatte noch nie einen Brief bekommen.

Seither waren bereits zehn Tage vergangen, und ihr Mann wusste immer noch nichts. Nicht dass Hypatia sich schuldig fühlte, dafür aber sehr bedeutend. Hypatia González war ein Teil der Kette, die ins Leben gerufen worden war, um die Briefträgerin und das Postamt von Porvenir zu retten. Und nicht nur das: Jemand glaubte, dass sie etwas zu erzählen hatte, und hatte sie deshalb in die Kette aufgenommen. Sie, Hypatia! Allerdings gab es dabei ein Problem, von dem dieser Jemand offensichtlich nichts ahnte: Sie konnte kaum schreiben.

Mehrmals war sie versucht gewesen, ihren Mann um Hilfe zu bitten. Bis vor ein paar Tagen ihr ältester Enkel angerufen hatte, den sie Tomasito nannte, alle anderen jedoch Tom. Er wollte das kommende Wochenende bei ihnen im Dorf verbringen. Damit hatte sich für Hypatia das Tor zum großen Glück geöffnet.

»Darf ich reinkommen?«

»Aber sicher, Oma!«

»Brauchst du noch eine Decke, Tomasito?«, fragte sie, nachdem sie den Kopf ins Zimmer gesteckt hatte.

»Nein, nein. Mir ist nicht kalt«, antwortete er, wobei er den Blick von dem Comic hob, den er gerade im Bett las.

Sie schien ihm nicht zu glauben.

»Sicher?«

»Ja.«

Hypatia blieb im Türrahmen stehen und wagte nicht einzutreten.

Tom sah zu ihr hinüber. Erneut lächelte sie ihn an.

Wie groß er geworden ist!, dachte sie. Er war erst dreizehn Jahre alt und schon einen Kopf größer als seine Großmutter, die zugegebenermaßen recht klein und zierlich war.

Tom war es gewohnt, dass seine Großmutter ihn verwöhnte, wenn er in Porvenir war. Stets war sie um ihn besorgt, vor allem hatte sie Sorge, dass er auch genug aß. Dabei brauchte sie sich gerade darum keine Gedanken zu machen, denn Hypatia war eine hervorragende Köchin und das Essen, das sie auf den

Tisch brachte, so köstlich, dass kaum jemand widerstehen konnte.

»Bis morgen, Oma. Schlaf gut.«

»Weißt du was? Ich hole lieber doch noch die Decke aus dem Schrank, falls …«, begann sie und trat ins Zimmer.

Neugierig sah Tom zu, wie Hypatia etwas aus dem Ärmel zog. Einen grauen Briefumschlag.

»Tomasito, ich …«

»Ja?«

Sie setzte sich ans Fußende des Bettes, was bei ihrem Fliegengewicht an der Matratze kaum zu spüren war.

Wortlos reichte sie ihm den Brief.

Tom überflog ihn schweigend. Dann rief er erfreut aus: »Das tun wir gleich morgen, Oma! Wie lustig! Wir schreiben einen anonymen Brief … Sodass niemand herausfinden kann, von wem er stammt. Wie spannend! Hast du wirklich keine Ahnung, wer dir den Brief geschrieben hat?«

»Wirklich nicht. Aber vergiss nicht, dass …«

»Ja, ja … Das bleibt ein Geheimnis zwischen uns beiden und demjenigen, dem wir den Brief schicken.«

11

Hypatia

»Guten Tag«, diktierte Hypatia.

»Oma! So beginnt man doch keinen Brief!« Tom lachte.

»Ach, nein? Wie denn dann?«

»Mit dem Ort, an dem man ihn schreibt, und dem Datum.«

»Also dann: *Porvenir, Sonntag, den 8. Dezember.*«

»Porvenir, 8. Dezember«, wiederholte Tom eifrig, während er auf den Briefbogen schrieb. »Den Sonntag anzugeben ist nicht nötig.«

Sie waren allein und saßen in der Küche.

Tomás hatte sich mit seinen Freunden auf einen Wermut getroffen. Ihm war gleich am Morgen aufgefallen, dass seine Frau und ihr Enkel etwas vorhatten. Dabei wollte er nicht stören und hatte versprochen, zum Mittagessen zurück zu sein.

Als die Luft rein war, hatten sich die beiden Verschwörer gleich darangemacht, die Briefkette fortzuführen. Sie durften keine Zeit mehr verlieren, denn Tom würde am Nachmittag in die Stadt zurückkehren.

»Kann ich dann jetzt ›Guten Tag‹ sagen?«, fragte Hypatia.

»Nein, nein … So begrüßt man niemanden in einem Brief. Oder weißt du etwa, zu welcher Uhrzeit die Empfängerin den Brief lesen wird?«

»Keine Ahnung.«

»Vielleicht mitten in der Nacht. Wann hast du denn den Brief gelesen, den du bekommen hast?«

Hypatia sah ihren Enkel mit großen Augen an. Sie spürte, dass sie ehrlich zu ihm sein konnte, dass er alt genug dafür war.

»Deine Großmutter hat mehrere Tage dafür gebraucht.«

Sie sprach in der dritten Person, da ihr dies weniger beschämend erschien. Als ginge es nicht direkt um sie. Sie wartete auf Tomasitos Reaktion, doch dem schien das, was sie gerade gesagt hatte, nicht weiter aufzufallen. Zufrieden las er die wenigen Worte, die sie bisher geschrieben hatten.

Dann fügte er hinzu:

»*Liebe Unbekannte.* Komma. Nächste Zeile.«

»Ich würde sie lieber mit ›Freundin‹ anreden … wenn das möglich ist.«

Sie hatte das Bedürfnis, die Empfängerin ihres Briefes, wenn sie schon all diese Geheimnisse mit ihr teilte, lieber so anzureden.

»In Ordnung«, sagte Tom, während er das bereits Geschriebene durchstrich.

Hypatia schloss die Augen, um sich besser konzentrieren zu können. Sie kramte in ihrem Gedächtnis und diktierte dann, als wiederholte sie, was eine innere Stimme ihr gesagt hatte: »Ich wäre Ihnen sehr verbunden, wenn Sie nach Empfang dieser …«

Tom brach in Gelächter aus. Als hätte man sie bei einem Fehler ertappt, öffnete Hypatia die Augen.

»Was für ein geschraubtes Gefasel ist das denn?«

»So hat man mir beigebracht, einen Brief zu beginnen …«

Als der Junge den ernsten Blick seiner Großmutter sah, versuchte er, sich zu beherrschen.

»Wer?«

»Wie wer?«, fragte sie leicht beleidigt.

»Wer hat dir das Briefeschreiben beigebracht?«

Hypatia merkte, dass ihr Enkel die Frage nicht ironisch meinte. In diesem Moment wurde ihr bewusst, dass sie auf gewisse Weise für ihre Nachkommen eine Unbekannte war. Irgendwann hatte sie entschieden, ihnen möglichst wenig über ihre Vergangenheit zu erzählen. Mit einem Federstrich hatte sie das, was sie viele Jahre lang erlitten hatte, gestrichen, und so existierte es nicht mehr für ihre Kinder und Enkel.

»Señora Teresa«, sagte sie nun.

»Und wer war das? Eine Freundin von dir?«

»Meine Herrin.«

Tom sah sie erstaunt an.

»Die Frau, bei der ich als Dienstmädchen gearbeitet habe«, erklärte Hypatia. Sie seufzte. Genau im richtigen Moment fing das Wasser an zu kochen. Sie ging zum Herd hinüber, gab den Reis hinein und dachte daran, wie oft sie dies im Haus von Señora Teresa getan hatte. Sie hatte ihre unangenehme Stimme noch genau im Ohr: »Ich lasse dich nicht aus den Augen, du undankbares Kind, hörst du? Nur eine Handvoll, mehr gibt es nicht, nur eine Handvoll Reis! Du bist viel zu teuer! Isst mehr, als du arbeitest ... Nur mein Sohn kann auf die Idee kommen, so eine schmächtige Zwölfjährige als Dienstmädchen einzustellen!«

»Heißt das, dass du als Haushaltshilfe gearbeitet hast?«, fragte Tom, während er, nicht gerade überzeugt, schrieb, was seine Großmutter ihm diktiert hatte.

Sie sah ihn zärtlich an. Ach, wenn du wüsstest!, dachte sie. Das war keine Arbeit, sondern Sklaverei! Auch nach all den Jahren erinnerte sie sich noch genau an die schlechte Behandlung, die Schelte und die Schläge, die sie drei Jahre lang über sich ergehen lassen musste.

»Ja, ich habe in einem größeren Ort in einem Haushalt gearbeitet. Die Señora konnte kaum etwas sehen. Ich musste ihr manchmal ihre Briefe vorlesen und schreiben. Ich fürchte, ich war nicht besonders gut darin, aber damals gab es noch in fast keinem Haushalt ein Telefon.«

Sie setzte sich wieder ihrem Schreibgehilfen gegenüber an den Tisch.

»Wenn du so weiterfragst, ist dein Großvater gleich wieder da und wir sind kein bisschen vorangekommen.«

Hypatia wollte nicht in den Wunden der Vergangenheit bohren. Schon spürte sie wieder die schmerzenden Schläge auf die Finger und hörte die keifende Stimme: »Kind, wie ungeschickt du bist! Jetzt sieh dir das an! Wenn ich dich schon mal um etwas bitte … Was für ein Geschmiere!«

»Hab ich verstanden!«

»Hiermit möchte ich Ihnen mitteilen, dass wir eine Briefkette in Gang gesetzt haben, um Sara, die Briefträgerin in unserem Dorf, zu retten. Denn sie wollen sie nach Madrid versetzen und unser Postamt schließen.«

»So schnell bin ich nicht!«, protestierte Tom.

»Entschuldige. Dann mach erst mal.«

Tom konzentrierte sich aufs Schreiben. *Hiermit möchte ich Ihnen mitteilen, dass wir eine Briefkette in Gang gesetzt haben, um Sara, die Briefträgerin in unserem Dorf, zu retten.*

Hypatia verließ die Küche und kam mit dem Brief wieder, den sie erhalten hatte.

»Schreib es lieber ab, wie es hier steht, dann ist sicher, dass wir nichts falsch machen.«

»Mensch, Oma! Das sagst du nun? Ich habe schon die Hälfte geschrieben! Was soll ich jetzt machen? Alles durchstreichen?«

Sie überlegte einen Moment.

»Besser nicht. Doppelt genäht hält besser. Lass das stehen, was du schon geschrieben hast, und füge das aus dem Brief einfach hinzu.«

Tom nahm den Brief und schrieb ab:

So sind die Regeln in diesem Spiel: eine Kette anonymer Briefe, um zu verhindern, dass Sara, unsere Briefträgerin, ihren Job verliert und unser Dorf nach mehr als hundert Jahren kein Postamt mehr hat. Sara weiß von nichts. Bitte verrate es ihr nicht. Wir müssen den Postverkehr hier ein wenig in Schwung bringen, um ihre Vorgesetzten davon zu überzeugen, dass wir eifrige Briefschreiber sind und auch gern welche bekommen, damit man sie nicht nach Madrid versetzt.

Ich wurde nicht gefragt, ob ich bei dieser Sache mitmachen will, und ich werde auch Dich nicht fragen. Wenn Du diesen Brief gelesen hast, kannst Du selbst entscheiden, ob Du das Spiel fortführst oder nicht. Allerdings musst Du wissen, dass, wenn Du beschließt, die Kette zu beenden, alles vorbei sein wird. Überleg es Dir also gut.

Du brauchst nur eine Kleinigkeit zu schreiben, einen Satz, ein paar Zeilen. Und es spielt keine Rolle, ob Du eine schöne Schrift hast oder nicht oder ob Du Rechtschreibfehler machst. Du kannst schreiben, was Du willst und wem Du willst, auch an jemanden, den Du nicht kennst.

»Was für ein langweiliger Brief!«, seufzte Tom und warf den Stift auf den Tisch. Er rollte bis zur Kante, und als er hinunterfiel, fing Tom ihn auf. Dieses Spielchen wiederholte er ein paarmal.

Seine Großmutter fragte: »Warum sagst du das?«

»Während du kochst, bin ich seit einer Ewigkeit mit Abschreiben beschäftigt.«

Hypatia liebte ihre Töpfe und die anderen Küchenutensilien. Tomás, ihre vier Kinder und das Kochen waren ihre große Leidenschaft.

»Hast du denn gar nichts zu erzählen, Oma? Etwas Eigenes ... Ich habe keine Lust, weiter abzuschreiben!«

»Was soll ich denn schon erzählen? Schließlich habe ich beinah mein ganzes Leben in diesem Haus verbracht und nichts anderes getan, als deine Onkel und deine Mutter großzuziehen, sauber zu machen und zu kochen. Derjenige, der mir den Brief geschrieben hat, hat gesagt, dass ich schreiben kann, was ich will.«

»Dann erzähl doch genau das!«

»Was meinst du?«

»Etwas aus der Zeit, als Mama klein war, oder warum du so gern kochst.«

Hypatia lächelte, während sie testete, ob der Reis bereits weich war. Nach langem Nachdenken sagte sie:

»Kochen ist, wie ein Bild zu malen.«

»Zu malen?«

»Ja. Ich habe mal einen Bericht im Fernsehen gesehen, Tomasito, in dem ein Maler …«

»Wie hieß er?«, fragte Tom interessiert. »War er berühmt?«

»Was weiß ich? Das Wichtige ist nicht, wer er war, sondern was er sagte. Der Journalist hat ihn in seinem Atelier besucht, um ihm bei der Arbeit zuzusehen. Und er hat das Gleiche gemacht wie ich in der Küche.«

Tom sah seine Großmutter zweifelnd an.

»Er hat gesagt, dass er den Farben und den Pinseln zuhört, bevor er mit dem Malen beginnt. Und auch ich rede mit meinen Kochlöffeln oder den Paprikaschoten.«

»Im Ernst?«

»Sicher. Warum, glaubst du, schmeckt das, was ich koche, so gut?«

»Weil du jede Menge Erfahrung hast und in all den Jahren viel gelernt hast …«

»Nein! Überhaupt nicht! Sondern erstens, weil ich mich bei den Zutaten bedanke, bevor ich sie klein schneide oder in den Topf gebe. Denn ohne sie würden wir verhungern. Hast du darüber schon mal nachgedacht, Tomasito?«

Tom versuchte sich vorzustellen, wie seine Großmutter sich mit einem Hamburger oder einer Nudel unterhielt. Er fand das Ganze ziemlich witzig, wollte aber nicht lachen. Denn sie hatte das, was sie sagte, offensichtlich ernst gemeint.

»Hast du das schon immer so gemacht, Oma?«

Hypatia versuchte sich zu erinnern, wann sie mit diesem Ritual begonnen hatte.

Damals war sie fünfzehn Jahre alt gewesen. Ein Onkel von ihr hatte sie aus Señora Teresas Haushalt erlöst. Er hatte ihr eine Anstellung als Küchenhilfe in einem neu eröffneten Kurhotel in den Bergen besorgt. Endlich hatte Gott ihre Gebete erhört! Denn sie tat nichts lieber, als zu kochen. Außerdem würde sie unter all den anderen Menschen nicht weiter auffallen. Niemand würde darauf achten, ob sie den Löffel beim Rühren linksherum oder rechtsherum drehte oder ob sie ihre Hände an einer sauberen Schürze abtrocknete.

Mehrere Tage lang richtete in der Hotelküche niemand das Wort an sie. Sie saß in einer Ecke auf einem Hocker. Vom frühen Morgen an brachte man ihr große Schüsseln voller Kartoffeln oder Äpfel, die sie schälen sollte. An anderen Tagen musste sie Hühner rupfen. Jeden Abend taten ihr die Finger so weh, als hätte man mit Nadeln hineingestochen. Aber sie war glücklich. In jener Zeit begann sie, mit den Küchenzutaten zu sprechen. Und als sie das Vertrauen der Chefköchin erlangt hatte, wurde sie deren rechte Hand.

Diese glückliche Zeit hatte etwa vier Jahre lang gedauert.

»Der Maler mischt Farben und Formen. Genau wie ich, Tomasito. Das Wichtige ist, wie man die Dinge mischt. Magst du gern Baiser?«

»Das weißt du doch!«

»Ja, das weiß ich, du Leckermaul, aber würdest du es mit weißen Bohnen essen? Oder mit gebratenem Speck?«

»Pfui ... also wirklich, Oma!«

»Auch ich vermische Farben und Formen. Dazu aber auch noch Aromen.«

Als seine Großmutter aufgehört hatte zu erzählen, las Tom noch einmal, was er nun geschrieben hatte.

Für mich ist Kochen, wie ein Bild zu malen. Wenn ich die Küche betrete, ist das Erste, was ich tue, darüber nachzudenken, was ich an diesem Tag zu essen mache. Vorher habe ich keine Ahnung. Erst wenn ich in der Küche bin, habe ich die nötige Ruhe, mir die entsprechenden Gedanken zu machen ... Erst dort kommen mir die Ideen. Manchmal muss ich dann noch schnell zum Markt gehen, weil ich das, was ich brauche, gar nicht im Haus habe.

Mein Mann Tomás sagt immer, dass meine Vorratskammer doch so gut gefüllt ist, dass mir unmöglich noch etwas fehlen kann. Er ist ein guter Kerl, mein Tomás. Ohne zu protestieren, geht er immer mit mir zum Markt, wenn ich etwas brauche. Er konzentriert sich lieber aufs Einkaufen und aufs Essen als aufs Kochen. Als ich ihn kennengelernt habe, habe ich in der Küche eines Hotels gearbeitet, und er war der Botenjunge, der die bestellten Waren brachte. Seine Eltern hatten einen Gemüsestand. Wie gut er damals aussah! Wie lustig er war! Als wir geheiratet haben, waren wir schon drei Jahre zusammen. Damals war ich zwanzig Jahre alt und habe meine Stelle im Hotel aufgegeben.

Oje, nun bin ich ganz vom Thema abgekommen, Entschuldigung!

Es ist nämlich so: Ich spreche mit den Zutaten, die ich zum Kochen verwende. Und ich habe einen Lieblingskochlöffel, der sich am besten schwingen lässt, wenn wir zusammen die Saucen erschaffen. Wenn ich in der Küche bin, vergehen die Stunden wie im Flug. Was völlig in Ordnung ist, denn etwas anderes habe ich eh nicht zu tun.

Früher schon. Da hatte ich vier kleine Kinder, die immer überall herumliefen. Zuerst musste ich sie zur Schule bringen. Später darauf achten, dass sie ihre Hausaufgaben machten und sich nicht stritten. Ich musste ihnen beibringen, die Betten zu machen, ihnen die Läuse aus den Haaren kämmen und ihre Schulkittel nähen. Marisa war immer ein gutes Mädchen, das ist sie heute noch. Als sie nicht mehr ganz so klein war, hat sie mir mit ihren kleineren Brüdern geholfen. Aber ich musste immer aufpassen, dass sie es nicht übertrieb und zu streng mit ihnen war. Ich hoffe, dass sie bei ihrem Ehemann nachsichtiger ist.

Mein Sohn Jesús, der Zweitgeborene, geriet immer wieder in Schwierigkeiten. Wie oft musste sein Vater ihn holen gehen, weil er wieder an einer Prügelei beteiligt war! Zum Glück hat er schließlich ein wunderbares Mädchen kennengelernt. Und das hat alles verändert. Inzwischen verdient er so viel Geld, dass er seinem Vater und mir eine Woche in einem Luxushotel spendiert hat. Wir haben uns dort furchtbar gelangweilt, aber das haben wir ihm natürlich nicht erzählt.

Raúl ist der Klügste von allen. War er schon immer. Ein lieber Sohn, ein guter Freund, überall beliebt. Alle halten sehr viel von ihm. Er ist immer sofort zur Stelle, wenn jemand Hilfe braucht. Und dann ist da noch Miguel, unser Jüngster. Wenn Du selbst Kinder hast, weißt Du, was das heißt. Auch wenn es nicht so sein sollte, ist der Kleinste für eine Mutter immer etwas Besonderes, und man verzeiht ihm alles. Vielleicht weil man einfach nicht mehr so viel Kraft hat.

Miguel war schon als Kind mit seinen Gedanken immer woanders. Er ist ein Träumer. Ich wollte nicht, dass er so früh schon das Haus verlässt. Er ist doch mein Küken! Aber er meinte, dass hier nichts aus ihm werden kann. Er war der Letzte, der gegangen ist. Jetzt sind sie alle weg. Die Ruhe ist manchmal bedrückend. Ich habe mich all die Zeit über so viel um sie gekümmert, dass ich mich selbst dabei ganz vergessen habe. Und heute bin ich froh, wenn ich einmal pro Woche ein paar Minuten mit ihnen telefonieren kann. Jeder von ihnen lebt sein eigenes Leben, so ist das nun mal.

Tomás und ich sind hiergeblieben. Zurückgelassen wie die Schultaschen. Zum Glück habe ich meine Küche, Tomás und meine Freundin Puri, mit der ich sonntags zur Messe gehe und Rezepte austausche.

Oje, wir sind schon wieder vom Thema abgekommen.

Meine Kinder und mein Mann lieben es, wenn ich für sie koche. Miguel, mein Kleiner, hat mit Computern zu tun. Er meint, dass er eines Tages alle meine Rezepte sammeln und sie wie eine Art Kochbuch ins Internet stellen wird, einen Blog nennt er das. Und er sagt, dass dann die Leute überall auf der Welt Thymianhähnchen nach Art von Doña Hypatia kochen können oder meine Brombeermarmelade. Und dass sie mir dann Fotos schicken können von den Gerichten, die sie nach meinen Rezepten gekocht haben. Er meint sogar, dass ich richtig berühmt werden könnte.

Und ich frage mich, ob in den Ländern, von denen in dem Brief, den ich bekommen habe, die Rede ist – in Persien oder in Patagonien –, sich wirklich jemand für meine Brombeermarmelade interessieren könnte. Ob es in diesen entlegenen Gegenden überhaupt Brombeeren gibt? Ich denke nicht. Aber Miguel brauche ich mit solchen Zweifeln gar nicht erst zu kommen. Wenn es um seine Träume geht, ist er nicht bereit zu diskutieren. Dann lässt man ihn am besten einfach in Ruhe. Aber ich muss zugeben, dass mir die Idee irgendwie gefällt. Und damit meine ich nicht, dass es mir gefallen würde, berühmt zu sein. Ob die Leute meine Gerichte toll finden oder sie überhaupt kochen können, interessiert mich nicht. Allerdings würde ich gern Hausfrauen aus anderen Ländern kennenlernen. Aus China oder aus Frankreich. Damit sie mir von ihren Rezepten erzählen können. Und ich ihnen von meinen. Das würde mir Spaß machen. Etwas darüber zu erfahren, wie es in ihren Küchen aussieht, und von ihren Kindern und ihren Ehemännern zu hören.

»Ich finde, Puri sollte den Brief bekommen.«

»Aber das wäre geschummelt, Oma!«

»Geschummelt? So ein Quatsch … Es ist meine Entscheidung, und ich möchte den Brief an Puri schicken.«

»Aber sie ist deine Freundin und kennt doch schon alles, was darin steht …«

»Ich habe ihr aber noch nie erzählt, dass Kochen für mich ist, wie ein Bild zu malen. Und auch nicht, wie froh ich bin, dass ich sie habe. Das sollte sie auch mal erfahren.«

»Dann ruf sie an und sag es ihr!«

Hypatia sah ihren Enkel ernst an. Der lehnte sich in seinem Stuhl zurück und zog einen Flunsch. Er weigerte sich, das Adressbuch zu nehmen, das seine Großmutter ihm hinhielt. Sie legte es auf den Tisch neben den bereits zugeklebten und frankierten Umschlag.

»Purificación Caparrós. Die Adresse findest du hier drin.«

Tom weigerte sich nicht mehr ganz so strikt. Er wusste, dass hier nichts zu machen war, wenn nicht auf der Stelle ein Wunder geschah.

Genau in diesem Augenblick war das Geräusch des Schlüssels im Schloss zu hören. Die Haustür wurde geöffnet, und die Stimme seines Großvaters ertönte zur Rettung in letzter Sekunde.

»Ich bin wieder da und habe Brot mitgebracht!«, rief Tomás aus dem Flur.

In der Küche war es einen Moment still. Großmutter und Enkel sahen sich an.

»Nimm den Brief und das Adressbuch mit in dein Zimmer! Beeil dich! Dort kannst du die Adresse draufschreiben.«

Tom nickte und verließ die Küche. Im Flur stieß er mit seinem Großvater zusammen, der die Zeitung in der Hand hielt.

»Vorsicht, Junge! Pass auf, wo du hinläufst! Hier, nimm die Zeitung und bring sie ins Wohnzimmer. Ich helfe deiner Großmutter, den Tisch zu decken.«

Tomás machte ein Schläfchen vor dem Fernseher, während Hypatia die Küche aufräumte.

Heimlich wie ein Dieb bereitete Tom unterdessen im Schlafzimmer den großen Coup vor. Die Waffen, die er dafür brauchte, lagen auf dem Bett: der noch unbeschriebene Briefumschlag, ein Stift und die auf der Seite der Kontaktanzeigen aufgeschlagene Zeitung. Das Adressbuch lag unbeachtet auf dem Nachttisch.

Seiner Meinung nach hatte er eine hervorragende Idee gehabt. Noch einmal las er die Anzeige:

Sarai. 90-60-90. *Ich bin einsam. Möchtest du ein bisschen mit mir spielen? Schreibe an mein Postfach mit der Nummer* 080771 *(Porvenir), und ich schicke dir mein Foto. Oder ruf mich an unter* 902 69 69. *Ich warte auf dich!*

12

Eine Sackgasse ohne Ausweg

Die schönsten Liebesbriefe einer Frau sind die, die sie einem Mann schreibt, wenn sie ihn betrügt.

LAWRENCE DURRELL

SARA: Guten Morgen.
CASTAWAY 65: Du bist aber früh dran heute!
SARA: Na ja, so früh ist es nun auch wieder nicht.
CASTAWAY 65: Für uns schon, schließlich führen wir eine Mittagsbeziehung …

Sara erstarrte. Beziehung? Was wollte er denn damit sagen?

Es stimmte schon, seit Fernandos erster Mail, in der er sie wegen der Geburtsurkunde um Hilfe gebeten hatte, waren inzwischen einfach so vier Monate vergangen. Aber konnte man das als Beziehung bezeichnen …? Schließlich hatten sie nicht einmal miteinander gesprochen oder sich getroffen!

Wie er wohl jetzt, nach zehn Jahren, aussah? Das Grübchen im Kinn hatte er sicher immer noch. Aber war er in die Breite gegangen wie so viele Männer? Hatte er noch Haare? Und nach all der Zeit unter freiem Himmel mitten auf dem Meer musste seine Haut vom Wetter gegerbt sein.

CASTAWAY 65: … Chatbeziehung, meine ich.

Sara fragte sich, warum Fernando ihr eine Erklärung gab, um die sie nicht gebeten hatte.

SARA: Zur üblichen Zeit kann ich heute nicht hier sein.

CASTAWAY 65: Schon wieder muss ich allein essen ... Zum Glück gibt es hier einen Delfin, mit dem ich mich unterhalten kann, denn wenn meine einzigen Gesprächspartner ein russischer und ein thailändischer Kollege sind, bin ich verloren. Und Du versetzt mich so einfach ... Zum Glück kann ich mich wenigstens auf den Delfin verlassen.

SARA: Deswegen habe ich Dir jetzt geschrieben. Ich weiß ja, dass Du immer online bist ...

CASTAWAY 65: Warum auch nicht? Schließlich verbringe ich meine gesamte Arbeitszeit damit, am Radar zu sitzen und aufzupassen, ob plötzlich ein Eisberg auftaucht oder das Ungeheuer von Loch Ness uns rammen könnte.

SARA: Gibt es denn Eisberge bei Euch?

CASTAWAY 65: Du bist wirklich eine aufmerksame Leserin. Nein. Und das Ungeheuer von Loch Ness habe ich auch noch nicht gesehen ...

SARA: Übrigens sind es jetzt vier.

CASTAWAY 65: Vier? Wie meinst Du das? Haben Athos, Porthos und Aramis endlich D'Artagnan gefunden?

SARA: Nein. Es gibt einen vierten Brief!

CASTAWAY 65: Gut! Und wo musst Du ihn zustellen? Wieder bei einem leer stehenden Haus? Oder bei einer betrunkenen Hexe?

SARA: Nein, ist nur ein paar Schritte von hier.

CASTAWAY 65: Ein paar Schritte? Beim Haus gegenüber?

SARA: Das mit den paar Schritten ist wörtlich gemeint. Der Brief ist an ein Postfach gerichtet, das vor Jahren jemand gemietet hat und wo noch nie ein Brief angekommen ist.

CASTAWAY 65: Na, so was! Merkwürdig!

SARA: Ich werde Dir berichten, wer den Brief abholen kommt. Ehrlich gesagt, habe ich das Postfach nie weiter beachtet.

CASTAWAY 65: Das Ganze bleibt mysteriös ... Dann geh mal die paar Schritte und stell den Brief zu. Und dann komm zu mir zurück.

SARA: Das geht nicht. Ich muss mit dem Kleinen zum Arzt.
CASTAWAY 65: Etwas Ernstes?
SARA: Akute Dummheit. Kannst Du Dir vorstellen, wie man ohne Jacke zwei Stunden im Schnee spielen kann?
CASTAWAY 65: Schnee? Echter Schnee?
SARA: Ja. Es hat hier achtundvierzig Stunden am Stück geschneit.
CASTAWAY 65: Was würde ich dafür geben, mal wieder eine Handvoll Schnee zu spüren!
SARA: Bei Dir ist es doch noch viel kälter, also müsstest Du doch ...
CASTAWAY 65: Sara! Mitten auf dem Meer und im Dunkeln Schnee zu sehen ist genauso unmöglich, wie jetzt einen Blick auf Dein schönes rotes Haar zu werfen.

Er hat es nicht vergessen! Er hat es nicht vergessen …

Den ganzen Tag über schwebte Sara auf rosa Wolken und wiederholte für sich wie ein Mantra immer wieder die gleichen Worte, seitdem Fernando am frühen Morgen die Farbe ihres Haars erwähnt hatte. Kaum dass sie seinen Satz gelesen hatte, war sie ins Bad geeilt, um sich im Spiegel zu betrachten. Sie war ein wenig mollig und nicht sehr groß. Ihr Gesicht war voller Sommersprossen und ansonsten recht unauffällig. Aber schon als kleines Mädchen war sie durch ihre üppigen roten Haare aufgefallen. Inzwischen hatte ihr Haar ein wenig von seinem Glanz verloren, war aber nach wie vor sehr schön, dachte sie, während sie sich eine Locke aus der Stirn strich.

Diese lächerliche Kleinigkeit versetzte sie in Hochstimmung. Als Fernando ihr geschrieben und sie um den Gefallen mit den Papieren gebeten hatte, hatte sie gedacht, dass ihm einfach niemand anderes eingefallen war, an den er sich hätte wenden können. Welchen anderen Grund hätte er sonst haben sollen, einer langweiligen geschiedenen Briefträgerin mit drei Kindern zu schreiben?

Inzwischen war es fünf vor acht, und die Dunkelheit hatte sich über den kleinen Ort und sein Postamt gesenkt. Die Straße war wie ausgestorben, und draußen war es kalt. Der schwarze Himmel bildete einen nahezu dramatischen Gegensatz zu der weißen Schneeschicht, die den Boden und alles andere bedeckte und Porvenir in eine unwirkliche Atmosphäre tauchte.

Es war Zeit, das Postamt zu schließen. Sara ging in den Lagerraum, um ihren Mantel und ihre Mütze zu holen. Während sie sich anzog, hörte sie die Türglocke.

»Guten Abend«, sagte Sara überrascht. »Ich habe nicht damit gerechnet, dass noch jemand kommt. Bei diesem Wetter!«

Eine Frau mittleren Alters, die ein paar Supermarkttüten trug, mühte sich mit dem Öffnen eines der Postfächer ab. Dafür hatte sie weder den großen Cowboyhut noch die Handschuhe abgelegt. Sie rüttelte noch einmal an der Tür zum Schließfach und blickte misstrauisch unter der Hutkrempe hervor, um zu ergründen, woher die Stimme gekommen war.

»Kann ich Ihnen helfen?«, fragte Sara.

Die Frau mit dem Hut schien zu überlegen. Schließlich hielt sie ihr, ohne ein Wort zu sagen, den kleinen Schlüssel hin. Ihre Handschuhe waren aus Wolle, und jeder Finger war in einer anderen Farbe gestrickt.

Wie die Handschuhe eines Kindes, dachte Sara.

»Es ist ganz schön kalt geworden, was?« Sara ging auf die Frau zu und stieß dabei gegen die Holzbank, die für wartende Kunden im Postamt stand.

»Oh, wie ungeschickt! Aber es ist ja auch schon spät.« Sara lächelte, während sie darauf wartete, dass die Frau etwas sagte.

Doch diese gab nur ein undefinierbares Brummen von sich. Was für eine seltsame Person!, dachte Sara. Das Gesicht kam ihr bekannt vor, aber es gelang ihr nicht, sie irgendwo einzuordnen. Vielleicht war sie der Frau schon einmal in der Apotheke begegnet oder im Vorübergehen auf der Straße.

»Na, dann wollen wir mal sehen, ob ich mehr Glück habe«, meinte sie, als sie den Schlüssel entgegennahm.

Die Frau wies auf das Fach, das sie zu öffnen versucht hatte.

Sara riss erstaunt die Augen auf, versuchte jedoch, sich ihre Überraschung nicht anmerken zu lassen. Für den Bruchteil einer Sekunde wurde sie von einer fast kindlichen Freude ergriffen.

»Ah, das Postfach mit der Nummer 080771. Ich glaube, das ist das erste Mal, dass hier ein Brief ankommt.«

Noch bevor sie den Satz ausgesprochen hatte, wusste sie, dass sie ins Fettnäpfchen getreten war.

Die Frau mit dem Cowboyhut warf ihr einen scharfen Blick zu und sagte dann in schneidendem Ton: »Es gehört wohl zu Ihren Aufgaben, die Kunden zu überwachen?«

Was dachte sich diese zudringliche Postbeamtin eigentlich? Offensichtlich geschah in ihrem eigenen Leben nichts Interessantes, sodass sie meinte, anderen hinterherspionieren zu müssen, sagte sich Manuela, während sie einen Schluck Weißwein trank.

Seit sie das Postamt verlassen hatte, war sie extrem schlecht gelaunt. Daher beschloss sie, vor der Arbeit noch ein heißes Bad zu nehmen. Wenig später sah sie in den großen Spiegel, der allmählich beschlug. Nur ihr Kopf ragte aus dem Schaumbad.

Ich sehe aus wie lebendig begraben, dachte sie und ließ sich tiefer in die Wanne sinken.

Manuela zog es vor, möglichst unauffällig zu leben, deswegen hatte sie sich auch eine Wohnung in der neuen Siedlung außerhalb von Porvenir gesucht. Hier waren die Leute wenigstens nicht so neugierig und geschwätzig wie im alten Ortskern, wo jeder über jeden redete. »So wie diese rothaarige Tratschtante«, murmelte sie erbost.

Erneut wallte die Wut in ihr auf.

Sie wollte mit niemandem etwas zu tun haben. Selbst mit ihren Nachbarn hatte sie kaum Kontakt. Wie kam diese Briefträgerin dazu, ihre Korrespondenz zu überwachen? Es war im Übrigen tatsächlich der erste Brief, den sie erhielt, seit sie das Postfach gemietet hatte, aber das ging niemanden etwas an!

»Ich werde mich beschweren! Was glaubt die blöde Kuh eigentlich!«, sagte sie drohend zu ihrem Spiegelbild.

Beruhigt durch diesen Entschluss, konzentrierte sie sich nun auf das Wesentliche: den Brief.

Endlich hatte sich jemand gemeldet!

Seit zwei Jahren zahlte sie nun schon für das Postfach und die Anzeige in der Zeitung, in der sie unter dem Decknamen Sarai ihre Dienste anbot. In den letzten Wochen hatte sie mehrfach darüber nachgedacht, beides zu kündigen, da ihr die Telefondienste, die sie leistete, inzwischen genügend Kunden eingebracht hatten, um ihren Lebensunterhalt zu sichern. Allerdings hatte sie seit Langem einen Traum, der sie jede Chance auf ein zusätzliches Einkommen wahrnehmen ließ. Ihre Schwester lebte seit vielen Jahren in Kanada. Sie hatte zwei Kinder, die sie noch nie gesehen hatte, und es war ihr größter Wunsch, sie zu besuchen. Wie sehr sie ihre Schwester vermisste!

Sie brauchte unbedingt mehr Geld!

Ich kann jeden Euro für meine Reise nach Montreal gebrauchen, sagte sie sich, während sie den Arm ausstreckte und den Schaum abschüttelte, um dann den Brief vom Boden aufzuheben.

Die Bewegung führte dazu, dass ihr ein wenig Schaum in die Nase geriet, und sie musste niesen. Vor ihren Augen stieg ein feiner Seifennebel auf. Sie lachte.

Seit Tagen habe ich nicht mehr gelacht, dachte sie.

Sie hatte allerdings auch nicht viel Grund zu lachen.

Manuela lebte allein in dem Dorf, in dem sie geboren war und das sie mit knapp zehn Jahren verlassen hatte. Sie hatte keine Verwandten hier und war nur zurückgekommen, weil es der perfekte Ort war, um aus dem Leben, das sie geführt hatte, zu fliehen.

Als sie fünfundvierzig Jahre alt geworden war, hatte sie eines Morgens in einem Badezimmer Hunderte von Kilometern von Porvenir entfernt genau wie jetzt in den Spiegel geblickt. Und was sie sah, hatte ihr nicht gefallen: eine Hausfrau und Mutter, die an einen sterbenslangweiligen Ehemann gebunden war und an zwei unerträgliche halbwüchsige Kinder.

Noch bevor sie von der Arbeit und aus der Schule zurückkehrten, hatte Manuela ihre Koffer gepackt. Sie achtete darauf, nur das mitzunehmen, was ihr allein gehörte. Neben ihrem kurzen Abschiedsbrief ließ sie auch ihren Trauring zurück:

Nehmt es nicht persönlich, aber ich halte es hier nicht mehr aus. Bitte sucht mich nicht. Ich wünsche Euch von ganzem Herzen, dass Ihr glücklich seid. Ich muss es erst noch versuchen.

Doch das Glück war viel schwieriger zu finden, als sie gedacht hatte. Plötzlich erklang jenes Lied von Cabra Mecánica in ihrem Kopf: *Felicidad, qué bonito nombre tienes, Felicidad, vete tú a saber dónde te metes. Felicidad, cuando sales sola a bailar te tomas dos copas de más y se te olvida que me quieres. – Glück, welch schönen Namen du hast, Glück, wo auch immer du steckst. Glück, wenn du allein ausgehst und ein paar Glas zu viel trinkst, hast du ganz schnell vergessen, dass du mich liebst.*

Der passende Soundtrack zu ihrem derzeitigen Leben!

Kurz vor ihrem fünfzigsten Geburtstag lebte sie wie eine Eremitin.

Nach ihrer Flucht hatte sie sich dank des Erbes ihrer Mutter erst mal ein tolles Leben gegönnt. Sie war für einen Monat nach Indien gereist, um zu sich selbst zu finden, und hatte dort einen jungen Guru kennengelernt, der gemeinsam mit ihr zurück nach Spanien gekommen war. Für sie beide hatte sie ein kleines, aber äußerst exquisites Loft gemietet. Solange genügend Geld da war, hielt auch »die Liebe«.

Warum spricht man von Liebe, wenn man eigentlich Eigeninteresse meint?, fragte sie sich, als sie nun den Briefumschlag aufriss.

Als der junge Guru am Arm einer reicheren Frau verschwand, hatte sie ihre Koffer und ihr gebrochenes Herz genommen und war in ihr altes Dorf zurückgekehrt, das ihr plötzlich wieder in den Sinn gekommen war. Sie war seit ihrer Kindheit nie wieder in Porvenir gewesen, aber man konnte dort sicher günstig leben. Für Manuela war es ein Ort wie jeder andere. Und nur eine Durchgangsstation.

Eine Bekannte half ihr, einen geeigneten Job zu finden. Manuela hatte weder eine Ausbildung noch Arbeitserfahrung, doch dank des leidenschaftlichen Lebens, das sie in Indien geführt hatte, hatte sie die Scham verloren, unter der viele ihrer Altersgenossinnen litten.

Manuela, die sich Sarai nannte, wusste, was es hieß, Spaß zu haben, und es machte ihr nichts aus, darüber zu reden. Sie kannte Worte, die den heißen orientalischen Rhythmus erklingen ließen, und Stellungen, die hemmungslose Leidenschaften weckten, die die meisten Menschen tief in ihrem Inneren versteckten. Und sie beschloss, sich dies zunutze zu machen.

Die Arbeit bei der Telefonsex-Hotline war gar nicht so übel, wie die meisten Leute dachten. An manchen Tagen war sie sogar recht unterhaltsam.

»Soll das ein Witz sein?«, rief sie jetzt aus.

Sie hatte den Brief zu lesen begonnen und verstand kein Wort.

Vorsichtshalber überprüfte sie noch einmal, ob tatsächlich ihr Name und ihre Anschrift auf dem Umschlag standen: *Sarai, Postfach 080771*. Der Brief war eindeutig an sie gerichtet. Zwar stand kein Absender darauf, aber das hatte sie absolut nicht verwundert. Im Gegenteil, es hatte sie sogar beruhigt. Wer schrieb schon seinen Namen auf einen Umschlag, wenn er sich auf eine erotische Kontaktanzeige meldete?

Sie wandte sich wieder dem Blatt Papier zu, das an den Rändern bereits nass geworden war. Die geschwungene, kindlich perfekte Schrift stand im krassen Gegensatz zu dem Inhalt des Briefes, in dem von einem Ehemann, von Kindern und vom Kochen die Rede war … Für einen Moment glaubte Manuela, dass sich das Schicksal einen Scherz erlaubt hatte.

»*Für mich ist Kochen, wie ein Bild zu malen*«, las sie laut vor. »Und für mich ist Kochen, wie bei fünfundvierzig Grad im Schatten in einem Steinbruch zu schuften, nachdem ich drei Tage nichts gegessen habe«, knurrte sie.

Ich spreche mit den Zutaten, die ich zum Kochen verwende.

»Und ich verfluche die Zutaten, die ich zum Kochen verwende«, rief sie aus und zupfte ärgerlich an ihrem Kinn, ohne es zu bemerken.

Sie versuchte sich vorzustellen, wer den Brief geschrieben haben konnte, und allmählich erstand ein Bild vor ihren Augen.

»Ha! Du bist auch nur so eine verbitterte Frau und in einem Leben gefangen, in das du hineingedrängt wurdest. Das deine Mutter sich für dich gewünscht hat. Du solltest sein wie sie: früh mit einem guten Ehemann verheiratet, eine Mutter, die ihre Kinder großzieht und kocht und zusieht, wie die Zeit vergeht. Ihr seid doch alle gleich!«, schrie sie in den Dunst, der aus der Badewanne aufstieg.

Für einen Moment dachte sie an ihre eigene Mutter. Die zweifellos eine gute Frau war. Ich habe all diese guten Frauen und guten Männer so satt!, sagte sie sich.

Wenn Du selbst Kinder hast, weißt Du, was das heißt. Auch wenn es nicht so sein sollte, ist der Kleinste für eine Mutter immer etwas Besonderes, und man verzeiht ihm alles, ging der Brief weiter.

Manuela schloss die Augen. Ja, sie hatte Kinder. Zwei. Die inzwischen erwachsen waren. Vielleicht gingen sie zur Universität. Ob sie die beiden wiedererkennen würde, wenn sie ihnen auf der Straße begegnete? Vermutlich schon. Der Ältere hatte eine weiße Haarsträhne im Nacken, an der man ihn sicher erkennen konnte. Und der Kleine hatte unheimlich große Ohren. »Dumbo, Dumbo«, hatten ihm die anderen Kinder hinterhergerufen.

Er hatte ihr immer ein wenig leidgetan, aber nicht allzu sehr. Die Ohren hatte er von seinem Vater, der hatte die gleichen abstehenden Blumenkohlblätter. Sie überlegte, ob sie ihren jüngeren Sohn mehr geliebt hatte als den älteren, und kam zu dem gleichen Schluss wie immer: Ihre Liebe war für beide gleich gewesen. Und nicht besonders groß.

Ich habe mich all die Zeit über so viel um sie gekümmert, dass ich mich selbst dabei vergessen habe.

»Da hast du es, du dumme Kuh! Und am Ende haben sie dich allein gelassen. Alle sind gegangen. Und dieser Tomás ist wohl schon ziemlich alt und klapprig, denn wenn nicht … hätte auch er dich längst verlassen! Wer will schon mit jemandem zusammenleben, der mit Paprikaschoten spricht? Aber gräm dich nicht, meine Liebe, das ist nichts Persönliches. Wir Frauen werden alle irgendwann verlassen. Deshalb bin ich auch abgehauen, bevor es so weit kommen konnte«, erklärte sie der imaginären Hausfrau, die ihr den Brief geschrieben hatte.

Und ich frage mich, ob in den Ländern, von denen in dem Brief, den ich bekommen habe, die Rede ist – in Persien oder in Patagonien –, sich wirklich jemand für meine Brombeermarmelade interessieren könnte.

Manuela, die sich Sarai nannte, brach in Gelächter aus. Endlich mal was Witziges!, dachte sie. Nein, meine Liebe, weder in Patagonien noch in Persien, nicht einmal hier interessiert sich irgendjemand für deine olle Marmelade!

Ohne zu wissen, warum, fühlte sie sich, nachdem sie den Brief gelesen hatte und aus der Wanne gestiegen war, wunderbar entspannt. Sie hatte sich geschminkt, sich ihr seidenes Negligé übergestreift und die Schuhe mit den extrem hohen Absätzen angezogen. An diesem Abend fühlte sie sich ausgesprochen wohl in ihrer Arbeitskleidung.

Manuela, die sich jetzt in Sarai verwandelte, dachte, dass ihr Zorn gegen die unbekannte Hausfrau, die all das verkörperte, was sie so sehr hasste, ihr auf eine seltsame Art geholfen hatte, ihre Anspannung zu lösen.

Am Ende muss ich ihr noch dankbar sein, überlegte sie, während sie den ersten Anruf entgegennahm. Es war Punkt Mitternacht.

Ein Stöhnen am anderen Ende der Leitung erinnerte sie daran, dass es Zeit war, mit der Arbeit zu beginnen.

Sechs Stunden später, bevor sie zu Bett ging und sich im Badezimmer die Zähne putzte, fiel ihr Blick auf den Brief, der immer noch auf dem Boden lag. Sie warf einen verächtlichen Blick darauf, bevor sie ihn von den Badezimmerfliesen fischte.

Wütend spuckte sie die Zahnpasta ins Waschbecken.

Und dass ich so einen blöden Brief schreibe, kannst du vergessen, Alte! Schließlich hat jeder sein Päckchen zu tragen. Soll sich die Briefträgerin eben mit ihrem Schicksal abfinden.

13

Kosmische Kreise

Das Schicksal eines Mannes liegt nicht in seiner Hand. Darum kümmert sich schon die Frau in seinem Leben.

GROUCHO MARX

Alma stieß die Tür zum Dachboden auf, ohne zu ahnen, dass sie in diesem Moment die Büchse der Pandora öffnete.

Seit sie das Innere des Hauses durchstreifte, kam sie sich vor wie eine Archäologin bei der Ausgrabung. Schließlich durchforstete sie ja auch das, was an diesem Ort, nach all der Zeit und unter Schichten von Staub und Spinnennetzen verborgen, von ihrer Familie geblieben war. Dabei empfand sie eine unbestimmte Sehnsucht nach einem Leben, welches, ohne dass sie je daran teilgehabt hatte, auch das ihre war. In diesem Haus verbargen sich die stummen Zeugnisse der Kindheit ihrer Großmutter Luisa, ihrer Urgroßeltern und sogar ihrer Ururgroßeltern.

Inzwischen wühlte sie schon seit mehr als einer Stunde in Koffern und Kisten voller Familienschätze, ohne dass der Ausdruck des Erstaunens je von ihrem Gesicht gewichen war. Sie küsste Edith Piaf auf die Wange, die sie, auf eine alte Schallplattenhülle gebannt, anschaute.

Draußen regnete es ohne Unterlass, hier drinnen jedoch fühlte sie sich geborgen.

Seit Alma in den ersten Novembertagen in Porvenir angekommen war, hatte immer die Sonne geschienen. Allerdings hatte sie das Haus kaum verlassen.

Hin und wieder war sie zum Einkaufen nach Mastán gegangen und hatte, wenn sie an der Kapelle vorbeikam, jedes Mal gehofft, den geheimnisvollen jungen Mann mit den grünen Augen wiederzusehen. Beim ersten Mal hatte sie ihm Rilkes *Briefe an einen jungen Dichter* dort gelassen. Als sie ein paar Tage später zu der kleinen Kapelle zurückkehrte, war das Buch verschwunden, doch sie hatte vergeblich nach einer Nachricht Ausschau gehalten.

Tief in Gedanken stieß sie in einer weiteren Kiste auf einen Regenschirm und ein altes kaputtes Radio. Wer diese Sachen wohl einmal benutzt hatte? Sie lächelte bei dem Gedanken, dass dies vielleicht zu Beginn des letzten Jahrhunderts gewesen sein musste. Wie viele Dinge sich im Laufe eines Lebens ansammeln, dachte sie versonnen. Und doch hatte alles einmal eine Bedeutung für irgendjemanden gehabt.

Plötzlich kamen ihr ein paar Verse von Neruda in den Sinn, die wie für sie geschrieben schienen: *Falsch: Mir sagten viele Dinge vieles. Nicht nur sie rührten mich oder meine Hand rührte sie an, sondern so dicht liefen sie neben meinem Dasein her, dass sie mit mir da waren und so sehr da für mich waren, dass sie ein halbes Leben mit mir lebten und dereinst auch einen halben Tod mit mir sterben.*[5]

Ein wunderschöner, leicht abgenutzter Schrankkoffer erschien ihr seltsam vertraut. Sie schloss die Augen und fuhr mit den Händen darüber, als suchte sie nach versteckten Hinweisen, um so seine Vergangenheit zu entschlüsseln. Sie spürte die Gravuren auf der Vorderseite unter ihren Fingern: ineinander verschlungene Blüten und Blätter. An einer Seite entdeckte sie einen Handgriff. Wo war wohl der andere geblieben? Sie strich über den Deckel und stieß auf ein paar einzelne, ebenfalls eingravierte Buchstaben: ein L, ein I und ein S. Auf einmal drängte sich eine Szene aus der Vergangenheit derart heftig in Almas Bewusstsein, dass sie sich hinsetzen musste, um nicht umzufallen.

Sie war noch ein kleines Mädchen und hielt sich gerade im Garten dieses Hauses auf, wo sie für ihre Puppe Sandkuchen buk. Plötzlich hörte sie ein langes Hupsignal, gefolgt von mehreren kurzen Tönen. Auf dem Weg zum Haus näherte sich ein Lieferwagen und hielt vor der Tür. Zwei Männer stiegen aus, und ihre Großmutter begrüßte sie. Eine ganze Weile lang wurden von der Ladefläche des Wagens alle möglichen Dinge abgeladen. In ihr Spiel vertieft, erregte nur eines davon die Aufmerksamkeit der kleinen Alma. Der Schrankkoffer, der nun vor ihr stand und den Luisa für ihren Umzug nach Paris gekauft hatte.

In jenem Sommer, den Alma mit ihrer Großmutter allein in dem Haus in Porvenir verbracht hatte, hatte Luisa die Zeit genutzt, um einige ihrer persönlichen Dinge herbringen zu lassen. Nachdem sie viele Jahre in Frankreich gelebt hatte und zum zweiten Mal Witwe geworden war, hatte sie beschlossen, noch einmal in ihr Heimatdorf zurückzukehren. Ihr einziger Sohn war bereits zum Studium nach Spanien gegangen, hatte geheiratet und ihr eine Enkelin geschenkt. Während sie an das Land, das sie als Zwanzigjährige aufgenommen hatte, nun nichts mehr band.

Kurz nachdem sie nach Paris gekommen war, hatte sie sich in einer Kochschule eingeschrieben. Sie hatte sich auf die Zubereitung von Desserts spezialisiert, und ein Jahr später hatte sie, mit dem erfolgreichen Abschluss in der Tasche, eine Anstellung in einer Patisserie gefunden.

Wie es der Zufall wollte, kam eines Tages Manuel in die kleine Patisserie, ein Landsmann. Sie hatten sich ineinander verliebt und ein paar Jahre später geheiratet. Gemeinsam hatten sie einen Sohn, Almas Vater. Ihre Ehe war glücklich, doch leider währte sie nicht lange. Ein ungnädiges Schicksal sorgte dafür, dass Manuel an Krebs starb, bevor er vierzig Jahre alt wurde.

Nachdem Luisa ein paar Jahre um Manuel getrauert hatte, hielt Pierre, ihr Chef, der in Paris mehrere Patisserien besaß und ebenfalls verwitwet war, um ihre Hand an. Luisa sagte gern, dass damit ihr drittes Leben begonnen hatte. Ein Leben mit vielen Reisen, Theater- und Opernbesuchen. Ihre zweite Ehe öffnete ihr die Tür zu einer Welt, die sich das einfache Mädchen aus Porvenir niemals hätte vorstellen können. Pierre starb in hohem Alter und hinterließ seiner Frau, die um einiges jünger war als er, ein beachtliches Vermögen. Bis einige Jahre vor ihrem Tod hatte Luisa seine Geschäfte weitergeführt.

Nachdem sie dann auch die letzte Patisserie verkauft hatte, begann sie das, was sie ihr viertes und letztes Leben nannte. Dabei wollte sie sich nicht mit Erinnerungen an die Vergangenheit belasten. »Deine Großmutter Luisa reist gern mit leichtem Gepäck«, pflegte Almas Vater zu sagen.

Luisa entschied, dass es das Beste wäre, alle ihre Sachen in das Elternhaus nach Porvenir bringen zu lassen, wo reichlich Platz vorhanden war. »Eines Tages wird dies alles in den Besitz meiner Nachkommen übergehen«, pflegte sie zu sagen, »genau wie das Haus, der Garten und das Land.«

All das gehörte zusammen und wartete darauf, dass der Kreis sich schloss.

Und nun saß Alma allein auf dem Speicher und fühlte sich wie eine Königin in ihrem unermesslichen Reich, das im Herzen der Wälder von Porvenir entstanden war und über viele Kilometer bis in das Büro ihres Vater reichte oder in eine Patisserie in Paris, in der sich ihre Großeltern kennengelernt hatten.

Ein Reich, das aus Träumen, Hoffnungen und großen Plänen bestanden hatte und – wie sie an ihrem ersten Tag hier aus dem handgeschriebenen Brief erfahren hatte – auch aus Leid und Betrug.

»Wenn ich nun die Königin bin, dann kann ich mir selbst gestatten, den magischen Schrankkoffer zu öffnen«, sagte sie laut.

Ihre Großmutter hatte Halstücher geliebt, und in dem Koffer fand sie, sorgsam gefaltet, etwa ein Dutzend. Darunter war eines, das in Seidenpapier eingewickelt und mit einem Muster aus Efeuranken bedruckt war. Alma stellte erfreut fest, wie weich und glänzend es auch nach all den Jahren noch war. Sie band es sich um den Hals und machte sich daran, all die Kleider, Röcke und Mäntel in dem Koffer zu inspizieren. Obwohl die Kleidung mit großer Sorgfalt aufbewahrt worden war, hatten die Motten sie nicht verschont. Einige Stücke wiesen hier und dort winzige Löcher auf, trotz der Säckchen mit Mottenpulver und dem getrockneten Lavendel, der mit den Jahren seine Kraft verloren hatte.

Sie fand auch ein paar schlichte Aquarelle. Auf einem erkannte sie die Marien-Wallfahrtskapelle; auf einem anderen die Darstellung eines Waldes, der durchaus zu den Wäldern um Porvenir gehören konnte.

Dann stieß sie auf ein paar französische Schulhefte und erkannte in den ungeschickten, nachlässigen Kritzeleien die Schrift ihres Vaters. Sie spürte einen leichten Stich des Bedauerns: Nun war sie schon über drei Wochen hier in Porvenir, und obwohl sie bereits mehrfach zu Hause angerufen hatte, war die Stimmung immer noch angespannt, und sie hatten nur wenige Worte gewechselt. Ihr Vater, der ein bekannter Rechtsanwalt war, fühlte sich von seiner Tochter hintergangen, die einfach so aus ihrem Elternhaus geflohen war, aber auch von seiner Mutter, die ihn übergangen und ihre Enkelin zu ihrer Erbin ernannt hatte, ohne es ihm gegenüber je erwähnt zu haben.

Wenn sie an diesem Abend bei ihren Eltern anrufen würde, würde sie auf jeden Fall erzählen, dass sie seine so liebevoll aufbewahrten Hefte gefunden hatte.

Nachdem sie ein Gebetbuch, ein Schild mit den Öffnungszeiten eines Geschäfts und ein Paar hochhackige Sandalen zutage gefördert hatte, wollte Alma den Koffer schon wieder schließen, als sie plötzlich auf einen Schuhkarton stieß, der mit einer blauen Seidenschleife umwickelt war.

Zweifellos enthielt die Schachtel etwas, was ihrer Großmutter sehr wichtig gewesen war.

»Meine Zeichnungen!«, rief sie gerührt aus.

Sie hatte sie gleich entdeckt, nachdem sie den Deckel abgenommen hatte, und sie sofort wiedererkannt. Auf einer davon waren sie und ihre Großmutter unter dem Kirschbaum im Garten abgebildet. Sie dachte daran, wie sehr es Luisa freuen würde zu wissen, dass der Baum, ohne fachgerecht gepflegt zu werden, all die Jahre überlebt hatte. Wie viele schöne Momente sie wohl in seinem Schatten verbracht hatte? Die Farbzusammenstellung auf der Kinderzeichnung war unmöglich, doch ansonsten war sie für eine fünfjährige Künstlerin gar nicht schlecht, stellte Alma nicht ohne Stolz fest.

Das nächste Bild begeisterte sie noch mehr: Darauf hatte sie das Haus mit einer strahlenden Sonne am Himmel gemalt. Aus dem Schornstein stieg Rauch auf. Und am oberen Rand des Blattes stand geschrieben: *Großmutters und Almas Haus für alle Zeit.*

»Großmutters und Almas Haus für alle Zeit«, wiederholte sie laut. Und es rührte sie, dass sie als kleines Kind davon geträumt hatte, immer hier zu leben. Sicher hatte ihre Großmutter sich daran erinnert und ihr deswegen dieses unglaubliche Geschenk hinterlassen. Ihr Herz zog sich für einen Moment schmerzlich zusammen, und sie schüttelte den Kopf, um alle negativen Gedanken zu verscheuchen. Doch die Kinderbilder waren nicht die einzige Überraschung aus der Vergangenheit, die in dem Karton auf sie wartete. Unter den Zeichnungen fand sie alte Liebesbriefe und ein paar mit einem Band zusammengehaltene Fotos. Sie löste das Band und verteilte die Bilder auf dem Boden.

Auf einigen der Fotos erkannte sie die aufgenommenen Personen wie ihren Onkel José, ihre Eltern oder den zweiten Mann ihrer Großmutter. Es waren Fotos aus Paris, aus Madrid und aus dem Haus in Porvenir darunter.

Dann wandte sie ihre Aufmerksamkeit zwei Schwarzweißaufnahmen zu. Auf der einen waren ihre Urgroßeltern gemeinsam mit ihrer Großmutter im Garten des Hauses zu sehen. Auf dem anderen zwei junge Mädchen, die mit ihren Fahrrädern posierten. Die eine war ihre Großmutter. Die andere kannte sie nicht. Sie lachten und wirkten glücklich.

Alma drehte das Foto um und versuchte zu entziffern, was dort kaum noch zu lesen war: *Luisa und Rosa auf der Brücke, Porvenir 19…*

Rosa? Es dauerte nur ein paar Sekunden, bis sie den Namen zuordnen konnte.

Also waren Rosa und Luisa tatsächlich Freundinnen gewesen, sagte sie sich. Sie beschloss, das alte Foto zusammen mit dem Brief, der auf so mysteriöse Art in ihre Hände geraten war, aufzubewahren. Alma spürte, dass beides irgendwie zusammengehörte.

Nachdenklich ging sie die Treppe hinunter und sah auf die Uhr: bereits zwölf Uhr mittags. Den ganzen Morgen hatte sie auf dem Speicher verbracht, um in den alten Dingen zu kramen. Seit sie hierhergekommen war, zerrann ihr die Zeit zwischen den Fingern. Obwohl sie nicht das Gefühl hatte, dass die Stunden besonders schnell vergingen, wunderte sie sich am Abend, dass sie eigentlich kaum etwas getan hatte und der Tag doch schon um war.

Sie verbrachte die Zeit im Garten und damit zu schreiben. Erstaunlicherweise kamen ihr, seit sie hier im Haus war, ständig und überall Verse in den Sinn. Inzwischen hatte sie in der Küche, im Wohnzimmer und in ihrem Schlafzimmer Notizbücher verteilt, denn wenn sie einen Vers im Kopf hatte, musste sie ihn auf der Stelle niederschreiben.

Sie war gerade im Wohnzimmer, da riss ein metallischer Knall sie aus ihren Gedanken, dem ein paar Schreie folgten. Eilig trat sie ans Fenster. Noch immer regnete es heftig.

Auf der Straße, die am Haus vorbeiführte, hatte sich ein kleiner Unfall ereignet. Ein blaugelbes Postfahrzeug stand neben einem dunkelroten Wagen mit geöffneter Fahrertür. In einigem Abstand lag ein Fahrrad auf dem Boden. Zwei Männer, die sie im Regen nur undeutlich erkennen konnte, schienen sich zu streiten. Eine dritte Person mit langem Haar versuchte sie zu beruhigen.

Wahrscheinlich wieder diese rothaarige Briefträgerin, dachte Alma.

»Wie es aussieht, ist ja zum Glück nichts Schlimmes passiert«, sagte Sara und lächelte beschwichtigend.

»Diesmal nicht, aber vielleicht beim nächsten Mal«, schimpfte Tomás aufgeregt. »Diese jungen Leute fahren einfach los, ohne hinzuschauen!«

Sara sah ihn nachsichtig an und dachte, dass Hypatias Mann alt wurde. Seit er in Pension gegangen war, traf sie ihn oft auf dem Markt mit seiner Frau oder beim Dominospiel in der Bar an. Er war in der Dorfgemeinschaft immer äußerst aktiv und respektiert gewesen. Sicher gefiel es ihm überhaupt nicht, ein alter Mann zu sein.

»Man muss ja nicht immer vom Schlimmsten ausgehen. Ein nächstes Mal wird es nicht geben«, meinte sie mit Blick auf den jungen Mann, der gerade sein Fahrrad aufhob.

Álex antwortete nicht. Er hatte sich bei dem Aufprall den Kopf gestoßen. Am Morgen, als er sich mit dem Fahrrad auf den Weg zur Kapelle gemacht hatte, hatte es nicht nach Regen ausgesehen. Daher hatte er seinen Helm und das Regencape zu Hause gelassen, was er nun bereute.

»Der Junge ist unmöglich oder stellt sich zumindest so an!«, schimpfte Tomás. »Wenn ich nicht wüsste, aus welcher Familie er kommt, würde ich denken, er kann sich nicht benehmen. Zumindest könnte er sich entschuldigen!«

Sara sah auf die Uhr. In fünf Minuten würde Fernando sich in den Chat einklicken, und sie hatte keine Lust, noch länger im strömenden Regen herumzudiskutieren.

»Komm, Tomás, das Beste wird sein, wenn wir jetzt alle nach Hause fahren«, meinte sie freundlich, während sie den alten Mann am Ellbogen fasste, »sonst kriegen wir auf den Schrecken hin auch noch eine Lungenentzündung.«

Tomás setzte sich mit mürrischem Gesicht ins Auto und startete den Motor. Bevor Sara ebenfalls in ihren Wagen stieg, rief sie dem jungen Mann zu: »Álex, soll ich dich mit ins Dorf nehmen?«

Doch Álex zuckte nur mit den Schultern und schüttelte dann den Kopf.

Alma sah zu, wie Sara und der alte Mann in ihre Autos stiegen und davonfuhren. Neugierig beobachtete sie den Fahrradfahrer, der weiterhin unschlüssig im Regen stand. Obwohl der Gartenzaun ihr ein wenig die Sicht nahm, meinte sie zu sehen, wie der Mann ins Taumeln geriet.

Ohne groß zu überlegen, lief sie aus dem Haus, wobei sie sich nicht einmal die Zeit nahm, Schuhe oder eine Jacke anzuziehen.

»*Du* bist das?!«, rief sie kurz darauf überrascht aus. Neben dem umgekippten Fahrrad sitzend, hielt der junge Mann mit den grünen Augen sich den Kopf. Als er ihre Stimme hörte, sah er auf.

Alma wollte gerade noch etwas hinzufügen, als ihr auffiel, dass ihm Blut von der Schläfe hinunterlief.

»Ach, du meine Güte, du bist ja verletzt …«

Álex sah erschreckt auf seine Hände und wischte sich das Blut an der Jeans ab. Er versuchte aufzustehen und spürte einen stechenden Schmerz. Stöhnend sah er zu dem Mädchen mit den honigfarbenen Augen hinüber. Ihre Gegenwart verunsicherte ihn. Er senkte den Blick und bemerkte ihre Füße, die nur in Hello-Kitty-Socken steckten. Er musste lachen, was jedoch gleich wieder in ein schmerzverzerrtes Stöhnen überging. Er wollte sie um Hilfe bitten, wusste jedoch nicht, wie. Unpassenderweise kam ihm der Satz seines älteren Bruders in den Sinn: »Álex ist weder mürrisch noch schlecht gelaunt, er ist nur keine Menschen mehr gewohnt.«

Alma schaute einen Augenblick auf den schweigsamen jungen Mann, dessen Benehmen sie ein bisschen seltsam fand. Dann streckte sie ihm die Hand hin. »Ich glaube, es wäre das Beste, wenn du kurz mit ins Haus kämst. Dann schaue ich mir deine Verletzungen an. Kann dich jemand abholen kommen?«

Álex hatte bereits nach ihrer Hand gegriffen und dabei den Blick auf die Haustür gerichtet. »Ist das dein Haus?«

Aha!, sagte sich Alma, offenbar kann er also doch reden.

»In gewisser Weise«, entgegnete sie.

Sie rechnete damit, dass er sie nun fragen würde, wie sie das meine, doch stattdessen legte er unbeholfen einen Arm um ihre Schultern, um sich abzustützen. Die Berührung ließ sie erröten. Mit einer Geste gab er ihr zu verstehen, dass er bereit war, ins Haus zu humpeln.

»Du bist nicht gerade sehr gesprächig … Schade eigentlich.«

Falls Álex ihre Worte gehört hatte, schien er nicht vorzuhaben, ihr zu widersprechen. Er wandte den Blick nicht von der halb geöffneten Haustür, als erwartete er, dahinter das Paradies zu finden.

14
Über die schicksalhafte Bedeutung der Namen

Ich liebe Dich, mein armer Engel, und Du weißt es nur allzu gut. Dennoch willst Du, dass ich es Dir schreibe. Du hast recht. Man muss sich lieben, man muss es laut sagen, und dann sollte man es schreiben.

VICTOR HUGO AN SEINE GELIEBTE

»Wie ich heiße?«, fragte Alma schelmisch.

Álex nickte.

Seit mehr als zehn Minuten saß er nun schon mit nacktem Oberkörper und aufgekrempelten Hosenbeinen in ihrem Badezimmer. Außer ihnen beiden war niemand im Haus. Daher schien es ihm eine der Situation völlig angemessene Frage. Dennoch wirkte das Mädchen mit den honigfarbenen Augen amüsiert.

»Wenn ich dir meinen Namen sage, kennst du mein Geheimnis.«

Überrascht sah er sie an.

Alma tupfte die Verletzung an seiner Stirn mit Alkohol ab.

»Ich verstehe nicht, was du meinst«, sagte er mit schmerzverzerrtem Gesicht.

Als sie es sah, pustete sie vorsichtig auf die Wunde. Mit einem im lauwarmen Wasser angefeuchteten Handtuch entfernte sie ihm das Blut, das über sein Gesicht und seinen Hals gelaufen war. Als sie zu seiner Schulter kam, zögerte sie. Dann hielt sie ihm das Handtuch hin, damit er selbst damit über seine Brust wischen konnte.

»Wenn ich dir meinen Namen nenne, sage ich dir, wer ich bin. Namen prägen die Persönlichkeit. Wusstest du das nicht? Meine Eltern hatten schon entschieden, wie ich heißen sollte, als meine Existenz für sie als jung Verliebte nicht mehr als ein unbestimmter Traum war.«

Mit einem Mal fiel Álex wieder der Brief von Mara Polsky ein, in dem sie erzählt hatte, wie sie zu ihrem Namen gekommen war: Ihre Großeltern hatten sich für sie einen jüdischen Namen gewünscht, doch ihre Mutter entschied sich aus Angst vor den Nazis für einen neutralen Vornamen. Dann kam ihm sein eigener Name in den Sinn.

»Auch meine Eltern haben sich viele Gedanken über meinen Namen gemacht. Ich heiße Álex – wie Alexander der Große.« Er wurde rot. Zum Glück konnte die junge Frau es nicht sehen. Sie wandte ihm den Rücken zu, da sie gerade sein T-Shirt und seinen Pullover zum Trocknen über den Badewannenrand hängte.

»Ich war so diskret und habe dich nicht danach gefragt. Aber danke, dass du es mir gesagt hast.« Sie verließ das Badezimmer, und er blickte ihr von seinem Hocker aus nach. Als er sie nicht mehr sehen konnte, hörte er, wie sie eine Schranktür öffnete. Ein paar Sekunden später kam sie mit einem grünen Pullover zurück. »Es ist einer von meinen, aber ich denke, er passt. Das würde noch fehlen – dass du dich hier im Haus erkältest, nachdem ich dich aus dem Regen geholt und vor der Lungenentzündung bewahrt habe!«

Mit einem dankbaren Lächeln zog sich Álex den Pullover über. Als er den Rollkragen über sein Gesicht streifte, schloss er die Augen. Er nahm einen leichten Duft nach Vanille wahr.

»Darf ich mir mal dein Bein ansehen?« Sie beugte sich über ihn. »Du hast dich am Knie verletzt … Aber die Wunde ist nicht tief.«

»Bist du Krankenschwester?«, fragte Álex, der zum ersten Mal nach vielen Jahren das Bedürfnis hatte, zu reden.

»Was für ein geschultes Auge …! Nein, überhaupt nicht. Ich habe Klamotten verkauft – und einen Abschluss in Philologie in der Tasche.«

Für eine Weile schwiegen sie beide. Álex, der es gewohnt war, im Gesicht seines Vaters zu lesen, was dieser mit Worten nicht mehr ausdrücken konnte, merkte, dass der jungen Frau noch etwas durch den Kopf ging. Geduldig wartete er, bis sie weiterredete.

»Die Wahrheit ist, dass ich mich gern um andere Leute kümmere. Aber eher um ihre Herzen und das mit Worten. Ich wäre gern eine Dichterin. Meine Eltern haben mit der Wahl meines Namens tatsächlich mein Schicksal vorherbestimmt. Doch offenbar hat das Schicksal sich in meinem Fall irgendwie vertan.«

Álex sah sie fasziniert an. Er kannte sie gerade mal eine halbe Stunde und hatte schon mehr geredet als in den gesamten letzten Tagen.

»Ich verstehe immer noch nicht, wovon du sprichst. Wie heißt du denn nun?«

»Meine Eltern haben mich nach einer Pianistin und Komponistin benannt. Allerdings bin ich völlig unmusikalisch und bewege mich mit der Grazie einer Ente. Bei der Weihnachtsaufführung in der Schule haben mir die Lehrer ein Tamburin in die Hand gedrückt und mir ausdrücklich verboten, es zu benutzen. Weil ich sonst sogar die Chorleiterin aus dem Takt gebracht hätte.« Sie musste lachen. »Aber ich liebe es, mit Worten umzugehen. Einen gewissen Hang zum Künstlerischen hat mir mein Name also gebracht.«

Almas Lachen hallte von den Wänden, dem Boden und sogar vom Duschvorhang wider. Álex schaute sich im Spiegel an und konnte beinah sehen, wie das Lachen in ihn eindrang. Es kitzelte ihn, sodass auch er lachen musste. Ohne zu wissen, warum.

»Hast du Kaminholz?«, hörte sie Álex rufen.

Alma durchsuchte gerade die Vorratskammer nach etwas Essbarem und erhob die Stimme: »Wenn du die kleine Tür rechts neben dem Kamin öffnest, findest du dahinter ein Kaminbesteck, und unter der Plane sind auch ein paar Holzscheite, aber ich weiß nicht, wann der Kamin zuletzt …«

Noch bevor sie den Satz zu Ende gesprochen hatte, hörte sie, wie er sich an der kleinen Tür zu schaffen machte.

Aha, sagte sie sich, er ist zwar kein Mann großer Worte, aber er kann anpacken. Mal sehen, ob er es schafft, diesen Kamin anzuzünden, in dem seit zwei Jahrzehnten kein Feuer mehr gebrannt hat.

Vor etwa einer halben Stunde waren sie ins Haus gekommen und gleich in das Badezimmer im ersten Stock hinaufgegangen.

»Am besten ziehst du die Sachen erst mal aus«, hatte sie zu ihm gesagt. Vor Schreck war er beinah über den Badvorleger gestolpert. Sie lächelte, als sie daran dachte. Aus dem Wohnzimmer ertönte jetzt ein dumpfes Poltern.

»He! Reißt du das Haus ab?«

»Mir sind ein paar Holzscheite runtergefallen. Entschuldigung.«

»Kein Problem … Im schlimmsten Fall hast du eine Mäusefamilie aufgeweckt, die hier irgendwo zwischen den Steinen überwintert.«

Das Feuer knisterte bereits behaglich im Kamin, als Alma ins Wohnzimmer zurückkam. Álex versuchte es mit einem Blasebalg anzuheizen, der mehr Staub ausspuckte als Luft.

»Also hast du das tatsächlich ernst gemeint …«

»Was?«

»Das mit dem Feuermachen«, sagte Alma mit Blick auf das prasselnde Feuer. »Als du mich nach dem Holz gefragt hast, habe ich gedacht, das machst du nur, um mich zu beeindrucken und dass du den Kamin sowieso nicht ankriegst.«

»Das Haus, in dem ich wohne, ist auch aus Stein und genauso alt wie dieses. Wer bitte könnte auf den Gedanken kommen, an einem solchen Ort zu leben, ohne in der Lage zu sein, ein Feuer zu machen?« Er sah sie fragend an.

»Ich?«, fragte sie kokett.

»Wenn ich sage, dass ich etwas kann, dann ist das auch so.«

Die Selbstverständlichkeit, mit der er das sagte, überraschte Alma.

Auf dem Sofa sitzend, sahen sie schweigend in die auflodernden Flammen. Zwischen ihnen sorgte ein Tablett mit einer Teekanne, zwei Tassen und einem Teller mit Schokoladenkeksen für sicheren Abstand. Álex' Kleidung hatten sie neben dem Kamin zum Trocknen aufgehängt. Alma betrachtete den alten marineblauen Pullover und das T-Shirt mit dem verwaschenen Rolling-Stones-Aufdruck.

Der junge Mann rührte in seiner Tasse.

»Was ist das für ein Tee?«

»Schwarzer Tee.«

»Schwarzer Tee? Ich habe schon oft schwarzen Tee getrunken, aber noch nie ...«

»Schwarzer Tee mit Vanille.«

Álex konnte nicht anders, als auf Almas Mund zu sehen.

»Er schmeckt nach dir. So wie du riechst.«

Nicht dass Alma gewollt hätte, dass der junge Mann ging, aber sie wunderte sich doch ein wenig, dass er keinen Menschen wegen seines Unfalls benachrichtigt hatte. Noch immer rauschte der Regen auf das Wäldchen nieder, welches das Haus umgab.

»Möchtest du nicht jemanden anrufen, damit er dich abholen kommt?«

»Wenn es dich nicht stört, würde ich gern noch ein bisschen warten, bis es mir wieder besser geht, und mich dann allein auf den Weg machen.«

»Wegen mir kannst du gern noch bleiben. Ich bin schon seit so vielen Tagen allein hier, dass mir ein wenig Gesellschaft sehr willkommen ist. Lebst du auch allein?«

Álex schüttelte den Kopf.

»Bist du hier aus Porvenir? Lebst du noch bei deinen Eltern?«

Auf beide Fragen antwortete er mit einem Nicken. Dann entgegnete er reflexartig: »Du bist wohl nicht von hier. Was machst du dann in diesem verlassenen Haus? Du wirkst nicht gerade wie eine Hausbesetzerin …«

»Ich eine Hausbesetzerin?«, fragte sie verwundert.

»Dieses Gebäude war schon unbewohnt, als ich ein kleines Kind war. Einmal im Monat kommt ein Ehepaar her, kümmert sich um den Garten und schaut nach dem Rechten. Aber das sind nicht die Besitzer. Sie werden von einem Anwaltsbüro in Madrid dafür bezahlt.«

Etwa vom Büro meines Vaters?, dachte Alma überrascht.

»Hast du die Tür aufgebrochen, um reinzukommen?«, fragte Álex. »Für eine Großstadtpflanze wie dich ist es doch sicher aufregend, mitten im Wald das abgeschiedene Leben einer Dichterin zu führen.« Er grinste.

»Du solltest nicht von Dingen reden, von denen du keine Ahnung hast, du Bauer!«, gab sie zurück.

Álex lächelte. Er war viel zu neugierig darauf, was diese Unbekannte in dem alten Haus zu suchen hatte, um beleidigt zu sein.

»Also haben sie das Haus doch verkauft«, mutmaßte er. »Du bist aber ziemlich jung, um so viel Geld zu haben …«

»Warum glaubst du, dass das Haus verkauft worden ist?«, fragte Alma amüsiert.

»Nun, es gehörte Leuten, die vor vielen Jahren das Dorf verlassen haben, ohne dass man je wieder von ihnen gehört hat. Wahrscheinlich sind sie inzwischen gestorben, und die Erben haben das Haus jetzt verkauft.«

Alma lehnte sich gegen die Lehne des Sofas und sah angelegentlich auf ihre Teetasse.

»Weißt du denn, wer hier gewohnt hat?«

Álex dachte eine Weile nach, bevor er antwortete.

»Als ich ein Kind war, hat meine Mutter mir erzählt, dass das Haus einem Geschwisterpaar gehörte. Die Frau ist in jungen Jahren wegen einer unglücklichen Liebesgeschichte von hier weggegangen. Und der Bruder ist ein paar Jahre später nach Deutschland ausgewandert. Er ist nie wieder zurückgekehrt und hat, wie es scheint, auch keine Kinder.«

Aha, sagte sich Alma, die traurige Geschichte meiner Großmutter scheint allgemein bekannt zu sein, nur ich wusste von nichts.

Beide schwiegen, in ihre Erinnerungen versunken, während der Regen auf das Dach prasselte.

»Ich fand immer, dass es sehr schade ist …«, meinte Álex plötzlich.

»Was?«

»Dass ein solches Haus mit Garten und Obstbäumen und Wiesen nicht bewohnt ist.«

»Woher weißt du von den Obstbäumen?«, fragte Alma überrascht.

»Manchmal bin ich hergekommen, um den Kirschbaum zu beschneiden. Auf diese Weise verdiente ich mir etwas Geld.«

»Was machst du denn beruflich?«

»Ich mache, was so anfällt. Nichts Festes.«

Álex konzentrierte sich derart darauf, seinen Tee zu trinken, dass Alma schon glaubte, dass gleich auch die Tasse in seinem Mund verschwinden würde. Als er aufschaute, entdeckte sie eine so tiefe Trauer in seinem Blick, dass er ihr leidtat. Schweigend tranken sie ihren Tee und lauschten dem Regen, der allmählich nachließ.

»Den Kirschbaum gibt es nach wie vor«, sagte sie, während sie aufstand und zum Garten hinaussah. »Es hat aufgehört zu regnen. Willst du nach ihm sehen?«

Er nickte und folgte ihr zögernd. Draußen roch es nach nasser Erde. Der ganze Garten war von einer tiefen Ruhe erfüllt, die auch Almas Herz erfasste. Sie strich mit der Hand über die nasse Rinde des Baumstamms und sagte dann: »Ich schlage dir ein Spiel vor.«

»Also gut«, willigte Álex ein, erleichtert, dass er nicht länger über sich reden musste.

Hier draußen hatte sich sein Ausdruck komplett verändert. Er sah aus wie ein kleiner Junge. Alma versuchte sein Alter zu schätzen, was ihr jedoch nicht gelang. Sein ernster Blick verunsicherte sie ein wenig. Als sie sich nun gegenüberstanden, stellte Alma fest, dass sie etwa gleich groß und von ähnlicher Statur waren. Das blonde Haar des jungen Mannes bildete einen auffälligen Gegensatz zu ihrer leicht gebräunten Haut und den dunklen Haaren.

»Willst du noch immer wissen, wie ich heiße?«

»Sicher!«

»Dann machen wir jetzt ein Ratespiel.«

Álex sah sie an. Die Selbstsicherheit dieses Mädchens überraschte ihn. Ihre honigfarbenen Augen funkelten, als säßen sie immer noch vor dem Feuer. Es war so lange her, dass er mit jemandem seines Alters zusammen gewesen war, dass er nicht verstand, was der Grund für ihr unablässiges Lächeln war.

»Meine Namensvetterin lebte in zwei Jahrhunderten, dem neunzehnten und dem zwanzigsten.«

»War sie sehr berühmt?«

»Zu ihren Lebzeiten hieß es, dass sie sich durch ihre Schönheit und ihre Intelligenz auszeichnete.«

»Und davon hat sie gelebt?«, fragte er neugierig.

Alma lachte. »Sie war Komponistin, aber man könnte sagen, dass sie im Grunde von ihrer Schönheit lebte.«

»War sie auch Modell? Wurde sie oft gemalt?«

»Nein! Aber sie hatte mehrere berühmte Ehemänner, wobei ihre Schönheit und ihre Intelligenz sicher eine Rolle spielten. Sie selbst war eher als ›Tochter von‹ oder ›Ehefrau von‹ bekannt als wegen ihres Talents. Ihr erster Mann war ein Musiker, zwanzig Jahre älter als sie und jüdischer Herkunft. Ihm verdankt sie ihren Nachnamen. Sie liebte ihn, aber im Ehevertrag war festgelegt, dass sie ihre eigene Karriere und damit ihre Leidenschaft für das Komponieren aufgeben sollte. Was sie kaum ertragen konnte.«

»Das war früher wohl so üblich.«

»Leider nicht nur früher«, erklärte Alma ernst. »Solche Dinge kommen auch heute noch vor. Nun, jedenfalls – sie konnte sich eine Zeit lang damit arrangieren, aber schließlich hat es sie zu sehr frustriert. Also hat sie sich einen anderen Mann gesucht, einen jungen berühmten Architekten. Hast du schon mal von Walter Gropius gehört? Er war der Gründer des Bauhausstils. Aber er war nicht ihr letzter Mann. Sie verließ ihn für einen Schriftsteller, Franz Werfel.«

»Und wo wurde deine Namensvetterin geboren?«, fragte Álex.

»In Wien, aber gestorben ist sie in New York.«

Álex lächelte. Jedes Jahr sah er sich am 1. Januar gemeinsam mit seinem Vater im Fernsehen das Neujahrskonzert der Wiener Philharmoniker an. Die Walzerklänge schienen den verwirrten alten Mann zu beruhigen. Schon mehrfach hatte Álex davon geträumt, mit seinem Vater irgendwann einmal im Publikum des prächtigen Konzertsaals zu sitzen. Träume, nichts als Träume, dachte er und seufzte.

»Und?«, fragte Alma und stieß ihn mit dem Ellbogen an. »Weißt du jetzt, wie ich heiße?«

»Ich würde gern einmal nach Wien reisen«, sagte er statt einer Antwort.

»Was ist das Problem? Fahr doch einfach hin.«

Wenn das so einfach wäre, dachte er und stellte sich vor, was geschehen würde, wenn er seinen Vater mehrere Tage lang der Pflegerin überlassen würde.

»Ich setze es auf meine Liste.«

»Auf welche Liste? Die, die mit Patagonien anfängt?«

Sie zwinkerte ihm zu in Erinnerung an das Buch, das sie zusammengebracht hatte. Álex wurde rot. Er ging um den Baum herum und gab vor, sich einen niedrigen Ast ansehen zu wollen. Er drückte ihn nach unten, um seine Biegsamkeit zu testen. Alma folgte ihm.

»Hast du die *Briefe an einen jungen Dichter* eigentlich gelesen?«

Álex nickte verlegen. Alma hatte den Kopf an den Stamm des Baumes gelehnt, und ihr kurzes kastanienfarbenes Haar schien mit dem Holz zu verschmelzen.

»Hat es dir gefallen?«

Álex erinnerte sich noch gut daran, wie er das Buch auf dem Boden der Kapelle gefunden hatte, wie er es neugierig zu lesen begonnen hatte. Und er erinnerte sich vor allem an die Nachricht in der schönen Handschrift, die zwischen den Seiten steckte: *Sicher laufen wir uns irgendwann wieder über den Weg, flüchtender Jüngling.*

Dann fiel ihm wieder ein, dass es derselbe Tag gewesen war, an dem er auch den Brief von Mara Polsky erhalten hatte. Ob die Briefkette fortgeführt worden war? Ob Hypatia jemand anderem einen Brief geschrieben hatte?

»Erde an Álex!«, sagte Alma da, während sie ihn leicht gegen die Schulter stupste.

»Entschuldige«, entgegnete er und trat automatisch einen Schritt zurück. »Ehrlich gesagt, ist es nicht das, was ich üblicherweise lese.«

»Aha. Und was liest du üblicherweise?«

»Ich hab's nicht so mit Dichtern und Gedichten. Ich lese gern …«

»Sag es nicht! Lass mich raten: Science-Fiction?«

Álex schüttelte lächelnd den Kopf. »Um Gottes willen, nein! Ich habe mich noch nie für fremde Welten interessiert. Schließlich ist die unsere groß genug und gibt uns genügend Rätsel auf.

Oder etwa nicht? Selbst wenn man mehrere Leben hätte, würde das nicht ausreichen, um sie komplett zu bereisen. Für Marsmenschen und zukünftige Technologien habe ich nicht viel übrig. Genauso wenig wie für Horrorromane.«

Alma starrte ihn verblüfft an. »Hey, wenn du willst, kannst du ja tatsächlich mehrere Sätze hintereinander sprechen! Also: Du liest nicht gern Gedichte, auch nicht Science-Fiction und … Bist du vielleicht ein Fan von Liebesromanen?«, meinte sie scherzhaft und ohne ihn aus den Augen zu lassen.

»Ich lese gern Reiseliteratur oder Biographien von großen Abenteurern«, entgegnete er ernsthaft. »Ich träume nicht vom Schreiben, sondern vom Reisen.«

»Und wieso verbringst du dann deine Zeit in der Marien-Wallfahrtskapelle und nicht am Flughafen?«

Álex schwieg. Was hätte er auch sagen sollen? Mit schweren Schritten stapfte er zurück zur Küchentür. Es war spät geworden, und die Schicht der Pflegerin würde bald enden.

Was für ein Sturkopf! Alma wollte ihn nicht ohne eine Antwort gehen lassen.

»Im Ernst – was macht ein Mensch wie du in diesem kleinen Nest?«

Álex öffnete die Tür mit dem weißen Holzrahmen. Sie knarrte ein wenig. Er wandte Alma den Rücken zu, während er antwortete.

»Ich warte auf den richtigen Moment.«

»Du gibst also auf?« Alma folgte ihm. »Du willst gehen, ohne zu wissen, wie ich heiße?«

Im Wohnzimmer zog sich Álex seinen inzwischen wieder trockenen Pullover über. Er war noch nie der Typ für solche Spielchen gewesen. Obwohl er wirklich gern ihren Namen gewusst hätte. Schließlich konnte er ihr, wenn er sie im Dorf sah, schlecht »He, Mädchen mit den honigfarbenen Augen« oder »Hallo, du Bohnenstange« zurufen!

»Also schön, ein letzter Hinweis: Angeblich hat Gustav Klimt, der Maler, ihr den ersten Kuss gegeben. Ein Freund ihres Stiefvaters …«

Als er sich zu ihr umdrehte, überraschte er sie dabei, wie sie in einer kindlichen Geste, die so gar nicht zu ihrer Selbstsicherheit passen wollte, die Ärmel ihrer Jacke langzog. Er sah sie an und spürte, wie die Kälte all der langen Winterjahre plötzlich in ihm zu schmelzen begann. Auf einmal war er wütend, dass er gehen musste. Im selben Moment wusste er, dass er sie wiedersehen wollte. Er musste unbedingt ihren Namen herausfinden. Während er zur Haustür ging, hob er kapitulierend die Arme. »Also schön. Ich gebe auf. Du hast gewonnen!«

Sie lächelte triumphierend, bevor sie ihm die Tür öffnete.

»Ich heiße Alma, in Erinnerung an Alma Mahler.«

Es durchzuckte ihn wie ein Stromschlag, und blitzschnell stellte sein Gehirn die Verbindung her. Seine Miene erhellte sich: *Alma!* Sie war das Mädchen, das davon träumte, Dichterin zu werden, und von dem Mara Polsky in ihrem Brief geschrieben hatte. Er war zurück im Spiel.

Er machte den Mund auf und erinnerte sich gerade noch rechtzeitig an die Abmachung: Das, was in den Briefen stand, musste zwischen dem Absender und dem Empfänger bleiben. Er durfte ihr nicht verraten, dass er ihren Namen schon gehört hatte und dass sie bereits durch eine Briefkette miteinander verbunden gewesen waren, bevor sie auch nur ein Wort gewechselt hatten.

»Warum lächelst du so?«, fragte Alma. »Ist etwa ein Engel durchs Zimmer gegangen?«

Angriff ist die beste Verteidigung, schoss es Álex durch den Kopf. Und ohne zu wissen, woher er den Mut nahm, sagte er: »Möchtest du dir mit mir zusammen die Mondfinsternis ansehen?«

15

Manuela, die sich Sarai nennt

31. Oktober

Diazepam
Zwei Wochen lang einmal täglich

Dr. Megías
Praktische Ärztin
Porvenir

24. Dezember

Es ist Heiligabend. Beinah Mitternacht. Heute fühlen sich nicht mal die Perversen einsam. Alle telefonieren, aber niemand ruft eine 0190-Nummer an. Wobei ich damit nicht sagen will, dass die, die mich normalerweise anrufen, pervers sind. Vielleicht nur einer von zehn. Meistens rede ich mit Alleinstehenden, die Probleme haben, sich zu binden, mit gelangweilten Ehemännern, die kleine Kinder haben, oder mit deprimierten Alten. Ganz normalen Menschen also. Vielleicht bin ich einem von ihnen sogar schon einmal in der Bäckerei begegnet. Oder wir haben gemeinsam an der Ampel gestanden. Sie wissen nicht, dass ich Sarai bin. Und ich weiß nicht, dass sie sich hinter Geiles Bärchen, x67 *oder irgendeinem anderen Decknamen verbergen, der ihnen Sicherheit gibt. Es ist eigenartig … Was für ein Gesicht würden sie wohl machen, wenn sie wüssten, dass die Mata Hari ihrer einsamen Stunden aussieht wie eine ganz normale Hausfrau mittleren Alters, die ein wenig mollig ist und dringend zum Friseur müsste, um sich den Haaransatz nachfärben zu lassen? Sicher würde mehr als einer nicht mehr bei mir anrufen. Oder im Gegenteil: Vielleicht würde es sie ja sogar anmachen. Man weiß ja nie. Wenn ich etwas gelernt habe, seit ich diesen Job mache, dann, dass nichts ist, wie es scheint, und wir alle nicht das sind, was wir vorgeben zu sein.*

Aber ich habe mich nicht ans Schreiben gemacht, um herumzuphilosophieren. Sondern weil mir sterbenslangweilig ist. Und das ist an einem Tag wie diesem gefährlich. Ich habe es mir wie jeden Abend auf dem Sofa bequem gemacht. In Arbeitskleidung. Ich habe mir schwarze Netzstrümpfe angezogen, ein rotes Negligé mit Neckholder und dazu Schuhe mit hohen Absätzen. Rot passt gut zu Weihnachten, finde ich. Ich habe fast vier Stunden gewartet, und das Telefon hat nicht einmal geklingelt. Also habe ich zu Abend gegessen. Und mir einen Film angesehen. Kreuzworträtsel gelöst. Eine Strumpfhose gestopft. Und nichts. Kein einziger Anruf. Nicht einmal einer, der nach dem Abheben auflegt. Davon habe ich normalerweise jeden Abend einen oder zwei. Mit oder ohne Stöhnen. Leute, die sich schämen und auflegen, bevor sie ein Wort sagen. Aber heute hat nicht mal so einer angerufen. Da habe ich darüber nachgedacht, warum ich sonst nichts zu tun habe. Und wie immer, wenn mir das passiert, sind mir nur negative Dinge eingefallen. Und dazu an einem Tag wie diesem! Wer kommt an Weihnachten nicht ins Grübeln? Vor allem, wenn man alleine ist, weit weg, nicht dort, wo man vielleicht sein sollte. Ob meine Kinder an mich denken? Über solche Dinge habe ich nachgegrübelt, während ich aufgestanden bin, um mir eine Flasche Weißwein zu holen.

Der Korkenzieher liegt in einer Schublade im Esszimmer. Darin bewahre ich auch meine Rechnungen auf, Unterlagen vom Arzt, mein Sparbuch und ein paar Kerzen, falls es mal einen Stromausfall gibt. Auch wenn sich das nicht gerade sinnvoll anhört. Ich habe die Schublade aufgemacht, und das Erste, was mir ins Auge gefallen ist, war dieser verdammte Brief, den ich vor ein paar Tagen bekommen habe. Ich wollte ihn schon wegwerfen, aber in letzter Sekunde habe ich gedacht, dass es mir nachher vielleicht leidtun würde. Zuerst war ich sauer, als ich ihn gelesen habe, aber dann fand ich ihn irgendwie lustig. Ein paarmal habe ich über die Frau, die ihn geschrieben, und denjenigen, der ihr dabei geholfen hat, herzlich gelacht. Diese Kinderschrift! So geschwungen und ordentlich. Und die Rechtschreibfehler! Es muss einer ihrer Enkel gewesen sein. Schließlich habe ich den Brief aufbewahrt, weil man so oft ja nichts zu lachen hat. Und dann habe ich ihn vergessen.

Als er mir heute wieder in die Hände gefallen ist, habe ich es für ein Zeichen gehalten. Ich wusste schon, dass es ein trauriger Tag werden würde. Also habe ich ihn mit zum Sofa genommen. Ich habe die Weinflasche geöffnet und den Brief noch einmal gelesen. Aber diesmal fand ich ihn gar nicht mehr lustig. Diese blöde Kuh mit ihrem Ehemann, ihren Kindern, ihrem ganzen beschissenen perfekten Hausfrauenleben! Diese Frau scheint tatsächlich glücklich zu sein. Trotz allem und vor allem. Auch ich war einmal glücklich, ohne dass es mir bewusst war. So was fällt einem nämlich erst auf, wenn man unglücklich ist. Oder wenn einem alles gleichgültig geworden ist, so wie mir. Deshalb habe ich begonnen, selbst einen Brief zu schreiben, weil ich irgendwann einmal glücklich war und mich daran erinnern wollte. Ich werde es nicht laut aussprechen, denn von dem Moment an läuft man Gefahr, verrückt zu werden. Doch es aufzuschreiben ist etwas anderes. Und so sitze ich hier und schreibe auf irgendeinem Schmierpapier, das herumlag.

Jene glücklichen Momente sind so weit weg und haben sich doch nur etwa dreihundert Meter von hier ereignet, in diesem Dorf, in dem ich jetzt wieder lebe.

Ich war glücklich in der Straße aus festgetretener Erde, wo ich damals wohnte, in einem Haus mit Cretonne-Vorhängen und einem Wohnzimmer, in dem ständig das Radio lief. In einem Zimmer voller Puppen und Häkelkissen. Ich war glücklich mit meiner Mutter, meinem Vater und einer einäugigen Katze. Doch wenn man ein Kind ist, weiß man nicht, dass dies das Glück ist: der Geruch nach Zitrone, saubere, frisch gebügelte Kleidung, Gutenachtküsse. Mein Vater war Bauarbeiter, und die Suche nach Arbeit hat ihn in dieses Tal geführt. Denn hier wurden neue Siedlungen gebaut. Meine Mutter war die einzige Tochter einer Familie aus der Gegend. Sie haben mir immer wieder erzählt, dass es Liebe auf den ersten Blick war. Es geschah an einem Sonntag im Park. Und kurz darauf haben sie geheiratet. Sie hatten nur das Allernötigste: ihre Liebe. Schon bald kam ich auf die Welt. Meine Mutter nannte mich immer ihren wertvollsten Schatz. Und mein Vater hat immer gesagt, dass er, ohne es zu wissen, bis in dieses Tal gekommen ist, nur um mich zu finden. Ich habe es geglaubt. Und so bin ich aufgewachsen. Gern würde ich ausführlich über alle diese Tage, Monate und Jahre schreiben. Aber ich erinnere mich nur noch an einzelne Szenen. Es ist wie bei einer Patchworkdecke: Die einzelnen Stücke für sich sind völlig wertlos, aber zusammen bilden sie einen wunderbaren Schutz gegen die Kälte.

Meine Mutter hörte ständig Musik aus dem Radio, oder sie legte eine Platte auf. Sie liebte Boleros. Ständig waren bei uns Lucho Gatica, Antonio Machín oder Benny Moré zu Gast ... Und manchmal verirrte sich auch Nat King Cole zu uns. Ich bin mit diesen Liedern über das Glück und den Schmerz der Liebe aufgewachsen. Habe sie gemeinsam mit meiner Mutter gesungen. Ich sehe sie noch vor mir, in ihrem rosafarbenen Morgenmantel, wie sie mit dem Kehrbesen tanzt. Sie hat zu mir gesagt: »Manuela, schau gut zu und achte auf meine Schritte, denn irgendwann wirst du zu deinem ersten Ball gehen ...« Ich habe diese Lieder so oft gehört, dass ich an das, was ihre Texte erzählten, geglaubt habe. Als meine Großmutter noch lebte, haben wir mit verschiedenen Stimmen gesungen. Meine Großmutter roch immer nach Milchreis. Sie meinte, das käme daher, dass sie als Kind zu viel davon gegessen hätte. Sie behauptete sogar, mal in einen Topf mit süßem Milchreis gefallen zu sein. Bei der Vorstellung habe ich sehr gelacht. Und jeden Sonntag habe ich sie gebeten, Milchreis für mich zu machen. Sie hatte ein ganz besonderes Rezept. Als sie nicht mehr da war, hat meine Mutter ein paarmal versucht, für mich den Milchreis genauso zu kochen, wie Großmutter es ihr beigebracht hatte. Aber er hat trotzdem anders geschmeckt. Sie sehnte sich sehr nach ihrer Mutter, und irgendwann hat sie keinen Milchreis mehr gekocht. Ich habe nie wieder Milchreis gegessen, der so gut geschmeckt hat. Bei meiner Großmutter ist der Zimtgeschmack im Mund regel-

recht explodiert, und die Reiskörner sind einem auf der Zunge zergangen.

Mein Vater hat mich immer zur Schule gebracht. Er war einer der wenigen Männer aus dem Dorf, die das gemacht haben. Meine Klassenkameradinnen wurden immer von ihren Müttern oder Großmüttern begleitet. Deswegen habe ich mich als jemand ganz Besonderes gefühlt und bin regelrecht zur Schule geschwebt. Am liebsten hätte ich seine raue Hand gar nicht losgelassen! An einen Tag erinnere ich mich vor allem – den Tag, als wir Pirat, *meine einäugige Katze, gefunden haben. Es war unglaublich kalt, und ich habe ein Miauen unter einem Auto gehört. Ich habe mich gebückt und das kleine Fellknäuel gesehen. Es war so winzig, dass es in meine Hand gepasst hat. Ich habe mich geweigert, weiterzugehen, bis mein Vater das Kätzchen genommen und es in seine Jackentasche gesteckt hat. Er musste mir versprechen, dass das Tierchen nach der Schule zu Hause auf mich warten würde. Dieser Morgen schien unendlich. Ich konnte es kaum erwarten, das Kätzchen wiederzusehen. Mein Vater hielt wie immer Wort. In einen Schuhkarton gebettet, wartete der Kleine tatsächlich auf mich. Ich hatte das Gefühl, dass er mich zufrieden anlächelte. Es war, als hätten wir eine geheime Abmachung getroffen: Er wusste vom ersten Moment an, dass ich ihm das Leben gerettet habe, und auf seine Art hat er sich dafür immer dankbar erwiesen. Wenn ich zu Bett gegangen bin, kam er und leckte mir die Finger. Und im Sommer hat er die Mücken für mich verjagt. Wir waren unzertrennlich, bis er an Altersschwäche gestorben ist.*

Das war jedoch viel später, als wir Porvenir längst verlassen hatten. Als mein Vater schon nicht mehr lebte. Als alles schiefging und der Schmerz meiner Mutter die Seele zerfraß. Weil alles sie an ihn erinnerte.

Wir sind zu dritt nach Madrid gezogen: Großmutter, Mama und ich. Ohne zurückzublicken. Wir taten so, als hätte es das Glück nie gegeben, um es nicht zu vermissen. Mama war zwei Jahre lang allein. Aber sie sagte immer, dass sie dafür nicht geschaffen sei. Ich habe nicht verstanden, was sie damit meinte. Denn schließlich gab es doch mich!

Aber das reichte ihr nicht, und dann kam er, dieser furchtbare dicke Glatzkopf, der mein neuer Vater werden wollte. Er hat sich bei uns eingeschleimt. Aber als er uns im Sack hatte, hat er diesen fest zugezogen. Meine Mutter und ich wurden zu seinen Gefangenen. Wir durften nichts tun, was er uns nicht erlaubt hatte. Er wollte alles wissen, uns überallhin begleiten, uns total kontrollieren. Ich musste zusehen, wie meine Mutter sich widerstandslos quälen ließ. Ihr war alles egal, sogar ich. Damals habe ich gedacht, dass wir eines Tages einfach verschwinden und nur noch die Schatten dieses dicken Mannes sein würden.

Ich bin gegangen, bevor es so weit kommen konnte. Mit neunzehn Jahren. Das war die einzige Chance, die ich hatte. Ich habe den erstbesten Mann geheiratet. Er war ein guter Mensch, ein Arbeitskollege. Ein Mann, der mir nichts bedeutete. Als mir das bewusst wurde, hatte ich schon zwei Kinder und habe mich neben meinem Job um den Haushalt gekümmert. Ich war auf dem besten Weg, genauso zu werden wie meine unglückliche Mutter, die gerade gestorben war. Sie starb mit dem Namen meines Vaters auf den Lippen. Denn mit ihm, das war wahre Liebe, anders als bei dem billigen Ersatz, mit dem sie sich zu trösten versucht hat. Ich wollte nicht, dass es mir mal genauso ergehen würde, also habe ich meine Koffer gepackt. Nur habe ich dabei meine Kinder vergessen. Die Freiheit hat ihren Preis. Und ich habe dafür bezahlt, indem ich meine Kinder zurückließ. Ich habe mir eingeredet, dass sie mich sowieso irgendwann nicht mehr geliebt und mich schlecht behandelt hätten. Aber wer weiß das schon? Ich habe ihnen keine Chance gegeben.

Ich bin von einem Ort zum anderen gezogen. Und wieder am Anfang gelandet. Hier im Dorf. Es ist, als hätte ich mich auf der Suche nach dem Zuhause, in dem ich warm und geborgen war, zur letzten Glut meines einstigen Glücks geflüchtet. Das ich hier jedoch nicht gefunden habe.

Vielleicht weil ich nicht gewagt habe, auch nur für einen Moment zu der alten unbefestigten Straße zurückzukehren, wo wir damals gewohnt haben. In dieser Straße gab es ein Haus, das ich unglaublich fand. Meine Großmutter hielt es für übertrieben, und meine Mutter fand es vermessen. Es hatte ein wunderschönes Eingangstor mit zwei riesigen Säulen. Das ganze Anwesen war von einer dichten Hecke umgeben, die die Bewohner vor neugierigen Blicken schützte. Weil ich so oft um diese Hecke herumgeschlichen bin, habe ich schließlich ein paar Lücken darin entdeckt. Man konnte einen Teich sehen mit einem Brunnen, aus dem das Wasser plätscherte, im Sommer wie im Winter. Mein Vater hat gesagt, dass darin Fische lebten, die so groß wären wie Hunde. Die konnte ich jedoch nie entdecken. Dafür habe ich eine einzelne Palme gesehen, unter der ein paar altmodische Liegestühle standen. Niemand verstand, wie die Palme bei diesem Klima hier oben in der Höhe überleben konnte. Ich dachte, dass es sicher der Traum des Besitzers war, der sie am Leben hielt. Weil er es sich so sehr wünschte, hatte sie an diesem Ort Wurzeln geschlagen. Es hieß, die Villa gehöre einem Mann, der woanders ein großes Vermögen gemacht hatte und dann, im Alter, mit seiner Familie zurückgekommen war. Manchmal fuhren sie mit einem großen Auto durch das Dorf, aus dem sie niemals ausstiegen. Sie schienen immer nur auf der Durchreise zu sein. Neben der Palme war ich besonders von den großen Fenstern beeindruckt. Sie waren wunderschön und am oberen Rand mit bunt schillernden geometrischen Schmuckelementen verziert. Unsere Fenster waren im Vergleich dazu winzig. Ich habe mir immer vorgestellt, dass die Leute, die in diesem Haus wohnten, sehr glücklich sein mussten. Jemand, der es sich trotz aller widrigen Umstände erlaubte, so zu leben, mit lichtdurchfluteten Räumen und Palmen und Liegestühlen im Schnee, musste ein glücklicher Mensch sein!

Immer wieder habe ich davon geträumt, dass sich eines Tages das Tor für mich öffnen würde. In meiner Phantasie trug ich mein schönstes Kleid und das Haar sorgfältig zu Zöpfen geflochten. Meine Eltern und meine Großmutter waren bei mir und ebenfalls besonders elegant angezogen. Meine Mutter hatte ein paar ihrer liebsten Schallplatten dabei. Ich habe mir vorgestellt, dass wir von einem Butler im Frack empfangen würden, der uns wie im Film in die Bibliothek führte. Dort warteten wir auf ein Ehepaar mit einer Tochter in meinem Alter, vornehme Leute, die mit einem ausländischen Akzent sprachen. Die beiden Männer gingen zwischen den Regalen entlang und redeten über die kostbaren Bücher, die sich darin befanden. Wir Frauen verbrachten den Nachmittag wie alte Freundinnen bei Tee und Gebäck in einem riesigen Salon und hörten Boleros. Das war wohl das, was sich ein Mädchen, das in einer Wohnung mit Vorhängen aus Cretonne lebte, unter einem wunderbaren und luxuriösen Leben vorstellte.

Das Tor öffnete sich nie für mich. Ich habe dieses Haus niemals betreten. Doch jetzt, da ich diese Bilder wieder vor Augen habe, ist mir eine machiavellistische Idee gekommen. Vielleicht weil ich zu viel getrunken habe.

Dieser Monolog könnte genauso gut ein Brief sein. Und dieser Brief könnte an jene Adresse geschickt werden. So könnte ich mich doch noch in Dein Haus einschleichen. Ich weiß nicht, wer Du bist, ich weiß nur, dass ich mein Glück irgendwo in einem Winkel Deines Gartens verloren habe. Das Mindeste, was Du für mich tun kannst, ist also, diese Zeilen zu lesen.

Und ganz nebenbei könntest Du so ein Glied in einer absurden Kette werden, die dafür gesorgt hat, dass ich Dir schreibe. Es ist Weihnachten. Und Du hast alles. Du könntest also gut ein wenig davon an Leute wie mich abgeben, die wir nichts haben oder dabei sind, das Wenige, was uns geblieben ist, zu verlieren.

Dabei geht es gar nicht in erster Linie um mich. Ich komme ganz gut zurecht, abgesehen von Tagen wie diesem, und was ich auf keinen Fall will, ist Dein Mitleid. Aber vor ein paar Tagen habe ich einen Brief ohne Absender bekommen, in dem es um Sara ging. Vielleicht bist Du ihr schon einmal begegnet: Sie ist die Briefträgerin hier in Porvenir. Ich hatte schon ein paarmal das Vergnügen, und ich kann Dir versichern, dass sie zwar ein wenig nervig und neugierig, aber insgesamt ein guter Mensch ist. Ihre Vorgesetzten haben ihr eine E-Mail geschrieben, um ihr mitzuteilen, dass sie versetzt werden soll. Weit weg von ihrem Zuhause. Nach mehr als einem Jahrhundert wird Porvenir dann kein Postamt mehr haben. Ich würde Dir all das nicht erzählen, wenn es nicht in Deiner Hand läge, Sara und unserem Dorf zu helfen.

Wie Du das machen kannst? Ganz einfach: genauso wie ich. Schreib einen Brief. Es ist völlig egal, ob er kurz oder lang, gut oder schlecht geschrieben ist. Und schick ihn dann an jemanden, der auch in diesem Dorf lebt, denn er wird sicher verstehen, wie schwierig es sein wird, allein und fern von der Heimat seine Kinder großzuziehen. Selbst wenn Du die Person, die den Brief erhalten wird, nicht kennst, verbringe mit ihr ein paar Minuten. Auf diese Art werden wir alle zusammen eine Kette aus Worten knüpfen, die so lang ist, dass sie bis in die Stadt reicht, und so fest, dass auch dort niemand sie zerreißen kann.

16

Gefangener Jäger

Glück ist wie ein Schmetterling.
Will man es einfangen, so entwischt es
einem immer wieder. Doch wenn du geduldig
wartest, lässt es sich vielleicht von selbst
auf deiner Hand nieder.

NATHANIEL HAWTHORNE

SARA: CASTAWAY ... Bist Du da?

Den Blick fest auf den Bildschirm gerichtet, wartete sie auf eine Antwort.

Die Sekunden wurden zur Ewigkeit. Sie sah auf die Küchenuhr: 15:27. Die Kinder hatten Ferien. Nach dem Essen hatten sie sie gefragt, ob sie nicht ein wenig Fahrrad fahren wollten. Draußen schien die Sonne, und es war so warm, wie es in Porvenir zu dieser Jahreszeit seit Jahrzehnten nicht mehr gewesen war.

Sie war froh, dass die Kinder draußen spielten. Schließlich musste sie das Essen für den Silvesterabend vorbereiten, und das war wesentlich einfacher, wenn keine kleinen Zuschauer um den Herd herumsprangen. Die Küche war nicht sehr groß, aber hell und freundlich, und der vorhandene Platz war optimal genutzt. Erst vor Kurzem hatte sie alles renoviert und neu eingerichtet. Sara ließ den Blick zufrieden über die eingebauten Schränke und die glänzende Edelstahlspüle gleiten, dann wandte sie sich wieder dem Laptop zu, der vor ihr auf dem Tisch stand.

SARA: Haallooo ...

Es war 15:33, und im Chat tat sich nichts. Kein Lebenszeichen aus Norwegen.

»Ausgerechnet heute, wo ich endlich mal was Wichtiges mitzuteilen habe«, grummelte Sara.

Sie beschloss, dem Mann von der Bohrinsel noch eine Gnadenfrist einzuräumen, bevor sie den Computer ausschalten würde. Allmählich musste sie mit den Vorbereitungen »des Banketts« beginnen. Schließlich wollte sie die Menschen, die ihr die liebsten waren, nicht mit knurrendem Magen ins neue Jahr schicken. Neben ihren Kindern waren das ihre Nachbarin Rosa, ihr Patenonkel Mauricio und dessen Sohn Álex.

Seit dem Tod ihrer Eltern hatte Sara ihre besten Freunde zu Familienmitgliedern erkoren. Soweit es ihr möglich war, kümmerte sie sich um sie. Wenn sie allerdings an den armen Álex dachte, gab es ihr einen Stich ins Herz. Sara erinnerte sich noch daran, wie lustig er als Kind gewesen war, im Kreise seiner Freunde. Doch seit sein Vater an Alzheimer erkrankt war, ging es mit dem fröhlichen jungen Mann bergab. Mehr und mehr war er zu einem eigenbrötlerischen, starrsinnigen Menschen geworden, der sich nur noch zwischen seinen Landkarten und Büchern wohlzufühlen schien. Er lebte sehr zurückgezogen. Nur selten verließ er das Haus, und immer wenn Sara ihm begegnete, war er tief in Gedanken versunken.

Sie machte den Backofen an, nachdem sie eine große Auflaufform mit einem mit Zitrone und Kräutern gewürzten Fisch hineingestellt hatte. Dazu gab es alle möglichen Gemüsesorten. Es war ein Rezept, das ihre Mutter ihr beigebracht hatte, und vor allem Rosa liebte dieses Gericht. Inzwischen war es für sie alle am Silvesterabend zur Tradition geworden.

Während Sara den Wildreis aufsetzte, den es als Beilage geben sollte, dachte sie noch einmal an Álex. Nach dem Unfall und der Auseinandersetzung mit Hypatias Mann war sie ein wenig besorgt gewesen. Sie hatte den Jungen einfach so im Regen stehen lassen, weil sie ihren täglichen Chat mit Norwegen nicht verpassen wollte.

Am selben Abend noch hatte sie bei Álex angerufen, weil sie ein schlechtes Gewissen hatte, und ihn und seinen Vater für den 31. Dezember zum Essen eingeladen. Sie hatte befürchtet, Álex könnte beleidigt sein, oder zumindest mit seiner üblichen Reserviertheit gerechnet, doch stattdessen war er ungewohnt mitteilsam gewesen. Er hatte mehrfach wiederholt, dass alles in Ordnung sei und sie sich keine Gedanken machen brauche, und dann hatte er sich bedankt, dass sie an ihn und seinen Vater gedacht hatte, um mit ihnen gemeinsam diesen Abend zu feiern, der ihnen allen so viel bedeutete.

Bevor er aufgelegt hatte, hatte er sie wie nebenbei gefragt, ob sie vielleicht wisse, wer die junge Frau sei, die in dem verlassenen Haus wohnte. Offenbar hatte diese sich nach dem Unfall um ihn gekümmert. Sara war ein wenig perplex gewesen. Schließlich hatte das Haus zwanzig Jahre lang leer gestanden. Und natürlich hatte sie Álex' mysteriöse Bekannte sofort mit dem seltsamen Brief in Verbindung gebracht, den sie vor ein paar Wochen dort zugestellt hatte. Er war an Luisa Meillás gerichtet gewesen, die ursprüngliche Eigentümerin des Hauses. Ob die neue Bewohnerin etwas mit der alten Frau zu tun hatte? Sie nahm sich vor, Álex an diesem Abend nach der jungen Fremden zu fragen.

In diesem Augenblick ertönte der Signalton, der eine neue Nachricht im Chat anzeigte. Klar, dass du dich ausgerechnet jetzt melden musst, dachte Sara lächelnd. Ihre Hände waren voller Mehl. Sie wischte sie an der Schürze ab und setzte sich eilig an den Tisch, an dem ihre Söhne jeden Tag ihr Frühstück einnahmen.

CASTAWAY 65: Hallo!!!

CASTAWAY 65: Ist Dein Schweigen eine Art Rache, weil ich heute so spät dran bin?

Sara sah auf die Uhr. Es war 17:12.

SARA: Ich bin ja schon da, Señor Ungeduld.
CASTAWAY 65: Kannst Du es mir verdenken? Ich habe um 17 Uhr meine Schicht beendet. Und das Erste, was ich getan habe, ist, Dir zu schreiben.

Sara lächelte. Ob das wirklich stimmte? Aber warum sollte er sie anlügen?

SARA: Entschuldige, dass ich Dich noch mal angeschrieben habe.
CASTAWAY 65: Entschuldigen? Wieso entschuldigen ...
SARA: Na ja, wir haben ja heute Mittag schon gechattet, wie jeden Tag, aber ...
CASTAWAY 65: Na, hör mal! Wer hat gesagt, dass wir uns nur einmal am Tag austauschen dürfen? Bin ich etwa so langweilig, dass Du mich nicht länger als ein paar Minuten am Tag ertragen kannst? Immerhin ist Silvester, und ich bin eine arme gestrandete Seele, die hier einsam in ewiger Dunkelheit sitzt.

Sara wurde rot.

SARA: So habe ich das nicht gemeint ... Wie bist Du denn drauf?
CASTAWAY 65: Ich bin eben nicht nur gutaussehend und sympathisch, sondern auch sehr romantisch!
SARA: ???
CASTAWAY 65: Du hast doch gefragt, oder?
SARA: ☺ Pass auf! Ich habe wenig Zeit und muss Dir etwas Wichtiges erzählen.
CASTAWAY 65: Ich bin ganz Ohr. Ich meine, Auge.

Sara lächelte. Dieser Mann schaffte es immer wieder, sie zum Lachen zu bringen. Bevor sie zurückschreiben konnte, tauchten schon wieder die ersten Buchstaben auf dem Bildschirm auf.

CASTAWAY 65: Lass mich raten … Hat es mit diesen geheimnisvollen Briefen zu tun?
SARA: Woher weißt Du das?
CASTAWAY 65: Na, Du hast doch heute Mittag selbst gesagt, dass Du nun die Post austragen musst, also nehme ich an, dass neben den üblichen Sendungen wieder einer dieser merkwürdigen Briefe dabei war.

Sara atmete tief durch und wartete ein paar Sekunden, als könne sie so dem folgenden Moment die entsprechende Bedeutung verleihen. Seit sie heute Mittag wie erstarrt vor dem prunkvollen Eingangstor der alten Kolonialvilla gestanden hatte, hatte sie sich immer wieder vorgestellt, wie Fernando auf »das Geheimnis« reagieren würde.

SARA: Dieser Brief wurde für mich geschrieben.
CASTAWAY 65: Du hast einen Brief ohne Absender bekommen? Den Rest will ich lieber gar nicht erst wissen. Bestimmt ein heimlicher Verehrer! Ist Dir klar, dass Du gerade mein armes, in der norwegischen Kälte zu Eis erstarrtes Herz in tausend Teile zerbrochen hast? Nun ist mir tatsächlich jemand zuvorgekommen!
SARA: Fernandito …
CASTAWAY 65: Oje, jetzt wird's ernst! So hat mich meine Mutter immer genannt, bevor sie mit mir geschimpft hat …
SARA: Kann ich Dir nun die ganze Geschichte erzählen oder nicht?

Es war kurz nach halb sechs. Jeden Moment konnten ihre drei Wirbelwinde wieder nach Hause kommen. Um sieben würde Rosa mit dem Nachtisch vor der Tür stehen. Und um acht erwartete sie ihre anderen beiden Gäste. An den Uhrzeiten kann man sehen, dass ich nur mit Kindern und alten Leuten zu tun habe, dachte sie mit einem schiefen Lächeln.

CASTAWAY 65: Ja, klar. Entschuldige. Schließlich hast Du für mich auch immer ein offenes Ohr! Anders als die Nordmeerbrassen, die mich regelmäßig ignorieren. ☺ Erzähl schon!

SARA: Tatsächlich war heute wieder ein neuer Brief ohne Absender in der Post, der zugestellt werden musste. Und ich habe noch gedacht, wie merkwürdig das alles ist. Zuerst der Brief an diese Frau, die vor mehr als einem halben Jahrhundert diesen Ort verlassen hat, und den ich dann zu dem unbewohnten Haus gebracht habe, in dem plötzlich doch jemand wohnte. Dann der Brief an die alte Dame, die kaum lesen kann, und ein anderer an die komische Ausländerin, die ihn nicht annehmen wollte ...

CASTAWAY 65: Genau! Die Dichterin! Ich muss Dir auch etwas erzählen. Wie konnte ich das vergessen? Ich Idiot! Es geht um Mara Polsky.

SARA: Was weißt denn Du über diese betrunkene Dichter-Hexe?

CASTAWAY 65: Wenn Du wüsstest, wer sie ist, würdest Du nicht so von ihr sprechen.

SARA: Wie meinst Du das?

CASTAWAY 65: Hier auf der Bohrinsel arbeitet ein Typ aus Chicago. Als wir letztens zusammen zu Abend gegessen haben, habe ich ihn gefragt, ob er schon mal etwas von einer gewissen Mara Polsky gehört habe. Daraufhin hat er mich ganz entgeistert angesehen. Er ist einfach aufgestanden und hat mich mit meinem Essen sitzen lassen ... Ich habe schon gedacht, dass ich ihn irgendwie beleidig hätte oder so etwas ...

SARA: Und dann?

CASTAWAY 65: Ist er mit einem Buch von ihr zurückgekommen: *Im Morgenlicht*. Weißt Du, was das auf einer Bohrinsel bedeutet?

SARA: Nein ...

Sie schloss die Augen und versuchte sich vorzustellen, wie es auf der Bohrinsel dort oben in der norwegischen See wohl war. Es gelang ihr nicht. Wie sollte sie also verstehen, was es bedeutete, wenn an diesem Ort jemand einen Gedichtband hatte?

CASTAWAY 65: Du kennst doch sicher die klassische Frage, welche drei Dinge Du bei einem Schiffbruch mit auf eine einsame Insel nehmen würdest, oder? Genau diese Frage hat man uns gestellt, bevor wir zur Bohrinsel geflogen sind. Dass John dieses Buch dabeihat, bedeutet, dass es für ihn von unschätzbarem Wert ist, dass er es mit auf das Rettungsboot nehmen würde, wenn die Plattform irgendwann einmal unterginge ... und ich kann es gut verstehen.

SARA: Hast Du es gelesen?

CASTAWAY 65: Es ist wunderschön. Voller Licht. Und Zärtlichkeit. Aus jedem Vers spricht Hoffnung.

SARA: Das ist ja unglaublich ... Diese schwarz gekleidete grässliche Person, die sich in dem düsteren Haus verkrochen hat ... Wie kann sie in der Lage sein, etwas Derartiges zu verfassen?

CASTAWAY 65: Na ja, wir alle müssen im Leben ein paar Tiefschläge einstecken, oder? Das Buch ist vor dreißig Jahren geschrieben worden ... Wer weiß, was die Frau in dieser Zeit alles durchgemacht hat? Es muss ja schon einiges passiert sein, wenn es einen von Manhattan nach Porvenir verschlägt.

Sara hatte plötzlich ein schlechtes Gewissen. Sie hatte über Mara Polsky geurteilt, ohne sie überhaupt zu kennen. Und dann hatte sie die merkwürdige alte Dame mit den Schellenglöckchen einfach vergessen. Ob sie nach all den Wochen immer noch in dem Ferienhaus mit den heruntergelassenen Rollos wohnte? Ob der kleine Vogel in seinem Schuhkarton überlebt hatte?

CASTAWAY 65: Wir beide sind echte Experten, stimmt's?

SARA: Experten? Worin?

CASTAWAY 65: Na, darin, von der Pfütze ins Meer zu kommen.

SARA: Wie?

CASTAWAY 65: Oder vom Hölzchen aufs Stöckchen. Ich hab die Redewendung nur meiner Umgebung angepasst. Erzähl weiter!

SARA: Ach so. Ja, also ... mir war eigentlich klar, dass ich den neuen Brief nicht würde zustellen können. Ich kenne die Adresse. Es ist eine prächtige alte Villa, die schon seit Jahren ...

CASTAWAY 65: Unbewohnt ist?

SARA: Schlimmer. Vollkommen verlassen und verfallen.

CASTAWAY 65: Wirklich?

SARA: Die Fenster und Türen sind mit Brettern vernagelt, die Mauern mit Graffiti beschmiert. Und das Dach ist voller Löcher.

Natürlich hatte Sara das alles eigentlich gewusst, dennoch war sie mit dem Brief zum großen Eingangstor der Villa gegangen.

Als sie durch die schmiedeeisernen Streben geschaut hatte, zog sich ihr Herz schmerzlich zusammen: Das Ausmaß des Verfalls machte sie irgendwie traurig. Sie starrte auf den ausgetrockneten Teich, der mit Unkraut überwuchert war, und warf einen Blick in den verwilderten Garten. Als sie sich gegen das rostige Eingangstor lehnte, gab dieses überraschenderweise nach. Ohne zu zögern, trat sie ein.

Endlich kann ich mal davon profitieren, dass ich eine Uniform trage, die mich als Mitglied des öffentlichen Dienstes ausweist, sagte sie sich, während sie über den einstmals gepflegten Weg auf die alte Villa zuging. Die Zeugnisse der Verwahrlosung waren nicht zu übersehen: leere Bierflaschen, eine Puppe ohne Kopf und eine einzelne Sandale mit abgebrochenem Absatz. Aber was sie am meisten verwunderte, war die unerwartete Menge an herumliegendem Papier: Bonbonpapier, Zeitungen, Alufolie, Geschenkpapier, Packpapier, Papiertüten mit dem Logo der Apotheke ... Es war ein regelrechter Papierfriedhof!

Sie setzte sich auf die Eingangsstufen und ließ den Blick durch den gesamten Garten schweifen, bis er an der Palme hängen blieb, die dem Verfall standgehalten hatte und sich wie eine Königin über dieses traurige Bild des Untergangs erhob. Mit einem Mal wurde Sara von großer Mutlosigkeit erfasst. Dabei hatte sie niemals hier gelebt oder auch nur die Leute gekannt, die einmal in der Villa gewohnt hatten. In all den Jahren, die sie als Postbotin arbeitete, hatte Sara nicht einen einzigen Brief an diese Adresse zugestellt. Sie wusste selbst nicht, warum ihr der Anblick des verfallenen Hauses so naheging.

Der gleiche Impuls, aus dem heraus sie den Garten betreten hatte, ließ sie ihre Posttasche öffnen. Sie nahm den Brief heraus und betrachtete ihn eine Weile. Dieser Brief war anders als die vorherigen, die sie zugestellt hatte. Derjenige, der ihn geschrieben hatte, hatte offensichtlich keine Zeit oder Mühe auf die Auswahl des Briefpapiers verschwendet. Es war ein ganz gewöhnlicher beigefarbener, leicht transparenter Umschlag, der zudem noch ein paar Fettflecken aufwies. In unpersönlichen Blockbuchstaben hatte jemand die Adresse *Calle del Rosal 2* darauf gekritzelt und weder einen Empfänger noch einen Absender hinzugefügt. Auf seltsame Weise ging von dem Brief die gleiche Traurigkeit aus, die auch sie ergriffen hatte. Wer auch immer ihn geschrieben hatte, rief verzweifelt nach jemandem, der ihn lesen würde! Und nun hatte das Schicksal sie ausgewählt, den Brief zu öffnen, um anhand eines Namens oder eines anderen Hinweises den eigentlichen Empfänger zu finden.

Sara setzte sich auf die Stufen, öffnete den Umschlag und begann den Brief mit der Sachlichkeit eines Chirurgen zu lesen, der nach dem Herd einer Infektion sucht, um zu wissen, wo er operieren muss. Doch schon bald war es ihr nicht mehr möglich, diese professionelle Neutralität beizubehalten. Die Geschichte packte sie und ließ sie nicht mehr los. Sie wollte unbedingt wissen, wie der Brief enden würde. Irgendwann hob sie den Blick. Hatten sich so auch die anderen gefühlt, denen sie die Briefe zugestellt hatte? Mara Polsky, Álex, Hypatia, die Frau mit dem Postfach …?

SARA: Aber die wirkliche Überraschung kam erst, als ich den letzten Absatz las.

CASTAWAY 65: Was meinst Du damit? Hast Du dort den Namen oder die Adresse der Person gefunden, für die der Brief bestimmt war?

SARA: Nein, das kann man nicht gerade sagen! Warte, ich schreibe Dir mal den genauen Wortlaut, damit Du verstehst, was ich meine.

CASTAWAY 65: Ich bin gespannt wie ein Flitzebogen!

Sara zog den zusammengefalteten Brief aus ihrer Hosentasche. Den ganzen Tag hatte sie ihn mit sich herumgetragen und überlegt, was sie damit machen sollte. Wegwerfen? Behalten? An die Zentrale schicken, damit er dort aufbewahrt und irgendwann verbrannt würde?

SARA: »Und ganz nebenbei könntest Du so ein Glied in einer absurden Kette werden, die dafür gesorgt hat, dass ich Dir schreibe. Es ist Weihnachten. Und Du hast alles. Du könntest also gut ein wenig davon an Leute wie mich abgeben, die wir nichts haben oder dabei sind, das Wenige, was uns geblieben ist, zu verlieren ...«

CASTAWAY 65: Hey! Eine Briefkette ... Das ist genial!

»Mehr als genial«, sagte Sara leise, obwohl sie wusste, dass niemand sie hören konnte, und ihre Augen füllten sich erneut mit Tränen wie am Morgen, als sie diese Worte, auf den Treppenstufen sitzend, zum ersten Mal gelesen hatte.

SARA: »Dabei geht es gar nicht in erster Linie um mich. Ich komme ganz gut zurecht, abgesehen von Tagen wie diesem, und was ich auf keinen Fall will, ist Dein Mitleid. Aber vor ein paar Tagen habe ich einen Brief ohne Absender bekommen, in dem es um Sara ging. Vielleicht bist Du ihr schon einmal begegnet: Sie ist die Briefträgerin hier in Porvenir. Ich hatte schon ein paarmal das Vergnügen, und ich kann Dir versichern, dass sie zwar ein wenig nervig und neugierig, aber insgesamt ein guter Mensch ist. Ihre Vorgesetzten haben ihr eine E-Mail geschrieben, um ihr mitzuteilen, dass sie versetzt werden soll. Weit weg von ihrem Zuhause. Sie wollen das Postamt dichtmachen. Nach mehr als hundert Jahren wird Porvenir dann kein Postamt mehr haben. Ich würde Dir all das nicht erzählen, wenn es nicht in Deiner Hand läge, Sara und unserem Dorf zu helfen. Wie Du das machen kannst? Ganz einfach: genauso wie ich. Schreib einen Brief. Es ist völlig egal, ob er kurz oder lang, gut oder schlecht geschrieben ist. Und schick ihn dann an jemanden, der auch in diesem Dorf lebt, denn er wird sicher verstehen, wie schwierig es ist, allein und fern von der Heimat seine Kinder großzuziehen. Selbst wenn Du die Person, die den Brief erhalten wird, nicht kennst, verbringe mit ihr ein paar Minuten. Auf diese Art werden wir alle zusammen eine Kette aus Worten knüpfen, die so lang ist, dass sie bis in die Stadt reicht, und so fest, dass auch dort niemand sie zerreißen kann.«

Ein paar Stunden später saß Sara lächelnd am Kopfende des Tisches und hörte zu, wie ihr ältester Sohn und Álex darüber diskutierten, welcher von Europas Spielern wohl Fußballer des Jahres werde würde.

Rosa half ihren beiden jüngeren Kindern, die zwölf Weintrauben vom Stängel zu lösen, die sie, wie in Spanien üblich, um Mitternacht mit den zwölf Schlägen der Kirchturmuhr essen würden. Dabei bewies die alte Dame die gleiche unendliche Geduld wie damals, als Sara noch ein Kind war und sie ihr mit den Weintrauben geholfen hatte.

Der alte Mauricio war vollkommen darauf konzentriert, eine einzelne Weintraube wieder und wieder um seinen Teller herumzurollen.

Noch zwei Minuten bis zum Jahreswechsel, dachte Sara, während alle anderen beschäftigt schienen. Sie fühlte sich von Glück erfüllt, als sie jetzt aufstand und das Esszimmerfenster öffnete. Auch wenn es vielleicht nur für diese eine Nacht war, hatte sie das Gefühl, dass all die Probleme ihnen nichts anhaben konnten: die Alzheimererkrankung von Álex' Vater, die drohende Einsamkeit, die Versetzung nach Madrid … Sie beendete das alte Jahr in dem Wissen, dass es sowohl in Porvenir als auch in Norwegen Menschen gab, denen sie wirklich etwas bedeutete.

Rosa entging das Lächeln ihrer geliebten Sara nicht. Sie griff nach dem Messer – denn als Älteste im Raum stand es ihr zu, ein paar Worte zu sprechen – und schlug vorsichtig gegen ihr Sektglas.

»Señores, Señora … Bitte erheben Sie sich. Nehmen Sie die erste Weintraube und heben Sie den rechten Fuß, um, wie es sich gehört, den ersten Schritt in das neue Jahr zu machen. Sind alle bereit?«

Der erste Glockenschlag der Dorfkirche war zu hören.

Elf Glockenschläge später, als Sara gerade Rosa umarmte, klingelte das Telefon. Unwillkürlich sah sie auf die Uhr: fünf nach zwölf. Wer konnte das sein?

»Mama, es ist für dich!«, rief ihr Ältester.

Sie griff nach dem Hörer und hörte ein Knistern am anderen Ende der Leitung.

»Godt nytt år!«

Die Stimme kam ihr bekannt vor.

»Wie bitte? Ich verstehe nicht. Wer spricht dort?«

»Ein frohes neues Jahr, Sara, hier oben vom Nordmeer …«

»Fernando!«, rief sie gerührt aus.

»Hier schlafen schon alle, deswegen kann ich nicht so laut und nicht so lange reden, um niemanden zu wecken.«

»Fernando …«, wiederholte sie lachend.

»Eigentlich bin ich wie alle anderen hier um zehn Uhr ins Bett gegangen, aber dann konnte ich nicht schlafen, weil ich die ganze Zeit daran gedacht habe, wie gern ich mit Dir reden würde …«

Sara freute sich wie ein kleines Mädchen. Sie hatte die Stirn gegen die Wand gelehnt, blickte verlegen auf ihre Pantoffeln hinunter.

»Ich wollte das neue Jahr damit beginnen …«, Fernando verstummte.

»Ja?«

»… deine Stimme zu hören«, sagte er leise, jede Silbe betonend.

Sara spürte, wie ihr die Knie zitterten. Sie atmete schneller und schloss für einen Moment die Augen.

»Ich freue mich, dass du nicht schlafen konntest …«, seufzte sie dann glücklich.

»Bevor ich auflege, muss ich dir noch etwas sagen. Ich habe den ganzen Nachmittag schon darüber nachgedacht.«

Sara spürte, wie ihr Herz klopfte. Wollte er sich irgendwo mit ihr treffen? Würde er ihr seine Liebe erklären wie in früheren Zeiten, als man noch in Briefen und mit Blumen um eine Frau geworben hatte? Sie lächelte.

»Jetzt bist du dran mit Schreiben.«

»Wie?«

Es traf sie wie eine eiskalte Dusche, aber Fernando durfte ihr die Enttäuschung auf keinen Fall anmerken.

»Na, jetzt musst du einen anonymen Brief an jemanden schreiben. Du darfst doch nicht zulassen, dass die Kette abbricht.«

»Du meinst, ich soll selbst einen Brief schreiben, um meinen Arbeitsplatz zu retten?«

»Nein, ich meine, du solltest einen Brief für denjenigen schreiben, der so nett an dich gedacht und die Briefkette in Gang gesetzt hat, wer immer es auch ist. Und für all diejenigen, die dir zuliebe Briefe verschickt haben. Oder soll ihre ganze Mühe wegen ein paar zugenagelter Fenster umsonst gewesen sein?«

17
Ursprünge

Was wird aus all den Küssen, die wir niemandem geben?
Was ist mit den Umarmungen, die niemand empfängt?
VÍCTOR MANUEL

»Mach es dir bequem«, sagte Álex.

Alma blickte sich um. Wenn sie diesen jungen blonden Mann nicht schon ein wenig gekannt hätte, hätte sie geglaubt, dass er sie verschaukeln wollte. Es war mitten in der Nacht, sie befanden sich in einer verlassenen Kapelle, und es war dunkel. Der Vollmond, der eben noch durch das kleine Fenster geschienen hatte, wurde von ein paar respektlosen Wolken überschattet, die beschlossen hatten, ihm den Thron streitig zu machen.

Für einen Moment bereute sie, sich auf eine derart sonderbare erste Verabredung eingelassen zu haben: sich mitten im Winter von einer kleinen Kapelle im Wald aus gemeinsam die Mondfinsternis anzusehen.

Als Álex ihr an dem Tag, als sie ihm Schutz vor dem Regen geboten und seine Wunden versorgt hatte, diesen Vorschlag machte, hatte sie es für eine geniale Idee gehalten. Doch seither waren mehr als zwei Wochen vergangen, und inzwischen sah sie das Ganze etwas anders.

Sie hatte die Weihnachtstage bei ihren Eltern verbracht, die erneut versucht hatten, sie von ihren »Traumtänzereien« abzubringen. Die Stimmung war katastrophal gewesen. Ihre Mutter hatte sie vorwurfsvoll gefragt, warum sie ihnen so etwas antue. Sie konnte nicht verstehen, dass ihre einzige Tochter es vorzog, in einem einsam gelegenen Haus am Rande eines langweiligen Dorfes zu leben anstatt in ihrer luxuriösen Penthouse-Wohnung in der Stadt. Und ihr Vater hatte den ganzen Silvesterabend über kein Wort mit ihr gesprochen, doch sein Schweigen hatte alles gesagt. Seiner Meinung nach verhielt sie sich wie ein verzogenes, ungehorsames Gör.

Alma kannte den Stolz der Familie Meillás nur zu gut. Ihr Vater würde ihr nur verzeihen, wenn sie zur Vernunft kam, ihren Traum für immer beerdigte und sich auf das Lehrerinnenexamen vorbereitete.

Gleich am ersten Januar war Alma wieder in den Zug gestiegen, um nach Porvenir zurückzukehren. Sie hatte das Haus auf dem Land mit seinem verwunschenen Garten vermisst. Und irgendwie hatte ihr auch der seltsame junge Mann gefehlt, der nun angestrengt etwas in seinem Rucksack suchte.

Sie hörte ein verdächtiges Geräusch und griff nach ihrem Handy, um die Umgebung ein wenig zu beleuchten.

»Mäuse!«, kreischte sie.

Vor Schreck fiel ihr das Handy aus der Hand, und sie stand wieder im Dunkeln. Sie wollte gerade die Flucht ergreifen, als Álex ihr beruhigend die Hand auf die Schulter legte.

»Ganz ruhig, die Mäuse haben sicher mehr Angst vor dir als du vor ihnen«, meinte er belustigt.

Mit diesen Worten gelang es ihm tatsächlich, sie zu beruhigen. Alma nahm eine kleine Decke aus ihrem Rucksack, breitete sie auf dem Boden aus und setzte sich. An den Steinwänden zeichnete sich der schwache Schein eines flackernden Lichts ab. Álex hatte eine Kerze angezündet.

»Bis der Mond wieder zum Vorschein kommt«, sagte er.

Alma lächelte. Sie war sich sicher, dass er die Kerze nur ihr zuliebe mitgebracht hatte. Er selbst schien sich in der Dunkelheit und der Stille äußerst wohlzufühlen.

»Es tut mir leid, dass es bei dir zu Hause nicht so gelaufen ist, wie du gehofft hast«, meinte er nun.

»Glückliche Weihnachtsfeste gibt es doch nur in amerikanischen Filmen, denkst du nicht?«

Álex zuckte mit den Schultern. Das ermutigte sie, fortzufahren.

»Weihnachten wird absolut überschätzt, finde ich. Überall Friede, Freude, Eierkuchen. Das ist doch absolut unrealistisch.« Sie atmete tief durch. »Ich weiß auch nicht, wie ich auf die Idee kommen konnte, dass wir uns, wenn ich nach einem Monat wieder nach Hause zurückkehre, plötzlich alle ganz prima verstehen. Meine Eltern sind, wie sie sind, und werden nie anders sein. Daran ändert auch Weihnachten nichts.«

Während Alma über ihre überbesorgte Mutter klagte, die ständig Angst hatte, was andere über sie denken könnten, und über ihren autoritären, materialistisch eingestellten Vater, verlor Álex sich in seinen eigenen Gedanken.

Ich wünschte, ich könnte das Gleiche über meine Eltern sagen, dachte er. Sein Vater hatte sich durch die Krankheit völlig verändert.

Und was seine Mutter anging, verblasste die Erinnerung an sie immer mehr. Schon längst waren ihre Stimme und ihr Geruch aus seinem Gedächtnis verschwunden. An manchen Tagen hatte er das Gefühl, dass es sie nie gegeben hätte.

»Eine Pesete für deine Gedanken.«

»Was?«

»Woran denkst du gerade?«, insistierte Alma.

»An meine Eltern«, sagte er, ohne zu zögern.

»Wohnst du noch bei ihnen?«

»Meine Mutter ist gestorben, als ich klein war.« Álex bemerkte die Bestürzung des Mädchens und lächelte beruhigend. »Gerade habe ich daran gedacht, dass ich mich kaum noch an sie erinnern kann. Hast du dir schon mal etwas von ganzem Herzen gewünscht? Ich schon. Was würde ich darum geben, noch einmal zu hören, wie sie meinen Namen ruft«, erklärte er, ohne aufzublicken.

Eine unbehagliche Stille stellte sich ein, in der nur das Atmen der beiden jungen Leute zu hören war.

»Dann wohnst du jetzt also bei deinem Vater?«, fragte Alma vorsichtig.

»Man könnte eher sagen, dass mein Vater bei mir wohnt.«

»Wie meinst du das?«

»Mein Vater hat Alzheimer.«

Alma sah ihn betreten an. Ein einziger Satz hatte ausgereicht, dass sie mindestens die Hälfte aller Geheimnisse, die ihr neuer Freund zu verbergen schien, verstand. Deshalb bist du noch hier und wartest auf den richtigen Moment, dachte sie. Sie spürte, dass sie beide sich auf eine seltsame Art sehr nahe waren. Schulter an Schulter saßen sie hier und warteten auf eine Mondfinsternis, jedoch auch auf ein Zeichen, das ihrem Leben eine Wendung gab. Sie war vor der Welt geflohen und suchte den perfekten Rückzugsort, der es ihr erlaubte, Dichterin zu werden, und er suchte nach einer Möglichkeit, ebendiesen Ort verlassen zu können.

»Wenn man dir sagen würde, dass du morgen in ein Flugzeug steigen kannst …«, begann Alma, »wohin würdest du fliegen?«

Álex schwieg ein paar Sekunden, die Alma unendlich lang erschienen. Konzentriert blickte er gegen die Wände der Kapelle, und Alma hatte den Eindruck, dass er eine unsichtbare Landkarte betrachtete. Verstohlen studierte sie seine feinen, aber eindrücklichen Züge. Im Schein der Kerze war die eine Hälfte seines Gesichts gut zu sehen – das von Álex, dem Träumer, dem Reisenden und dem treuen Sohn. Die andere Hälfte lag im Halbdunkel, und die schattenrissartigen Konturen wirkten härter und verliehen ihm ein geheimnisvolles Aussehen. Welcher Kummer wohl die dunklen Schatten unter seinen Augen gezeichnet hatte?

»Ich würde nach Puerto Williams in Chile reisen. Einen Ort mit etwa zweitausend Einwohnern.«

»Und warum?«

»Es ist der südlichste Ort der Welt, und er liegt am Ufer des Beagle-Kanals. Ich würde alles dafür geben, einmal von dort auf die Berge zu sehen.«

»Warum?«

Álex lachte.

»Oje. Andauernd frage ich ›warum‹ wie ein kleines Mädchen«, sagte Alma und lächelte verlegen.

»Ich finde es lustig, dass einer angehenden Dichterin die Worte fehlen ...«

Alma wollte protestieren, als sie sah, dass er ihr zuzwinkerte. Das nahm ihr den Wind aus den Segeln, sodass sie nur noch einmal nachhakte: »Und warum gerade die Berge in Puerto Williams?«

»Weil dort niemand wohnt. Ich würde ganz allein den Anblick genießen. Und die Stille ... Stell dir mal diese Stille vor!«

»Du bist kein großer Menschenfreund, was?«

»Nein, das ist es nicht ...«, widersprach Álex und wurde rot. »Ich möchte nur einmal derjenige sein, der fortgeht, und nicht der, der zurückbleiben muss und von allen verlassen wird.«

Alma spürte den Schmerz, der in diesen Worten lag. Sie versuchte sich vorzustellen, wie es sein musste, wenn man als Kind seine Mutter verlor, der Vater eine Reise ins Nichts antrat und auch die Freunde sich nach und nach auf der Suche nach einer glücklichen Zukunft verabschiedeten, die einem selbst verwehrt war.

Spontan fasste sie nach seiner Hand. Als sie seine warme Haut spürte, zögerte sie kurz, beließ ihre Hand jedoch dort, wo sie war. Ihre Hände lagen auf der Decke, und ihre Finger berührten sich. Aus dem Augenwinkel sah sie, wie sich sein Rücken kurz versteifte.

Wann war wohl das letzte Mal jemand zärtlich zu dir?, dachte Alma, wagte jedoch nicht, es auszusprechen.

»Übrigens, da wir gerade von Puerto Williams reden«, meinte Álex da und löste seine Hand aus der ihren, »wann bekomme ich eigentlich mein Buch zurück? Das von Chatwin?«

»Na, hör mal! Ein Geschenk ist ein Geschenk«, entgegnete sie schelmisch. »Du hast es mir an dem Tag dagelassen, als wir uns zum ersten Mal gesehen haben, und wenn wir nun für immer befreundet sein werden, was ich hoffe, findest du es dann nett, mir dein erstes Geschenk wieder wegzunehmen?«

Er sah sie verwirrt an. »Aber ... Es gehört nicht mir, es ist aus der Bibliothek.«

»*Houston, wir haben ein Problem.* Weißt du, letztens ist mir das Feuerholz ausgegangen, und es war sehr kalt, sodass ich den Kamin anzünden musste, und das Einzige, was in Reichweite war ...«

»Was?«, rief er entsetzt aus. »Du hast das Buch verbrannt?«

»Reingefallen! War nur ein Witz ...«

Álex atmete auf. Dieses Mädchen provozierte ihn ununterbrochen, und trotzdem war er gern mit ihr zusammen.

»Wie ist sie denn so, die Bibliothek hier in Porvenir?«

»Ich liebe sie ... Sie ist in einem alten Gebäude untergebracht, das nur eine Etage hat und direkt neben der Kirche liegt. Über dem Lesesaal hängt ein großes Schild, das die Anwesenden auffordert, leise zu sein, aber jede Viertelstunde läuten die Kirchenglocken ... das ist ein ganz schönes Getöse, sag ich dir.« Er lächelte. »Außer dem Lesesaal gibt es noch einen kleinen Veranstaltungsraum im Keller, aber ...«

»Aber?«

»So weit ich zurückdenken kann, hat dort noch nie eine Veranstaltung stattgefunden. Was sehr schade ist, denn es ist ein schöner Raum. In die Wände sind Zitate aus *Don Quijote, Schuld und Sühne* und *Rot und Schwarz* eingraviert ... Auch Zitate aus der Bibel!«

»Dagegen müssen wir etwas unternehmen!«

»Wieso? Findest du, dass die Bibel kein literarisches Werk ist?«

»Dummkopf!«, sagte sie nachsichtig. »Ich meine, wir müssen etwas dagegen tun, dass dieser Raum nicht genutzt wird. Auch ich liebe Bibliotheken. Bei mir zu Hause bin ich mindestens einmal pro Woche in die Bibliothek gegangen.«

»Um Bücher auszuleihen?« Álex sah sie glücklich an, da sie noch etwas gemeinsam hatten.

»Nicht nur deswegen. Du hast die Ehre, der Gründerin des Leseclubs *Der Zauberberg* gegenüberzusitzen. Natürlich habe ich bis zum letzten Moment darum gekämpft, dass unser Club nicht nach einem Roman benannt wird, aber … Die Poesie ist eben eine minoritäre Kunst!«

»Ich wünschte, in Porvenir gäbe es auch einen Leseclub …«, seufzte Álex.

»›Sei du selbst die Veränderung, die du dir wünschst für diese Welt‹, hat Gandhi gesagt. Du willst einen Leseclub in Porvenir? Dann gründe doch einen!«

Als sie Álex' erschrockenen Blick sah, fügte sie hinzu: »Ich helfe dir dabei.«

Alma wusste, dass sie sich mit diesem Angebot ziemlich weit aus dem Fenster lehnte. Schließlich war ihr Aufenthalt in Porvenir nur vorübergehend. Sie hatte keine Ahnung, ob sie das Haus ihrer Großmutter überhaupt behalten würde. Und nun saß sie hier in der Dunkelheit einer Kapelle und bot einem jungen Mann, der ihr aus irgendeinem Grund jede Sekunde mehr ans Herz wuchs, an, mit ihm einen Leseclub zu gründen.

Was soll's!, sagte sie sich, darüber kann ich mir auch morgen noch Gedanken machen.

Eine Stunde später war immer noch nichts passiert. »Wann kommt denn nun endlich diese Mondfinsternis«, maulte Alma. »Müssen wir noch lange warten?«

Kaum hatte sie die Frage ausgesprochen, bereute sie sie bereits. Sie wollte nicht, dass Álex den Eindruck gewann, dass sie sich mit ihm langweilte. Er wirkte so glücklich, hier im Schutz der kleinen Kapelle. Die ganze Zeit schon erzählte er vom Reisen, vom Leben in Porvenir oder von seinen Kindheitserinnerungen. Schließlich erwähnte er auch, dass er zum Jahreswechsel bei Sara eingeladen gewesen war.

Als der Name der Briefträgerin fiel, zuckte Alma kurz zusammen, was Álex nicht entging. Für einen Moment sahen sie sich verlegen schweigend an: Jeder von ihnen hatte ein Geheimnis, das er für sich behalten musste.

»Also?«, meinte Alma angelegentlich. »Wann kommt nun die Mondfinsternis?«

»›Da gilt kein Jahr, und zehn Jahre sind nichts‹«, entgegnete Álex bedeutungsvoll.

Alma hing an seinen Lippen, so als suche sie nach einer Bestätigung, dass er diese Worte tatsächlich gesagt hatte, die sie nun ergänzte: »›Künstler sein heißt: nicht rechnen und zählen; reifen wie der Baum, der seine Säfte nicht drängt und getrost in den Stürmen des Frühlings steht ohne die Angst, dass dahinter kein Sommer kommen könnte. Er kommt doch.‹«

»›Aber er kommt nur zu den Geduldigen, die da sind, als ob die Ewigkeit vor ihnen läge‹«, fuhr er fort.

»Du hast gerade einen ganzen Absatz aus *Rilkes Briefe an einen jungen Dichter* zitiert!«, stellte sie begeistert fest. »Dafür, dass dir das Buch nicht gefallen hat … hast du dich ganz schön intensiv damit beschäftigt!«

»Ich habe gesagt, dass ich kein großer Fan von Poesie bin … Aber mir gefällt die Vorstellung zu leben, als läge die Ewigkeit vor uns und nicht in Abhängigkeit der vergehenden Zeit. Als ich das gelesen habe, hatte ich das Gefühl, dass Rilke es für mich geschrieben hat.«

»Genau so ist die Poesie: ewig und universell.« Impulsiv griff sie erneut nach seiner Hand und drückte sie, während sie hinzufügte: »Wie die Liebe.«

In diesem Moment erfüllte das Licht des Mondes den Raum.

Mit Blicken folgten sie dem hellen Strahl, der auf ihre ineinander verschlungenen Hände fiel. Beschämt wollte Alma ihre Hand zurückziehen, doch diesmal hielt er sie fest, ohne sie dabei anzusehen. Sie seufzte leise. Alles war gut. Sie legte ihren Kopf an Álex' Schulter, der unbeweglich verharrte. Ein nie gekanntes Wohlgefühl überflutete ihre Herzen und ihre Gedanken.

Álex blies die Kerze aus. Die brauchten sie nun nicht mehr. Innerhalb von Sekunden begann der Mond sich zu verdunkeln, und alles war von einer gewichtigen Ruhe erfüllt.

»Ja, jetzt schiebt sich die Erde zwischen die Sonne und den Mond …«, sagte Alma, als ob sie vergessen hätte, dass der Experte in Sachen Mondfinsternis neben ihr saß.

»Du bist kein Freund der Stille, was?«

Sie lachte. Dieser schüchterne junge Mann kannte sie schon sehr gut.

»Findest du den Gedanken nicht faszinierend, dass jetzt an jedem Ort der Erde, an dem es gerade Nacht ist, die unterschiedlichsten Menschen diese Mondfinsternis betrachten? Genau wie wir?«

Alma schloss die Augen. »Doch, das fasziniert mich, mein poetischer Freund.«

Mit einer raschen Bewegung legte er ihr den Arm um die Schultern und zog sie an sich. »Überleg dir gut, ob du mich wirklich provozieren willst, oder …«

»Oder was? Willst du mir drohen?«, fragte sie scherzend.

»Mit einer Kitzelattacke, die sich gewaschen hat«, entgegnete er und blies ihr das kurze, ungebändigte Haar aus dem Gesicht.

Eine weitere Stunde später fragte Alma überrascht: »Aber wie lange dauert denn so eine Mondfinsternis?«

»Manchmal eine ganze Nacht …« Zärtlich legte er ihr den Finger unters Kinn und hob es an. »Warum? Hast du noch etwas vor? Wartet jemand zu Hause auf dich, Alma Mahler?«

Während sie seinen Worten lauschte, schien ihr Herz stillzustehen, doch sie schüttelte nur den Kopf.

Álex stand auf. »Ich habe eine Thermoskanne mit Kaffee dabei und Schlafsäcke.«

»Du hast es also gewusst!«, rief sie aus und tat verärgert.

»Was?«

»Dass wir die ganze Nacht hier verbringen werden.«

»Ich habe die Möglichkeit zumindest einkalkuliert«, gab er zu und hielt ihr einen der Schlafsäcke hin.

Alma öffnete den Mund, um etwas zu sagen, doch sie fand keine Worte.

»Ist dir immer noch kalt?«, fragte er, als sie beide in ihren Schlafsäcken lagen.

»Ein bisschen …«

»Komm mal her.«

Álex legte den Arm um sie. Alma schmiegte den Kopf an seine Brust und lauschte auf seinen Herzschlag, der sich beschleunigte. Sie lag ganz still, und allmählich beruhigte sich sein Herz wieder. Ein paar Minuten später hatten beide das Gefühl, als hätten sie schon ihr halbes Leben in gegenseitiger Umarmung verbracht. Ihre Herzen schlugen im gleichen Takt, und nicht zum ersten Mal in dieser Nacht fühlten sie sich einfach nur glücklich.

Küsst er mich, oder küsst er mich nicht?, fragte sich Alma, als zupfte sie in Gedanken die Blätter einer Margerite ab. Die ersten Sonnenstrahlen schienen bereits durch das kleine Fenster, und gemeinsam mit den letzten Resten der Dunkelheit schwand dazu auch die perfekte Gelegenheit. Álex' Augen waren noch immer geschlossen.

Was würde ich darum geben zu wissen, an welchem Ort auf dem Globus er gerade unterwegs ist!, dachte Alma, und dabei drängte sich ihr eine weitere Frage auf: Ob er mich auf diese Reise wohl mitnehmen würde?

Als sie später gemeinsam den Hügel hinuntergingen, erkannte Alma schon von Weitem das Wäldchen und die Wiesen. Sie blieb stehen und nahm das Bild schweigend in sich auf. Ruhig und unerschütterlich erhob sich ihr Haus am Rand des Weges.

Das rote Dach durchdrang den leichten Morgennebel. Die halb geöffneten Fensterläden verrieten, dass jemand dort wohnte. Ich!, dachte sie glücklich. Ich wohne dort! Sie versuchte sich vorzustellen, wie oft ihre Großmutter, ihre Urgroßeltern und ihre Ururgroßeltern wohl diesen Anblick genossen und das Gleiche gedacht hatten.

»Alles in Ordnung?«, fragte Álex.

»Mehr als in Ordnung«, lautete ihre Antwort.

18

Auf der anderen Seite des Meeres

Pablo, mein Liebster, ich hoffe, dass Du diesen Brief am 12. Juli zu Deinem Geburtstag bekommst. Pablo, mein Liebster, ich wünsche Dir das größte Glück. Dass Du jede Stunde des Tages und der Nacht glücklich bist, wo Du auch sein magst und mit wem auch immer Du zusammen bist. Sei glücklich, ich werde Dich daran erinnern und an Dich denken, mein Herz.

BRIEF AN PABLO NERUDA
VON SEINER GELIEBTEN ALICIA URRUTIA

»Heute Morgen sind Sie so unruhig wie ein Tiger im Käfig, Señorita Sara.«

Sara blieb abrupt stehen. Als sie sich umdrehte, stieß sie beinahe mit der Frau zusammen, die sie, auf ihren Wischmopp gestützt, amüsiert ansah. Ihr kindliches Gesicht und ihre lebendigen dunklen Augen ließen sie viel jünger wirken, als sie mit ihren knapp über dreißig Jahren eigentlich war.

»Wie kommst du denn darauf, Karol?«

»Na, weil Sie die ganze Zeit herumrennen. Ich bin jetzt seit einer Stunde hier, und Sie sind mindestens fünf Mal von Ihrem Schreibtisch aufgestanden. Das Ausfüllen der Formulare von diesem Quartal scheint ja ziemlich schwierig zu sein! Klar, nachdem so viele Briefe zuzustellen waren …« Die Putzfrau des Postamts lächelte.

Sara nickte, während Karol mit dem Putzzeug im Lagerraum verschwand, wo Postsäcke, Pakete und zurückgekommene Briefe aufbewahrt wurden. Von hinten hätte man sie in dem weiten weißen Kittel, den sie trug, für ein Gespenst halten können, doch der Klang ihrer freundlichen Stimme und ihr häufiges Lachen hatten absolut nichts Furchterregendes.

Wahrscheinlich würde es mir wesentlich leichter fallen, irgendwelche dienstlichen Unterlagen fertigzustellen, anstatt diesen verdammten Brief zu schreiben, dachte Sara, die sich wieder an den Schreibtisch vor den Computer gesetzt hatte.

Seit Fernandos Anruf in der Neujahrsnacht (der gerade mal zwei Minuten gedauert hatte) hatte sie Schmetterlinge im Bauch. Wie war es möglich, dass ihr Herz plötzlich derart schnell schlug, hatte sie sich ein ums andere Mal gefragt. Nach all den Jahren seine Stimme zu hören hatte Gefühle in ihr geweckt, von denen sie nicht geglaubt hatte, sie noch einmal zu empfinden. Und nun lag die »schwere Last auf ihren Schultern«, einen Brief zu schreiben, damit die Kette nicht abriss. »Vielen Dank auch, Fernando!«, murmelte sie, denn er war es, der ihr ins Gewissen geredet hatte, dass sie dies dem Menschen schuldete, der die Kette in Gang gesetzt hatte, um ihren Arbeitsplatz zu retten.

Wer das wohl gewesen sein mochte? Sarah klopfte ein paarmal nachdenklich mit der Computermaus auf den Schreibtisch, als ob ihr das eine Antwort einbringen könnte. Wobei das nicht die Frage war, die sie gerade am meisten beschäftigte. Seit sie beschlossen hatte, den Brief tatsächlich zu schreiben, überlegte sie nun schon seit Tagen, an wen sie ihn richten und was sie darin erzählen könnte.

Para que no me olvides
y me recuerdes cuando estés lejos
han sido mis caricias,
nuestros abrazos, nuestros besos.
Para que no me olvides
y esté presente en todos tus sueños,
te he dado mi cariño que es lo más caro
y mejor que tengo.

Damit du mich nicht vergisst
und an mich denkst, wenn du weit fort bist,
habe ich dir meine Zärtlichkeit, meine Nähe,
meine Küsse geschenkt.
Damit du mich nicht vergisst
und ich in deinen Träumen bei dir bin,
habe ich dir meine Liebe geschenkt,
das Beste und Teuerste,
was ich habe.

Karols Stimme klang aus dem Lagerraum, unterbrochen von kleinen Pausen, die vielleicht dem Staubwischen geschuldet waren. Sara lächelte. Trotz aller Inbrunst, die Karol in ihren Gesang legte, klang es fürchterlich schief. Sara runzelte die Stirn und konzentrierte sich wieder auf das Word-Dokument auf dem Bildschirm. Bisher hatte sie noch nicht mehr als den Ort und das Datum geschrieben: *Porvenir, 7. Januar.*

Wenn ich in dem Tempo weitermache, dachte sie, bin ich schon nach Madrid versetzt worden, bevor ich den Brief zu Ende geschrieben habe. »Du bist schuld, wenn die Briefkette abreißt«, murmelte sie ärgerlich zu sich selbst.

Para que no me olvides
ni siquiera un momento
y sigamos unidos los dos gracias a los recuerdos.
Para que no me olvides ni siquiera un momento
y sigamos unidos los dos.

Damit du mich nicht vergisst,
auch nicht für einen Moment,
und wir dank der Erinnerung zusammenbleiben.
Damit du mich nicht vergisst, auch nicht für einen Moment,
und wir für immer zusammen sind.

Der Gesang drang nun noch etwas lauter aus dem kleinen Badezimmer des Postamtes. Der Putzeimer, der in der Tür stand, verhinderte, dass diese sich schloss.

»Wer soll dich nicht vergessen, Karol?«, rief Sara amüsiert.

Der Gesang hörte abrupt auf. Eine eigenartige Stille vertrieb jedes Wort und jede Note des Liedes aus den Winkeln des Postamts.

»Gibt es denn nicht für jeden von uns einen Menschen, von dem wir hoffen, dass er uns nicht vergisst?«, antwortete die Putzfrau nach einer Weile.

Sara wusste nicht, was sie darauf entgegnen sollte. Schweigend wartete sie, ohne zu wissen, worauf.

»Denken Sie nicht?«, fragte ein Kopf ohne Körper, der in der Tür zum Badezimmer erschien.

Sara nickte.

»Eine Mutter, einen Liebsten, Kinder, Freunde ... oder auch nur einen Hund. Oder die Heimat. Oder alles zusammen!«, fügte Karol hinzu. »Aber ich singe auch, damit ich selbst all das nicht vergesse.«

In diesem Moment wurde Sara bewusst, wie wenig sie über die junge Frau wusste, die seit ein paar Jahren im Postamt sauber machte.

Ich weiß nur das, was sofort auffällt, dachte Sara. Dass sie klein und dunkelhaarig ist. Dass sie eine schöne Stimme hat und ein ansteckendes Lachen, das nur verstummt, wenn es regnet. Dann wirkte Karol jedes Mal abwesend und leicht erstaunt, wenn sie aus dem Fenster sah.

Der Akzent der jungen Frau verriet, dass sie von weit her kam, von jenseits des Ozeans.

Plötzlich drängten sich Sara jede Menge Fragen auf: In welchem Land bist du geboren? Wieso bist du hergekommen? Hast du schon immer als Putzfrau gearbeitet? In Porvenir reinigte Karol außer dem Postamt auch die Bibliothek und ein paar Privatwohnungen.

Ehe sie sich's versah, hatte Sara einige der Fragen auch schon gestellt.

»Ich komme aus Peru«, antwortete Karol. »Mein Vater sagt immer, dass wir im Herzen der Anden geboren wurden, hoch in den Bergen. Na ja, nicht ganz so hoch, aber *ziemlich* hoch. In einem winzigen Ort, der auf keiner Landkarte von Peru zu finden ist. Den kennen Sie also bestimmt nicht!«

Sara mochte die erfrischende, ehrliche Art, wie Karol sich ausdrückte.

»Wir waren fünf Geschwister zu Hause. Vier Jungen und ich. Das hat mich ganz schön abgehärtet, sonst hätte ich es mit diesen verrückten Kerlen nicht aushalten können. Mein ältester Bruder ist bei einem Verkehrsunfall mit einem Lastwagen ums Leben gekommen, und mein Vater ist als alter, verbitterter Mann gestorben. Er war ein schwieriger Mensch … Ehrlich gesagt, war es kaum auszuhalten mit ihm.«

Wie eine Journalistin beim Interview stellte Sara weitere Fragen.

»Natürlich bin ich zur Schule gegangen, was denken Sie denn!«, antwortete Karol entrüstet. »Ich kann lesen und schreiben. Aber ich bin ziemlich früh Mutter geworden. Mit sechzehn Jahren. Hier wäre das ungewöhnlich, aber in meiner Heimat kommt das oft vor. Wenn man Lesen und Schreiben gelernt hat, müssen die Jungen auf den Feldern oder im Bergwerk arbeiten und die Mädchen heiraten und bekommen Kinder.«

»Weißt du was? Warum trinken wir nicht einen Kaffee? Ich hole uns einen in der Bar gegenüber. Du bist eingeladen.«

»Wäre ein Tee auch möglich?«

Sara nickte, während Karol den Staub von den Aktenschränken wischte.

Fünf Minuten später setzten sie ihre Unterhaltung in Saras Büro fort. Karol trank einen Schluck Tee. Sie setzte sich auf den leeren Stuhl vor Saras Schreibtisch und überlegte kurz, bevor sie noch mehr von sich erzählte.

»Als ich geheiratet habe, war ich sehr verliebt. Und das bin ich noch immer. Ich habe drei Kinder drüben in Peru.«

»Leben sie bei ihrem Vater?«

»Nein. Die Älteste wohnt bei meiner Mutter. Die beiden Jungen bei meinen Schwiegereltern.«

Karols Stimme klang mit einem Mal resigniert, und Sara fühlte sich irgendwie dafür verantwortlich.

»Leben sie in dem Dorf, in dem du geboren bist? Wie alt sind sie? Ist es schön dort?«, fragte sie hastig.

Karol musste lachen.

»Ja. Fünfzehn, zehn und sieben. Es ist wunderschön und sehr ruhig dort. Das Dorf ist von hohen schneebedeckten Bergen umgeben. Es ist ein schönes, aber auch ein sehr armes Dorf. Wenn es anders wäre, wäre ich nicht hier. Vor drei Jahren bin ich hergekommen. Ich habe alle zurückgelassen.« Karol seufzte. »Die Lebenden und die Toten.«

Sie senkte den Blick, bevor sie fortfuhr:

»Ich hoffe, dass meine Kinder mich nicht vergessen. Genauso wenig wie meine Mutter, meine Brüder, meine ganzen Verwandten und meine Freundinnen …«

In einer von Herzen kommenden Geste griff Sara nach Karols Hand.

»Aber ich weiß, dass sie traurig sind, wenn sie an mich denken«, fuhr diese niedergeschlagen fort. »Das macht mir zu schaffen. Es ist seltsam. Ich rufe sie jeden Tag an, wir lachen, und ich frage, was es Neues gibt. Ich möchte so gern wissen, ob sie beim Fußball gewonnen haben oder ob mein Jüngster einen Zahn verloren hat! Diese kleinen Dinge vermisse ich am meisten. Und wenn ich dann auflege, fühle ich mich einsamer und habe mehr Schuldgefühle als vor dem Telefonat. Verstehen Sie das, Sara? Ich nicht.«

Sie schüttelte den Kopf, und die Verwirrung war ihr anzusehen.

»Ich meine – soll ich sie anrufen oder lieber nicht? Soll ich ihnen schreiben oder lieber nicht? Soll ich ihnen Fotos schicken oder nicht? Was ist besser? Ich bin nicht freiwillig hergekommen. Ich hatte keine andere Wahl, damit ich meiner Familie Geld schicken kann. Trotzdem fühle ich mich schuldig, dass ich nicht da bin, um meine Kinder aufwachsen zu sehen, und es anderen überlasse, sie großzuziehen. Obwohl ich weiß, dass ihre Großeltern sie auch sehr lieben. Mir geht es schlecht, denn jedes Mal, wenn ich mit ihnen spreche, habe ich danach das Gefühl, sie erneut verlassen zu haben.«

Karol sah aus dem Fenster, und Sara war sich sicher, dass sie in diesem Moment in Gedanken den Ozean überquerte, um zu ihrem kleinen Dorf mit den Ziegelhäusern und staubigen Wegen zu reisen. In ihrer Phantasie begleitete sie die junge Frau. Und dann kam ihr der Gedanke, dass, wenn sie versetzt und das Postamt geschlossen würde, auch Karol ihre Arbeit verlieren würde, was ihr Leben noch schwerer, ihr Opfer noch schmerzhafter machen würde.

»Der Tee ist getrunken, die Pause ist zu Ende. Zurück an die Arbeit!«, sagte Karol.

Sie verließ das Büro, streckte jedoch ein paar Sekunden später, bevor Sara Zeit gehabt hatte, sich wieder an den Computer zu setzen, noch einmal den Kopf herein.

»Vielen Dank. Das waren für mich die schönsten Minuten seit Wochen. Auch wenn ich vielleicht nicht den Eindruck mache.«

»Warte mal! Darf ich dich noch etwas fragen?«

»Nach dem leckeren Tee auf jeden Fall«, meinte Karol lächelnd.

»Und der Vater deiner Kinder, wo ist der?«

»Gestorben. So ein Bergwerk ist ein gefährlicher Ort. Ein Einsturz …« Sie zuckte ein wenig hilflos mit den Schultern. »Ich habe ja eben schon gesagt, dass ich auch singe, um nicht zu vergessen.«

Als Sara nach der Arbeit nach Hause ging, hatte sie ihre Kopfhörer aufgesetzt. Seit dem Morgen war ihr das Lied, das Karol gesungen hatte, nicht mehr aus dem Sinn gegangen.

Para que no me olvides
y me dediques un pensamiento
te llegaran mis cartas
que cada día dirán te quiero.
Para que no me olvides
y nuestro amor llegue a ser eterno
romperé las distancias
y detendré para siempre el tiempo.

Damit du mich nicht vergisst
und ich in Gedanken bei dir bin,
lies meine Briefe,
die dir jeden Tag sagen, dass ich dich liebe.
Damit du mich nicht vergisst
und unsere Liebe niemals enden wird,
überwinde ich jede Entfernung
und halte für immer die Zeit an.

Plötzlich kam ihr eine wunderbare Idee.

Karol, wann hast du eigentlich deinen letzten Brief erhalten? Denn bereite dich darauf vor, dass du nun einen bekommen wirst. Einen Brief voller alltäglicher Kleinigkeiten, wie du sie so sehr vermisst, sagte Sara sich glücklich und nur ein paar Sekunden, bevor ihr achtjähriger Sohn ihr mit dem freudigen Ruf »Mama ist schon da!« entgegenstürzte.

19

Porvenir, 7. Januar

Liebe Karol,

ich hoffe, dass Du heute oder wann immer Du diesen Brief erhältst, einen guten Tag hattest.

Mir ist durchaus bewusst, dass ich mich nun eigentlich als Erstes vorstellen müsste, was ich jedoch nicht tun werde. Nimm einfach mal an, ich wäre eine Freundin, die Du längere Zeit nicht gesehen hast. Bitte lies diesen Brief, als würden wir uns seit Jahren kennen, als wären wir zusammen aufgewachsen. Schließ für ein paar Sekunden die Augen und gib mir das Gesicht von jemandem, den Du gern hast, damit meine Worte Dich begleiten und aufmuntern.

Ich weiß, dass es viel verlangt ist, wenn ich Dich bitte, keine Fragen zu stellen und diesen Brief einfach so zu lesen. Deshalb möchte ich Dir erklären, dass wir beide Teil einer Briefkette sind.

Als kleines Mädchen habe ich mal bei einer Briefkette mitgemacht, an der Kinder aus der ganzen Welt beteiligt waren. Alle waren wie ich Kinder von Postangestellten aus den verschiedensten Ländern. Das war sehr lustig. Ich habe dabei eine Postkarte mit einem Weihnachtsmann auf einem Schlitten aus einem finnischen Dorf erhalten. Und ich durfte tatsächlich an jemanden in Berlin schreiben. Ich habe ewig mit meiner Mutter im Schreibwarenladen gestanden, um mich für eine Postkarte von Porvenir zu entscheiden. Meiner Meinung nach war das eine große Verantwortung. Schließlich hing von der Karte, die ich auswählte, ab, wie eine deutsche Familie und ihre Freunde und Verwandten sich mein Dorf vorstellten. Ich wollte, dass man sah, dass wir in einem sehr alten Ort wohnen, der jedoch auch moderne Seiten hat, in einem kleinen Dorf, in dem es aber gleichzeitig an nichts fehlt. Sie sollten die Kirche kennenlernen, aber auch die Berge und die Kapelle im Wald. Denn ich selbst bin immer sehr glücklich gewesen, hier geboren zu sein und leben zu können.

Soll ich Dir etwas Lustiges verraten? Weil ich nicht in der Lage war, mich für eine Postkarte zu entscheiden, habe ich am Ende drei geschickt. Die deutsche Familie war sicher äußerst beeindruckt!

Gibt es in dem Land, wo Du herkommst, auch solche Briefketten? Ich hoffe, ja, denn ich halte sie für eine tolle Sache. Hoffentlich können meine Kinder auch mal an so einer Aktion teilnehmen! Vielleicht gehörst Du ja zu den Leuten, die denken, dass diese Kettenmails, die man heutzutage bekommt und die man an alle seine Kontakte weiterleiten soll, das Gleiche sind. Doch ich bin da anderer Meinung. So ein Brief ist viel persönlicher und origineller.

Allerdings hat unsere Briefkette einen ziemlich ernsten Hintergrund. Vor ein paar Tagen habe ich einen anonymen Brief bekommen, in dem es um Sara ging. Vielleicht bist Du ihr schon einmal begegnet, sie ist hier in Porvenir die Briefträgerin. Ihre Vorgesetzten haben ihr eine E-Mail geschrieben, um ihr mitzuteilen, dass sie nach Madrid versetzt werden soll. Weit weg von ihrem Zuhause. Nach mehr als einem Jahrhundert wird Porvenir dann kein Postamt mehr haben.

Ich würde Dir all das nicht erzählen, wenn es nicht in Deiner Hand läge, Sara und unserem Dorf zu helfen. Wie Du das machen kannst? Ganz einfach: genauso wie ich. Schreib einen Brief. Es ist völlig egal, ob er kurz oder lang, gut oder schlecht geschrieben ist. Und schick ihn dann an jemanden, der auch in diesem Dorf lebt, denn er wird sicher verstehen, wie schwierig es sein wird, allein und fern von der Heimat seine Kinder großzuziehen. Selbst wenn Du die Person, die den Brief erhalten wird, nicht kennst, verbringe mit ihr ein paar Minuten. Auf diese Art werden wir alle zusammen eine Kette aus Worten knüpfen, die so lang ist, dass sie bis in die Stadt reicht, und so fest, dass auch dort niemand sie zerreißen kann.

Zwei weitere Dinge muss ich Dir noch über die Briefkette sagen. Das erste ist, dass Du Deinen Brief ohne Absender verschicken sollst, denn es geht ja nicht darum, dass Du eine Antwort erwartest. Die

Briefe sind anonym, und je mehr Leute mitmachen, desto besser. Und zweitens musst du wissen, dass Du, wenn Du an dieser Aktion teilnimmst, eine Art Schweigegelübde ablegst. Das, was Du hier liest, bleibt zwischen Dir und dem Absender. Du darfst es nicht weitererzählen.

Nun weißt Du, warum ich Dir schreibe. Und mein Gefühl sagt mir, dass auch Du einen Brief an jemanden in diesem Dorf schreiben wirst. Nennen wir es einen sechsten Sinn.

Du kannst auswählen, wen Du möchtest, und erzählen, was Du willst. Das hört sich einfach an, aber ich versichere Dir, dass es schwieriger ist, als man denkt. Bei mir hat es ziemlich lange gedauert, bis ich auf Dich gekommen bin. Aber als es so weit war, habe ich gleich gewusst, worüber ich Dir schreiben will: über Kleinigkeiten. Denn gibt es etwas Schöneres, als sich mit jemandem, der einem etwas bedeutet und dem man selbst auch nicht gleichgültig ist, über die alltäglichen Dinge auszutauschen?

Ich bin eine Frau mit einem ganz normalen Leben. Eine von vielen. Man könnte sagen, dass ich ziemlich durchschnittlich bin: weder jung noch alt, weder reich noch arm, weder schön noch hässlich, weder extrem gebildet noch dumm. Aber Vorsicht! Damit meine ich nicht, dass ich mittelmäßig bin!

Ich bin relativ glücklich. Oder besser gesagt, so glücklich, wie eine alleinstehende Frau, die für ihre Kinder sorgen muss, sein kann, wenn ihr Arbeitsplatz bedroht ist. Ich habe schon einiges durchgemacht: den Tod meiner Eltern, die Trennung von meinem Mann. Ich habe schwierige Zeiten überstanden, aber davon will ich jetzt nicht reden. Sicher hast auch Du ein paar offene Wunden, die vielleicht sogar noch viel tiefer sind. Allerdings habe ich nicht vor, dieses Schreiben zu einer Liste des Leidens zu machen! Denn das wäre Zeitverschwendung!

Ich habe immer daran geglaubt, dass sich jederzeit das Leben ändern kann. Manchmal zeigt es uns seine Kehrseite. Aber genauso schnell kann sich alles wieder zum Guten wenden, bieten sich neue Möglichkeiten, gehen Türen auf.

Erst vor Kurzem habe ich festgestellt, dass … ich vielen Menschen sehr wichtig bin!

Vielleicht hältst Du das für eine kindische Feststellung. Möglicherweise ist es das auch, was ganz passend wäre, denn ich habe mit einem Mal das Gefühl, um Jahre jünger zu sein. Vor ein paar Tagen zum Beispiel war ich mit meinem jüngsten Sohn unterwegs. Auf einmal hat er mich am Ärmel gezupft, mich leicht irritiert angesehen und mich gefragt: »Was ist los?«

Ich habe, ohne es zu merken, vor mich hin gesungen. Er behauptet sogar, dass ich gehüpft bin. Auch wenn ich das nicht recht glauben kann … aber wer weiß?

Die bedingungslose Liebe meiner Kinder war immer eine Stütze für mich, genauso wie die von Rosa, meiner Nachbarin, die wie eine Tante für mich ist. Rosa war die beste Freundin meiner Mutter. Wie sie mich gern erinnert, hat sie bei meiner Geburt geholfen, in demselben Haus, in dem wir beide heute noch wohnen, sie unten und meine Kinder und ich im ersten Stock. Sie ist bereits über achtzig und wirkt nicht gerade rüstig, sodass man befürchten könnte, dass sie jeden Moment zusammenbricht, aber der Eindruck täuscht. Sie hat einen eisernen Willen. Wenn sie sich etwas in den Kopf gesetzt hat, lässt sie es sich von niemandem ausreden. Diejenigen, die sie bereits kannten, als sie noch jung war, sagen, dass sie schon immer so war: stets bereit und entschlossen. Jeden Tag bin ich dafür dankbar, dass Rosa ein bisschen auf mich aufpasst. Sie tut das, seit meine Mutter nicht mehr da ist, und das ist schon eine ganze Weile …

Eine alleinerziehende Mutter zu sein ist nicht einfach, auch wenn man so liebe Kinder hat wie ich. Ich bin stolz darauf, in Porvenir zu leben, aber was meine Kinder angeht, platze ich vor Stolz. Mein Ältester hat die besten Noten von der ganzen Klasse. Er ist ein großer Tierfreund. Das ist nicht immer angenehm. Eine Weile war sein Kinderzimmer eine regelrechte Tierarztpraxis. Jedes verletzte Tier, das er irgendwo gefunden hat, hat er mit nach Hause gebracht. Die ersten Patienten waren eine hinkende Katze, die wir »Hinkebein« genannt haben, und eine Eidechse ohne Schwanz, der es irgendwann gelungen ist, aus ihrem Schuhkarton-Gefängnis zu fliehen. Ich hoffe, dass sie über den Balkon entkommen ist, denn sonst werden wir irgendwann, wenn wir mal die Möbel verschieben, auf den vertrockneten Kadaver treffen. Richtig problematisch wurde es, als er eines Tages mit einem einäugigen Stinktier ankam. Keine Ahnung, wo er das aufgelesen hatte. Hast Du Dich mal in die Nähe eines verärgerten Stinktiers gewagt? Hoffentlich nicht. Ich glaube, ich habe ein komplettes Monatsgehalt für Deos und Raumsprays ausgegeben. Zum Glück hat Rosa es geschafft, meinen Sohn zur Vernunft zu bringen. Zumindest für den Moment. Ich weiß, dass er davon träumt, Tierarzt zu werden, aber derzeit beschränkt er sich darauf, Tiere zu sammeln – in seinem Stickeralbum.

Mein mittlerer Sohn ist ein Spaßvogel. Und wie alle mittleren Kinder ein Experte darin, nicht aufzufallen. Der Kleine ist der Kleine, der Große ist der Große, und der Mittlere nutzt jede Gelegenheit, die sich ihm bietet, um zu verschwinden. Dank dieser Gabe und seiner Fähigkeit, sich überall beliebt zu machen, wird er es weit bringen, ohne sich großartig anstrengen zu müssen. Wenn Du ihn kennen würdest, wüsstest Du, wie witzig er sein kann. Innerhalb von wenigen Sekunden würde es ihm gelingen, Dir ein Lächeln zu entlocken. So war er immer. In unserer schwersten Zeit, damals, nachdem mein Mann uns verlassen hat, ist sein Talent, mich zum Lachen zu bringen, regelrecht explodiert. Ich bin vor Kummer morgens kaum aus dem Bett gekommen, weil für mich die Welt zusammengebrochen war, und weißt Du, was dieser Spaßvogel gemacht hat? Er ist jeden Tag in mein Zimmer gekommen und hat mich gekitzelt. Manchmal mit einer Feder, ein anderes Mal mit einem Bleistift oder einfach mit den Fingern. Und er hat erst aufgehört, wenn er mir ein Lächeln entlockt hatte, wenn es auch noch so schwach war.

Mein jüngster Sohn ist ein Engel, allerdings ein Engel, vor dem man sich in Acht nehmen muss. Schließlich ist er der Kleine und darf sich nicht die Butter vom Brot nehmen lassen. Wenn er mal richtig wütend ist, machen seine Brüder, dass sie wegkommen. Er hat es wirklich faustdick hinter den Ohren! Aber er ist selten wütend, deshalb habe ich geschrieben, dass er ein Engel ist. Deswegen und weil er blond ist und blaue Augen hat.

Aber, liebe Karol, Dir gegenüber möchte ich ehrlich sein. Dass ich auf Rosa und meine anderen Freunde zählen und meine Kinder aufwachsen sehen kann und dass ich hier in Porvenir in einem hübschen Steinhaus mit Ziegeldach wohnen darf, ist nicht das Einzige, was mich in letzter Zeit glücklich macht. Und Du weißt ja selbst, wie schön es hier im Tal und in den Wäldern ist, vor allem im Frühling! All diese Farben! Und unser Dorffest zu Ehren der Schutzheiligen! Es ist das schönste in der ganzen Gegend. Ich habe es seit meiner Kindheit nicht einmal verpasst.

Jetzt fragst Du Dich sicher, was mich denn noch so glücklich macht. Es ist mir ein wenig peinlich, darüber zu schreiben. Wie dumm! Schließlich weißt Du nicht, wer ich bin, und stehst mir nicht gegenüber, und trotzdem schäme ich mich ein wenig. Dabei werde ich in ein paar Wochen vierzig Jahre alt!

Also – ich will nicht länger drum herumreden: Ich glaube, ich habe mich verliebt. Ich hätte nicht gedacht, dass mir so etwas noch einmal passiert, aber … Jetzt ist es passiert! Und das Beste daran ist, dass ich das Gefühl habe, dass auch er sich in mich verliebt hat. Ich bin mir nicht ganz sicher, weil … weil wir uns seit über zehn Jahren nicht mehr gesehen haben! Unglaublich, oder?

CASTAWAY 65, so nennt er sich im Internet, ist ganz hier in der Nähe geboren und aufgewachsen. Vor langer Zeit haben wir uns über die Arbeit kennengelernt. Wir waren uns sympathisch, mehr nicht. Ehrlich gesagt, kann ich mich an nichts Besonderes erinnern, keine Schmetterlinge im Bauch, keine weichen Knie oder so etwas. Ich würde lügen, wenn ich behauptete, dass ich sofort gedacht hätte, dass er der Mann meines Lebens ist. Allerdings hat er mich damals schon immer in gute Laune versetzt. Und das ist heute auch noch so. CASTAWAY 65 ist so fröhlich und lustig, auch wenn wir nur miteinander chatten. Wie schön es sein muss, morgens neben so jemandem aufzuwachen! Aber als wir uns kennengelernt haben, war ich noch verheiratet.

Das bin ich nun nicht mehr. Ich bin frei. Zum ersten Mal nach langer Zeit, nachdem ich die Trennung überstanden und mir ein neues Leben aufgebaut habe, fühle ich mich frei, wieder jemanden zu lieben. Und genau in dem Moment hat das Schicksal dafür gesorgt, dass dieser Mann wieder in mein Leben tritt. Das klingt genial, stimmt's? Allerdings, ich weiß nicht, wie es bei Dir ist, aber bei mir muss alles immer kompliziert sein. Denn dummerweise ist dieser nette Mann von früher sozusagen aus dem Nordmeer wiederaufgetaucht und befindet sich Tausende Kilometer von Porvenir entfernt und mehrere Hundert von der Küste. Er arbeitet auf einer Bohrinsel, und seine Worte erreichen mich per Mail, über Satellit. An dem Tag, als CASTAWAY 65 mit mir Kontakt aufgenommen hat, wollte sich Cupido offensichtlich gerade einen Spaß machen.

Als er mir zum ersten Mal schrieb, bat er mich in einer Verwaltungssache um Hilfe. Ein Hoch auf die Bürokratie, zum ersten Mal in meinem Leben! Seit dieser Zeit chatten wir regelmäßig miteinander, eigentlich jeden Tag. Zunächst war es immer unter irgendeinem Vorwand oder um uns übers Wetter auszutauschen. Aber nach und nach sind unsere »Gespräche« immer persönlicher geworden. Wenn ich draußen unterwegs bin und einen Vogel entdecke, den ich noch nie in meinem Leben gesehen habe, denke ich als Erstes: Das muss ich CASTAWAY 65 erzählen. Eins meiner Kinder schenkt mir ein selbst gemaltes Bild, Rosa erzählt mir eine Anekdote aus der Zeit, als sie jung war, oder es passiert etwas Schönes bei der Arbeit … und immer ist es das Gleiche: Ich kann nicht erwarten, online zu gehen und es ihm zu erzählen!

Er behauptet, dass es ihm ähnlich geht. Ich schreibe »ähnlich«, weil er ja nicht draußen unterwegs ist, keine Kinder hat, die ihm Bilder malen, oder Freunde, die ihm Anekdoten erzählen. Denn er lebt auf dieser Bohrinsel zusammen mit Leuten aus den unterschiedlichsten Ländern, von denen er sich mit der Hälfte kaum verständigen kann. Dort ist es ständig Nacht. Kannst Du Dir das vorstellen, Karol? Sechs Monate am Stück in der Dunkelheit! Er meint, dass man nach einer Weile lernt, Zeichen zu erkennen, an denen man ablesen kann, dass die Tage vergehen, dass man sich jedoch niemals daran gewöhnt. Natürlich nicht! Weißt Du, was er mir mal erzählt hat? Dass, wenn er um die Mittagszeit mit mir zu chatten beginnt, für ihn die Sonne aufgeht. Ich bin sein Licht in der Dunkelheit. Und er meines, aber das habe ich ihm nicht gesagt.

Und dann hat an Silvester kurz nach Mitternacht das Telefon geklingelt. Ich habe mit meinen Kindern und ein paar Freunden bei mir zu Hause gefeiert, und er hat einfach angerufen. Er wollte, dass meine Stimme das Erste ist, was er im neuen Jahr hört. Ich habe es ihm nicht gesagt, aber, ob Du es glaubst oder nicht, genau in dem Moment, als er anrief, habe ich an ihn gedacht.

Ich spüre, dass er mehr von mir will, dass seine Worte eine viel tiefere Bedeutung haben, als es scheint. Aber ich habe auch Angst, Karol. Ich bin kein junges Mädchen mehr wie damals. Wie ich schon gesagt habe, werde ich in Kürze vierzig. Ich habe drei Kinder, nicht wenige offene Rechnungen und ein paar Kilo zu viel auf der Waage. Und um nichts auf der Welt möchte ich mein Dorf verlassen!

Dieser Mann hat vor langer Zeit ein Mädchen kennengelernt, das es nicht mehr gibt. Auch wenn Rosa sagt, dass das nicht stimmt, dass dieses Mädchen nur unter ein paar Falten und vielen Problemen versteckt ist. Dass es wieder zum Vorschein kommen wird, wenn ich all das mal von mir wegschiebe, was jedoch nicht leicht ist. Die gute Rosa! Wie soll ich wissen, ob CASTAWAY 65 wirklich die Frau lieben könnte, die ich jeden Morgen im Spiegel sehe?

Er sagt, dass er ins Tal zurückkehren will. Aber was ist, wenn er es in ein paar Monaten bereut? Wer kann mir die Garantie geben, dass er nicht irgendwann wieder fortgehen will? Wer kann mir versprechen, dass er mich nicht auch verlassen wird?

Wie soll ich wissen, ob ich nicht noch einmal die falsche Wahl treffe?

Ach, Karol, ich mache mir so viele Gedanken … Und ich bin einfach nicht in der Lage, eine Entscheidung zu treffen. Ich habe Angst, dass er mein Schweigen missversteht und denkt, dass er mir nichts bedeutet. Denn das stimmt nicht. Dir kann ich es ja sagen: Ich sehne mich so sehr danach, ihn wiederzusehen! Um mit ihm Hand in Hand durch unsere Wälder zu streifen … Damit er mich küsst!

Eigentlich wollte ich Dir von alltäglichen Dingen schreiben, und nun habe ich Dich mit dem ewigen Dilemma der Menschheit konfrontiert: der Liebe. Aber ich hoffe, dass mein Brief trotzdem seine Mission erfüllt hat: Dir für eine Weile Gesellschaft zu leisten, Dich aus Deiner Routine zu reißen und Dir das Gefühl zu geben, dass es in Deiner Nähe jemanden gibt, der mit Dir über die kleinen Dinge des Lebens reden möchte.

Damit gebe ich den Stift an Dich weiter. Wirst Du nun jemandem schreiben? Bitte tu es, nicht nur, damit die Briefkette, die die Schließung des Postamts von Porvenir verhindern soll, nicht abreißt. Tu es, um mit jemandem Deine Freude, Deine Gefühle, die Energie, die in Dir steckt, zu teilen.

Du hast so viel zu geben, Karol! Ist es da nicht eine gute Idee, es einer Unbekannten anzubieten, die es braucht?

20

Warten auf Margot

Nicht der erste Kuss ist der schwierigste, sondern der letzte.
PAUL GÉRALDY

Alma und Álex warteten seit einer Viertelstunde an der Straße vor der geschlossenen Tür der Bibliothek. Alma wurde allmählich ungeduldig, woraufhin Álex sie amüsiert ansah und ihr erklärte, dass in einem kleinen Dorf wie Porvenir die Uhren anders gingen als in Madrid.

»Warum hast du es so eilig? Vielleicht sitzt die Bibliothekarin noch gemütlich mit ihrer Familie beim Kaffee oder sie ist vor dem Fernseher eingedöst.«

»Die Uhren gehen vielleicht anders, aber … Was ist mit der Kälte? Ich erfriere langsam«, entgegnete Alma, deren Laune immer schlechter wurde. Sie hasste es, wenn jemand unpünktlich war.

Um sie zu besänftigen, schlug Álex vor, in die Bar zu gehen, wo für den Notfall ein Zweitschlüssel für die Bibliothek aufbewahrt wurde.

»Dann warten wir drinnen weiter, gemütlich im Sessel sitzend.«

»Ich könnte dich umbringen …«

»Warum?«, fragte Álex überrascht.

»Du weißt, wo der Schlüssel ist, und wir warten hier die ganze Zeit in der Eiseskälte auf der Straße, dass diese Schnepfe …«

»Moment mal! Margot ist eine unglaublich nette Frau. Ich kenne sie seit meiner Kindheit und …«

»Und? Hat sie sich gut gehalten? Wahrscheinlich, wenn sie immer im warmen Esszimmer sitzt und sich in ihre Decken kuschelt, während andere wegen ihr vor Kälte erfrieren. Ich sehe sie regelrecht vor mir, mit einer Tasse heißer Schokolade in den Händen«, sagte Alma sarkastisch.

»Du übertreibst. Bist du noch nie irgendwo eine Viertelstunde zu spät gekommen?«

»Zwanzig Minuten.«

»Zwanzig Minuten?«

»Es ist bereits zwanzig nach fünf«, erklärte Alma aufgebracht. »Wir waren um fünf Uhr verabredet, also ist deine nette Margot schon zwanzig Minuten zu spät ... Aber ich habe keine Ahnung, warum wir hier noch rumdiskutieren, wenn du den Schlüssel holen kannst.«

Álex sah sie aufmerksam an. Seit sie sich kannten, hatte er sie noch nie wütend erlebt: Ihre honigfarbenen Augen blitzten, und ihre kleine Nase krauste sich in einer kindlich-verdrossenen Mimik, die er entzückend fand.

»Also gut, ich geh ja schon.« Er zuckte mit den Schultern, und bevor er um die Ecke verschwand, rief er noch: »Bleib du lieber hier, nicht dass Margot kommt und gleich wieder geht, weil keiner da ist.«

»Ich bin eh schon festgefroren«, entgegnete Alma bissig, aber das hörte Álex nicht mehr.

Almas Ärger war auf einen Schlag verraucht, als sie die Bibliothek betraten. Orte wie dieser erfüllten sie jedes Mal mit angenehmen Erinnerungen. Es war, wie in das Haus eines alten Freundes zu kommen, egal, ob sie sich in Porvenir oder in Ulan Bator befand. Das Gefühl, das sie überkam, war stets das gleiche. Cervantes, Shakespeare, Virginia Woolf, Neruda, Saint-Exupéry, Tschechow oder Kafka schienen hier in freundlicher Eintracht mit Borges, Charlotte Brontë oder Louisa May Alcott zu leben, ohne dass Alter, Herkunft oder Geschlecht eine Rolle gespielt hätten.

Ich wünschte, die Erde wäre eine große Bibliothek, in der alle Menschen Seite an Seite so friedlich zusammenlebten wie die Bücher in den Regalen, dachte sie.

Als Álex sich fünf Minuten später auf den Weg machte, um den Schlüssel zurück in die Bar zu bringen, hatte sie nichts dagegen. Ohne dass er es ahnte, hatte er ihr gerade einen ihrer Lieblingsträume erfüllt: einmal eine ganze Bibliothek für sich allein zu haben. Jemand anderes hätte vielleicht die mythische Bibliothek von Alexandria vorgezogen oder die Library of Congress der Vereinigten Staaten, doch für Alma war genau diese Bibliothek in Porvenir ein kleines Paradies.

Mit dem Zeigefinger folgte sie dem in den Buchrücken eingravierten Titel des ersten Bandes im Regal: *Stolz und Vorurteil*. Neben Jane Austens Roman harrten Paul Auster und *Die Musik des Zufalls* auf einen möglichen Leser. Doch aller guten Dinge sind drei, dachte Alma, und hier ist schon der nächste Schatz. Sie legte den Kopf schief, bemüht, den Titel des dritten Buches zu lesen, dessen Einband schon ganz abgenutzt war: *La Voluntad* von Azorín.

»Eine eigenwillige Zusammenstellung, die das Alphabet da hervorbringt«, murmelte Alma, während sie zurücktrat, um die großartige Landschaft aus verstaubten Büchern überblicken zu können.

Fasziniert drehte sie sich einmal um sich selbst. Die Bibliothek von Porvenir übertraf bei Weitem die Vorstellungen, die sie sich gemacht hatte, seit Álex ein paar Tage zuvor mit dem Vorschlag gekommen war, sie sich gemeinsam anzusehen, damit er ihr erklären könne, wie er sich das mit dem Leseclub vorstellte. Dazu mussten sie erreichen, dass Margot, eine strenge Lehrerin im Vorruhestand, ihnen den Kellerraum überließ.

Nun stand Alma allein in der Mitte des Raumes, in dem sich Berge von Büchern befanden. Die alten Holzregale reichten nicht aus, um sie alle zu beherbergen, und wenn man durch dies Labyrinth aus Gängen wandelte, stieß man immer wieder in einer Ecke oder mitten im Gang auf einen scheinbar willkürlich dort hinterlassenen Stapel Bücher. Daneben stand strategisch günstig jeweils ein Sessel mit dunkelrotem Samtbezug oder ein Schemel im Stil eines Klavierhockers.

Auf den ersten Blick hatte man den Eindruck, dass dieser scheinbar herrenlose Ort im Chaos versank. Doch wenn man genauer hinsah, wurde deutlich, dass jemand auf liebevolle Details geachtet hatte: Alle Bücher waren streng alphabetisch geordnet, akkurat eingebunden und beschriftet. In einigen Regalen waren kleine Karteikästen ohne Deckel zu sehen. Alma blickte in einen hinein und zog eine Karteikarte heraus.

Mit sorgsamer Handschrift hatte jemand darauf eingetragen:

Charles Baudelaire (Paris, 9. April 1821–31. August 1867).
Genre: Poesie.
Stil: Romantik und Symbolismus.
Wegen seines Lebens am Rande der Gesellschaft und seiner Exzesse zählt er zu den sogenannten »verdammten Dichtern«. Zu seinen bekanntesten Werken gehören Die Blumen des Bösen, Das künstliche Paradies *und* Kleine Gedichte in Prosa.

Alma legte die Karte zurück und ging ein paar Buchstaben weiter. Dort stieß sie auf Dante, und neben einer alten Ausgabe der *Göttlichen Komödie* lag ein zusammengefaltetes Blatt Papier. Alma konnte nicht widerstehen und faltete es auseinander. Darauf stand:

Vergiss nicht, dass Dante, um ins Paradies zu kommen, zuerst durch die Hölle und dann durch das Fegefeuer gehen musste. Nur wenn man die Sünder, die Büßenden und die guten Menschen kennt, bietet sich einem das Leben in all seinen Facetten.

Eine Bibliothekarin mit Hang zur Philosophie, dachte Alma. Eine philosophische Bibliothekarin, die sich rarmachte. Sie war nun schon über eine halbe Stunde zu spät.

Alma ließ Dante hinter sich und ging weiter zu Kafka. Von dem in Prag geborenen Autor waren vier Bücher vorhanden: *Der Prozess, Das Schloss, Briefe an Milena* und *Die Verwandlung.* Sie hatte nur die letzten beiden gelesen. Neben den Büchern lag eine kleine Pappschachtel. Sie öffnete sie, und zu ihrer Überraschung fand sie einen Plastikkäfer darin. Als sie ihn umdrehte, sah sie, dass ein Etikett an ihm befestigt war, auf dem der Name Gregor Samsa stand. Sie legte den Käfer zurück in die Schachtel und griff nach dem Buch, in dem es um das ging, was den gleichnamigen Protagonisten ereilte:

Als Gregor Samsa eines Morgens aus unruhigen Träumen erwachte, fand er sich in seinem Bett zu einem ungeheuren Ungeziefer verwandelt.

Diese Bibliothek ist ein Ort voller Überraschungen, stellte Alma beglückt fest. Und sie war bereit, sie alle zu entdecken. Sie wollte gerade ihren Erkundungsgang fortsetzen, als sie hinter sich eine Tür schlagen hörte. Sie hielt den Atem an. Niemand außer Álex wusste, dass sie hier war. Niemand außer Álex und Margot, korrigierte sie sich. Hatte die Bibliothekarin endlich die Güte zu erscheinen? Die Kirchenglocken läuteten: Es war Viertel vor sechs.

»Señora Margot?«, fragte sie in den leeren Raum hinein.

Als einzige Antwort knallte es erneut.

Unwillkürlich und mit wachsendem Unbehagen streckte Alma die Hand aus, um nach etwas zu greifen, mit dem sie sich wappnen konnte. Doch an diesem Ort gab es nichts als Bücher. Sie nahm in jede Hand eines und überflog mit dem Reflex der passionierten Leserin die Titel: *Cantos íberos* von Gabriel Celaya, den offenbar jemand nicht richtig eingeordnet hatte, und *Der schwarze Kater* von Edgar Allan Poe.

Das Geräusch der schlagenden Bibliothekstür ließ sie erneut den Atem anhalten.

Sie trat hinter das Regal zurück und begab sich in Wurfposition, um ihren literarischen Angriff möglichst effektiv zu gestalten. Wer auch immer es auf sie abgesehen hatte, irrte sich gewaltig, wenn er glaubte, sie einfach so überfallen zu können.

»Stell dir vor …«

Bevor Álex seinen Satz zu Ende sprechen konnte, sah er sich einer Attacke von fliegenden Büchern ausgesetzt. Überrascht gelang es ihm, dem ersten auszuweichen, das zweite streifte ihn an der Schulter.

»He! Was soll das?«

»Ich wusste ja nicht, dass du es bist …«, rief Alma aufgeregt.

»Klar, du hast ja auch deine Geschütze abgefeuert, bevor ich auch nur den Mund aufmachen konnte«, verteidigte er sich, während er sich bückte, um die Bücher vom Boden aufzuheben.

»Das hast du dir selbst zuzuschreiben, du Witzbold, so wie du mit den Türen geknallt hast! Du hast mir Angst gemacht! War das deine Absicht? Zuerst habe ich gedacht, dass diese Margot endlich gekommen ist, und habe ihren Namen gerufen, aber es hat niemand geantwortet, deshalb …«

»Hätte dir ein Miau gereicht?«, fragte Álex und trat auf sie zu, wobei er anklagend die Bücher hochhielt.

»Ein Miau?«

»Was ich dir gerade sagen wollte, als du dreihundert Buchseiten auf mich abgefeuert hast, war, dass sich eine Straßenkatze in die Bibliothek geschlichen hatte.« Álex lachte. »Hast du sie nicht bemerkt? Als ich die Tür geöffnet habe, ist sie herausgeschossen, als wäre der Teufel hinter ihr her.«

Álex warf einen kurzen Blick auf die Bücher, bevor er sie zurück ins Regal stellte. »Eine gute Wahl. Weißt du überhaupt, welches Gedicht in Celayas *Cantos íberos* enthalten ist?«

Alma schüttelte den Kopf.

»›Poesie ist eine Waffe …‹«

»›… mit Zukunft beladen‹«, vollendete Alma den Vers.

»Hast du schon mal von jemandem gehört, der von der Zukunft erschlagen wurde?«, fragte Álex und kniff ihr zärtlich in die Wange.

Sie schüttelte den Kopf. »Allmählich glaube ich, dass mir hier jemand eine Falle gestellt hat.«

»Margot?«

»Nein, du«, erklärte Alma augenzwinkernd.

»Ich?«

»Um hier mit mir allein zu sein. Mit den Schriftstellern als einzigen Zeugen.« Alma wandte sich einem der Regale zu und ließ den Blick über den Namen des Dichters schweifen, dessen Werke hier alle versammelt waren. *Othello, Hamlet, Ein Sommernachtstraum ...*

»Von denen die meisten bereits verstorben sind«, fügte sie lachend hinzu. »Die werden dich wohl kaum verraten.«

Zwischen den Büchern hindurch sah sie Álex' Gesicht, das ziemlich rot geworden war.

Wie in der Nacht in der Kapelle. Alma fragte sich erneut, wann er sie endlich küssen würde. In Porvenir schienen die Uhren wirklich langsamer zu gehen.

Als die Kirchenglocken sieben Uhr schlugen, saßen sie beide einträchtig in den Sesseln der kleinen gemütlichen Leseecke im hinteren Teil der Bibliothek. Álex schrieb fleißig mit, während Alma Themen für den zukünftigen Leseclub vorschlug.

»Aus Erfahrung kann ich dir sagen, dass der Club sich von Vornherein auf einen bestimmten Themenbereich festlegen sollte. Sonst geht zu viel Zeit mit der Suche nach einem geeigneten Autor oder einem geeigneten Buch verloren«, erklärte Alma und erzählte gleich darauf, was mit dem ersten Leseclub passiert war, den sie an der Uni gegründet hatte.

»Am Ende des Semesters hatten sich zwei Gruppen gebildet: die einen, die nur über Werke von lebenden Autoren sprechen wollten, weil sie der Meinung waren, dass man so vielleicht noch erfuhr, ob man die richtigen Schlüsse gezogen hatte, und die anderen, die sich ausschließlich bereits verstorbenen Schriftstellern widmen wollten, weil sie es vorzogen, Werke zu analysieren, die keiner Veränderung mehr unterliegen konnten.«

»Ich habe nichts dagegen, die Themen vorher einzugrenzen«, meinte Álex. »Aber wie? Sich auf einen Autor festzulegen erscheint mir auf Dauer etwas langweilig.«

»Vielleicht auf ein Land? Oder einen Kontinent?«, schlug Alma vor.

»Wirklich überzeugt bin ich nicht. Denn in dem Fall müssten wir uns für eins der üblichen Länder entscheiden, weil sonst niemand mitmacht. Oder glaubst du, dass sich in Porvenir viele Mitglieder für einen Leseclub finden lassen, in dem die malayische Dichtung oder das afghanische Theater analysiert werden?«

Beide brachen in Gelächter aus.

»Ich fürchte, weder in Porvenir noch in Mastán oder ... Wahrscheinlich ist es schwer, überhaupt jemanden zu finden, der sich für so etwas interessiert.«

»Das Beste wäre wahrscheinlich, wenn wir uns auf ein literarisches Genre konzentrieren«, schlug Álex vor. »Was meinst du?«

»Eine hervorragende Idee!«

»So einfach?«

»Bitte?«

Er zwinkerte ihr zu und meinte: »Nun ja. Du wirkst nicht gerade wie jemand, der anderen so einfach recht gibt.«

Ein weiteres Buch aus der Bibliothek von Porvenir flog durch die Luft. *Warten auf Godot* von Samuel Beckett. Álex fing es geschickt auf und öffnete es auf irgendeiner Seite. Ein paar Minuten lang las er schweigend.

»Ich fühle mich inzwischen auch ein bisschen so wie Estragon und Wladimir«, sagte er dann.

Alma sah ihn fragend an.

»›Es geschieht nichts. Keiner kommt, keiner geht, es ist schrecklich![6]‹«, zitierte Álex.

»Wie sieht es denn mit der Bibliothekarin aus? Kommt die noch? Was meinst du? Immerhin ist es schon sieben.«

»Ganz bestimmt. Margot ist eigentlich immer sehr zuverlässig.« Als seien ihm selbst Zweifel gekommen, hatte Álex den zweiten Satz ziemlich leise gesagt.

»Immerhin ist diese Bibliothek ein angenehmerer Ort, um die Nacht zu verbringen, als die Kapelle, findest du nicht? Hier ist es jedenfalls deutlich wärmer«, scherzte Alma in dem Versuch, Álex zu animieren, sie erneut in die Arme zu nehmen, allerdings erfolglos.

»Stimmt, es ist wärmer«, entgegnete er nur. »Und wir können konkrete Pläne für den Leseclub machen ... Deswegen sind wir ja schließlich auch hergekommen.«

»Na, dann teilen wir uns doch das Feld, das wir bearbeiten müssen, auf. In zehn Minuten treffen wir uns wieder hier, jeder mit Vorschlägen zu einem Genre und ein paar Büchern«, schlug Alma enttäuscht vor und erhob sich.

Beide widmeten sich schweigend ihrer Aufgabe, bis Alma plötzlich einen überraschten Schrei ausstieß.

»Das gibt's ja nicht!«

»Was ist?«, fragte Álex, der gerade auf einer Bibliotheksleiter im Bereich »Reiseliteratur« stand.

»Komm her, dann zeige ich es dir.«

Alma hatte in der Nähe der Kellertür einen Hängeregisterschrank aus Metall entdeckt, wie man sie aus alten Detektivfilmen kannte. Normalerweise wurden in solchen Schränken immer nur streng geheime Dokumente oder ultimative Beweise aufbewahrt, doch was versteckte eine Bibliothekarin auf dem Land in einem solchen, mehr als eineinhalb Meter hohen Ungetüm?

Nach kurzem Zögern öffnete Alma die unterste Schublade. Und wie es aussah, hatte tatsächlich schon lange niemand mehr dort hineingesehen: Ein Wust an Papieren, Rechnungen, Zeitungsausschnitten und Buchhaltungsunterlagen quoll ihr entgegen. Zwischen all dem Papierkram fiel ihr ein Briefumschlag mit einigen sehr bunten Briefmarken auf. Die Bezeichnung des

Empfängers war ziemlich originell: *An den Ort Porvenir (Spanien, Europa).* Sie nahm den Umschlag heraus, und als sie den Absender sah, wurde sie noch neugieriger: *Porvenir (Chile, Südamerika).*

»Aber was machst du denn da? Margot wird sich fürchterlich aufregen!«, rief Álex aus, als er das Chaos sah, das Alma angerichtet hatte.

»Wenn diese Margot überhaupt existiert«, entgegnete Alma, die sich inzwischen auf dem Fußboden niedergelassen hatte.

»Jetzt mal im Ernst: Was soll das? Was ist das alles?«

»Nun hör auf rumzumeckern. Setz dich lieber, ich zeig es dir. Das habe ich alles in diesem Umschlag hier gefunden. Keine Sorge, ich lege gleich alles sorgfältig zurück, damit es dort weitere anderthalb Jahrhunderte vor sich hin gammelt …«

Alma begutachtete eine alte Landkarte und hob den Blick, als Álex sich zu ihr hockte.

»Guck mal hier! Diese Karten sind mindestens hundert Jahre alt.«

Erstaunt sah Álex auf die vergilbte Karte, die Alma ihm hinhielt und die er gleich erkannte. Im Osten ein großer Ozean. Im Westen eine langgezogene bergige Küste. Im Zentrum eine Landzunge, die weit im Süden in einem kleinen Punkt endete. Wasser, Inseln und jenseits davon das Ende der Welt. Mehrere geographische Bezeichnungen fielen ihm ins Auge: *Patagonien, Feuerland, Anden, Beagle-Kanal, Navarino-Insel, Antarktisterritorium …* Doch es waren nur zwei Ortschaften eingetragen: Punta Arenas und, nur wenige Kilometer davon entfernt, eine weitere, noch viel kleinere, deren Namen ihm für einen Augenblick den Atem verschlug.

»Porvenir? Da steht *Porvenir*?!«

»Genau. Du großer Patagonien-Experte! Hast du etwa nicht gewusst, dass es auf der anderen Seite des Ozeans auch ein Porvenir gibt?«

Álex schüttelte den Kopf, während er mit der Hand vorsichtig über die alte Landkarte strich. Seine Augen glänzten, und

Alma wusste, dass er sich in diesem Moment an einem weit entfernten Ort befand. Sie war sich sicher, dass ihr Freund gerade durch die Straßen jenes viel weiter südlich gelegenen Porvenirs spazierte, den Geruch des Meeres einatmete und den eisigen Südwind spürte. Schweigend beobachtete sie ihn und wartete auf seine Rückkehr in die Realität.

Er sieht unwiderstehlich aus, wenn er auf Reisen ist!, dachte sie und sehnte sich danach, dass er sie umarmte und mitnahm, wohin es ihn auch zog. Doch so zurückhaltend, wie er war, würde das wohl nie passieren. Sie seufzte, bevor sie schließlich sagte:

»Dieses Schreiben hier erklärt jedenfalls, warum sich der Umschlag im Archiv der Bibliothek befindet.« Sie reichte ihm ein Dokument mit vielen Stempeln.

Álex las es schweigend. Danach hob er den Blick und sah Alma an.

»Eine Städtepartnerschaft.«

Die Feierlichkeit, mit der er das sagte, amüsierte sie.

»Eine Städtepartnerschaft«, wiederholte er, während er einige der Schwarzweißfotos aufhob, die auf dem Boden lagen.

Hohe Berge, bunt gestrichene Holzhäuser, unbefestigte Wege. Das war der Anblick des fernen Ortes, der sich ihm bot. Und dazu die Einwohner, die dort lebten: Kinder, alte Leute und Hunde, die nicht viel anders aussahen als die Bewohner von Porvenir. Abgesehen davon, dass sie alle ein wenig kleiner und dunkelhaariger waren.

»Hier steht, dass das südamerikanische Porvenir um 1883 zur Zeit des Goldrauschs entstanden ist. Es wurde zunächst von europäischen Einwanderern bewohnt, die dem Ruf des Goldes gefolgt sind. Und wie es aussieht …« Alma machte eine mysteriöse Pause.

»Und … was?«

»Wie es aussieht, gab es schon einmal jemanden hier im Dorf, der vom Reisen in die Ferne träumte!«

»Was willst du damit sagen?«

»Na ja, unter den Europäern, die damals in diese unwirtliche Gegend kamen, muss auch jemand aus Porvenir gewesen sein. Deswegen kam es zu der Städtepartnerschaft. Der Mann fand tatsächlich Gold, und auch wenn er niemals nach Porvenir zurückkehrte, hat er sich immer gern an seinen Heimatort erinnert, sodass seine Nachfahren schließlich die Partnerschaft beantragt haben.«

Alma schwieg. Mit einem Mal kam ihr der Gedanke, dass die Geschichte ihrer Großmutter Luisa und die dieses unbekannten Auswanderers sich ähnelten. Beide hatten ihre Heimat verlassen, die eine aus Liebeskummer, der andere vielleicht aus wirtschaftlicher Armut, und beide hatten sich bis zum Ende ihres Lebens an Porvenir erinnert. Was hatte dieser Ort mit seinen Wäldern und verwinkelten Steinhäuschen bloß an sich, dass man ihn für immer im Herzen bewahrte? Etwas, was allmählich auch sie zu spüren begann.

»Hallo? Ist jemand da?«

Eine Stimme hallte durch die Bibliothek.

»Ja, wir sind hier!«, rief Álex und begrüßte eine rothaarige Frau. »Hallo, Sara, was machst du denn hier?«

Alma erstarrte. Sara? Sara, die Briefträgerin? So viele Saras konnte es in einem kleinen Ort wie Porvenir wohl nicht geben, sagte sie sich, als die Frau mit den roten Haaren auf sie zukam. Aus der Nähe betrachtet, sah sie viel kleiner aus als damals vom Fenster aus.

»Hallo Álex«, sagte Sara und nickte auch Alma lächelnd zu.

»Wir warten eigentlich auf Margot. Wir waren verabredet, aber ...«, erklärte er mit einem Blick auf die Unordnung, die sie in wenigen Stunden in der Bibliothek angerichtet hatten.

»Deswegen bin ich hier. Die Arme hat mich eben angerufen. Sie hat einen Hexenschuss und kann sich kaum rühren. Sie lässt sich tausendmal entschuldigen, weil sie es nicht geschafft hat, hierherzukommen, um euch zu treffen ...«

Als wäre ihr plötzlich etwas eingefallen, brach Sara ab. Sie musterte Alma, die immer noch auf dem Fußboden saß.

Aha, sagte sie sich, das ist also der Grund, warum mein Freund Álex in letzter Zeit so glücklich wirkt.

»Ich glaube, ich habe mich noch gar nicht richtig vorgestellt … Ich bin Sara.«

Alma schluckte. Sie kannte diese freundliche Frau nur zu gut: Sie war in Porvenir geboren, hatte drei Söhne und war die einzige Briefträgerin hier im Ort, in dem es vielleicht bald kein Postamt mehr geben würde.

Wenn du wüsstest …, hätte sie gern gesagt.

»Ich bin Alma«, sagte sie stattdessen.

Álex reichte ihr die Hand, um ihr beim Aufstehen zu helfen. Für einen kurzen Moment hatte Alma den Eindruck, dass ihn die Szene amüsierte. Was war daran so witzig?, fragte sie sich. Wie hätte sie auch wissen sollen, dass ihr Freund von der Existenz der Briefkette wusste und sogar an ihr beteiligt war.

»Nun haben wir noch gar nicht den Kellerraum besichtigt«, sagte Álex. »Hat dir Margot erzählt, warum wir hier sind?«

»Nein, mein Lieber, aber ich schätze, es hat mit Büchern zu tun. Sie hat mich jedenfalls gebeten, euch auszurichten, dass sie einverstanden ist. Ihr wüsstet schon, worum es geht.«

»Wir wollen einen Leseclub gründen«, erklärte Álex, und Alma nickte.

»Was für eine gute Idee!«

Die beiden jungen Leute sahen sich an und hatten den gleichen Gedanken. In weniger als zehn Minuten hatten sie die Briefträgerin überzeugt, dem Literaturclub beizutreten.

»Nun bin ich also ganz offiziell das erste Mitglied des Leseclubs von Porvenir«, sagte Sara stolz. »Das gefällt mir. Aber jetzt muss ich weiter, ihr Lieben.«

Alma und Álex lächelten. Ihr Projekt nahm konkrete Gestalt an. Sie hatten einen Raum und bereits das erste Mitglied für ihren Club gefunden. Nun mussten sie sich mit der Themenfindung beeilen. Plötzlich stieß Alma Álex mit dem Ellbogen an und eilte zu einem der Regale.

»Ich hab's!«, sagte sie aufgeregt und reichte Álex das Buch, das sie soeben herausgezogen hatte. »Es ist perfekt.«

»*Briefe an Milena*?«

»Ja! Ein Leseclub zum Thema ›Briefe‹. Das passt doch wunderbar, findest du nicht?«

Sie sah ihn an, und für einen Moment war Álex davon überzeugt, dass sie ihm nun von der Sache mit der geheimen Briefkette erzählen würde, von dem Versuch, Sara zu retten, und von ihrem Brief an Mara Polsky, die Dichterin. Doch stattdessen sagte sie nur: »Es war Sara, die mich auf die Idee gebracht hat. Sie ist doch hier die Briefträgerin, oder? Und ich liebe Bücher, in denen es um Briefe geht. An der Uni habe ich mal einen Kurs zu diesem Thema belegt. Das wird uns bei der Vorbereitung helfen.«

Álex nickte. Ohne dass sie es gemerkt hatten, war es spät geworden. Es war Zeit, nach Hause zu gehen. Sorgfältig schlossen sie die Tür der Bibliothek ab und traten auf die Straße.

Bevor sie sich verabschiedeten, fragte Álex: »Möchtest du die *Briefe an Milena* mitnehmen, um das erste Treffen des Clubs vorzubereiten?«

»Ich kenne das Buch beinah auswendig. Lies du es lieber.«

»Du bist aber ziemlich anmaßend … auswendig …«

Álex öffnete das Buch aufs Geratewohl. Er räusperte sich, bevor er sich von dem gefangen nehmen ließ, was vor beinah hundert Jahren Franz Kafka an die Journalistin Milena Jesenská geschrieben hatte:

»Menschen haben mich kaum jemals betrogen, aber Briefe immer, und zwar auch hier nicht fremde, sondern meine eigenen. Es ist in meinem Fall ein besonderes Unglück, von dem ich nicht weiter reden will, aber gleichzeitig auch ein allgemeines. Die leichte Möglichkeit des Briefeschreibens muss – bloß theoretisch angesehn – eine schreckliche Zerrüttung der Seelen in der Welt gebracht haben. Es ist ja ein Verkehr mit Gespenstern, und zwar nicht nur mit dem Gespenst des Adressaten, sondern auch mit dem eigenen Gespenst, das sich einem unter der Hand in

dem Brief, den man schreibt, entwickelt oder gar in einer Folge von Briefen, wo ein Brief den andern erhärtet und sich auf ihn als Zeugen berufen kann. Wie kam man nur auf den Gedanken, dass Menschen durch Briefe miteinander verkehren können! Man kann an einen fernen Menschen denken und man kann einen nahen Menschen fassen, alles andere geht über Menschenkraft.«

»*Briefe schreiben aber heißt, sich vor den Gespenstern entblößen, worauf sie gierig warten*«, zitierte Alma aus dem Gedächtnis.

Sie sah Álex eindringlich an und suchte in seinen grünen Augen nach dem Ausdruck seiner Seele, der Gewissheit, dass das, was sie zu tun im Begriff war, das Richtige wäre.

»*Geschriebene Küsse kommen nicht an, sondern werden von den Gespenstern auf dem Wege ausgetrunken*«, fügte sie schüchtern hinzu.

Langsam näherte sie sich ihm. Sie konnte spüren, dass sein Atem schneller ging. Ihre Blicke verschmolzen miteinander, und bevor Álex sie wieder auseinanderreißen konnte, drückte Alma ihre Lippen auf die seinen.

Sekunden später rannte sie die Straße hinauf und ließ einen äußerst erstaunten jungen Mann zurück.

»Den haben sie nicht getrunken. Der hat sein Ziel erreicht!«

21

Rate, wer nach Porvenir kommt

Es ist besser, voller Hoffnung zu reisen, als anzukommen.
JAPANISCHES SPRICHWORT

Sara hob die rechte Hand.

Sie betrachtete sie unwillig. Sämtliche Nägel waren abgebissen. Nicht dass das ihren Schönheitssinn gestört hätte, doch sie ärgerte sich, dass sie so nervös war. Gerade als sie anfing, auf dem Zeigefinger der linken Hand herumzubeißen, klingelte es an der Haustür.

Wer konnte das sein, an einem Montagabend um elf? Ihre Kinder schliefen bereits. Beinah ganz Porvenir schlief.

Noch eine aufregende Nachricht?, fragte sie sich, während sie aufstand, um die Tür zu öffnen. Nein danke, mehr als eine pro Tag ist eindeutig zu viel für mein armes Herz!

»Rosa? Bitte komm doch rein! Was machst du denn da in Bademantel und Pantoffeln im Treppenhaus? Ist etwas passiert?«

»Genau das wollte ich dich fragen: Ist etwas passiert?«, entgegnete die alte Dame, während sie mit der Gewohnheit der vielen Jahre, die sie freundschaftlich verband, in Richtung Küche ging.

»Wie meinst du das?«, fragte Sara überrascht.

Ja, es war einiges passiert, oder, besser gesagt, eine ganz große Sache, aber wie konnte ihre Nachbarin das erahnen?

»Sarita, meine Liebe, jeden Abend um neun kommst du noch einmal bei mir vorbei … Um neun habe ich gedacht, dass deine Jungen vielleicht noch nicht brav in ihren Betten liegen. Um zehn habe ich mir gesagt, dass du sicher telefonierst, wie es ja in letzter Zeit häufiger vorkommt, aber um elf bin ich zu dem Schluss gekommen, dass … etwas passiert sein muss! Deswegen bin ich hier.«

Sara betrachtete Rosa, die besorgt zu ihr herübersah und auf eine Antwort wartete. Es rührte sie, wie die alte Dame in ihrem flauschigen rosafarbenen Bademantel da so an ihrem Küchentisch saß, und sie fragte sich, was sie ohne diese Frau und ihre aufrichtige Liebe wohl tun würde, während sie in der Mikrowelle eine Tasse Milch mit einem Löffel Honig erwärmte, wie die Freundin sie so gern trank.

»Aber das ist doch eine wunderbare Nachricht! Warum erzählst du sie mir mit einer solchen Leichenbittermiene?«

Rosa wirkte wie ein kleines Mädchen, das vor Freude in die Hände klatschen wollte.

»Ach, ich weiß auch nicht … Ich glaube nicht, dass …«, murmelte Sara.

»Was glaubst du nicht?«, fragte Rosa, bevor sie einen Schluck von ihrer Milch trank. »Also ich kann absolut nichts Negatives daran finden.«

Sara beneidete sie ein wenig. Wenn sie die ganze Sache doch auch so zuversichtlich sehen könnte! Seit sie die Neuigkeit erfahren hatte, war sie von einer ungeheuren Unruhe erfasst. Und auch jetzt noch, nachdem sie drei Kopfschmerztabletten genommen hatte, hatte sie das Gefühl, dass sich alles um sie herum drehte.

Der Grund ihrer Nervosität war eine E-Mail, die sie am Nachmittag erhalten hatte. Sie war gerade im Postamt gewesen und hatte Karol nicht aus den Augen gelassen. Allmählich machte sie sich Sorgen, denn es war bereits über eine Woche her, dass sie ihr den Brief geschickt hatte, und bislang hatte die junge Frau, die das Postamt putzte, die Briefkette noch nicht fortgesetzt. Warum? Sara konnte sich keinen Grund vorstellen. Und ein Irrtum war ausgeschlossen: Sie wusste, dass Karol den Brief bekommen hatte, denn sie selbst hatte ihn ihr ja zugestellt. Und da sie diejenige war, die in Porvenir den Briefkasten leerte, wusste sie auch, dass Karol keinen Brief eingeworfen hatte.

Daran dachte sie gerade, als diese merkwürdige Mail in ihrem Posteingang landete. Beinah hätte sie sie gleich wieder gelöscht, da sie auf Englisch geschrieben war. Sie hatte schon mehr als einmal Probleme mit Viren gehabt. Doch dann war die Neugier größer gewesen. Sie verstand nicht alles, was in der Mail stand, aber es war eindeutig, dass es sich um die Bestätigung einer Flugbuchung handelte. Sie enthielt kein Datum, dafür einen Abflug- und einen Ankunftsort:

Von Bergen nach Madrid.

Obwohl sie den Namen dieser fremden Stadt noch nie gehört hatte, wusste sie gleich, dass es sich um einen Ort in Norwegen handeln musste. Wo sonst? Ein seltsames Kribbeln stieg in ihr auf.

Bis sieben Uhr abends hatte sich CASTAWAY 65 nicht im Chat gemeldet. Dann hatte er ihr erklärt, dass »die Neuen« angekommen seien, die die Belegschaft der Bohrinsel während der Ferien vertreten sollten, und dass es deswegen in diesen Tagen keine geregelten Arbeitszeiten gebe. Die Neulinge würden nun von den Veteranen eingearbeitet und dürften keinen Moment aus den Augen gelassen werden.

CASTAWAY 65: Aber am Ende hat sich meine Geduld gelohnt. Der Grünschnabel macht seine Sache schon recht ordentlich, den bin ich jetzt erst mal für eine Weile los.

SARA: Grünschnabel? Sehr nett!

CASTAWAY 65: Es ist wirklich nett gemeint. Ich muss ihm alles gut beibringen, denn er wird mich für ein paar Wochen ersetzen ... Er muss gerade so viel lernen, dass er überleben kann, aber nicht so viel, dass er besser wird als ich und am Ende meinen Job bekommt.

Bis zu diesem Zeitpunkt war sich Sara noch nicht sicher gewesen, ob die Mail vom Nachmittag nicht doch ein Irrläufer gewesen war. Vielleicht ging es gar nicht um Fernando, sondern um irgendeinen anderen Norweger, der im Urlaub nach Spanien reisen wollte. Schließlich verbrachten viele Skandinavier ihre Ferien am warmen Mittelmeer … Darüber hatte sie nachgedacht, als CASTAWAY 65 um kurz nach sieben ihre Vermutung bestätigte, die sie sich bis dahin verboten hatte, in Worte zu fassen …

CASTAWAY 65: Hallo? Bist Du noch da? Hat es Dir die Sprache verschlagen?

SARA: Willst Du mir nicht noch etwas anderes sagen?

Sie hatte beschlossen, dass es besser war, direkt zum Punkt zu kommen. Sie wollte keine Spielchen spielen. Nicht mit beinah vierzig Jahren.

CASTAWAY 65: Ich dachte eigentlich, dass Du mir etwas sagst …

SARA: Ich?

CASTAWAY 65: Nun ja … Hast Du denn heute nicht eine Überraschung vorgefunden? Ich würde gern denken, dass Du Dich gefreut hast. Aber aus Deiner Reaktion schließe ich eher …

SARA: Bitte zieh keine voreiligen Schlüsse!

CASTAWAY 65: Hmm … Soll das heißen, dass …

SARA: Ich weiß nicht. Ich möchte lieber nichts dazu sagen. Noch nicht.

CASTAWAY 65: Aha …

SARA: Ich habe eine Flugbuchung gesehen, von Bergen nach Madrid.

CASTAWAY 65: *Ja. Das hast Du richtig erkannt.* ☺

SARA: Aber ich weiß nicht, was es bedeutet.

CASTAWAY 65: Es bedeutet, dass ich, Fernando, ein Boot besteigen werde, um damit zur norwegischen Küste zu fahren. Von dort fahre ich mit dem Bus nach Bergen. Und von Bergen aus fliege ich nach Madrid.

Der Bildschirm war leer. Saras Finger auf der Tastatur zitterten, und sie war nicht mehr in der Lage, irgendetwas zu schreiben. Sie wollte nicht ungeduldig erscheinen, aber eines wollte sie dennoch unbedingt wissen: Würde Fernandos Reise in Madrid enden?

CASTAWAY 65: Und wenn es für Dich in Ordnung ist, also wenn Du möchtest ...
SARA: Ja.

Ihre Finger hatten die beiden Buchstaben ganz von allein getippt. Wie konnten sie sich nur eine solche Eigenmächtigkeit erlauben!

CASTAWAY 65: Na, dann ist ja alles klar.
SARA: Alles klar?
CASTAWAY 65: Wir sind also verabredet.
SARA: Wie?
CASTAWAY 65: Du hast doch Ja gesagt.
SARA: Wozu?
CASTAWAY 65: Du hast mich ja nicht ausreden lassen. Ich wollte Dich gerade fragen, ob Du mit mir essen gehen möchtest. Wenn ich mich recht erinnere, hast Du mir vor Kurzem angeboten, mich zu einem romantischen Abendessen einzuladen.
SARA: Nein, ich ...
CASTAWAY 65: Ist schon gut ... Ich bezahle. Aber Du entscheidest, wo wir hingehen. Denn ich fürchte, dass ich nach all den Jahren nicht mehr weiß, welches Restaurant in Porvenir gerade angesagt ist.
SARA: In Porvenir gibt es keine angesagten Restaurants.

CASTAWAY 65: Für jemanden, der die letzten sechs Monate auf einer Bohrinsel zwischen Maschinen und ölverschmierten Kollegen verbracht hat, ist jedes Restaurant ein glamouröser Ort. Das kann ich Dir versichern!

Sara spürte einen Knoten im Magen.

Ohne sich zu verabschieden, stand sie vom Schreibtisch auf. Sie ging ins Bad und betrachtete sich im Spiegel. Auf einmal wurde ihr bewusst, wie viele Jahre vergangen waren, ohne dass sie es gemerkt hatte. Und nun verlor ihr Haar an Farbe, und sie hatte plötzlich Angst. Und doch konnte sie, wenn sie genau hinsah, in ihren dunklen Augen einen Funken Hoffnung entdecken.

Nach einer halben Ewigkeit hatte sie wieder eine Verabredung. Eine Verabredung mit einem Mann, der aus dem hohen Norden zu ihr kam, um mit ihr zu Abend zu essen. Nicht mehr und nicht weniger. Sie würde noch genug Zeit haben, deswegen beunruhigt zu sein. Jetzt wollte sie diese angenehme Überraschung erst einmal genießen.

Als sie sich wieder an den Schreibtisch setzte, stand im Chat noch immer derselbe Satz wie in dem Moment, als sie aufgestanden war.

SARA: Und wann genau sehen wir uns?

Schweigen.

SARA: Wann kommst Du?

Keine Antwort. Offensichtlich war CASTAWAY 65 bereits wieder mit seinem Grünschnabel beschäftigt.

22

Die Liste

Um einen guten Liebesbrief zu schreiben, musst du anfangen,
ohne zu wissen, was du sagen willst, und enden, ohne zu wissen,
was du gesagt hast.

JEAN-JACQUES ROUSSEAU

»Die Liste ist deine Sache.«

»Aber du hast gesagt, dass du mir bei dem Leseclub hilfst …«

»Na, was mach ich denn sonst hier in deiner Küche, du Schlaumeier? Da fallen mir tausend schönere Orte ein, wo ich meine Zeit verbringen könnte …«

»Besten Dank.«

Alma seufzte verzweifelt.

Seit dem Tag, an dem sie in der Bibliothek gemeinsam auf Margot gewartet hatten, war Álex besonders empfindlich. Und Alma verstand nicht, warum. Hatte sie ihn mit dem Kuss vor den Kopf gestoßen? Dabei war es doch ein ganz harmloser Kuss gewesen! Wie konnte ein derartiges Zeichen der Zuneigung jemandem unangenehm sein? Am liebsten würde ich dich gleich noch mal küssen!, drohte sie ihm schweigend. Aber so schüchtern, wie er war, traute sie sich nicht. Auf keinen Fall wollte sie ihn zu sehr bedrängen. Ganz offensichtlich hat Álex nicht gerade viel Erfahrung in diesen Dingen. Wenn er mich nicht ständig mit Blicken verschlingen würde, würde ich denken, dass ich nicht sein Typ bin, dachte sie und lächelte versöhnlich.

»Nun sei nicht so empfindlich! Ich bin gern gekommen. Das hab ich dir doch schon gesagt, als du angerufen hast. Wenn die

Pflegerin, die sich um deinen Vater kümmert, einen Arzttermin hat, ist es für mich kein Problem, mich hier mit dir zu treffen.«

»Kein Problem.«

»Bitte?«

Alma beobachtete Álex, der sich mit dem Rücken zu ihr mit der Kaffeemaschine abmühte.

Er machte nicht den Eindruck, als hätte er etwas gesagt, dabei hatte sie genau gehört, dass er die beiden Worte wiederholt hatte.

»Kein Problem.«

Schon wieder.

Álex drehte sich um und starrte so entsetzt in ihre Richtung, dass auch Alma sich umwandte. Sie stieß einen Schrei aus. Direkt über ihr schwebte das Gesicht eines alten Mannes. Hatte er etwa an ihrem Haar gerochen?

»Papa!«, rief Álex, während er zu dem alten Mann im karierten Pyjama hinüberstürzte.

Er fasste ihn am Ellbogen und versuchte vergeblich, ihn wegzuziehen.

Mauricio war größer und von breiterer Statur als sein Sohn. Auch wenn seine Augen ins Leere starrten und sein Gesicht mit Falten überzogen war, hatten ihn seine Kräfte noch längst nicht verlassen. Er drückte seinen Rücken gegen die Wand, als wollte er damit sagen: Von hier bewege ich mich keinen Zentimeter weg.

Angesichts des verlegenen Gesichtsausdrucks ihres Freundes, griff Alma ein, um die Situation zu entspannen.

»Guten Tag, ich heiße Alma.«

»Guten Tag«, entgegnete der Mann.

Alma lächelte. Anscheinend hatte Mauricio sie verstanden.

»Ich heiße Alma«, wiederholte er ernst und mit tiefer Stimme.

»Nein, Sie sind Mauricio.«

»Nein, Sie sind Mauricio«, wiederholte er nun und wies auf seinen Sohn.

»Nein. Das ist Ihr Sohn Álex.«

Alma bemühte sich, ein wenig Ordnung in dieses kleine Chaos zu bringen. Schließlich fand auch Álex die Sprache wieder.

»Vergiss es, Alma … Sonst sind wir den ganzen Tag mit nichts anderem beschäftigt. Ich spreche da aus Erfahrung.«

Die Verwirrung, die sich in Almas Gesicht abzeichnete, ließ ihn lächeln. Alma handelte stets mit den besten Absichten, doch meistens ohne vorher darüber nachzudenken. So wie an dem Tag, an dem sie zugesagt hatte, mit ihm gemeinsam die Mondfinsternis anzusehen, ohne sich darüber im Klaren zu sein, dass sie dazu die Nacht in einem alten, verlassenen Gemäuer verbringen musste. Oder als sie ihm vor der Tür der Bibliothek einen Kuss gegeben hatte und dann weggerannt war.

Manche Dinge sollte man sich eben vorher mal durch den Kopf gehen lassen, Alma Mahler, dachte er, während er seinen völlig verwirrten Vater zurück in sein Zimmer brachte.

Alma trug unterdessen die Kaffeekanne und die Tassen hinüber ins Wohnzimmer. Während sie darauf wartete, dass Álex seinen Vater versorgt hatte, erkundete sie ein wenig die Umgebung.

Es ist leider unvermeidlich, dass ich mich ein wenig in deinem Leben umsehe, mein Lieber, denn aus dir selbst ist ja nichts herauszubekommen, dachte sie.

An den Wänden hingen ein paar gerahmte Landschaftsbilder. Die Motive waren leicht wiederzuerkennen. Sie war nun bereits mehrere Monate in Porvenir, und allmählich war ihr die Gegend vertraut. Auf einem der Bilder war die Marien-Wallfahrtskapelle dargestellt. Ein anderes zeigte die Hauptstraße.

Als Nächstes fiel ihr der große Tisch ins Auge, auf dem ein Gesteck aus Trockenblumen stand. So wie er in der Ecke an der Wand platziert war, war deutlich, dass er nicht oft benutzt wurde. Es fiel sofort auf, dass in diesem Haushalt eine weibliche Hand fehlte. Zwar war alles sauber und ordentlich, was bewies, dass sich jemand darum kümmerte, was sie jedoch vermisste, war die Liebe, mit der eine Frau ihr Heim verschönerte.

Sicherlich hatte seit dem Tod von Álex' Mutter in diesem Zimmer kein Abendessen mit Freunden oder Verwandten mehr stattgefunden.

Auf einem niedrigen Tisch gegenüber dem Sofa standen ein paar gerahmte Fotos. Auf dem ersten waren zwei kleine Jungen mit kurzen Hosen und Angelruten zu sehen. Sie erkannte Álex sofort: blond, grüne Augen, schlank. Neben ihm wohl sein älterer Bruder, eine etwas kräftigere Version von Álex.

Sie wandte sich dem nächsten Bild zu. Es war eine Schwarzweißaufnahme. Eine große Menschenmenge umstand ein Paar in Hochzeitskleidung. Aufmerksam betrachtete Alma das Gesicht des jungen Mauricio, der seine frisch angetraute Ehefrau fest im Arm hielt.

Sicher und voller Selbstvertrauen blickte er in die Kamera, so als wolle er der Welt verkünden: Mach dich bereit, denn ich werde dich erobern.

Alma lächelte ein wenig melancholisch, als sie an den verlorenen Blick des alten Mannes dachte. Was war von dieser wunderbaren Entschiedenheit geblieben? Was war in dem von der Krankheit zerfressenen Gehirn noch von dem jungen, verliebten, starken Mauricio vorhanden?

»Sie war wirklich schön, nicht?«

Alma zuckte zusammen. In den Anblick des Fotos einer Frau mit langem blondem Haar versunken, die sorglos in die Kamera lächelte, hatte sie nicht gemerkt, dass Álex ins Wohnzimmer gekommen war.

»Das war Papas Lieblingsbild von ihr. Als meine Mutter starb, hat er alle Fotos von ihr weggetan, damit sie uns nicht ständig an Mama erinnerten. Einige hat er Verwandten geschenkt, andere hat er weggeworfen. Und dieses hier hat er in einem Schuhkarton auf dem Speicher aufbewahrt. Zusammen mit ein paar offiziellen Dokumenten.«

Vorsichtig nahm Álex das Bild in seine Hände. Er betrachtete es, als wäre es das erste Mal seit langer Zeit.

»Ich war so wütend auf ihn, dass ich es versteckt habe. Nach einer Weile hat er angefangen, danach zu suchen. Er war sich sicher, dass er dieses Foto behalten hatte und dass es irgendwo sein musste. Ich habe nichts gesagt.« Er wandte den Blick von dem Foto ab und sah Alma in die Augen. »Ich war ziemlich lange wütend, weißt du.«

Sie nickte. Sie wusste, wovon er sprach. Alma war auch schon seit langer Zeit wütend auf ihren Vater. Vielleicht sogar schon ihr ganzes Leben lang: weil er sich nicht so verhielt, wie sie es sich wünschte; weil er von ihr Dinge erwartete, die sie nicht geben konnte. Jetzt spürte sie einen leichten Stich der Reue. Seit sie hier in Porvenir war, war sie nur einmal, an Weihnachten, bei ihren Eltern gewesen, ansonsten telefonierte sie einmal pro Woche mit ihnen. Mehr Kontakt bestand nicht.

»Als Papa dann krank wurde, hat er mir plötzlich sehr leidgetan. Er hat immer wieder nach meiner Mutter gerufen, hat sie überall gesucht. Wenn ich ihm gesagt habe, er solle sich zum Mittagsschlaf hinlegen, hat er geantwortet, dass er noch warten muss, bis sie vom Einkaufen zurückkommt, um ihr beim Einräumen der Sachen zu helfen. Und wenn wir uns zum Essen hingesetzt haben, hat er mit mir geschimpft, weil ich schon wieder vergessen hatte, auch für Mama zu decken … Und dann wurde er noch verwirrter. Ich wollte ihm etwas von meiner Mutter zurückgeben. Deswegen habe ich das Foto aus dem Versteck geholt und es dort hingestellt, wo du es gefunden hast. Er hat nichts gesagt. Wahrscheinlich bemerkt er die Veränderungen in seiner Umgebung gar nicht mehr, aber …«

Álex stellte das Bild vorsichtig zurück und ließ sich neben Alma auf dem Sofa nieder.

»Aber was?«

»Jeden Tag setzt er sich für eine Weile hierher. Er sieht sie an und spricht mit ihr. Bis vor einiger Zeit hat er ihr noch erzählt, was er den Tag über gemacht hat, was er gegessen hat oder wie es den Pflanzen geht. Inzwischen redet er nur noch sinnloses Zeug. Na ja, für ihn mag es einen Sinn haben. Es ist, als ob es ihn beruhigt, seine eigene Stimme zu hören, während er mit ihr spricht.«

Álex senkte den Blick auf seine Tasse mit dem dampfenden Kaffee. Alma nahm seine Hand, und er entzog sie ihr nicht. Er lehnte sich auf dem Sofa zurück und sah sie an. Offensichtlich wollte er ihr etwas sagen, fand jedoch nicht die richtigen Worte.

Auf eine gewisse Art bist auch du verloren, dachte sie.

Auch Alma lehnte sich zurück. Sie legte den Kopf an seine Schulter und schloss die Augen. Schweigend und sich an den Händen haltend, ließen sie die Minuten vergehen, die ihnen beiden besonders wertvoll erschienen.

»Papa! Was machst du denn schon wieder hier?«

Alma schreckte auf. Als sie die Augen öffnete, sah sie erneut den Mann im Pyjama vor sich, der sie anstarrte und auf eine unbestimmte Stelle zwischen ihr und Álex zeigte. Wollte er sich dort hinsetzen? Wollte er seinen Sohn vor der fremden Frau beschützen?

»Foto«, sagte Mauricio langsam.

Für ihn war es eine große Anstrengung, einen Gedanken oder ein Gefühl so in Worte zu fassen, dass es für andere verständlich war. In den meisten Fällen gab er auf, bevor es ihm gelang, und aus seinem Mund kam nur ein wirres Gestammel.

»Er möchte zu dem Foto sprechen. Ich habe dir ja gesagt, dass er das jeden Tag macht.«

Na schön!, dachte Alma, aber muss das ausgerechnet jetzt sein?

Mauricio zeigte nach wie vor starrsinnig auf die Mitte des Sofas. Álex nahm das Foto und ging zu ihm hinüber. Mit beschwichtigenden Worten geleitete er ihn zu einem Sessel und ermunterte ihn, sich dort niederzulassen.

»Hier ist es besser. Ich hole eine Decke, denn du hast ja nicht mal einen Bademantel an ...«

Am liebsten hätte Alma Álex gebeten, sie nicht mit diesem alten Mann allein zu lassen, der sie unentwegt anklagend ansah, weil sie ihm den Platz weggenommen hatte.

»Wie lange schaut er sich das Foto denn an?«

»Kommt drauf an.«

»Ah«, war das Einzige, was ihr als Erwiderung einfiel.

Das mit ihnen sollte einfach nicht sein, sagte sich Alma. Immer wenn sie sich sicher war, dass Álex sich endlich einen Ruck geben würde, kam irgendetwas dazwischen. Und nun, da dieser Mann ihnen gegenübersaß, hatte seine Gegenwart sie verunsichert und sie waren ein paar Zentimeter voneinander abgerückt.

»Weiter geht's …«, sagte Álex.

Alma sah ihn überrascht an. Meinte er wirklich, dass sie sich wieder an ihn kuscheln und seine Hand nehmen sollte und was immer danach kam?

»Weiter geht's?«, fragte sie ungläubig.

»Ja, mit der Liste. Denn wir haben uns ja verabredet, damit du mir hilfst, sie zu erstellen, oder?«

»Stimmt … aber ich weiß nicht, wie. Schließlich kenne ich niemanden hier … Oder besser: Die wenigen Menschen, die ich kenne, sind bereits Clubmitglieder: Sara und Álex. Das ist mein Beitrag zu der Liste.«

»Bist du sicher, dass du nicht jemanden vergessen hast?«

Seit dem Tag in der Bibliothek war er ein wenig enttäuscht. Sie hatte ihm nicht erzählt, dass sie an der Briefkette beteiligt war. Sie verschwieg ihm, dass sie an Mara Polsky geschrieben hatte und dass auch sie einen Brief von einer Unbekannten erhalten hatte. Warum vertraute sie ihm nicht?

»Ich weiß nicht, was du meinst … Lass mich nachdenken. Nein. Ich habe dir ja schon gesagt, zum Einkaufen gehe ich immer nach Mastán, und im Haus bin ich mutterseelenallein.«

»Ist ja gut … kein Grund zur Beunruhigung!«

»Ich weiß nicht … Der Mann, der dich angefahren und mit deinem Fahrrad vor meiner Haustür hat liegen lassen?«

»Tomás? Oje! Für den ist das gar nichts! Der würde sagen, das ist Weiberkram.« Álex lächelte.

Dann fiel ihm plötzlich etwas ein.

»Tomás nicht, aber wir könnten seine Frau einladen: Hypatia.«

»Ist sie genauso freundlich wie er? Denn ehrlich gesagt …«

»Die beiden sind absolut in Ordnung. An jenem Tag muss Tomás irgendein Problem gehabt haben. Sie sind die Eltern eines meiner besten Freunde …«

Erneut breitete sich ein Schweigen zwischen ihnen aus. Allmählich spürte Alma, wenn Álex etwas auf der Seele lag. Er sprach nie über seine Freunde, weder von früher noch von aktuellen Freundschaften, dies war also eindeutig ein weiteres Tabuthema.

Sie sah zu Mauricio hinüber, der das Foto fest in beiden Händen hielt. Álex hatte viel geopfert, um für diesen Mann da zu sein. Doch sicher ist sein Vater dieses Opfer wert, dachte sie.

»Außerdem ist Hypatia eine hervorragende Köchin. Die beste im ganzen Dorf«, fuhr Álex glücklich fort, als wäre dies ein unschlagbares Argument.

»Und?«

»Na ja, auch wenn sie nicht besonders gut lesen und schreiben kann …«

»Was bei einem Leseclub nicht ganz unerheblich ist, denke ich, ohne dir zu nahe treten zu wollen. Ich weiß schon, dass hier alles ein wenig anders ist, aber …«

»Hypatia könnte immer etwas zu knabbern mitbringen. Außerdem hat sie mit Briefen einige Erfahrung.« Álex setzte eine bedeutungsvolle Miene auf. »Sie bekommt und verschickt welche.«

»Na schön. Das mit den Briefen ist ein Argument. Besser als das mit dem Essen.«

»Wenn du es sagst«, entgegnete Álex, während er den Namen auf die Liste setzte.

»Mara Polsky«, sagte Alma plötzlich und schlug sich an die Stirn. »Wie konnte ich sie nur vergessen!«

»Wen?«

Álex bemühte sich, so zu tun, als hörte er den Namen zum ersten Mal.

»Aber sie können wir nicht einfach so zu unserem Club bitten. Mara Polsky ist jemand ganz Besonderes … Wir könnten sie fragen, ob sie die Schirmherrin des Clubs werden möchte! Wenn sie dann beim ersten Treffen dabei wäre …«, fuhr Alma sinnierend fort. Zu Álex' Überraschung sprang sie plötzlich auf und begann, im Zimmer auf und ab zu gehen.

»Das ist *die* Idee! Es wäre ein toller Anreiz für den Club. Dass ich nicht früher darauf gekommen bin! Natürlich ist sie vor allem Dichterin, aber jemand von ihrer Bedeutung kann sicher auch … Was meinst du?«

»Ich? Wer bitte ist Mara Polsky? Ich habe den Namen noch nie gehört. Wohnt sie denn hier?«

Zögernd gab Alma ihm in wenigen Minuten eine Zusammenfassung von dem, was sie über Mara Polsky wusste: ihre schriftstellerische Karriere, ihre Werke, was sie für sie bedeutete und was sie in Porvenir machte. Am Ende waren ihre Wangen gerötet vor Aufregung.

»Okay, ich habe es verstanden«, sagte Álex ein wenig eifersüchtig darauf, dass jemand anderes eine solche Leidenschaft in Alma wecken konnte.

»Was?«

»Dass du in Mara Polsky verliebt bist.«

»Was für ein Blödsinn!«, entgegnete sie und schlug mit einem Kissen nach ihm.

»Im platonischen oder poetischen Sinne, wie auch immer … Aber du bist hin und weg von ihr. Komm, gib's zu: Du wärst superglücklich, wenn sie bereit wäre, unseren Leseclub zu eröffnen.«

Alma schloss die Augen. »Das wäre traumhaft.«

Zehn Minuten später gingen sie noch einmal die Namen durch, die sie aufgeschrieben hatten. Alma wirkte nicht besonders zufrieden.

»Das ist eine ziemlich kurze Liste: Sara, Hypatia, Alma, Álex …«

»Rosa«, sagte Mauricio, ohne den Blick von dem Foto abzuwenden.

»Was sagst du, Papa?«

»Rosa«, wiederholte er.

Álex sah Alma verblüfft an. Sie zuckte mit den Schultern und hielt ihm die Liste hin.

»Ganz eindeutig möchte er, dass du eine gewisse Rosa auf die Liste setzt.«

Alma warf dem alten Mann einen abwesenden Blick zu. Ob Mauricio wusste, dass sie Rosa auf eine gewisse Art kannte? Nein, unmöglich.

»Natürlich!«, rief Álex aus.

»Natürlich?«

»Meine Eltern, Saras Eltern und Rosa waren schon in ihrer Kindheit befreundet. Er hat den Namen der Briefträgerin gehört und ihn automatisch mit Rosa in Verbindung gebracht. Sie sind Nachbarinnen und Freundinnen. Sie sind immer füreinander da, und gemeinsam kümmern sie sich auch ein wenig um uns. Wir sind eine ungewöhnliche Familie, wenn man so will.«

Alma senkte den Kopf. Ob Mauricio auch ihre Großmutter, Luisa Meillás, gekannt hatte? Ob er über ihre und Rosas Geschichte Bescheid wusste? Es war eindeutig, dass er etwas wusste, aber wie viel?

Plötzlich hatte sie das Gefühl, nicht ausreichend Luft zu bekommen. Sie stand auf, um zum Fenster hinüberzugehen. Dies war wirklich ein sehr kleiner Ort, und alle Straßen schienen zu demselben Platz zu führen. Wenn Rosa Mitglied in ihrem Leseclub würde, wäre ein Zusammentreffen unvermeidlich. Dann würde sie die Frau kennenlernen, die sechzig Jahre zuvor ihre Großmutter hintergangen hatte.

»Alma? Was ist mit dir?« Álex sah sie besorgt an.

»Alles in Ordnung. Mir war nur auf einmal ein wenig schwindelig.«

»Bist du sicher, dass es dir gut geht?«

»Ehrlich gesagt … ich weiß nicht. Es ist sehr heiß hier.«

»Ich habe die Heizung hochgestellt. Wegen Papa.«

Alma nickte. Leicht schwankend bat sie ihn, ins Bad gehen zu dürfen, um sich frisch zu machen.

Álex ging zu seinem Vater hinüber und half ihm umsichtig, aus dem Sessel aufzustehen. Langsam ging er mit ihm zurück in Richtung Schlafzimmer. Dabei machte er Alma ein Zeichen, ihm zu folgen.

Ganz nebenbei ist es spät geworden, stellte Alma fest. Wieder ist ein Tag vergangen, an dem du mich nicht geküsst hast, du unnahbarer Jüngling. Sie runzelte die Stirn, während sie durch die Tür ging, auf die er mit einer Kopfbewegung gewiesen hatte.

Drinnen betrachtete sie sich im Spiegel. Ihr Gesicht war blass, und ein paar Schweißtropfen liefen über ihre Stirn, an dem der Pony klebte. Sie streckte die Hand nach einem Handtuch aus.

Doch bevor sie noch danach greifen konnte, ging hinter ihr die Tür auf.

Im Spiegel erblickte sie Álex, der sie voller Begehren ansah. Alma hatte das Gefühl, dass ein Blitzschlag durch sie hindurchraste, sie bekam weiche Knie und klammerte sich am Rand des Waschbeckens fest.

Lautlos schloss Álex die Tür hinter sich. Mit zwei Schritten war er hinter ihr. Alma spürte seinen Atem in ihrem Nacken und starrte wie hypnotisiert in den Spiegel. Er streckte den Arm aus, um das Handtuch vom Haken zu nehmen, und legte ihr den anderen Arm um die Taille.

Nun drehte sie sich zu ihm um, senkte jedoch gleichzeitig den Blick. Sie wagte es nicht, ihn anzusehen, denn sie fürchtete, allzu deutlich zu zeigen, was sie sich wünschte.

Sie spürte, wie er zärtlich ihr Kinn hob.

Er lächelte sie an und blies ihr dann das feuchte Haar aus der Stirn.

Vorsichtig tupfte er mit dem Handtuch über ihr Gesicht. Er begann auf der rechten Wange. Anschließend hauchte er einen Kuss darauf. Dann fuhr er mit der anderen Wange fort. Der Stirn. Der Nase. Und jedes Mal küsste er sie danach.

Am Schluss blieb nur noch ihr Mund. Álex betrachtete ihn einen Moment. Dann fuhr er vorsichtig mit dem Handtuch darüber, zeichnete die Konturen nach. Langsam näherten sich seine Lippen ihrem Gesicht. Alma schloss zitternd die Augen.

Ein dumpfes Poltern riss sie aus ihrem Traum.

Jemand war auf der anderen Seite der Tür.

»Nein!«, rief sie leise aus.

Sollte ihr auch dieser Kuss wieder gestohlen werden?

Álex lächelte. Er legte ihr einen Finger auf die Lippen und versicherte sich, dass die Tür abgeschlossen war. Dann sah er sie so intensiv an, als betrachtete er sie zum ersten Mal.

Bis er sie leidenschaftlich küsste.

Sicher dauerte dieser Kuss nur ein paar Sekunden oder höchstens eine Minute, doch Alma erschien es, als enthielte er die gesamte Ewigkeit.

Als ihre Lippen sich voneinander lösten, trat er einen Schritt zurück, aber ihre Blicke blieben miteinander verbunden.

»Auch diesen Kuss haben die Gespenster uns nicht weggenommen«, sagte er.

Almas Lippen zitterten. Sie griff nach seinen Händen, um ihn erneut an sich zu ziehen. Sie konnte nicht den geringsten Abstand zwischen ihnen ertragen.

»Alma Mahler, nun bist du in meinem Porvenir, in meiner Zukunft, gefangen.«

Sie seufzte lächelnd, während seine Hände ihren Rücken wie eine Landkarte erkundeten.

23
Karol

Porvenir, 15. Januar

Hallo,

dies ist eine Briefkette.

Vor ein paar Tagen habe ich ein anonymes Schreiben bekommen, in dem es um Sara ging. Vielleicht bist Du ihr schon einmal begegnet. Sie ist hier im Dorf die Briefträgerin. Nun hat sie von ihren Vorgesetzten eine Mail bekommen, in der sie ihr mitgeteilt haben, dass sie versetzt werden soll, irgendwohin, weit weg von ihrem Zuhause. Nach mehr als einem Jahrhundert wird Porvenir dann kein Postamt mehr haben. Ich würde Dir all das nicht erzählen, wenn es nicht in Deiner Hand läge, Sara und unserem Dorf zu helfen. Wie Du das machen kannst? Ganz einfach: genauso wie ich. Schreib einen Brief. Es ist völlig egal, ob er kurz oder lang, gut oder schlecht geschrieben ist. Und schick ihn dann an jemanden, der auch in diesem Dorf lebt, denn er wird sicher verstehen, wie schwierig es ist, allein und fern von der Heimat seine Kinder großzuziehen. Selbst wenn Du die Person, die den Brief erhalten wird, nicht kennst, verbringe mit ihr ein paar Minuten. Auf diese Art werden wir alle zusammen eine Kette aus Worten knüpfen, die so lang ist, dass sie bis in die Stadt reicht, und so fest, dass auch dort niemand sie zerreißen kann.

Ich kenne Sara. Sie ist ein guter Mensch. Wie auch Du es sicher bist. Sie hat stets für jeden ein nettes Wort. Und sie ist großzügig. Deshalb schreibe ich diesen Brief. Aber auch, weil es mir hilft, nicht so einsam zu sein.

Ich schreibe viele Briefe und sehr gern. An meine Kinder, an meine Mama, meine Brüder, meine Freundinnen. Manchmal gehe ich in ein elegantes Café und bitte jemanden, ein Foto von mir zu machen. Nur um es dann zu verschicken. Denn sie sollen denken, dass es mir gut geht. Dass alles in Ordnung ist.

Ein anderes Mal schneide ich aus dem Katalog eines teuren Geschäfts das schönste Kleidungsstück für Mädchen aus und schicke es, zusammen mit irgendeinem Geschenk, meiner Tochter Valentina. Ich behaupte, dass ich es für sie gekauft habe und ihr das Shirt oder das hübsche Kleid das nächste Mal, wenn ich komme, mitbringe. Weil ich weiß, dass es bis zu meiner nächsten Heimreise noch so lange dauern wird, dass sie es bis dahin vergessen hat. Zumindest hoffe ich das.

Meiner Mama erzähle ich alles Mögliche. Sie mag Fotos nicht besonders, auch nicht, wenn ich ihr Abzüge schicke, denn sie meint, dass sie eine Wahrheit vorgaukeln, die nicht stimmt, und das verwirrt sie. Sie möchte nicht ein Foto küssen, wie es so viele alte Frauen im Dorf machen, deren Kinder ausgewandert sind, und glauben, dass sie mir wirklich einen Kuss gibt. Sie hat mir versprochen, dass sie alle Küsse für mich aufbewahrt und sie mir geben wird – mir persönlich –, wenn sie mich das nächste Mal sieht. Sie hat mir versichert, dass sie sie zählt. Dass sie jeden Morgen und jeden Abend einen für mich hat – wie früher, als ich ein kleines Mädchen war – und sie nicht verlieren wird. An meinem Geburtstag gibt es zwei Küsse und Weihnachten auch.

Das ist eine ganz schöne Menge. Ich bin jetzt seit drei Jahren von zu Hause weg. Zwei Küsse pro Tag machen 730 im Jahr. Dazu zwei Geburtstags- und zwei Weihnachtsküsse, ergibt 734 pro Jahr. Mal drei gibt 2202 Küsse, die ich guthabe. Ich liebe meine Mutter so sehr, dass ich für sie mindestens genauso viele Küsse aufbewahrt habe. Das wird was, wenn wir uns wiedersehen! Wir werden eine ganze Weile einander in den Armen liegen und mit Küssen beschäftigt sein. Wahrscheinlich mehrere Tage lang. Ich wünschte, es wäre schon so weit!

Ich erzähle meiner Mutter gern von den Bergen in Porvenir. Sie sind ganz anders als die Berge bei uns zu Hause. Sie kann nicht glau-

ben, dass hier sogar der Boden grün ist. Denn dort ist alles braun oder rot, je nach Uhr- oder Jahreszeit. Mir gefällt die Landschaft hier, ehrlich gesagt, besser – all die vielen Grüntöne!

An den Sonntagen, wenn ich nicht arbeite, gehe ich spazieren. Wenn jemand mitkommt, irgendeine Bekannte, machen wir Ausflüge in den Wald. Wenn ich allein bin, wage ich mich nur bis zu den Feriensiedlungen. Die Leute hier gehen oft dort spazieren. Auf mich wirken sie im Winter wie ausgestorben. Alle Häuser sind gleich, und alle sind leer. Auch meiner Mutter würden diese Siedlungen nicht gefallen.

Dieser Brief ist ein besonderer unter allen, die ich schreibe. Denn ich kenne Dich nicht. Oder besser: Ich weiß nicht, ob ich Dich kenne oder nicht, weil ich noch nicht entschieden habe, wem ich den Brief schicken werde. Daher weiß ich nicht so recht, was ich erzählen soll. Wäre er für meine Söhne, würde ich über Fußball schreiben. Jedes Mal, wenn ich ihnen einen Brief schicke, sehe ich mir vorher die Nachrichten an.

Ist Dir schon mal aufgefallen, wie ausführlich darin über Fußballspiele, die Mannschaften und die Ligen berichtet wird? Dann erzähle ich meinen Söhnen, was ich gehört habe. Manchmal tue ich sogar so, als wäre ich im Stadion gewesen. Wenn ich ein komplettes Spiel im Fernsehen gesehen habe und von jeder Einzelheit berichten kann. Und dann träumen sie davon, dass ihre Mama Messi vom Zuschauerrang aus gesehen hat. Denn den kennen sie. Sogar dort, in meinem kleinen Dorf mitten in den Anden, weiß man, wer Messi oder Ronaldo ist. Wenn ich ihnen erzähle, dass ich die Sagrada Familia gesehen habe oder in Florenz gewesen bin, haben sie keine Ahnung, wovon die Rede ist. Aber ich will das gar nicht beurteilen. Ich möchte nur mit meinen Kindern über Dinge reden, die ihnen gefallen.

Was Dir gefällt, weiß ich nicht, deswegen bin ich unsicher, was ich schreiben soll. Ich könnte über das schreiben, was ich mag, aber im Moment gibt es hier nicht viel, was mir gefällt. Wenn ich die Augen schließe und an mein Heimatdorf denke, fallen mir dagegen tausend Dinge ein, von denen ich erzählen könnte.

Hier ähneln sich die Tage sehr. Ich stehe früh auf und gehe zu anderen Leuten, um dort sauber zu machen. Das ist alles, denn egal, ob es Montag oder Donnerstag ist, die Arbeit ist immer die gleiche.

Nach der Arbeit gehe ich einkaufen und dann nach Hause. Der Höhepunkt des Tages ist, wenn ich im Internet-Café eine E-Mail an meine Familie schreibe oder mir auf Facebook die neuesten Fotos meiner Freunde ansehe, von ihren Kindern oder der letzten Feier. So oft es geht, telefoniere ich mit meinen Kindern. Wir unterhalten uns eine Weile, und ich frage nach, ob sie ihre Aufgaben erledigen, wie es ihnen geht und was sie so zu erzählen haben …

Und das ist auch schon alles. Nicht gerade sehr abwechslungsreich.

In meinem Dorf sah mein Tagesablauf völlig anders aus. Es gab immer jemanden, den ich besuchen konnte: eine alte Tante, eine Freundin, die krank war, oder einen meiner Brüder, dessen Frau gerade ein Kind bekommen hatte. An anderen Tagen habe ich in der Pfarrgemeinde geholfen, die Gottesdienste vorzubereiten, Karnevalskostüme für die Kinder genäht oder meine Eltern auf dem Bauernhof unterstützt. Jeder Tag war neu. Ich bin morgens aufgestanden und wusste nicht, was der Tag bringen würde. Meistens war es nichts Besonderes, manchmal jedoch schon. Hin und wieder ist auch etwas Schreckliches passiert. Wie an dem Tag, als ich morgens neben meinem Mann aufgewacht bin und abends allein zu Bett gehen musste, während meine Eltern im Wohnzimmer neben seinem Leichnam gewacht haben. Das ist noch gar nicht so lange her, daher kann ich mich noch gut an jenen Morgen erinnern: Ich habe für die Kinder Frühstück gemacht und sie danach zur Schule geschickt, während mein Mann geduscht hat. Dann ist er eilig zur Arbeit gegangen. Ich wollte ihn nicht ohne Abschiedskuss gehen lassen, sodass er mir, bereits unterwegs, noch schnell einen Kuss zugeworfen hat. In dem Moment habe ich gedacht – das weiß ich noch genau –, dass ich am Abend diesen Kuss samt Zinsen einfordern würde.

Aber das ist es nicht, was ich eigentlich erzählen wollte. Ich wollte von den schönen Dingen in meiner Heimat berichten. Hier hat niemand genügend Zeit, mir zuzuhören. Sie fragen mich, woher ich komme. Ich nenne ihnen das Land, und das genügt ihnen völlig. Doch wenn sie wüssten, wie groß dieses Land ist, wie unterschiedlich die Menschen in den verschiedenen Regionen sind, dann würden sie verstehen, dass der Name allein nicht ausreicht. Es ist ein großer Unterschied, ob man in den Bergen, an der Küste oder im Urwald geboren wird. Oder in der Hauptstadt. Aber um das zu begreifen, braucht es Zeit. Und die haben die reichen Leute hier nicht.

Bei mir zu Hause gibt es keinen Winter, keinen Frühling oder Herbst. Dort regnet es, oder es regnet nicht. Am liebsten ist mir das Ende der Regenzeit. Warum? Weil dann alle Menschen glücklich sind. Es wird endlich aufhören zu regnen, und dann gibt es so viele Dinge, die man tun kann. Auf dem Feld arbeiten, spazieren gehen, Fußball spielen, die Häuser reparieren, in die Stadt fahren … Wenn es dann viele Monate trocken war, sind die Menschen nicht mehr so glücklich. Sie machen sich Sorgen, dass das Trinkwasser für das Vieh nicht ausreichen könnte, dass die Pflanzen auf den Feldern verdorren …

Während es regnet, kann es sehr langweilig sein. Das ist anders als hier. Ich mag die Gewitter, wenn es blitzt und donnert. Wenn es dunkel wird und der Himmel sich entlädt. Das Gewitter bricht los, und gleich danach klart es wieder auf. Ein großartiges Schauspiel. In meinem Dorf gibt es solche Gewitter nicht. Es fängt an zu regnen und hört tagelang nicht auf. Eine Decke aus feinem Regen. Ohne Unterlass. Und das tägliche Leben geht weiter. Niemand hört auf zu arbeiten. Die Kartoffeln werden geerntet, während einem der Regen auf den Rücken fällt. Es regnet auf dem Weg zur Schule oder auf dem Markt. Oder wenn alles schläft. Die Tropfen trommeln unaufhörlich auf die Dächer, und irgendwann ist man es leid. Der Regen in Porvenir ist wesentlich besser zu ertragen.

An den Sonnentagen jedoch ist es bei mir zu Hause schöner! Der Himmel ist von einem unheimlich intensiven Blau. Mein Dorf liegt sehr hoch. Vielleicht deswegen. Wenn Fremde zu uns kommen, leiden sie oft unter Höhenkrankheit. Dann taumeln sie wie schwindelige Tanzbären durch die Gegend, haben Atemnot beim Reden und manch-

mal sogar Nasenbluten. Daher lutschen sie den ganzen Tag Coca-Bonbons, trinken Coca-Tee und kauen Coca-Kaugummi … Und wenn sie dann nach Hause zurückkehren, geht es ihnen auch wieder schlecht, weil ihnen das Coca fehlt. Der Coca-Strauch ist eine Heilpflanze, aber man muss richtig mit den getrockneten Blättern umgehen, sonst werden sie zur gefährlichen Droge.

Auch das Essen ist in meiner Heimat anders. Obwohl man das auf den ersten Blick vielleicht nicht meint. Die meisten Leute denken, Kartoffeln sind Kartoffeln. Wusstest Du, dass die Kartoffeln aus Südamerika kommen? Die Kartoffeln waren die ersten Einwanderer aus Südamerika, noch vor den Putzfrauen. Aber drüben schmecken sie anders. Und außerdem gibt es Hunderte verschiedener Sorten! Anders als hier, wo auf dem Markt nur zwei oder drei Sorten angeboten werden. In meiner Heimat hat jeder schon mehr als fünfundzwanzig verschiedene Kartoffelsorten probiert oder zumindest gesehen. Auch der Mais kommt von dort. Wenn ich mir hier einen Maiskolben kaufe, sind die Körner winzig und beinah geschmacklos. Bei uns gibt es auch violetten und schwarzen Mais, und manchmal sind die Körner so groß wie Eurostücke.

Hin und wieder treffe ich mich sonntags hier in Porvenir mit ein paar Landsleuten. Auf diese Tage freue ich mich immer sehr. Dann kochen wir zusammen die Gerichte aus der Heimat, trinken Pisco und hören unsere Musik. Und dann fühlen wir uns gleichzeitig noch einsamer und nicht so allein. Das ist schwierig zu erklären. Es scheint sich zu widersprechen, tut es aber nicht. Wenn wir zusammen sind, reden wir über unsere Heimat, und dabei wird uns bewusst, was wir alles zurückgelassen haben.

Ich hoffe, dass ich irgendwann zurückkehren werde. Das heißt, ich weiß, dass ich zurückkehren werde. Denn meine Kinder sind dort. Ich habe sie verlassen. Nur für eine bestimmte Zeit. Um Geld zu verdienen. Aber einige meiner Landsleute hier wissen, dass sie niemals zurückkehren werden. Sie sind auf der Insel Nimmerland gefangen wie in der Geschichte, die ich letztes Jahr meinem kleinen Sohn zu Weihnachten geschickt habe: Peter Pan. Nimmerland oder besser:

Land ohne Wiederkehr. Sie gehören weder hierhin noch dorthin. Zum Glück ist es bei mir anders. Aber ich darf nicht mehr allzu lange warten, sonst kann ich mich nicht mehr an den Rückweg erinnern.

Es ist spät geworden, und ich muss mich von Dir verabschieden. Der Brief ist fertig. Entschuldige, dass er so chaotisch ist. Und vielen Dank, dass Du mir die Möglichkeit gegeben hast, ein wenig Zeit mit Dir zu verbringen. Nun muss ich Dich nur noch finden. Ich weiß nicht, wer Du bist, aber ich bin sicher, dass es Dich gibt, dass Du, ohne es zu wissen, auf meinen Brief wartest.

Ich warte auf Dein Zeichen und werde gut aufpassen, dass ich Dich erkenne.

Mit herzlichen Grüßen

24

Der Club der lebenden Dichter

Jugend ist keine bestimmte Zeit des Lebens,
sondern eine Frage der geistigen Einstellung.
MATEO ALEMÁN

Alma wartete seit zehn Minuten auf Álex. Sie wartete am Ende des Dorfes, dort, wo die Feriensiedlungen anfingen, und hatte sich im Eingang einer Immobilienagentur untergestellt, denn das Gewitter war völlig unerwartet über sie hereingebrochen.

Ein Blitz zuckte bedrohlich den Himmel entlang. Und wenn Mara Polsky sich weigern würde, sie zu empfangen? Schließlich war die Schriftstellerin in das Tal gekommen, um ihre Ruhe zu haben. Was für eine Schnapsidee, versuchen zu wollen, ausgerechnet sie als Schirmherrin für den Leseclub zu gewinnen!

An einen solchen Ort kommt man nur, um sich zu verstecken, überlegte sie und dachte an sich selbst.

Ihr war klar, dass eine berühmte Schriftstellerin wie Mara Polsky sicher nicht wie sie vor ihren Eltern oder einer ungeliebten Zukunft geflohen war, doch irgendetwas hatte sie dazu bewogen, sich in diesen Wäldern zu verstecken. Wovor war Mara Polsky davongelaufen?, fragte Alma eine der vielen schwarzen Wolken, die gnadenlos den Regen herabprasseln ließen.

Sie sah auf ihre Ballerinas hinunter. Wie konnte man auf den Gedanken kommen, in einem Dorf in den Bergen mitten im Winter einen Minirock, eine dünne Bluse und solche Mädchenschuhe anzuziehen?

Seit sie sich mit Álex verabredet hatte, um mit ihm gemeinsam zu ihrer Lieblingsautorin zu gehen, hatte sie ununterbrochen darüber nachgedacht. Sie hatte keinen Bissen runtergekriegt, was sie nun bereute. Denn ihr Magen, der keinen Sinn für Kunst und Kultur hatte, sondern nur aufs Essen fixiert war, begann unangenehm zu knurren.

Den Vormittag hatte sie vor dem Spiegel in ihrem Zimmer verbracht und überlegt, was sie anziehen sollte. Dummerweise hatte sie nicht besonders viel Kleidung mitgebracht. Nun vermisste sie ihren Kleiderschrank zu Hause und die vielen hübschen Sachen, die ihre Mutter ihr immer wieder kaufte, ohne dass sie sich weiter dafür interessierte. Nur weil ihre Mutter mehrfach betont hatte, wie gut ihr Röcke standen, hatte sie sich letztlich für dieses Modell entschieden.

Und die einzigen Schuhe, die zu diesem Rock passten, waren nun einmal die Lackballerinas, die nun allmählich ganz durchnässt waren. Wie sich Mara Polsky wohl kleidete? Sicher sehr elegant und mondän. Alma war davon überzeugt, dass in ihrem Kleiderschrank jede Menge Kostüme von Carolina Herrera und Valentino hingen. Oder, wenn sie es sportlicher mochte, von Donna Karan oder Tom Ford.

Dabei war die Entscheidung, in welcher Garderobe sie Mara Polsky gegenübertreten wollte, längst nicht die schwierigste gewesen. So viele Jahre hatte sie sich ausgemalt, wie es sein würde, die große Dame anzusprechen. Tausende Male hatte sie es sich vorgestellt, doch nun, da es fast so weit war, waren all die geistreichen Sätze wie weggeblasen. Sollte sie sich an sie wenden, als wäre sie irgendeine Schriftstellerin? Oder war es besser, ihr gleich ihre große Bewunderung zu gestehen? Sollte sie ein paar ihrer berühmtesten Verse zitieren? Oder würde sie sich damit lächerlich machen? Denn natürlich waren ihre Kenntnisse und ihr Gefühl für Gedichte nichts gegen eine der eindringlichsten poetischen Stimmen der letzten vierzig Jahre.

In diesem Moment vibrierte ihr Handy in der Manteltasche. Sie nahm es heraus und verfluchte ihr Schicksal:

Ein absoluter Notfall. Es regnet. Und mein Vater hat furchtbare Angst vor dem Gewitter und ist unters Bett gekrochen. Ich muss hierbleiben. Viel Glück. Ruf mich an.

»Na toll, Álex, dass es regnet, habe ich auch schon bemerkt. Oder hattest du gedacht, dass jemand zu eifrig seine Blumen gießt«, murmelte Alma, während sie spürte, wie ihr das Wasser in den Kragen lief. »Ich würde mich jetzt auch gern unter einem Bett verstecken«, ergänzte sie seufzend.

Aber wie konnte sie deswegen auf Álex böse sein? Schließlich war ihr vollkommen klar, wie schwierig es war, sich um einen Vater mit einer solchen Krankheit zu kümmern. Und wenn sie ihrer Beziehung eine Chance geben wollte, musste sie sich an solche unvorhergesehenen Ereignisse gewöhnen.

Sie stellte sich Álex vor, wie er bäuchlings auf dem Boden lag, den Arm unter das Bett streckte und versuchte, seinen Vater davon zu überzeugen, wieder herauszukommen. Und Mauricio, der voller Angst den Blick in die Dunkelheit richtete. Sofort bereute sie ihre unwirsche Reaktion.

Seit Álex sie im Badezimmer endlich geküsst hatte, waren sie unzertrennlich. Er wirkte, als hätte er sein ganzes Leben lang auf diesen Moment gewartet. Sie dachte an die Zärtlichkeit, mit der er sie immer wieder berührte, als wolle er mit den Händen ausdrücken, was er mit Worten nicht sagen konnte.

Vielleicht war es gar nicht so schlecht, wenn sie sich einmal einen Tag nicht sahen, sonst hätten sie bald genug voneinander.

Doch warum hatte er ihr viel Glück gewünscht? Wollte er damit sagen, dass sie allein zu Mara Polsky gehen sollte? »Auf einen Tag wird es wohl nicht ankommen«, murmelte sie. Álex' Vater würde ja sicher nicht die ganze Woche unter dem Bett verbringen, sodass sie die Schriftstellerin genauso gut an einem der nächsten Tage aufsuchen konnten. Sie waren übereingekommen, dass das erste Treffen des Leseclubs am 14. Februar, dem Valentinstag, stattfinden sollte.

»Jetzt sag nicht, dass du mit so einem Blödsinn etwas am Hut hast!«, hatte Álex gemeint, als sie das Datum vor nicht einmal vierundzwanzig Stunden vorgeschlagen hatte.

Aus irgendeinem Grund hatte Alma diese Reaktion wehgetan. Natürlich ging es bei einem solchen Festtag auch um kommerzielle Interessen, dennoch hatte sie der Ton gestört, in dem Álex den Tag der Liebenden so einfach abgetan hatte.

»Natürlich nicht«, hatte sie so glaubwürdig wie möglich versichert. »Aber ich denke, dass Mara Polsky sich über diese Geste freuen würde. Die Tradition, den Valentinstag zu feiern, wie wir es heute tun, kommt schließlich aus den USA. Du weißt sicher, dass sich dort schon Kinder gegenseitig Briefe mit Herzen schicken. Man schenkt sich herzförmige Bonbons, Blumen … Außerdem ist da noch etwas anderes: Hat nicht jeder schon mal einen Liebesbrief geschrieben? Das ist ein Thema, zu dem sicher alle etwas zu sagen haben.«

Und bis dahin haben wir noch fast einen Monat Zeit, also kein Grund, hektisch zu werden, sagte sich Alma nach einem weiteren Blick in den Himmel, der nicht so aussah, als ob es bald aufklaren würde.

Es regnete immer noch. Sie sah auf die Brücke und die Straße, die in die Siedlung *La Rosa de los Vientos* führte. Nein, es war keine gute Idee, sich das Treffen heute anzutun! Sie wollte gerade ihren Unterstand verlassen, als sie erneut das Vibrieren ihres Mobiltelefons spürte. Wer mochte das jetzt sein?

Denk gar nicht erst dran: Was Du heute kannst besorgen, das verschiebe nicht auf morgen. Schließlich hast Du schon seit Jahren auf diese Gelegenheit gewartet. Ich kenne Dich besser, als Du denkst.

Wie konnte Álex wissen, dass sie gerade zurück nach Hause gehen wollte, ohne bei Mara Polsky gewesen zu sein? Alma sah sich um. Ob er sie von irgendwoher beobachtete? Sie blickte in die Fenster der Häuser gegenüber. Wegen des Gewitters waren alle Vorhänge zugezogen, und es war unmöglich zu sagen, ob jemand sich dahinter versteckte.

»Was denkt sich dieser Flegel eigentlich?«, schimpfte sie, während sie ihren Mantel auszog und über sich hielt, um sich vor dem Regen zu schützen.

Noch einmal sah sie in den Himmel und sagte sich, dass sie, wenn sie rannte, vielleicht am Ziel ankam, bevor ihr Schwimmhäute gewachsen waren.

»Ich kenne dich besser, als du denkst«, imitierte sie Álex' Stimme. »Dann schau mal, wie ich laufe. Mal sehen, was du morgen für ein Gesicht machst, wenn ich dir erzähle, wie sympathisch und freundlich die Autorin ist.«

»Ist Mara Polsky da?«, fragte sie die sonderbare Frau, die ihr die Tür öffnete.

Alma dachte, dass es sich vielleicht um die Assistentin der Schriftstellerin handelte. Sie trug ein wallendes schwarzes Gewand, das ihr bis auf die Füße reichte, die in Strümpfen steckten, bei denen jeder Zeh eine andere Farbe hatte. Um ihren Hals hingen jede Menge Ketten mit Anhängern, darunter so komische Dinge wie eine silberne Hand oder etwas, das wie eine Kuhglocke aussah. Aus ihrem wirren grauen, fast weißen Haar ragten ein paar als Haarnadeln benutzte Stifte und sogar eine Feder. Was sollte das werden? Eine Kostümparty?

Es vergingen dreißig, vierzig Sekunden, ohne dass sie eine Antwort erhielt. Alma, die im Regen wartete, wurde nervös. Es goss noch immer wie aus Kübeln, sie stand wie bestellt und nicht abgeholt vor einem fremden Haus, und die Frau vor ihr starrte sie an wie einen aufgespießten Schmetterling in einem Insektarium.

Sie beschloss, es noch einmal zu versuchen:

»Ist Mara Polsky zu Hause?«

Als ob ihre Stimme plötzlich eine Art Verzauberung löste, bewegte sich die Frau. Sie reckte das Kinn, und ihre Augen verengten sich misstrauisch.

»Wer möchte das wissen?«

Alma überlegte, dass sie ihren Namen lieber nicht nennen wollte. Vor einer Weile hatte sie Mara Polsky einen Brief geschrieben, in dem sie versprochen hatte, kein Wort über die Anwesenheit der Schriftstellerin in Porvenir zu verlieren, und nun stand sie vor ihrer Haustür, um sie zu bitten, an einer öffentlichen Veranstaltung teilzunehmen. Was würde Mara Polsky von ihr denken, wenn sie feststellte, dass sie so einfach ihr Versprechen brach?

Von dem Nachmittag in der Bibliothek her kam ihr ein Name in den Sinn: »Milena. Hören Sie, Mara Polsky kennt mich nicht, aber …«

»Was will sie dann von Ihnen?«

»Nein, nein, Señora Polsky erwartet mich nicht. Ich bin hier, weil ich eine Bitte an sie habe und …«

Alma wurde nervös. Sie stellte fest, dass man auch im Regen einen Schweißausbruch bekommen konnte. Die Möglichkeit, dass ihr jemand anderes die Tür öffnen könnte und sie eine Nachricht hinterlassen müsste, hatte sie nicht bedacht. Entmutigt ließ sie die Schultern sinken.

Diese Geste der Wehrlosigkeit ließ Mara Polsky ein wenig von ihrer abweisenden Haltung abrücken. Sie öffnete die Tür, um die junge Frau, die nass war wie ein Fisch, einzulassen, entschied sich jedoch, weiterhin auf der Hut zu sein.

»Milena, was ist der Grund Ihres Besuches, wie soll ich Sie bei Mara Polsky ankündigen?«

Alma betrat ehrfürchtig das Haus und achtete darauf, den Elfenbeinturm der angebeteten Schriftstellerin nicht zu beschmutzen. Doch gleich darauf stellte sie fest, dass es drinnen eher wie im Lagerraum einer alten Buchhandlung aussah als wie in einem Schloss. Ein Teppich aus bekritzelten Papierblättern wies den Weg in ein riesiges Wohnzimmer, das vermutlich der Ort war, wo die Autorin arbeitete. Überall lagen aufgeschlagene Bücher herum, ein paar mit verschiedenfarbigen Worten beschriebene Blätter Papier waren mit Heftzwecken an die Wände geheftet, und leere Pizzaschachteln und Kekspackungen stapelten sich in den Ecken und neben dem Sofa. Auf dem Tisch stand eine fast leere Whiskyflasche.

»Also … Ich … äh … wohne hier in Porvenir und schreibe gerade eine Hausarbeit über Ihr Werk und …«

Ehe Alma es sich versah, waren ihr die Lügen über die Lippen gekommen. Diese Vogelscheuche mit dem kritischen, ironischen Blick brachte sie völlig aus dem Konzept. Bitte! Wo war ihre geliebte Mara Polsky? Wenn sie nicht gleich herunterkommen würde, sollte sie vielleicht lieber wieder gehen. Ihr Puls raste.

»Ich verstehe. Also schön, Milena, warten Sie hier. Ich sehe mal nach, ob es möglich ist, dass Mara Polsky Sie empfängt. Sie werden sicher verstehen, dass bei so einem überraschenden Besuch …«

»Natürlich verstehe ich das«, sagte Alma in dem Wunsch, dass diese Frau so rasch wie möglich verschwinden möge.

Die folgenden Minuten zogen sich unendlich lange hin. Obwohl ihr bewusst war, dass die extravagante Sekretärin gerade erst die Treppe hinauf verschwunden war, hatte Alma das Gefühl, schon eine Ewigkeit zu warten.

Nachdem sie den ersten Schock angesichts des Chaos in dem Wohnzimmer und des inquisitorischen Blicks dieser seltsamen Frau überwunden hatte, entspannte sie sich ein wenig. Sie konnte der Versuchung nicht widerstehen und näherte sich einer der an die Wand gehefteten Papierseiten. Mit beinah mystischer Ehrfurcht studierte sie die unordentlich darauf notierten Worte. Sie schloss die Augen und versuchte die Leidenschaft der Hand zu spüren, die sie geschrieben hatte.

Oben an der Treppe hockte Mara Polsky und beobachtete schweigend die junge Frau, die wie ein durchnässtes Küken wirkte. Sie sah ihr zu, wie sie durch das Wohnzimmer strich und sich zu den achtlos hingeworfenen Papierseiten auf dem Boden hinunterbückte. Sie hob sie auf, strich sie glatt und legte sie auf den Tisch. Als sie damit fertig war, ging sie zu den Büchern hinüber und schloss sie mit der gleichen Sorgfalt, damit sie besser geschützt wären. Sie hatte etwas Rührendes an sich, fand Mara Polsky, und anstatt ihr böse zu sein, beschloss sie, ihr eine Chance zu geben. Denn die hatte jemand, der so sorgsam mit Worten umging, verdient.

»Bitte setzen Sie sich doch. Kann ich Ihnen einen Kaffee, einen Tee oder ein Wasser anbieten?«

»Ein Wasser vielleicht«, antwortete Alma, die es nicht wagte, sich auf das elegante Sofa zu setzen. Sie war immer noch triefend nass und hatte Angst, es zu beflecken.

Als könnte die Frau ihre Gedanken lesen, breitete sie eine Decke auf dem Sofa aus, die so kunterbunt war wie ihre Strümpfe, und lud Alma mit einer Geste ein, darauf Platz zu nehmen.

»Ein Wasser wäre schön«, wiederholte Alma, die erneut nervös wurde.

Diese Frau verunsicherte sie ungemein. Zwar wusste sie noch nicht, wer genau sie war, doch angesichts der Selbstverständlichkeit, mit der sie sich in diesem Haus bewegte, musste sie Mara Polsky sehr nahestehen. Eine Freundin vielleicht? Ihre Lektorin?

Mara Polsky bemerkte das Zittern in der Stimme der jungen Frau. Sie wusste, dass ihre Gegenwart einschüchternd wirken konnte, dass ihr strenger Blick und ihre scharfen Worte schon so manchen verschreckt hatten. Doch die Besucherin hatte ihre Neugier geweckt, und daher beschloss sie, die Situation ein wenig aufzulockern, um ihr Gegenüber kennenzulernen.

Schweigend ging sie in die Küche. Sie kehrte mit einem Tablett zurück, auf dem sich ein einzelnes leeres Glas und ein

Teelöffel befanden, und stellte es auf dem niedrigen Tisch vor der jungen Frau ab. Formell wie ein Kellner beugte sie sich vor und fragte noch einmal nach: »Ein Wasser?«

Alma nickte, ohne den Blick von der Hand der Frau abzuwenden, die umsichtig das Glas nahm. Dann ging sie damit zum Fenster hinüber, öffnete es und hielt das Glas nach draußen in den Regen. Ohne eine Miene zu verziehen, kam sie kurz darauf mit dem Glas zurück. Das Mädchen starrte sie verblüfft an, als sie das nun mit Wasser gefüllte Glas zurück auf das Tablett stellte.

»Vielleicht sollten Sie noch ein wenig warten. Gewitterregen ist immer etwas aufgewühlt, und es ist besser, das Wasser ein bisschen zur Ruhe kommen zu lassen, bevor man es trinkt, denn es könnte ansteckend wirken«, erklärte Mara Polsky lächelnd. Alma merkte, wie eine plötzliche Heiterkeit in ihr aufstieg, und hielt sich die Hand vor den Mund, um nicht in Gelächter auszubrechen. Die Situation war zu komisch.

Mara Polsky verschwand mit dem Tablett erneut in der Küche. Als sie diesmal zurückkehrte, befanden sich eine Glasflasche, ein Flaschenöffner und ein neues Glas darauf.

»Ich bin Dulcinea, Mara Polskys Assistentin. Sie bittet Sie, sie zu entschuldigen, denn sie fühlt sich nicht wohl. Dennoch hat sie sehr interessiert auf Ihren Besuch reagiert. Bitte erklären Sie mir doch genau, was Sie möchten, und ich werde es ihr ausrichten.«

Sie sah die Enttäuschung im Gesicht der jungen Frau, was sie mit einer erfreuten Wärme erfüllte. Es war eine gute Idee gewesen, diese Milena ins Haus zu lassen, um zu hören, was sie wollte. Außerdem war es ein wenig Abwechslung. Sie hatte nun schon so lange mit niemandem mehr geredet, dass sie fürchtete, verrückt zu werden! Natürlich war sie einkaufen gewesen und hatte sich auch schon, auf Inspiration hoffend, in verschiedenen Ortschaften hier im Tal in ein Café gesetzt, doch in den Gesprächen, die sich dabei ergeben hatten, war es nur um den Einkauf gegangen oder um das Bestellen und Bezahlen im Café. Mehr als fünf Sätze, von denen sich zwei nur mit den Eurobeträgen befassten, hatte sie mit keinem Menschen gewechselt.

Im November hatte sie zumindest den kleinen Spatz an ihrer Seite gehabt. Stundenlang hatte sie ihm alles Mögliche erzählt. Das waren natürlich reine Monologe gewesen, die in dem Moment endeten, als sie den Vogel frei gelassen hatte. Wahrscheinlich war es ein Wunder, dass er in ihrer Gegenwart überlebt hatte, schließlich hatte sie sich noch nie zuvor um irgendein Lebewesen gekümmert.

Das erinnerte sie an die rothaarige Briefträgerin, die sie damals kurzerhand aus dem Haus geworfen hatte. Immerhin war sie es gewesen, die ihr die Hinweise gegeben hatte, die sicher entscheidend dazu beigetragen hatten, dass der kleine Vogel nicht gestorben war. Ein Hoch auf die Briefträgerin!, dachte Mara. Sie war der letzte Mensch gewesen, mit dem sie sich länger unterhalten hatte, auch wenn sie sich wegen des Whiskys nicht mehr an alles so genau erinnern konnte.

Wie bei einem Dominoeffekt löste diese Erinnerung eine weitere aus: die an die Briefkette. Sie hatte jedenfalls ihre Aufgabe erfüllt und sie nicht abreißen lassen. Doch was hatte die Person getan, der sie ihr Geständnis in Briefform geschickt hatte?

In den letzten beiden Monaten hatte sie überraschenderweise oft an diese Geschichte gedacht. Das Ganze hatte sie sogar zu einem Gedicht inspiriert, das sie jener angehenden Dichterin namens Alma gewidmet hatte. Denn sie war ihr etwas schuldig. Nachdem sie den Brief mit Almas Bitte erhalten und diese erfüllt hatte, hatte sich ihre Schreibblockade wundersamerweise gelöst. Ihre Kreativität war wieder erwacht, zwar noch verhalten, aber es ging voran.

Als sie zu Weihnachten ihre Lektorin in New York angerufen hatte, um ihr die gute Nachricht zu verkünden, hatte sie ein Bild aus einem Dokumentarfilm auf *National Geographic* benutzt:

Sie kam langsam, aber stetig vorwärts – wie ein Eisbrecher auf dem Weg zum Südpol. Jener Brief hatte begonnen, die Stille zu durchbrechen, die sich in ihrem Geist eingenistet hatte.

»Wir haben einen Leseclub gegründet, der in der Bibliothek von Porvenir stattfinden wird. Und wir würden uns sehr freuen, wenn Mara Polsky ihn eröffnen könnte und als Schirmherrin zur Verfügung stände. Und unser großer Traum wäre es …« Sie geriet ins Stocken.

Euer großer Traum?, fragte sich Mara Polsky. Ist deine erste Bitte nicht schon vermessen genug? Eine Pulitzer-Preisträgerin, eine Nobelpreis-Anwärterin, die zwischen alten Bauern, pickligen Jungen ohne Abitur und einfachen Hausfrauen über Bücher spricht? Ist das allein nicht schon ein Traum? Ein Traum für sie und ein Albtraum für mich.

»Bitte fahren Sie fort«, forderte sie die junge Frau scheinbar interessiert auf.

»Unser großer Traum wäre es … dass sie, zumindest solange sie sich hier im Dorf aufhält, an unserem Leseclub teilnimmt«, riskierte Alma einen gewagten Vorstoß.

Das ist wirklich das Letzte!, schoss es Mara Polsky durch den Kopf. Ja, wenn sie eine Anthropologin gewesen wäre oder eine Schriftstellerin, die sich mit den Sitten und Gebräuchen des Volkes beschäftigte, wäre dies vielleicht eine lohnenswerte Erfahrung. Doch sie war eine hochliterarische Dichterin, und natürlich gingen ihre Gedanken weit über das hinaus, was in einem abgelegenen Dorf in einem genauso abgelegenen Tal in diesem abgelegenen Land geschah. Dennoch: Die Naivität und der Mut dieses Mädchens übten aus unerfindlichen Gründen einen gewissen Reiz auf sie aus.

»Also gut. Ich werde Ihre Bitte an Mara Polsky weiterleiten. Verraten Sie mir noch, an welchem Datum die Eröffnung dieses Leseclubs geplant ist?«

»Am vierzehnten Februar.«

Mara hustete, um nicht laut zu lachen.

»Ich werde in ihrem Terminkalender nachsehen, ob Mara Polsky dann noch hier ist. Ein sehr besonderes Datum übrigens. Gibt es dafür einen bestimmten Grund?«

Sie sah die junge Frau fragend an, die an ihrem schwarzen Minirock zog und dann treuherzig antwortete: »Wir dachten, weil Mara Polsky doch Amerikanerin ist und der Valentinstag dort eine so große Bedeutung hat … Außerdem sind Liebesbriefe in der Briefliteratur ein wichtiges Thema …«

Mara beschloss, den ersten Teil der Antwort zu übergehen. Zwar war sie tatsächlich Amerikanerin, aber nur aus gewissen Gründen und aus anderen nicht. Und was den Valentinstag anging, war sie garantiert nicht typisch amerikanisch. Also konzentrierte sie sich auf das zweite Argument: Briefliteratur? Was hatte es in diesem Dorf nur mit den Briefen auf sich? Waren hier alle von Briefen besessen? Handelte es sich vielleicht um einen genetischen Defekt?

»Briefliteratur?«

»Entschuldigen Sie, ich habe Ihnen ja noch gar nicht gesagt, dass der Club sich auf dieses Genre konzentrieren möchte. Wir wollen über literarische Briefe reden und ihnen die Bedeutung beimessen, die ihnen in der Literaturgeschichte zusteht.«

Alma wusste nicht, wie sie den Ausdruck der Überraschung auf dem Gesicht von Mara Polskys Assistentin interpretieren sollte. Sie hatte leicht den Mund geöffnet und schüttelte den Kopf, als versuche sie zu verarbeiten, was Alma gerade gesagt hatte. Hatte sie nun doch ihre Aufmerksamkeit geweckt? Mit einigem Stolz beschloss sie, noch härtere Geschütze aufzufahren.

»Sie wissen doch, was man sagt: ›Einen Brief zu schreiben ist ein guter Weg, um irgendwohin zu reisen, ohne etwas zu bewegen außer dem Herzen.‹«

»Ist dieser Satz von Ihnen?«, fragte die Assistentin interessiert.

»Das wäre schön! Nein, er ist von Phyllis Theroux.«

»Und wie verstehen Sie ihn?«

»Wir alle haben manchmal das Bedürfnis, aus dem Alltag auszubrechen, jemand anderes zu sein, bei den Menschen zu sein, die wir lieben und die uns verlassen haben, oder wir sehnen uns nach dem Gefühl, nach Hause zurückzukehren, wenn wir weit weg sind ... Und Briefe sind für die meisten von uns eine Möglichkeit, dies zu erreichen. Nicht jeder ist in der Lage, sich ein Flugticket zu kaufen und einfach zu fliehen, wenn im Leben mal etwas schiefläuft oder die tägliche Routine einen zu ersticken droht ...«

Alma bereute ihre letzten Sätze bereits in dem Moment, als sie sie ausgesprochen hatte. Sie konnte regelrecht sehen, dass sie nun wie eine dunkle Wolke zwischen ihr und Dulcinea schwebten. Nun dachte Mara Polskys Assistentin vermutlich, dass sie der Schriftstellerin vorhielt, aus New York geflohen zu sein und sich hier versteckt zu haben. Sie schaute betreten zu ihr hinüber und suchte nach Anzeichen von Verägerung in ihrem Gesicht.

Doch Mara alias Dulcinea war weit davon entfernt, wütend zu sein. Jene aus naiver Offenheit abgeschossenen Pfeile hatten genau in ihr Herz getroffen.

»Natürlich kann ich Ihnen nichts versprechen, meine liebe Milena. Ich werde Ihre Bitte jedoch Mara Polsky vortragen und sie fragen, ob sie am vierzehnten Februar Zeit hat, auf Ihrer Veranstaltung etwas über das Genre der Briefliteratur zu sagen. Aber bevor wir uns verabschieden, würde es mich interessieren, woher Sie überhaupt wussten, dass wir hier sind.«

Alma sah sie entsetzt an. Sie hatte sich in den letzten vierundzwanzig Stunden jede Menge Fragen und Antworten zurechtgelegt, zu diesem Thema jedoch hatte sie sich nichts überlegt.

Sie seufzte. Dann fiel ihr ein, was ihre Großmutter immer gesagt hatte: Lügen haben kurze Beine. Und nun hatte sie bereits so viele Lügen erzählt, angefangen von ihrem Namen, dass es vielleicht das Beste war, zur Abwechslung einmal die Wahrheit zu sagen. Ohne daran zu denken, dass sie dies ja bereits in ihrem Brief an die Dichterin erwähnt hatte, erzählte sie von der Austauschstudentin an der Uni, dank der sie die große Mara Polsky entdeckt hatte. Und dass diese amerikanische Freundin nun für eine Literaturzeitschrift arbeitete und ihr, weil sie von ihrer Begeisterung für die Schriftstellerin wusste, verraten hatte, dass diese sich derzeit im Heimatort ihrer Großmutter aufhielt.

Mara Polsky konnte kaum glauben, was sie da hörte. Diese Geschichte hatte sie doch in dem Brief dieser Alma gelesen. Alma? Milena? Wer von den beiden hatte sie denn nun erlebt?

Für ein paar Sekunden war es still. Alma fürchtete, nun doch noch alles vermasselt zu haben. Vielleicht wäre es besser gewesen, einfach weiter zu lügen.

Schließlich ging Mara alias Dulcinea zum Angriff über.

»Alma?«

Die junge Frau wurde rot. Hatte die Assistentin gerade ihren Namen gesagt? Hatte sie richtig gehört?

Sie schluckte und wagte nicht, etwas zu sagen. Mit dem bestürzten Gesichtsausdruck eines Kindes, das beim Naschen erwischt wurde, senkte sie den Kopf. In der Erwartung des Axthiebs des Henkers versuchte sie, eine letzte Entschuldigung zu murmeln.

»Ich, wir, ich wusste nicht, es ist …«

Mara Polsky musste die Besucherin regelrecht zur Haustür hinüberschleifen. Almas entsetztes Gesicht erinnerte sie an ein expressionistisches Gemälde. Sie musste sich Mühe geben, ernst zu bleiben, obwohl sie sich innerlich kaputtlachte.

Zum Glück hatte es inzwischen aufgehört zu regnen. Als sie die junge Frau vor die Tür gesetzt hatte, warf sie diese krachend ins Schloss.

Mara alias Dulcinea lehnte sich mit dem Rücken an die Wand. Sie schloss die Augen und stellte sich das überraschte Gesicht der Nachwuchsdichterin vor, die sich plötzlich auf der Straße wiederfand. Wie es sich in einen Ausdruck der Verzweiflung verwandelte. Und später des lähmenden Zweifels.

Sie zählte bis drei.

Dann wandte sie sich wieder zur Tür und öffnete sie, als hätte jemand geklingelt. Sie setzte ihr schönstes Lächeln auf, wie sie es tat, wenn sie die Freude hatte, ein neues Buch zu präsentieren, und sagte höflich: »Guten Tag.«

Almas Gesicht starrte sie zweifelnd an. Sie wusste nicht, ob sie verwirrt, erfreut, überrascht … oder panisch reagieren sollte.

»Ich bin Mara Polsky. Und du?«, sagte die Dichterin lachend und reichte ihr die Hand.

Alma hatte ihr geholfen, ihre Inspiration wiederzufinden, und dafür war das Herz der jähzornigen und zynischen Mara Polsky voller Dankbarkeit.

Nachdem alle Missverständnisse ausgeräumt waren, vergingen die Stunden, die die preisgekrönte Dichterin und die vom Dichten träumende Leserin miteinander verbrachten, wie im Flug, und schon bald fühlten sie sich wie alte Freundinnen. Die erste war von ihrem Podest gestiegen und verzichtete auf jegliche Verstellung, um die Begeisterung und die Freude zu genießen, die ihre wissensdurstige Gesprächspartnerin ihr entgegenbrachte. Die andere ließ alle Ängste hinter sich und vergaß jegliches Für und Wider, um von der Erfahrung und der Weisheit zu profitieren, die ihr hier geboten wurden.

Mara Polsky öffnete ihr Herz und erzählte Alma in der Gewissheit, dass sie sie verstehen würde, von der Schreibblockade, unter der sie monatelang gelitten hatte. Und je länger sie über die Tage und Nächte sprach, in denen die Angst und die Leere sie gequält hatten, desto erleichterter fühlte sie sich. In den Augen der jungen Frau las sie die ehrliche Bewunderung, die diese für ihr Werk empfand. Almas blindes Vertrauen in die Kraft und die Authentizität ihrer Verse bewegten sie zutiefst.

Alma zitierte aus Mara Polskys ersten Gedichten, sodass die erfahrene Dichterin die mit fremder Stimme gesprochenen Worte auf eine besondere Weise wiederentdeckte. War sie tatsächlich in der Lage gewesen, derartige Bilder zu beschreiben?

War es wirklich sie, die in diesen Seelenlandschaften verborgen war?

Mara Polsky gestand, dass sie völlig verzweifelt vor den Anrufen ihrer Lektorin, vor den Journalisten und Schriftstellerkollegen geflohen war ... die alle ungeduldig auf ihr neues Werk warteten. Beinah drei Jahre lang war sie durch eine geistige Dürre geirrt, und es wurde immer schwieriger, das Ausbleiben der Früchte ihrer Arbeit zu erklären. Deswegen hatte sie nicht lange darüber nachgedacht, als ihr gute Freunde versichert hatten, dass sie in Porvenir eine Art unberührtes Paradies vorfinden würde.

»Doch die Hölle und das Paradies sind immer nur in einem selbst«, sagte sie leise zu Alma. »Nachdem ich hergekommen war, waren die Dämonen, die ich in jedem weißen Blatt Papier vor mir gesehen habe, leider immer noch da. Denn sie waren in mir drin.«

Mit einer für ihre jungen Jahre überraschenden Geduld lauschte Alma der Verzweiflung, den Klagen und Ängsten. Hin und wieder stellte sie eine Frage, mit der sie jedes Mal wie ein professioneller Bogenschütze ins Schwarze traf.

Am Anfang antwortete Mara Polsky ihr leicht überrascht, doch nach einer Weile hörte sie auf, ihre neue Freundin nach dem Alter oder der Erfahrung zu beurteilen. Sie spürte, dass auch in Alma das Herz einer Dichterin schlug, ein Herz, das in der Lage war, jegliche zeitliche oder kulturelle Distanz zwischen ihnen zu überwinden.

»Dein Brief war für mich wie ein Schluck Wasser für einen Verdurstenden in der Wüste. Jedes Wort habe ich gierig in mich aufgenommen. Er ist wirklich sehr eindringlich«, meinte Mara Polsky und zog Almas Brief hervor, den sie zwischen den Seiten eines Buches aufbewahrt hatte.

Alma zitterte, als sie ihren Brief in den Händen der großen Schriftstellerin sah und deren großzügige Worte hörte. Selbst wenn ich hundert Jahre alt werde, werde ich nicht noch einmal einen Moment wie diesen erleben, dachte sie.

Sie versuchte sich diesen Augenblick für immer einzuprägen.

»Hast du dich schon entschieden, was du mit dem Haus deiner Großmutter machen wirst? Und nebenbei, was du mit deinem Leben anfangen möchtest?«, erkundigte sich Mara Polsky, während sie ein wenig Brot und Käse auf den Tisch stellte. »Ist dir eigentlich bewusst, dass beides schicksalhaft zusammenhängt?«

Die Frage kam für Alma völlig unerwartet. Es war nun schon mehrere Monate her, dass sie mitten in der Nacht aus dem Taxi gestiegen war, die Tür des Hauses aufgeschlossen hatte und in dem Gedanken, dass am nächsten Tag alles leichter sein würde, sofort zu Bett gegangen war. Und dann hatte sie die Entscheidung über ihre berufliche Zukunft jeden Tag ein Stückchen weiter hinausgeschoben, genau wie die, die das Haus betraf. Die Briefkette war das Erste gewesen, was sie davon abgelenkt hatte. Und ihr geliebter Álex das Zweite. Und nun brachte der Leseclub sie auf andere Gedanken.

»Es gibt niemals einen geeigneten Zeitpunkt, um sich dem zu stellen, was uns belastet«, meinte Mara Polsky, nachdem Alma versucht hatte, ihr die Verzögerung plausibel zu erklären. »Damit will ich nicht sagen, dass die Briefkette, der Leseclub oder der blonde junge Mann dir nicht wichtig sind. Ich bin sicher, dass das Gegenteil der Fall ist. Aber du wirst für nichts anderes wirklich bereit sein, solange du jene ausstehenden Entscheidungen nicht getroffen hast. Was willst du mit deinem Leben anfangen?«

Alma heftete den Blick auf eine unbestimmte Stelle auf dem Parkettboden. Sie kaute an einem Stück Brot und trank einen Schluck von dem Wein, den Mara Polsky ihr angeboten hatte. Diese Frau war wirklich sehr direkt!

»Ich mache es dir einfacher: Wenn dies ein Roman wäre und du die Heldin, die davon träumt, Schriftstellerin zu werden, und ein Haus auf dem Land erbt ... Was würde die Heldin deines Romans tun? Was würde im letzten Kapitel passieren? Sei eine mutige Schriftstellerin. Wähle nicht den konventionellen Weg.«

Wenn Alma sich später an diesen Moment erinnerte, war ihr schleierhaft, woher ihre Worte so plötzlich gekommen waren. Bis zu jenem Zeitpunkt war ihr absolut nicht klar gewesen, dass diese Idee irgendwo in einer Schublade ihres Herzens vor sich hin schlummerte.

»Meine Heldin würde ihr bequemes Leben in der Stadt und den Job, der sie nicht erfüllt, aufgeben. Sie würde ihre Koffer packen und nach Porvenir reisen, um dort zu schreiben. Ein paar Wochen später würde ihr klar werden, dass sie nicht ewig von ihren Ersparnissen würde leben können und …«

»Und? Jetzt sag bitte nicht, dass sie sich einen Job als Kassiererin in einem Geschäft im Dorf sucht. Oder noch schlimmer: dass sie den Mann ihres Lebens kennenlernt, heiratet und von ihren Zinsen lebt. Denn die Idee mit dem Schatz unter dem Kirschbaum vergessen wir lieber gleich wieder, okay?«, sagte Mara Polsky, um Alma zu provozieren. Denn sie wollte hören, was die junge Frau wirklich wollte.

»Vielleicht würde sie in ihrem großen Haus eine Residenz für Nachwuchsautoren einrichten. Fünf angehende Schriftsteller könnten dort leben. Dichter, Romanautoren, Dramatiker … Egal, welchem Genre sie sich widmen, wie alt sie sind und woher sie kommen. Sie müssen nur eine Bedingung erfüllen: dass sie an ihrem ersten Werk arbeiten. Noch nichts veröffentlicht haben.«

Ohne es zu merken, hatte Alma begonnen, im Raum auf und ab zu gehen, was Mara Polsky amüsiert beobachtete. Dabei unterstrich die junge Frau ihre Worte gestenreich mit den Händen. Sie hatte ihre Idee noch nicht fertig ausgeführt, als ihr schon die nächste in den Sinn kam.

»Die Unterkunft soll sie nichts kosten. Dafür müssen sie im Haushalt helfen und im Garten arbeiten, in dem Obst und Gemüse angebaut werden. Und wenn sie eines Tages als Schriftsteller Erfolg haben, müssen sie einen jungen Nachwuchsautor finanziell unterstützen … Sie können so lange wohnen bleiben, bis sie ein Manuskript erstellt haben, das sie an einen Verlag schicken können. Und wenn sie ihren ersten Buchvertrag haben, müssen sie ausziehen. Um ihren Weg zu finden.«

»Das ist eine schöne Idee! Ja, sie gefällt mir«, sagte Mara Polsky, die zwischenzeitlich die Augen geschlossen hatte.

»Fein, denn in meinem Roman stellt sich eine berühmte amerikanische Schriftstellerin als Schirmherrin zur Verfügung. Und ehrlich gesagt, wäre es das Praktischste, wenn ich gleich dich darum bitte.«

Mara Polsky öffnete die Augen und sah Alma an. Lächelte.

»Du lernst schnell! Und dürfte ich wissen, wie die Initiative, die ich unterstütze, heißen wird?«

»Weil es ein internationales Projekt ist, sollte es ein englischer Name sein. Damit man auf allen Kontinenten gut darüber reden kann.«

»Eine gute Idee!«

»Da es ein Haus ist, in dem man wohnen und essen kann … *Literary Bed & Breakfast?*«

»Das kannst du besser!«

Alma blickte nachdenklich aus dem Fenster. Draußen war es dunkel. Es war schon vor Stunden Abend geworden, obwohl sie das Gefühl hatte, dass sie erst vor ein paar Minuten zum zweiten Mal dieses Haus betreten hatte. Oder war seitdem bereits ein ganzes Leben vergangen?

»Bed & Breakbloc?«

»Fast, aber noch nicht ganz …«, entschied Mara Polsky. »Ich werde dir ein erstes freundschaftliches Geschenk machen: den Namen für dein Projekt. *Bed & First Draft.*«

Alma applaudierte. Dann nahm sie ihre Wanderung durchs Zimmer wieder auf. Sie schloss die Augen und stieß gegen einen Tisch, ein Regal, eine Stehlampe. Doch nichts konnte sie aufhalten, bis sie zwei Hände auf ihren Schultern spürte.

Sie öffnete die Augen. Vor ihr stand Mara Polsky mit fragendem Blick.

Sie zuckte mit den Schultern.
Mara Polsky schüttelte sie leicht.
»Worauf wartest du? Du bist die Autorin deines eigenen Lebens! Schreib dieses Ende!«

25

Lieber früher als später

Die Liebe ist immer für eine Überraschung gut,
und der Humor ist ein lebenswichtiger Blitzableiter.
ALFREDO BRYCE ECHENIQUE

Álex hatte ein schlechtes Gewissen. Er hatte Alma belogen, als er behauptet hatte, er könnte sie nicht zu Mara Polsky begleiten, weil sein Vater sich unter dem Bett versteckt hätte.

Daher hoffte er, dass sie ihn nicht sehen würde, während er im Regen mit dem Fahrrad nach Mastán fuhr. Zum Glück lag die Siedlung *La Rosa de los Vientos* in entgegengesetzter Richtung, doch bei einer Nachwuchsdichterin musste man durchaus damit rechnen, dass sie vielleicht doch über einen längeren Weg zu ihrem Schicksal fand oder im Gewitter nach ihrer Muse suchte. Er lachte und fuhr ein wenig schneller.

Er hatte einen Grund für sein Verhalten, von dem er ihr jedoch nicht erzählen konnte. Zumindest noch nicht.

Was das Treffen mit Mara Polsky anging, machte er sich keine Sorgen. Er wusste, dass Alma allein viel besser zurechtkommen würde.

Von Dichterin zu Dichterin fanden sie bestimmt schnell einen Draht zueinander. Sicher würden sie sich hervorragend verstehen, dachte er, um sein Gewissen zu beruhigen, kurz bevor er die ersten Lichter des Nachbarorts auftauchen sah.

Er fuhr durch die leeren Straßen, bis er zu dem Café kam, in dem er sich verabredet hatte. Nachdem er die Tür geöffnet hatte, ließ er den Blick durch das Lokal schweifen. Von einem der hinteren Tische her hörte er eine Stimme, die ihm bekannt vorkam. Er bestellte einen Milchkaffee und ein paar Churros und machte einen Scherz, den der Kellner mit Gleichgültigkeit quittierte, bevor er sich an die Bar zurückzog.

Es hatte sich überhaupt nichts verändert, obwohl viele Jahre vergangen waren. Seine eigene fröhliche Stimme erinnerte ihn an die Sonntagnachmittage in seiner Kindheit: den Duft nach heißer Schokolade in der Küche und seinen Bruder, der mit seinem Freund mit seinem Metallbaukasten spielte, während er, der Kleine, die Bauwerke am liebsten gleich wieder zerlegt hätte. Sein Bruder, der daraufhin mit ihm schimpfte, während sein bester Freund ihn zu trösten versuchte: »Irgendwann wirst du deinen eigenen Metallbaukasten haben, und dann müssen wir dich bitten, damit spielen zu dürfen. Du wirst sehen, Álex.«

»Hey, Álex!«

Der Klang seines Namens holte ihn zurück in die Gegenwart. Ein großer, kräftiger Mann Ende dreißig kam auf ihn zu und umarmte ihn.

»Du bist noch genauso ein Träumer wie früher, was? Bis du mich endlich gehört hast!«

Die Worte des besten Freundes seines älteren Bruders gaben Álex das Gefühl, als wären erst wenige Tage seit ihrer letzten Begegnung vergangen.

Er hat einfach diese Gabe, dachte Álex, nur ein paar Worte von ihm und eine einzige Geste reichen aus, dass man sich in seiner Gegenwart geschätzt und wohlfühlt.

»Was hat dich zurück hier ins Tal verschlagen? Ich habe gedacht, du verdienst dir auf dieser Bohrinsel eine goldene Nase! Bist du hier, um deine Eltern um ihren Segen zu bitten, weil du eine Wikingerbraut heiraten willst? Bist du endlich ein braver Junge geworden?«, scherzte Álex.

»Kalt, ganz kalt …«

»Lass mich raten, Fernando. Du bist gekommen, um die letzten Sachen zu holen, die du hier im Dorf zurückgelassen hast, um dann irgendwo noch weiter weg ein neues Leben zu beginnen.«

»Immer noch kalt, Álex.«

»Ich geb auf.«

»Gut. Ich bin nicht hier, um etwas zu holen. Im Gegenteil, vielleicht bringe ich alle meine Sachen wieder her. Das hängt von einer bestimmten Sache ab. Wenn die sich erfüllt …«

Álex sah ihn überrascht an. Er war es gewohnt, dass die Leute den Ort verließen, und nicht, dass sie zurückkamen. Und Fernando war einer der Ersten gewesen, die gegangen waren. Soviel er von seinem Bruder wusste, hatte er es nicht schlecht angetroffen: Er hatte einen guten Job und ein entsprechendes Gehalt, Freunde und litt nicht wirklich unter Heimweh. Warum also wollte er zurückkommen?

»Die Liebe hat mich zurück nach Porvenir verschlagen. Es hat mich voll erwischt, mein Freund. Ja, du brauchst gar nicht so zu gucken. Wenn dir das eines Tages passiert, wirst du mich verstehen, Kleiner.«

Álex konnte nicht verhindern, dass er rot wurde. Er betete, dass es Fernando nicht auffallen würde, doch er hatte kein Glück.

»Aha, ich sehe, du weißt ganz genau, wovon ich spreche! Aber keine Angst, ich lass dich in Ruhe … vorerst«, meinte Fernando. »Aber wenn meine Sache geklärt ist, werde ich mich mit deiner Geschichte befassen.«

»Ich habe nicht gesagt, dass ich Hilfe brauche«, wehrte Álex verschämt ab.

»Na, ich schon, mein Junge. Ich brauche deine Hilfe, um meiner Liebsten eine Überraschung zu bereiten und ein Ja von ihr zu hören. Oder zumindest ein Vielleicht.«

»Und darum machst du so ein Geheimnis daraus? Überall auf der Welt erklären jeden Tag Leute ihre Liebe, und du rufst mich um Mitternacht an, nimmst mir das Versprechen ab, niemandem zu sagen, dass du hier bist, und bestellst mich mitten im

Gewitter in ein Café im Nachbarort! Ich fühle mich eher wie ein Mitglied der Résistance als wie Cupidos Gehilfe!«

»Es muss eine Riesenüberraschung werden«, erklärte Fernando. »Ich habe mir schon alles überlegt. Jetzt muss das Ganze nur noch in die Realität umgesetzt werden, und dabei kommst du ins Spiel. Bitte sag Ja! Du schuldest mir was.«

»Ich schulde dir was?«

»Schließlich habe ich dich mehr als einmal vor den Wutanfällen deines Bruders gerettet, stimmt's? Dabei hattest du durchaus eine Abreibung verdient«, scherzte Fernando.

Álex würde ihm auf jeden Fall helfen, aber nicht aus diesem Grund, sondern weil er Fernando schon immer gemocht hatte. Er war ein prima Kerl.

»Hat deine Liebste denn auch einen Namen? Oder soll ich die zukünftige Mutter deiner Kinder auch ›die Sache‹ nennen?«

»Ich wusste gar nicht, dass du so witzig sein kannst ... Halt dich gut fest, denn wenn ich dir ihren Namen sage, wirst du verstehen, warum ich das Ganze mit Vorsicht angehen muss.«

»Du bist echt nervig. Jetzt sag es schon!«

»Sie hat einen kurzen Namen, jedoch biblischen Ausmaßes: Sara.«

Álex war derart überrascht, dass ihm der Mund offen stehen blieb. Ob tatsächlich von derselben Sara die Rede war, an die er gerade dachte? Das konnte nicht sein ... Angestrengt überlegte er, ob es nicht noch eine andere Sara in Porvenir gab.

»Vor ein paar Monaten habe ich mit ihr Kontakt aufgenommen, weil ich ein Problem mit einem offiziellen Schreiben hatte. Und dann kam eines zum anderen und ...«

Nun bestand kein Zweifel mehr, von wem er sprach. Es konnte nur um eine Sara gehen, die mit den roten Haaren und den drei Söhnen, die Briefträgerin, Rosas Nachbarin, die Tochter der Freunde seiner Eltern. Die Sara aus der Briefkette.

In den nächsten zehn Minuten erzählte Fernando Álex alles über den täglichen Chat, bei dem er mitten auf dem Nordmeer seinen Wachdienst schob und sie sich im Postamt befand. Er erwähnte den Anruf an Silvester und wie leid es ihm getan hatte, nicht mit ihr zusammen ins neue Jahr feiern zu können.

»Dort in meiner kleinen Kammer, nur von Fremden umgeben, ist mir an diesem Tag klar geworden, dass ich das nächste Weihnachtsfest hier verbringen will, zusammen mit den Menschen, die mir etwas bedeuten … und mit ihr. Ich weiß, dass es Dinge gibt, die dagegensprechen. Dass sie älter ist als ich. Dass sie drei Kinder hat. Dass sie vielleicht ihren Arbeitsplatz verlieren wird. Aber das alles wird mich nicht davon abhalten.«

Álex sah ihn schweigend an. Keine Sekunde hatte er an irgendwelche Hinderungsgründe gedacht, sondern nur daran, wie sehr er sich für Sara freute, wie sehr sie ein neues Glück verdiente!

Daher sagte er nun: »Es ist schön, dass ich bald vielleicht wieder einen Freund hier habe. Was kann ich für dich tun, damit sie Ja sagt?«

Fernando erzählte ihm, dass Sara in drei Tagen vierzig Jahre alt werden würde. Er wollte für sie hier, in ihrem Heimatort, eine Überraschungsparty organisieren und dazu alle Leute einladen, die ihr etwas bedeuteten. Deshalb war es auch so wichtig, dass niemand von seiner Anwesenheit erfuhr, denn er war ein Teil der Überraschung.

»Als Erstes brauche ich einen Ort, an dem ich mich verstecken kann, während ich alles vorbereite.«

»Du kannst gern bei uns wohnen«, schlug Álex vor, auch wenn das wegen seines Vaters sicher nicht die ideale Lösung war.

»Das ist leider keine gute Idee. Sara könnte jederzeit vorbeikommen, um sich zu erkundigen, wie es deinem Vater geht. Außerdem wohnst du mitten im Ort. Dann könnte ich höchstens im Morgengrauen das Haus verlassen, wenn ich nicht Gefahr laufen will, ihr zu begegnen.«

Die einzige Pension in Porvenir befand sich ganz in der Nähe des Hauses, in dem Sara und Rosa lebten. Auch das war also zu gefährlich, befanden beide.

»Du kennst nicht vielleicht jemanden, der ein Ferienhaus hier hat? Das wäre die perfekte Lösung: ein unauffälliges, etwas außerhalb gelegenes Häuschen, wo wir uns treffen könnten, um den großen Coup zu planen. Aber es müsste schon ein hübsches Häuschen sein, wir haben schließlich unsere Ansprüche.«

Álex kam ein Geistesblitz. In Porvenir gab es durchaus ein Haus, auf das diese Beschreibung passte. Nur dass die Eigentümerin noch nicht daran gedacht hatte, andere Leute dort unterzubringen.

»Ich hab's! Es gibt ein Haus, das zwischen Mastán und Porvenir liegt. Im Moment lebt eine Freundin von mir dort. Sie wohnt allein, und es ist genügend Platz, wir könnten sie also fragen. Ich bin sicher, dass sie nichts gegen ein wenig nette Gesellschaft hat.«

»Eine Freundin oder … deine Freundin?«, fragte Fernando schelmisch und zwinkerte ihm zu.

Es war bereits elf Uhr abends, und Alma ging noch immer nicht an ihr Handy. Allmählich wurde Álex unruhig. Um sechs hatte sie sich auf den Weg zu Mara Polsky gemacht, es war also sehr unwahrscheinlich, dass sie noch dort war. Sicherlich hatte sie das Handy ausgeschaltet, als sie bei der Schriftstellerin war, und nachher vergessen, es wieder anzumachen. Oder sie war sauer auf ihn, weil er sie versetzt hatte.

Nachdem er sich von Fernando verabschiedet hatte, nahm er sein Fahrrad und machte sich auf den Weg zu Alma. Er hielt es für das Beste, wenn sie ihm persönlich erzählen konnte, wie es bei ihr gelaufen war, und anschließend könnte er ihr dann von seinen Plänen erzählen.

Nachdem er zehn Minuten vor Almas Haustür gewartet hatte, fuhr sie in einem Taxi vor. Sogar im Halbdunkeln konnte er erkennen, wie glücklich sie war. Sie rannte auf ihn zu und fiel ihm um den Hals. Da er mit einem solchen Überschwang nicht gerechnet hatte, verlor er das Gleichgewicht und sie fielen zusammen ins Gras. Alma hörte nicht auf, sein Gesicht mit kleinen Küssen zu bedecken, und gab zwischendurch irgendwelche unzusammenhängenden Sätze von sich, in denen es um Schreibblockaden ging, die Hölle und das Paradies, darum, die Autorin seines eigenen Romans zu sein und so etwas wie ein Bed & Breakfast zu eröffnen.

Ich sollte die Gelegenheit nutzen, sagte sich Álex, als sie ins Haus gingen.

»Da du gerade etwas von Bed & Breakfast gesagt hast … Ich hätte da einen ersten Gast für dich. Er ist zwar kein Schriftsteller, aber …«

Alma sah ihn überrascht an.

»Hör mal, so weit bin ich noch nicht. Ich wüsste nicht mal, welches Zimmer ich ihm anbieten sollte.«

»Das kannst du dir ja noch überlegen. Nimm es einfach als eine Art Praxistest.«

»Álex, was ist heute Abend passiert? Irgendwie habe ich das Gefühl, etwas verpasst zu haben.«

»Du wirst es gleich erfahren … Ich mache nur eben den Kamin an. Hier ist es eiskalt.«

»Oh, es wird also länger dauern.« Lächelnd machte Alma es sich auf dem Sofa bequem.

Nachdem er Alma Fernandos Geschichte erzählt hatte und von dessen Plan, wie er Sara erobern wollte, war Alma begeistert wie ein kleines Mädchen.

»Cupidos Gehilfen? Wunderbar! Für die Liebe bin ich zu allem bereit, sogar dazu, einen Fremden in meinem Haus aufzunehmen.«

Allmählich fühlte sie sich als Schutzengel der rothaarigen Briefträgerin, die sie seit ihrem Ausflug in die Bibliothek nun auch persönlich kannte: Zuerst half sie ihr, ihren Arbeitsplatz zu behalten, und nun auch noch dabei, die große Liebe zu finden.

»Fernando ist aber kein Fremder«, protestierte Álex. »Wir haben uns schon als Kinder gekannt, Alma. Wenn ich nicht wüsste, was für ein feiner Kerl er ist, hätte ich dich nicht darum gebeten.«

Er strich ihr den kastanienfarbenen Pony aus der Stirn und legte zärtlich die Arme um sie.

Alma schloss die Augen und überließ sich ihren Gedanken. Was für ein Tag! Sie hatte ihre Lieblingsautorin kennengelernt, und es sah ganz so aus, als könnten sie Freundinnen werden. Zudem hatte sich ein Weg aufgetan, wie sich vielleicht das Dilemma um ihre Zukunft lösen ließ. Und nun hatte der wunderbarste Mann, den sie kannte, sie in die Arme genommen.

Während sie auf Fernandos Ankunft warteten, riss Álex sie aus ihren glücklichen Träumereien.

»Und? Hat Mara Polsky nun eigentlich zugesagt, am vierzehnten Februar unseren Leseclub zu eröffnen?«

Erst in diesem Moment fiel Alma auf, dass die Dichterin weder Ja noch Nein zu ihrer Bitte gesagt hatte.

26

Cupidos Praktikanten

Der Genuss an einem Bankett sollte sich nicht an der Reichhaltigkeit der Speisen messen, sondern an den Gästen, die daran teilnehmen, und an der Konversation.

MARCUS TULLIUS CICERO

Datum: 25. Januar
Von: palvarez@postzentrale.com
An: snaval@postporvenir.com
Thema: Versetzung

Liebe Sara,
es tut mir leid, dass ich Dir noch nicht endgültig sagen kann, wie es mit Deinem Arbeitsplatz weitergehen wird.
Ich weiß, dass bereits einige Monate vergangen sind, seit Du die Mail der Zentrale erhalten hast, in der Dir die anstehende Schließung des Postamts in Porvenir und Deine Versetzung angekündigt wurden. Und natürlich wird eine solche Entscheidung nicht einfach so von einem auf den anderen Tag getroffen.
Die Zentrale hat sich intensiv mit den Argumenten, die für und gegen die Schließung des Postamts sprechen, beschäftigt. In jedem Fall haben wir auf Deine Bitte hin dabei auch die steigende Zahl der Briefe in Porvenir nicht außer Acht gelassen.
Dies hat uns genau wie Dich sehr überrascht. Wir schätzen Dich und Deine Arbeit sehr, und auch aus Respekt der Leistung

und der Person Deines Vaters gegenüber versichere ich Dir, dass Du so schnell wie möglich einen definitiven Bescheid erhalten wirst.

Pedro Álvarez
Bereichsleiter
Postdirektion

Sara hatte den ganzen Morgen in dem Bemühen verbracht, die verschlüsselte Botschaft, die die Mail ihres Chefs zweifellos enthielt, zu enträtseln. Sie versuchte sich sein Gesicht vorzustellen, während er den Brief geschrieben hatte: Hatte er geschwitzt? Hatte er streng geguckt und war ganz blass gewesen? Das wäre in jedem Fall ein schlechtes Zeichen.

Pedro Álvarez war ein Kollege ihres Vaters gewesen. Trotz des Altersunterschiedes waren sie von Anfang an hervorragend miteinander ausgekommen. Obwohl seitdem viele Jahre vergangen waren und Pedro inzwischen kurz vor der Pensionierung stand, erinnerte er sich gern an diese Zeit zurück und hatte jede Menge Anekdoten zu erzählen. Sie wusste, das Letzte, was er wollte, war, ihr eine schlechte Nachricht überbringen zu müssen.

»›Und natürlich wird eine solche Entscheidung nicht einfach so von einem Tag auf den anderen getroffen‹«, las sie noch einmal laut. Sie hob den Blick vom Computerbildschirm. Das war ja schön und gut, nur blieben ihr dann wahrscheinlich gerade mal ein paar Stunden, um sich zu überlegen, ob sie ihr Leben und das ihrer Kinder völlig umkrempeln und sie an einen anderen Ort verschleppen wollte, um dort von vorn anzufangen. Sie merkte, dass sie wütend wurde. Seit Wochen litt sie nun schon unter dieser quälenden Ungewissheit, und das gefiel ihr überhaupt nicht.

Sie atmete tief durch und konzentrierte sich wieder auf die Mail.

»›Die Zentrale hat sich intensiv mit den Argumenten, die für und gegen die Schließung des Postamts sprechen, beschäftigt‹«, wiederholte Sara für sich, während auch sie versuchte, das Für und Wider gegeneinander abzuwägen. Sie überlegte, welches Argument für die Zentrale wohl das entscheidende war: die Möglichkeit, Personalkosten und sonstige Fixkosten einzusparen? Der Imageverlust, den es darstellte, ein seit über hundert Jahren existierendes Postamt zu schließen? Die Kosten-Nutzen-Analyse? Die Kundenfreundlichkeit?

Kalter Schweiß lief ihr den Rücken hinunter. Sie hatte noch nie persönlich mit ihren obersten Vorgesetzten gesprochen, aber sie war sich sicher, welche Argumente für sie die wichtigsten waren.

In jedem Fall haben wir auf Deine Bitte hin dabei auch die steigende Zahl der Briefe in Porvenir nicht außer Acht gelassen. Dies hat uns genau wie Dich sehr überrascht.

Besorgt blickte sie in Richtung des Lagerraums. Es war bereits zwei Uhr nachmittags, und Karol war schon vor einer Weile zu ihrer nächsten Putzstelle aufgebrochen, die Wohnung einer alleinstehenden, nicht mehr ganz jungen Frau.

»Ich weiß, dass du viel zu tun hast, aber das ist keine Entschuldigung«, sagte sie verärgert zu einer Karol, die sie in Gedanken vor sich sah.

Seit Tagen schon machte sie sich Sorgen, dass die Briefkette abreißen könnte. Zunächst hatte sie dabei natürlich an ihren Arbeitsplatz gedacht. Doch was sie auch belastete, war die Frage, was die anderen Frauen wohl davon hielten, die wie sie selbst ein Teil ihres Lebens einem Stück Papier anvertraut hatten, um es mit einer Unbekannten zu teilen.

Wie würden sie sich fühlen? Frustriert? Enttäuscht? Traurig?

Auf einmal hatte sie das Gefühl, dass eine große Verantwortung auf ihr lastete: Im Moment wusste nur sie, dass die Briefkette im Begriff war abzureißen. Ob es möglich war, dass sie noch einmal die Initiative ergriff und einen zweiten Brief schrieb, um sie wieder in Gang zu setzen? Oder sollte sie mit Karol sprechen, ihr die Wahrheit erzählen und sie bitten, einen kurzen Text zu schreiben?

Während sie darüber nachdachte, welche Handlungsweise wohl am ehesten im Sinne der anonymen Initiative wäre, blickte sie aus dem Fenster. Dann lächelte sie.

»Sieh an, da ist er, der Ritter von der traurigen Gestalt, und seine Dulcinea Alma«, murmelte sie. Man konnte sehen, wie gut sich die beiden verstanden, während sie, sich gegenseitig neckend, die Straße entlangliefen. Und die Freude, die sie über das offensichtliche Glück ihres Freundes empfand, sorgte dafür, dass sie ihre Sorgen vergaß.

»Bist du dir sicher, dass es eine gute Idee ist, sie zu fragen, ob sie das Catering für uns macht?«, hakte Alma noch einmal nach.

Álex nickte. Entschlossen klingelte er an der schweren Holztür, bevor seine Liebste noch weitere Einwände vorbringen konnte. Es ging um die Überraschungsparty zu Saras vierzigstem Geburtstag, und es gab jede Menge vorzubereiten, unter anderem die Verköstigung der Gäste.

An dem Tag, an dem Fernando angekommen war, hatten sie bis drei Uhr morgens über das Thema geredet. »Es soll eine Riesensache werden«, hatte er immer wieder gesagt. »Und es sollen keine Kosten und Mühen gescheut werden, wobei die Kosten natürlich ausschließlich auf meine Kappe gehen.« Um alles andere mussten sie sich kümmern, denn »der Galan, der aus der Kälte kam«, wie Alma ihn nannte, konnte nicht riskieren, im Ort gesehen zu werden.

Álex und Alma waren seine ausführenden Helfer.

»Und ihr seid meine Kundschafter, damit ich weiß, wie es Sara geht, welche Gedanken sie sich über ihren Geburtstag macht und mit wem sie ihn gern zusammen feiern möchte«, hatte er ihnen ernst mitgeteilt.

Die erste Entscheidung, nämlich wo gefeiert werden sollte, war noch die einfachste gewesen. Voller Enthusiasmus, als Cupidos Gehilfe agieren zu dürfen, hatte Alma gleich ihr Haus dafür zur Verfügung gestellt, wovon die beiden Männer hellauf begeistert waren. Das alte, verwunschene Steinhaus war der perfekte Ort für ein solches Fest und hatte beinah etwas Magisches. Außerdem war es äußerst praktisch gelegen. So konnte Fernando die Räumlichkeiten für das Fest nach seinen Wünschen vorbereiten, ohne dabei Aufsehen zu erregen.

Der »Galan, der aus der Kälte kam« hatte Alma zum Dank dafür heftig umarmt. Was die Nachwuchsdichterin ihm dabei jedoch nicht gestanden hatte, war, dass ihr Angebot nicht völlig uneigennützig erfolgt war.

»Wenn es uns gelingt, hier den Grundstein für eine so wunderbare Liebesgeschichte wie die von Sara und Fernando zu legen, für einen so traumhaften Neuanfang, wird dies das schlechte Karma, das wegen des Liebeskummers meiner Großmutter auf dem Haus lastet, vertreiben«, hatte sie dem überraschten Álex erklärt.

Alma war fest davon überzeugt, dass Luisa Meillás, wo immer sie sich nun auch befand, überglücklich sein würde, wenn diese beiden so lange Zeit und über so viele Kilometer hinweg getrennten Liebenden sich unter ihrem Kirschbaum den ersten Kuss gaben.

»Ach du liebe Güte! Habt ihr euch das auch gut überlegt?«, fragte die kleine Frau, während sie in der Küche eilig einen kleinen Imbiss zubereitete.

Alma sah Álex mit besorgter Miene an, die erkennen ließ, dass sie ihre Befürchtungen bestätigt sah. Dieser ließ sich jedoch nicht aus der Ruhe bringen und betrachtete entzückt den Teller mit den Schinkentaquitos, der auf dem Tisch stand.

Aus Erfahrung wusste er, dass sich das Ganze von selbst ergeben würde. Als Kind hatte er unzählige Male in dieser Küche gegessen, und er war sich absolut sicher, dass diese Köchin genau die richtige sei. Auch wenn Hypatia selbst daran zweifelte.

Für einen Moment schloss er die Augen. Auf dem Platz ihm gegenüber, auf dem nun Alma saß, sah er das runde, pausbäckige Gesicht seines Freundes Miguel vor sich, das stets voller Schrammen war. Er lächelte, als er daran dachte, was für Lausejungen sie gewesen waren und wie oft ihnen Hypatia gedroht hatte, ihnen keine Schokolade mehr zu geben.

Dieselbe Frau, die nun grübelnd für ihren überraschenden, jedoch durchaus willkommenen Besuch ein paar Scheiben Brot abschnitt.

»Schließlich habe ich keine Ahnung, was Norweger gern essen.«

Alma wollte gerade eingreifen und ihr erklären, dass das Fest nicht von einem Norweger veranstaltet würde, sondern von einem Mann, der dort lediglich auf einer Bohrinsel gearbeitet hatte, als Álex ihr lächelnd mit einer Geste zu verstehen gab, dass sie schweigen sollte.

»Wie viele Gäste, habt ihr gesagt? Vierzig oder fünfzig vielleicht?« Sie wandte sich um und sah Álex nachdenklich an. »Genau könnt ihr es noch nicht sagen. Mhm, nur noch drei Tage, und ihr wisst noch nicht genau, wie viele Leute kommen werden.« Sie zuckte mit den Schultern.

Hypatia öffnete den Kühlschrank, nahm ein Erfrischungsgetränk heraus und bot Alma davon an.

»Egal, was es kostet, habt ihr gesagt? Na ja, für mich ist das absolut nicht egal, entschuldigt, dass ich das so sage«, schimpfte sie, ohne es böse zu meinen, während sie drei Gläser aus dem Schrank nahm und sie Álex reichte.

»Ein Koch ist nun einmal von Mengen abhängig: wie viele Leute, wie viel Fleisch, wie viel Salz, wie viel Zeit, wie viel Besteck, wie viel Geld … So ist das nun mal, das ist nicht meine Erfindung. Anders geht es nicht. Sonst mache ich mir die ganze Zeit über Sorgen darüber, ob ich zu viel Geld ausgegeben habe oder, im Gegenteil, nicht einfallsreich genug gewesen bin.«

Sie hielt mitten in ihrem Reich, der kleinen Küche in ihrer Wohnung, inne und sah die beiden jungen Leute zum ersten Mal wirklich aufmerksam an. Alma war es ein wenig unangenehm, dass sie sie gerade dabei ertappte, wie sie den Schinken vom Fettrand befreite. Sie senkte den Blick, und ihre Finger verharrten einen Moment.

»So etwas habe ich noch nie gemacht … Wie hast du es noch mal genannt, junge Dame?«

Álex verschluckte sich vor Lachen fast an seiner Limonade.

»Ein ›Catering‹, Señora Hypatia. Wir haben Sie gefragt, ob Sie das Catering für uns übernehmen könnten.«

Nun war auch Alma zum Lachen zumute: Hier, in dieser Küche auf dem Land, im Gespräch mit der erfahrenen Hausfrau, wirkte das Wort einfach lächerlich. Linseneintopf, Zuckerkringel, Reis, Kroketten, Filet … all das klang viel besser. Vielleicht hatten sie es einfach falsch ausgedrückt, als sie um die Zusammenstellung eines Caterings mit Menüauswahl und Aufstellung der Kosten gebeten hatten.

Die einfachen Dinge sind die besten, dachte Alma.

»Kroketten, Kartoffelsalat, Chorizo, Reissalat …«, wiederholte Hypatia zum dritten Mal, um sich genau zu merken, was sie mit den jungen Leuten abgesprochen hatte.

Plötzlich schwieg sie, denn auf einmal schämte sie sich in Grund und Boden. Die junge Frau, die Álex mitgebracht hatte, kam, so wie sie aussah, aus der Stadt, und sicher konnten ihre beiden Großmütter lesen und schreiben. Vielleicht hatten sie sogar in einem Büro oder als Lehrerinnen gearbeitet.

Fast bereute sie ihre Zusage, bei der Organisation des Festes für Sara zu helfen. Doch sie schätzte die Briefträgerin sehr und wollte gern etwas für sie tun. Zumal sie wusste, dass ihr Arbeitsplatz in Gefahr war. Denn sollte dies der letzte Geburtstag sein, den Sara in Porvenir feiern würde, sollte es ein großartiges Fest werden. Sie durfte diese beiden unerfahrenen jungen Leute mit ihren guten Absichten nicht einfach hängen lassen!

Entweder ich konzentriere mich jetzt und mache keinen Fehler, oder wir enden alle mit einer Lebensmittelvergiftung oder Schlimmerem im Krankenhaus, dachte sie.

»Entschuldigt, aber ich muss mir die Liste mit den Zutaten gut merken.« Sie lächelte zurückhaltend. »Bei den vielen Dingen, die ich für euch zubereiten soll, muss ich sie mehrmals wiederholen, damit ich nichts vergesse.«

»Warum schreiben Sie sich das Ganze nicht einfach auf?«, fragte Alma ahnungslos, nachdem sie einen Schluck getrunken hatte.

Hypatia sah sie aufmerksam an. Es lag keine Spur von Arroganz oder Bosheit in ihrer Frage. Ihre honigfarbenen Augen blickten sie in Erwartung der Antwort völlig arglos an. Für sie war lesen und schreiben zu können einfach etwas so Selbstverständliches wie zu essen oder sich zu baden.

Wer war dieses Mädchen, das dort an ihrem Küchentisch saß? Álex hatte sie lediglich als eine Freundin vorgestellt, die ihm bei der Vorbereitung der Überraschungsparty half.

Hier kannte jeder jeden, und Alma war weder aus Porvenir noch aus einem anderen Ort im Tal. Hypatia warf Alma einen Blick zu. Man sah ihr an, dass sie aus der Stadt kam, auch wenn sie nun, nach ein paar Wochen auf dem Land, eine frischere Farbe hatte. Allerdings vermittelten ihre Art zu reden, ihr Enthusiasmus und der fröhliche Tonfall aus irgendeinem Grund das Gefühl, als gäbe es etwas, was sie seit langer Zeit mit den Einwohnern dieser Wälder verband. Und in jedem Fall machst du Álex sehr glücklich, sagte sie sich. Allein deswegen freue ich mich, dass du hier bist.

»Ihr habt gesagt, dass das Fest in drei Tagen stattfinden soll? Na ja, wenn ich jetzt anfange zu schreiben, könnte die Einkaufsliste bis dahin fertig sein. Wenn auch mit einigen Fehlern. Aber das wäre nur der erste Schritt, denn ich müsste sie ja auch noch lesen, wenn ich im Supermarkt bin. Obwohl mir das um einiges leichter fällt. Mit ein wenig Glück wäre das an einem Morgen erledigt.«

Álex warf Alma einen vorwurfsvollen Blick zu, die rot wurde, als sie verstand. Sie schloss die Augen und suchte nach einer Entschuldigung, einem Kommentar, wie sie den Tritt ins Fettnäpfchen wiedergutmachen könnte. Dabei schalt sie sich selbst, dass sie einfach so vorausgesetzt hatte, dass jeder Mensch lesen und schreiben konnte.

Sie wollte gerade etwas sagen, als ein herzlicher Kuss auf ihre Wange sie aus ihrer Verlegenheit riss. Als sie die Augen öffnete, hatte die kleine Frau ihr Gesicht in beide Hände genommen und lächelte freundlich.

»Kind! Du bist bleich wie ein Laken. Álex, du solltest öfter mit ihr in die Berge gehen, die gute Luft wird ihr guttun.« Hypatia strich Alma zärtlich übers Haar. »Ich kann nur schlecht lesen, und mit dem Schreiben ist es noch schlimmer, aber …«

»Aber du bist die beste Köchin in Porvenir und im ganzen Tal, und wahrscheinlich gibt es auch in Madrid keine bessere, das haben die Leute dort nur noch nicht gemerkt«, sagte Álex zu Hypatias Stolz.

»Das ist eine Tatsache, und an Saras Geburtstag wirst du es merken. Und wenn du nach Madrid zurückkehrst, musst du allen erzählen, dass du die besten Torrijas der Welt gegessen hast.«

»Das mache ich auf jeden Fall. Und dann wirst du dich vor Angeboten nicht mehr retten können«, entgegnete Alma erleichtert.

»Angebote?«, fragte Hypatia überrascht, während sie sich an den Herd begab, um das Essen für ihren Mann zuzubereiten.

»Ja!«, rief Álex aus, als hätte er neues Land am Horizont entdeckt. »Warum ist mir das nicht eher eingefallen?«

»Was, mein Junge?«, fragte Hypatia, während sie die schwere Pfanne auf die Herdplatte stellte.

Sie goss etwas Öl hinein und gab Knoblauch und Tomatenstückchen dazu.

»Wir könnten ein Unternehmen gründen. Du bist wirklich eine ausgezeichnete Köchin. Und du hast selbst schon oft gesagt, dass du viel zu viel Zeit hast, seit deine Kinder aus dem Haus sind. Du kochst doch gern, oder?«

Hypatia nickte, um irgendwie auf den Enthusiasmus der jungen Leute zu reagieren, denn das, worauf diese mittägliche Unterhaltung hinauslief, war ihr nicht wirklich geheuer.

»Stell dir mal vor, du könntest damit Geld verdienen! Dein eigenes Geld, um damit zu tun, was du willst«, erklärte Álex voller Tatendrang.

Hypatia wandte den Blick vom Herd ab und richtete ihn auf den Freund ihres Sohnes. Überrascht erkannte sie in ihm für einen Moment den Jungen mit all seinen Träumen wieder, der er vor dem Tod seiner Mutter und der Erkrankung seines Vaters gewesen war. Sie wollte ihn nicht enttäuschen und ihm sagen, dass sie nicht daran interessiert war, Geld zu verdienen. Tomás hatte immer gut verdient und teilte alles mit ihr. Und als wenn das noch nicht genug wäre, hatten auch ihre Kinder ein gutes Einkommen und verwöhnten sie mit Geschenken.

Alma beobachtete die Szene schweigend, und auf irgendeine unbestimmte Art ahnte sie, was der Frau am Herd durch den Kopf ging. Lächelnd sagte sie leise: »Stellen Sie sich vor, Señora Hypatia, wie es wäre, wenn die Menschen in Madrid die Rezepte aus Ihrem Dorf kennenlernen würden. Wenn sie die Torrijas nach dem Rezept Ihrer Mutter probieren würden? Das geschmorte Kaninchen Ihrer Großmutter oder den Schäfereintopf, der seit Jahrhunderten …«

»Arroz de montaña, das ist das Beste, Reis mit Fleisch, wie es hier in den Bergen gegessen wird. Oder unser Pisto aus allen möglichen Gemüsesorten. Wusstest du, dass nach ärztlicher Auskunft eine Portion davon die gesamten Vitamine enthält, die ein erwachsener Mensch für eine ganze Woche braucht?«

Aufgeregt setzte Hypatia sich neben die junge Frau.

»Ich bin sicher, Señora …«

»Bitte, nenn mich Hypatia«, sagte sie und strich Alma über die Wange.

»Danke. Es ist nämlich leider so, dass wir in der Hauptstadt uns furchtbar ernähren, Hypatia. Nur Tiefgefrorenes, Vorgekochtes, Vakuumverpacktes …«

»Hör auf … Dabei macht es so viel Spaß, jeden Tag frisch auf dem Markt einzukaufen. Den Geruch des Obstes einzuatmen, die leuchtenden Farben des Gemüses zu sehen, ein frisches Lammsteak zu begutachten …«

»Dafür haben wir gar keine Zeit; wir sind immer in Zeitdruck«, bekannte Alma bekümmert.

Voller Enthusiasmus sprach Hypatia mit dem Holzlöffel, mit dem sie inzwischen wieder in dem Tomaten-Zwiebel-Sud rührte.

»Ach, diese verrückten jungen Leute! Glauben wirklich, dass ich ein Unternehmen führen könnte. Und was ist mit dem Papierkram und der Rechnerei? Dabei habe ich ihnen doch gesagt, dass ich kaum lesen und schreiben kann … Und jetzt kommen die mit so was!«

»Aber das ist doch kein Problem, Hypatia!«, rief Álex aus.

»Nein?«

»Ich könnte mich um den Zahlenkram kümmern, Anzeigen aufgeben, Aufträge entgegennehmen, mit dir einkaufen gehen …«

»Das geht nicht.«

»Nein?«, fragte Alma überrascht, die sich schon gefreut hatte, bei der Gründung des ersten Catering-Unternehmens in Porvenir dabei zu sein.

»Zum Einkaufen kommt Tomás mit«, erklärte Hypatia, während sie ein paar Rippchen in die Pfanne gab. »Das machen wir immer so, und wir sind ein eingespieltes Team.«

Alma lächelte. Wie schön! Ob Álex und sie das auch eines Tages von sich behaupten könnten? Noch waren sie weit davon entfernt, und sie beneidete Hypatia und ihren Mann um ihre Verbundenheit.

»Aber jetzt sollten wir uns erst einmal auf das Nächstliegende konzentrieren«, meinte die praktische Hausfrau, »denn das Ende kommt dann ganz von allein, wie meine Mutter immer gesagt hat. Ein Essen für etwa fünfzig Personen ist mein erster Auftrag. Die Sache ist abgemacht. Ich möchte, dass Sara ihren Geburtstag so feiern kann, wie sie es verdient.«

Bevor Hypatia hinter ihren Gästen die Haustür schloss, sah sie Alma lächelnd an.

»Ich weiß, dass du aus Madrid bist, Mädchen, und erst seit wenigen Monaten hier in Porvenir wohnst. Doch irgendwie wirkt es, als wärest du schon dein ganzes Leben lang hier! Bitte lach nicht, aber ich fühle mich dir so nah. Vielleicht ist dies, ohne dass du es ahnst, der Ort, wo du hingehörst.«

Almas Augen leuchteten.

Sie senkte den Kopf und gab der Köchin einen Kuss auf die Wange.

»Wenn Sie wüssten …«

27
Einsamkeiten

Wie leicht es ist zu weinen, wenn man alleine ist; beinah unmöglich ist es jedoch, für sich allein zu lachen.

DULCE MARÍA LOYNAZ

»›Reloj no marques las horas, / porque voy a enloquecer. / Ella se irá para siempre cuando amanezca otra vez. No más nos queda esta noche / para vivir nuestro amor. / Y tu tic-tac me recuerda / mi irremediable dolor. / Reloj detén tu camino, / porque mi vida se apaga. / Yo sin su amor no soy nada – Uhr, hör auf, die Zeit anzuzeigen, / sonst werde ich verrückt. / Sie wird für immer gehen, wenn es Morgen wird. / Mehr bleibt uns nicht in dieser Nacht, / um unsere Liebe zu leben, / und dein Ticken erinnert mich / an meinen unheilbaren Schmerz. / Uhr, halte inne auf deinem Weg, / denn mein Leben geht zu Ende. / Ohne ihre Liebe bin ich nichts.‹«

Laut singend zog Karol die Jalousien hoch.

Es wollte ihr nicht in den Kopf, warum Señora Manuelas Wohnung ständig im Dunkeln lag. Das Erste, was sie tat, wenn sie ankam, war, die Fenster zu öffnen. Es war eine einfache, kleine Wohnung, aber sie war sehr hell. Die Fenster im Wohnzimmer gingen auf den Park von Porvenir hinaus. Die Stimmen der dort spielenden Kinder drangen herauf, sodass sie sich nicht mehr so allein fühlte.

Vor drei Wochen hatte eine Frau an die Tür des Postamts geklopft, als sie dort geputzt hatte, und sie aufgefordert zu öffnen. Gestenreich hatte sie ihr zu verstehen gegeben, dass die

Postbeamtin nicht da war und niemand sie bedienen könne, doch die Frau hatte keine Ruhe gegeben.

»Ich muss nur ganz kurz meine Post abholen. Dauert nur eine Sekunde.«

»Es tut mir leid, aber Sara ist nicht da«, erklärte Karol, wobei sie beim Fegen innehielt.

»Ich weiß nicht, wer Sara ist, aber wie es aussieht, ist in der Tat niemand da«, bestätigte Manuela alias Sarai, während sie an Karol vorbeizukommen versuchte.

Die Putzfrau machte Platz, denn sie hatte keine Lust, sich mit der Frau zu streiten.

»Sara ist die für dieses Postamt zuständige Postbeamtin.«

»Keine Sorge. Ich komme allein zurecht. Ich habe hier ein Postfach. Sparen wir uns die Zeit, länger darüber zu reden, ich gehe schnell rein, mach es auf, nehme die Briefe heraus, mach es wieder zu, und schon bin ich weg.«

Karol zuckte mit den Schultern und lächelte. Ihre Mutter hatte immer gesagt, dass ein Lächeln im richtigen Moment die beste Waffe gegen den Feind sei. Als sie sah, dass der strenge Gesichtsausdruck der Frau milder wurde, bestätigte ihr dies einmal mehr, dass die peruanische Bäuerin recht gehabt hatte.

»Sie ahnen ja nicht, welch großen Gefallen Sie mir tun. Ich warte auf einen wichtigen Brief«, murmelte Manuela, als wolle sie sich damit entschuldigen.

Sie wollte nicht aggressiv sein. Früher hatte sie sich nie so verhalten, dachte sie auf dem Weg zu ihrem Postfach, doch in letzter Zeit hatte sie das Gefühl, als wäre die ganze Welt gegen sie. Ständig verspürte sie das dringende Bedürfnis, sich gegen eine nicht zu benennende Gefahr zu verteidigen.

»Bedienen Sie sich«, sagte Karol, während sie weiterfegte, ohne den Blick von der Frau abzuwenden.

Verwundert nahm sie die Reste von dunkler Wimperntusche an den Augen der Frau wahr. Sie trug einen bunten Jogginganzug. Allerdings glaube ich nicht, dass du besonders sportlich bist, dachte die Putzfrau innerlich lächelnd, sondern eher, dass du dich an diesem ganz normalen Arbeitstag erst nach Mittag aus dem Bett erhoben hast.

Unbewusst begann sie darüber zu phantasieren, wer die Frau wohl war, die gerade den Schlüssel in das Postfach mit der Nummer 080771 steckte. Eine Hausfrau mit zwei oder drei kleinen Kindern? Deren Ehemann das Geld verdienen musste, während sie bis mittags schlief und sich dann teure Kleidung kaufte? Wahrscheinlich wohnte sie in einem großen Haus am Ortsrand. Oder in einem der Steinhäuser im Zentrum, unter denen es wunderschöne gepflegte Anwesen gab! Und sicher hatte sie viele elegante Möbel von ihrer Familie geerbt.

Karol bückte sich, um ein Stück Papier vom Boden aufzuheben. Als sie sich wieder aufrichtete, bemerkte sie, dass die Frau sie erwartungsvoll anstarrte.

»Entschuldigung, haben Sie etwas gesagt?«

»Ich sagte: Hätten Sie vielleicht noch ein paar Stunden Zeit, um an zwei Tagen in der Woche bei mir zu putzen?«

Manuela alias Sarai fühlte sich in ihrer unordentlichen, vernachlässigten Wohnung allmählich unwohl. Doch ihr fehlte die Kraft, selbst etwas daran zu ändern, da sie nachts arbeitete und tagsüber schlief. Wenn sie am Nachmittag aufstand, machte sie sich lieber etwas zu essen und ging dann ein wenig spazieren, um auch einmal die Sonne zu sehen. Vielleicht hatte sie hier ja die Lösung ihres Problems gefunden.

Kein Haus am Stadtrand und auch keine von der Großmutter geerbten Möbel. Als Karol zum ersten Mal zum Putzen kam, fand sie eine kleine chaotische Wohnung vor. Das Ganze wirkte wie eine vorübergehende Unterkunft: kein Foto, keine persönlichen Dinge. Hier sieht es eher aus wie in einer Pension als wie in einem Zuhause, sagte sich Karol. Sogar ihre Wohnung, die sie mit mehreren Immigranten teilte, war liebevoller eingerichtet. Sie hatte ein Bild von ihrem Dorf aufgehängt, einen Kalender mit Fotos der antiken Stätten ihres Heimatlandes und Zeichnungen ihrer Kinder. Auf einer Konsole im Esszimmer hatten alle Bewohner Familienfotos aufgestellt und kümmerten sich darum, dass immer eine Vase mit frischen Blumen davor stand.

In dem Regal, das im Esszimmer von Señora Manuela stand, lagen lediglich ein vergessenes Exemplar der Gelben Seiten und ein regionaler Naturführer. Doch an dem Staub, der sich auf Letzterem angesammelt hatte, konnte Karol erkennen, dass darin schon lange niemand mehr gelesen hatte.

»›Detén el tiempo en tus manos, / haz esta noche perpetua / para que nunca se vaya de mí / para que nunca amanezca – Halte die Zeit in deinen Händen an, / lass diese Nacht ewig andauern, / damit sie mich niemals verlässt, / damit es niemals Morgen wird‹«, sang Karol, während sie Pizzareste und alte Zeitungen vom Sofa nahm.

Für sie war das Putzen wie zu tanzen.

In ihrer Heimat hatte sie nur in ihrem eigenen Haus geputzt. Als sie dann, nachdem sie ausgewandert war, damit begonnen hatte, in anderen Haushalten sauber zu machen, war ihr dies zunächst nicht leichtgefallen. Sie war eine Frau aus den Bergen und einiges gewohnt, daher lag es nicht daran, dass ihr die Arbeit zuwider war. Sie fand sie einfach nur furchtbar langweilig. Wenn sie ein Hemd für ihren Mann gebügelt hatte, hatte sie gewusst, dass sie damit belohnt würde, ihn darin zu sehen. Das Spielzeug ihrer Kinder aufzuräumen oder die Teller zu spülen, die sie benutzt hatten, war für sie selbstverständlich. Niemals hatte sie sich gefragt, ob es ihr gefiel oder nicht. Doch als sie auf einmal auch die Teller der Kinder anderer Leute abwaschen musste, merkte sie, dass es durchaus Unterhaltsameres gab.

»Du musst dem Ganzen die richtige Würze geben«, hatte ihr da ihre dominikanische Wohnungsgenossin geraten. Und auf die Frage hin, was sie damit meine, hatte sie gesagt: »Das kommt darauf an, was du daraus machst.« Dann hatte sie ihr gestanden, dass sie selbst sich irgendwelche Leute ausdachte, während sie

Wäsche wusch oder Fisch briet. Sie stelle sich vor, wie sie sein könnten, welche Kleidung sie trugen und was sie wohl sagen würden, wenn sie zur Tür hereinkämen. »Kein Wunder, ich war schon immer ein großer Kinofan«, erklärte sie.

Karol war erst als Erwachsene zum ersten Mal im Kino gewesen. Es hatte ihr zwar gefallen, sie jedoch nicht wirklich begeistert. Vielleicht weil ihr die Erfahrung fehlte, hatte sie lachend zu der Dominikanerin gesagt. Dafür liebte sie Boleros, die ja schließlich auch schöne Geschichten erzählten. So hatte sie beschlossen, ihre Arbeit mit Musik zu »würzen«. Und sie hatte es keinen Tag bereut. Singend und mit wiegenden Hüften schwang sie den Besen; sie wusch mit wippenden Schultern das Geschirr ab und machte tanzend die Betten. Die Art der musikalischen Begleitung hing dabei von ihrer Laune ab oder ob das, was sie tat, ihr gefiel oder nicht. An diesem Tag war sie wehmütig. Es wäre der siebzigste Geburtstag ihres Vaters gewesen, und sie hatte entschieden, für ihn ihren Lieblingsbolero anzustimmen: *Reloj no marques las horas.*

»So, das Wohnzimmer wäre geschafft. Jetzt ist die Küche dran. Da ist ein Musikwechsel genau das Richtige«, sagte Karol zu sich selbst.

Vor der Marmorspüle schloss sie die Augen und suchte in ihrem Gedächtnis nach einem neuen Lied. Nach ein paar Sekunden lächelte sie. Sie zog die Gummihandschuhe über und begann rhythmisch abzuwaschen, während sie sang: »›Somos novios, pues los dos sentimos mutuo amor profundo y con eso ya ganamos lo más grande de este mundo. Nos amamos, nos besamos, como novios nos deseamos y hasta a veces sin motivo, sin razón nos enojamos – Wir sind ein Paar, denn wir beide fühlen diese tiefe Liebe zueinander, und damit haben wir das Größte auf dieser Welt erreicht. Wir lieben uns, wir küssen uns, wie Liebende begehren wir uns, und manchmal ärgern wir uns ohne Grund.‹«

Sie arbeitete dienstags und donnerstags von 14:00 Uhr bis 15:30 Uhr in diesem Haus. »Kommen Sie keine Minute früher, und verlassen Sie die Wohnung keine Minute später«, hatte Señora Manuela gesagt, als sie sie eingestellt hatte. »Ich habe nicht gern andere Leute im Haus, wenn ich da bin«, hatte sie zur Erklärung hinzugefügt.

Und das war nicht die einzige Regel, die sie aufgestellt hatte. So gab es einen Raum, den sie auf keinen Fall betreten durfte. Außerdem wollte die Señora nicht, dass jemand an ihre Schubladen und Schränke ging. Ihr Schlafzimmer machte sie selbst sauber. Umso besser, dachte Karol, mit der Küche, dem Badezimmer und dem Esszimmer habe ich schon genug zu tun. Auch wenn diese Regel ein wenig nach bösen Stiefmüttern, entführten Prinzessinnen und Ritter Blaubart klang. Allerdings war sie auf die Arbeit angewiesen und konnte sich keine Empfindlichkeiten leisten.

»›Procuramos el momento más oscuro para hablarnos, para darnos el más dulce de los besos, recordar de qué color son los cerezos, sin hacer más comentarios. Somos novios, somos novios – Wir wählen den düstersten Moment, um miteinander zu reden, um uns die süßesten Küsse zu geben und uns an die Farbe der Kirschbäume zu erinnern, ohne etwas anderes zu erwähnen. Wir sind ein Paar, wir sind ein Paar‹«, sang sie lauthals weiter, während sie den Boden putzte. Es hat durchaus Vorteile, wenn niemand im Haus ist, dachte sie.

Sie sah auf die Uhr. Gerade noch genug Zeit, das Bad sauber zu machen. Ein Glück, dass es so klein ist, sagte sie sich.

Das Badezimmer lag neben dem »verbotenen Zimmer«, wie sie es für sich nannte. Als sie sich diesem näherte, hörte sie plötzlich ein dumpfes Geräusch, gefolgt von einem Klirren im Inneren des Raumes. Irgendetwas war heruntergefallen und auf den Fliesen zersprungen.

Karol war erstarrt. Es war das erste Mal, dass sie während der Arbeit etwas gehört hatte. Doch auf die Überraschung folgte die Neugier. Vorsichtig näherte sie ihr Ohr der Tür und nahm von drinnen ein schleifendes Geräusch wahr.

In der einen Hand den Besen, öffnete sie, den Blick auf den Boden gerichtet, vorsichtig die Tür. Sie rechnete damit, auf ein Tier zu treffen, und war daher äußerst überrascht von dem Anblick, der sich ihr tatsächlich bot: Señora Manuela, die nur mit einem Pyjamaoberteil bekleidet in ihrem eigenen Erbrochenen lag. Sie bemühte sich, aufzustehen, was ihr jedoch nicht gelang. Da sie am ganzen Körper zitterte, das Gesicht schmerzhaft verzogen hatte und ihr Schweißtropfen über die Stirn liefen, ging Karol davon aus, dass sie hohes Fieber hatte.

Seit zwei Stunden saß Karol nun schon bei halb herabgelassenen Jalousien in dem Sessel in Señora Manuelas Schlafzimmer. Endlich war das Fieber gesunken. Ihr Gesicht hatte sich entspannt.

Es war nicht leicht gewesen, sie zurück ins Bett zu bringen. Obwohl Karol sie an den Armen hochzog, konnte sich die Señora in ihrem Zustand nicht auf den Beinen halten. Als sie es schließlich geschafft hatten, zog Karol der Kranken das Pyjamaoberteil aus und rieb sie mit Alkohol ab. Dann zog sie ihr einen sauberen Pyjama an, den sie im Schrank fand, strich ihr das Haar aus dem Gesicht und deckte sie zu.

Zum Glück musste sie an diesem Nachmittag nirgendwo anders mehr putzen, sodass sie beschloss zu bleiben, einen Kaffee zu trinken und abzuwarten, wie sich das Ganze entwickeln würde. Sie nutzte die Zeit, um ihren Kindern einen Brief zu schreiben, eine Zeitschrift zu lesen und ein willkommenes Nickerchen zu machen.

»Was hast du vorhin gesungen?«

Karol öffnete die Augen. Sie meinte, eine schwache Stimme gehört zu haben. Schweigend wartete sie ab.

»Das Lied kam mir bekannt vor … aber ich kann mich nicht an den Titel erinnern.«

»Ich weiß nicht …«, sagte die Putzfrau leicht besorgt. »Ich wollte Sie nicht stören. Wie geht es Ihnen? Ich habe gerade das

Bad geputzt und dann einen dumpfen Knall gehört. Da bin ich ins Zimmer gegangen. Ich habe mir Sorgen gemacht, weil es Ihnen sehr schlecht ging und …«

»›Wir wählen den düstersten Moment‹, hast du gesungen …«

Karol sah sie an und versuchte das Gesagte einzuordnen. Vielleicht redete Señora Manuela unter dem Einfluss des Fiebers wirr.

»Das war ›Somos novios‹, der Lieblingsbolero meines Vaters.«

»Natürlich! Antonio Manzanero«, murmelte Manuela, als wäre es ihr plötzlich wieder eingefallen.

»Ich hoffe, ich habe Sie nicht gestört, Señora. Wenn es Ihnen jetzt besser geht: Möchten Sie vielleicht einen Tee? Oder soll ich Sie lieber in Ruhe lassen?«

»Ja bitte …«, sagte Manuela im Flüsterton.

Karol stand auf.

»Dann sehen wir uns in zwei Tagen.«

Noch bevor sie an der Tür war, hörte sie überrascht die Stimme, die nach ihr rief.

»Wieso in zwei Tagen? Ich will jetzt einen Tee! Verstehst du kein Spanisch oder was?«, schimpfte die Kranke im üblichen aggressiven Ton.

Verletzt ging Karol in die Küche. Beinah bereute sie, sich so viele Sorgen gemacht zu haben.

»Danke, Karol.«

»Ich habe ein bisschen Zitrone hineingetan, weil ich dachte, das würde Ihnen guttun«, entgegnete die Putzfrau eilig.

Sie sah die Frau im Bett an, deren bloße Anwesenheit sie bereits einschüchterte. Sollte sie gehen oder sich wieder hinsetzen? Sie wäre durchaus bereit, noch ein wenig zu bleiben, allerdings wusste sie ja, dass Señora Manuela Gesellschaft nicht besonders schätzte, und sie wollte auch nicht lästig sein. Außerdem kann ich gut darauf verzichten, noch weiter beschimpft zu werden, dachte sie.

»Warum stehst du so unschlüssig da rum?«, fragte die Señora prompt, als könnte sie ihre Gedanken lesen. »Musst du schon gehen?«

»Nein, ich habe noch ein wenig Zeit.«

»Mach die Jalousien hoch und schieb den Sessel etwas näher ans Bett heran. Es fällt mir nicht leicht zu reden, und ich habe keine Lust, so zu schreien.«

Karol gehorchte eingeschüchtert. So ist sie eben, die Señora, sagte sie sich, sogar wenn sie um einen Gefallen bittet, tut sie dies im Befehlston.

Die Sonne war verschwunden, und ein paar winzige Regentropfen fielen auf die Scheibe. Bevor Karol sich wieder umdrehte, hörte sie eine schwache Stimme flüstern: »Laufen Leute durch den Regen?« Manuela musste husten.

»Bitte?«

»›Esta tarde vi llover, vi gente correr y no estabas tú‹«, zitierte Manuela aus dem *Bolero* von Armando Manzanero: Heute Nachmittag habe ich gesehen, wie es regnete, wie die Leute durch den Regen liefen, und du warst nicht da.

Karol lächelte, als sie den Text wiedererkannte. Dann sah sie aus dem Fenster.

»Eine Katze. Aber ich glaube, sie läuft nicht vor dem Regen davon, sondern vor dem Hund und der alten Frau, die hinter ihr herrennen«, sagte sie und drehte sich um, wobei sie nicht wagte, die Señora anzusehen.

Diese nickte und gab Karol mit einer Geste zu verstehen, dass sie sich zu ihr setzen sollte.

»Der Hund, ist das ein Pudel mit einem karierten Mäntelchen und kleinen Stiefeln an den Pfoten?«

Karol riss überrascht die Augen auf. Wie konnte die Señora das wissen?

Manuela lächelte.

»Es ist kein Trick dabei. Die Frau wohnt gegenüber, und jeden Tag um diese Zeit geht sie mit ihrem Hund spazieren. Sie hat einen Haarknoten wie eine Großmutter aus einem Comic, stimmt's?«

Karol nickte.

»Das heißt, es ist kurz nach fünf. Wenn du gleich noch mal hinausschaust, kannst du die älteren Schulkinder sehen, die aus der Schule kommen und durch den Park nach Hause gehen. Sie sind immer in kleinen Gruppen unterwegs, und es sind zwei Rothaarige dabei, die bestimmt Brüder sind. Wahrscheinlich sind sie mit der Briefträgerin verwandt, denn ich habe hier im Ort sonst niemanden mit roten Haaren gesehen.«

Karol hatte Señora Manuela noch nie so viele Worte auf einmal sagen hören. Um sich über die Arbeit einig zu werden, hatten zwei Sätze gereicht. Sie hatten sich über die Tage und die Uhrzeit verständigt, und das war's. Seitdem waren sie sich nur ein paarmal kurz auf der Treppe begegnet. Daher war die Putzfrau nun überrascht, dass jemand, der so wenig soziale Kontakte hatte, derart aufmerksam die Menschen in der Nachbarschaft beobachtete.

Sie betrachtete ihre Chefin, als sähe sie sie zum ersten Mal. Ihr Gesichtsausdruck war nun sanfter, wenn auch nicht wirklich freundlich.

»Magst du Boleros?«

Die Frage riss Karol erneut aus ihren Gedanken.

»Sehr! Sie erinnern mich an meinen Vater. Er hat immer Boleros gesungen.«

»Du singst auch nicht schlecht ...«

»Ui. Das sagen Sie nur, weil Sie meinen Vater noch nicht gehört haben, Señora Manuela. Na ja, natürlich geht das nicht ...«

»Weil er in Peru lebt?«

»Weil er im Himmel ist«, erklärte Karol wie nebenbei.

»Aha«, machte die Kranke leicht unbehaglich.

»So ist das Leben.«

»Genau wie meine Mutter.«

»Ist sie auch im Himmel?«

»Nein, sie hat auch sehr gut Boleros gesungen.« Manuela lachte. »Und ob sie im Himmel oder in der Hölle ist, weiß wohl nur sie selbst. Könntest du *Esta tarde vi llover* mal für mich singen? Ich muss die ganze Zeit daran denken und kriege es nicht mehr aus dem Kopf, aber wirklich gut erinnere ich mich nicht daran …«

Karol zögerte. Da fügte Manuela mit einem traurigen Lächeln hinzu: »Ich würde mich sehr darüber freuen!«

Überrascht von dem freundlichen Ton, in dem ihre Chefin sie darum gebeten hatte, stand die Putzfrau auf. Sie ging zum Fenster hinüber und sah hinaus, ließ das Zimmer, das Haus und die Straße hinter sich und richtete ihren Blick auf die Wälder, wo er sich verlor. Dann begann sie mit ruhiger Stimme zu singen.

»›Esta tarde vi llover, vi gente correr y no estabas tú. La otra noche vi brillar un lucero azul y no estabas tú. La otra tarde vi que un ave enamorada daba besos a su amor ilusionada y no estabas tú. Esta tarde vi llover, vi gente correr y no estabas tú. El otoño vi llegar al mar, oí cantar y no estabas tú. Ya no sé cuánto me quieres si me extrañas o me engañas solo sé que vi llover, vi gente correr y no estabas tú – Heute Nachmittag habe ich gesehen, wie es regnete, wie die Leute durch den Regen liefen, und du warst nicht da. Letzte Nacht habe ich einen blauen Stern gesehen, und du warst nicht da. Gestern habe ich gesehen, wie ein verliebter Vogel seine glückliche Liebste küsste, und du warst nicht da. Heute habe ich gesehen, wie es regnete, wie die Leute durch den Regen liefen, und du warst nicht da. Ich weiß nicht mehr, wie sehr du mich liebst, ob du mich vermisst oder betrügst, ich weiß nur, ich habe gesehen, wie es regnete, wie die Leute durch den Regen liefen, und du warst nicht da.‹«

Eine sanfte Stille strich über zwei vernarbte Herzen und milderte für ein paar Minuten einen beinah vergessenen Schmerz.

»Ich habe vor Jahren meine Kinder verlassen und nie wieder von ihnen gehört.«

»Sie müssen sie sehr vermissen, Señora Manuela. Aber Sie hatten sicher Ihre Gründe.«

Manuela überlegte kurz. Vermisste sie ihre Kinder? Nicht sehr. Allerdings überraschte sie sich immer öfter bei dem Gedanken daran, was sie wohl gerade machten. Wenn sie in einem Geschäft einen schönen Pullover sah, in der Größe, die ihr Sohn inzwischen haben könnte, stellte sie sich vor, ihn für ihn zu kaufen und ihm zu schenken. Aber darüber ging ihre Sehnsucht nicht hinaus. Niemals hatte sie versucht, wieder mit ihnen Kontakt aufzunehmen. Nie hatte sie nach ihnen gesucht. Denn noch immer zog sie es vor, ihre Freiheit zu haben.

»Auf meine Art, ja«, antwortete sie wahrheitsgemäß. »Es ist schwer zu erklären.«

Entsetzt nahm Karol den dunklen Abgrund wahr, der sich ihr in den braunen Augen ihrer Chefin offenbarte. Sie spürte, wie ihr schwindelig wurde. Ihr stand es nicht zu, die Sünden anderer zu verurteilen, sagte sie sich. Ihre eigene Schuld lastete schwer genug auf ihr.

»Haben Sie wirklich als Kind hier gelebt?«

»Ja, in der Tat.«

»Wie wunderbar! Sie sind sicher froh, wieder hier zu sein, Señora Manuela. Es ist so ein schöner Ort!«

»Ich weiß nicht, wie ich es erklären soll ... Ich bin noch nicht wieder in der Straße, in der ich damals gewohnt habe, gewesen. Denn es heißt ja, man sollte nie dorthin zurückkehren, wo man einmal glücklich war. Dort gab es ein wunderschönes Haus ... und ich habe so oft davon geträumt, einmal hineinzugehen ... Weißt du? Es gab eine Palme, einen Teich und einen Eingang mit Säulen. Stundenlang habe ich am Gitter des Tores gestanden und hindurchgesehen.«

»Sie sind wirklich noch nicht wieder in der Straße gewesen, die Sie in so guter Erinnerung haben?« Karol zögerte eine Sekunde, bevor sie hinzufügte: »Wenn Sie möchten, können wir einmal zusammen hingehen. Wissen Sie? Vielleicht sollte man nur nicht allein dorthin zurückkehren, wo man einmal glücklich war. Wenn man es in Begleitung tut, ist es etwas anderes. Ich würde mich freuen, auf die Art etwas Neues kennenzulernen.«

»Du musst das nicht für mich tun«, brummte Manuela, die nicht gewohnt war, dass jemand sich um sie kümmerte.

»Ich tue es für mich, denn ich liebe es, spazieren zu gehen. Bei mir zu Hause bin ich jeden Tag spazieren gegangen, mit meiner Mutter, meinen Schwägerinnen, meinen Freundinnen. Wenn ich hier allein unterwegs bin, ist es nicht das Gleiche …«, erklärte Karol und sah dabei auf ihre Füße, als wollte sie sie dafür um Entschuldigung bitten, dass sie stillhalten mussten.

»Wie ist es bei dir zu Hause?«

»Das erzähle ich Ihnen ein andermal, Señora, es ist schon spät«, sagte Karol und stand auf.

Sie trat ans Fenster und ließ die Jalousie herunter.

Manuela sah ihr dabei zu und dachte, dass sie vielleicht auf Karols Angebot zurückkommen würde. Es musste ja kein langer Spaziergang sein, hin und zurück, und das war's. Das bedeutete ja nicht, dass sie jede Woche etwas gemeinsam unternehmen mussten oder dass sie Freundinnen wären, die sich gegenseitig Geheimnisse anvertrauten. Sie würden nur einmal zusammen spazieren gehen. Und dabei würde sie erfahren, was aus dem Haus ihrer Träume geworden war und aus der Straße, in der sie als Kind gewohnt hatte.

Das Fieber muss mich geschwächt haben, entschuldigte sie sich vor sich selbst.

»Ich glaube, in Wirklichkeit bin ich gekommen, um nach jemandem zu suchen, der nicht mehr hier ist«, sagte sie rasch, als sie sah, dass Karol im Begriff war, aus dem Zimmer zu gehen.

»Nach wem?«, fragte Karol, die überrascht stehen geblieben war.

»Nach einem kleinen Mädchen.«

»Nach Ihrer Tochter? Oder Ihrer Nichte?«

Manuela alias Sarai schüttelte den Kopf. Plötzlich war ihr wieder kalt. Sie zog die Decke hoch und bedeckte ihre Schultern.

»Nach mir selbst.«

Karol sah sie verständnisvoll an, während sie sich den Schal umband.

»Dafür müssen Sie nur in den Spiegel sehen.«

Draußen war es dunkel. Es war spät geworden. Dennoch drehte Karol noch eine kleine Runde, bevor sie sich auf den Weg nach Hause machte. Sie wollte kurz zur Hauptstraße und fand dort auch gleich, was sie suchte. Sie blieb stehen und wühlte in ihrer Tasche.

Nachdem sie den Brief und einen Kugelschreiber herausgenommen hatte, schrieb sie eine Adresse auf den Umschlag und warf ihn anschließend in den Briefkasten.

»Dann wollen wir der Señora Manuela mal Gesellschaft leisten! Ich hoffe, dass du bald ankommst, Brief, denn auch wenn sie es nicht weiß, sie wartet auf dich.«

28

Neununddreißig Arten, »Ich liebe dich« zu sagen

Ich liebe, wie ich die Liebe liebe.
Ich kenne keinen anderen Grund zu lieben,
außer dich zu lieben.
Was willst du, das ich dir noch sage außer:
Ich liebe dich, wenn das, was ich sagen will,
ist, dass ich dich liebe?

FERNANDO PESSOA

Sara ließ drei Briefkarten, die alle gleich groß waren, auf die Erde segeln. Ihre nun leeren Hände jedoch schienen nach mehr zu verlangen.

Ich liebe dich von ganzem Herzen,
nicht um selbst geliebt zu werden,
sondern weil mich nichts glücklicher macht,
als dich glücklich zu sehen.

GEORGE SAND

Ein Kuss wird dir alles verraten,
was ich dir verschwiegen habe.

PABLO NERUDA

Wenn meine Stimme mit dem Tode schweigt,
ist es mein Herz, das weiter mit dir spricht.

RABINDRANATH TAGORE

Sara blickte um sich, ohne es zu verstehen: Ein Teppich von weißen Briefumschlägen erstreckte sich zu ihren Füßen und füllte gut die Hälfte ihres kleinen Büros. Still warteten sie darauf, geöffnet zu werden.

Es war drei Minuten nach halb neun an einem ganz normalen Tag. Als anderthalb Stunden vorher ihr Wecker geklingelt hatte, hatte nichts darauf hingewiesen, dass etwas Derartiges passieren würde. Die Kinder hatten wie immer herumgetrödelt und sich ziemlich spät auf den Weg zur Schule gemacht. Deshalb hatte sie ihren Milchkaffee hastig im Stehen getrunken und ihr süßes Brötchen in die Tasche gesteckt, um es im Büro zu essen.

Sie hasste es, die Leute warten zu lassen, und am frühen Morgen war auf dem Postamt in Porvenir immer am meisten los. Völlig außer Atem war sie angekommen, hatte die Jalousien geöffnet und genau in dem Moment die Tür aufgeschlossen, als die Kirchturmuhr halb neun schlug.

Gerade noch geschafft, war ihr erster Gedanke, bevor sie den Berg an Briefen sah. Diesen hatte sie daraufhin genauso verblüfft angestarrt wie jetzt, nachdem sie festgestellt hatte, dass sämtliche Briefe an ihren Namen adressiert waren, das gleiche Format hatten und am Vortag in Mastán abgestempelt worden waren.

Sie ging noch einmal zur Eingangstür zurück, brachte das Schild *Wegen Postzustellung geschlossen* draußen an, sperrte von innen ab und setzte sich auf den Fußboden. Zitternd streckte sie die Hand aus und nahm sich zwei der Umschläge. Sie trugen keinen Absender. Offensichtlich war es in ihrem Dorf gerade in Mode, diesen zu verschweigen.

»›Man ist verliebt, wenn man merkt, dass eine andere Person einzigartig ist. JORGE LUIS BORGES‹«, las sie laut vor. Sie seufzte. »›Liebe und tu, was du willst! Schweigst du, so schweige aus Liebe; redest du, so rede aus Liebe; rügst du, so rüge aus Liebe; schonst du, so schone aus Liebe. AUGUSTINUS.‹«

Sie griff nach einem weiteren Umschlag, schloss die Augen und öffnete ihn, als könnte sie so aus diesem Traum erwachen, der nicht der ihre war. Doch so war es nicht, denn auch auf diesem Umschlag stand ihr Name. Jemand wollte ihr etwas sagen. Aber was? Und vor allem: Wer?

Man kann lieben, ohne glücklich zu sein, und man kann glücklich sein, ohne zu lieben. Aber lieben und dabei glücklich sein, das wäre ein Wunder. HONORÉ DE BALZAC.

Zugegebenermaßen hatten die Franzosen eine Menge Ahnung von der Liebe, sagte sich Sara, als sie nach diesem Brief den nächsten las: *Liebe besteht nicht darin, dass man einander anschaut, sondern dass man gemeinsam in dieselbe Richtung blickt.* ANTOINE DE SAINT-EXUPÉRY. Wie recht der berühmte Pilot doch hatte, dachte Sara. Anders als ihr Ehemann, der, nachdem er sich an ihr sattgesehen hatte, einer anderen Frau hinterhergestarrt hatte, anstatt sich auf seine Kinder zu konzentrieren.

Von ihrer eigenen Überlegung überrascht, fiel ihr auf, wie lange sie nicht mehr an ihren Exmann gedacht hatte. Ob die Sache mit Fernando dafür verantwortlich war? Obwohl er, nachdem er vor ein paar Tagen erwähnt hatte, dass er sie besuchen wolle, nicht mehr auf das Thema zurückgekommen war.

Nach wie vor chatteten sie täglich miteinander und tauschten sich über die Kälte in Norwegen oder über den chinesischen Koch auf der Bohrinsel und seine eintönigen Gerichte aus. Fernando konnte inzwischen keine chinesischen Reisgerichte mehr sehen.

Immerhin hatte sie ihm inzwischen mitteilen können, dass Karol endlich einen Brief geschrieben und abgeschickt hatte. Sie hatte kaum ihren Augen getraut, als sie festgestellt hatte, dass er auch an das Postfach 080771 adressiert gewesen war wie der Brief vor ein paar Wochen. Woher sich die Putzfrau und die unwirsche, nicht mehr ganz junge Mieterin des Postfachs wohl kannten? Bisher war noch niemand gekommen, um den Brief abzuholen, hatte sie CASTAWAY 65 berichtet. Noch schlief er in dem weißen Metallkasten den Schlaf der Gerechten.

Zweifle an der Sonne Klarheit, zweifle an der Sterne Licht, zweifl', ob lügen kann die Wahrheit, nur an meiner Liebe nicht. WILLIAM

SHAKESPEARE. »Was? Du liebst mich?«, rief die Briefträgerin unbewusst aus. »Wie kann das sein, du kennst mich doch gar nicht?«, warf sie gleich darauf ihrem imaginären Zuhörer vor.

Höre auf deinen Verstand, aber sprich mit dem Herzen. MARGUERITE YOURCENAR und *Für einen Blick eine Welt, für ein Lächeln einen Himmel, für einen Kuss … ich weiß nicht, was ich dir gäbe für einen Kuss.* GUSTAVO ADOLFO BÉCQUER.

Sara lehnte den Kopf an den Postschalter, schloss die Augen und reiste sehr weit fort, bis sie auf die Erinnerung an ihren ersten Verehrer traf: einen Schulkameraden mit Silberblick und Hasenzähnen, die sie mit ihren zwölf Jahren damals sehr lustig fand.

Eines Tages hatte er nach dem Unterricht auf dem Nachhauseweg auf sie gewartet. Er war ihr in sicherem Abstand gefolgt, und als er sich davon überzeugt hatte, dass niemand in der Nähe war, war er zu ihr gekommen. Seitdem waren viele Jahre vergangen, doch sie erinnerte sich noch genau daran, wie er ihr mit zitternder Hand ein gefaltetes Stück Papier gegeben hatte. Sein sehnsüchtiger Blick sprach Bände. Sie hatte gelesen, was auf dem Blatt stand, und hatte lachen müssen. Ihr Verehrer hatte genau den Vers von Gustavo Adolfo Bécquer daraufgeschrieben, den das Leben ihr nach vielen Umwegen nun erneut in die Hand gelegt hatte. Während sie noch genau vor Augen hatte, wie er damals, zutiefst enttäuscht und rot wie eine Tomate, die Flucht ergriffen hatte, versuchte sie sich vorzustellen, was wohl aus dem Jungen geworden war. Er hatte nie wieder ein Wort an sie gerichtet, und das Letzte, was sie von ihm hörte, war, dass er in Madrid Jura studiert hatte.

Was wäre wohl geschehen, wenn sie ihm den Kuss gegeben hätte, um den er mit jenen zärtlichen Worten bat? Vielleicht wären sie ein Paar geworden und hätten später geheiratet. Ob sie dann noch immer mit ihm zusammen wäre?

Das nächste Zitat schien genau dazu zu passen: *Die Magie der ersten Liebe ist unsere Ahnungslosigkeit, dass sie jemals enden kann.*

BENJAMIN DISRAELI. Unglaublich, wie viel Zeit seit ihrer ersten Liebe bereits vergangen war!

Ob es für eine neue Liebe nun bereits zu spät war?

Mit einer Hand verscheuchte sie diesen Gedanken, während sie mit der anderen nach einem weiteren Umschlag griff: *Ein großes Herz kann keine Undankbarkeit verschließen und keine Gleichgültigkeit ermüden.* LEO TOLSTOI. Sie legte die Briefkarte zur Seite, riss den nächsten Umschlag auf und fragte sich, ob das Zitat darin wohl auf sie und Fernando zutraf: *Erst wenn man sich trennt, spürt und versteht man, wie sehr man sich liebt.* FJODOR DOSTOJEWSKI. Sie hatte sich noch nie von Fernando verabschieden müssen, und vielleicht würden ihre erste Verabredung, wenn er nun tatsächlich kommen würde, und ihre Trennung danach deutlich machen, wie stark ihre Gefühle tatsächlich für ihn waren. Und seine für mich, fügte sie in Gedanken hinzu. Denn ich möchte keine Fata Morgana inmitten der arktischen Nacht sein.

Nur ein für andere gelebtes Leben ist lebenswert. ALBERT EINSTEIN. Sara dachte, dass sie darin völlig mit dem deutschen Physiker und ihrem heimlichen Verehrer übereinstimmte. Wer konnte derjenige nur gewesen sein, der sich all die Zeit genommen hatte, diese wunderschönen Zitate über die Liebe herauszusuchen, sie in schöner, sorgfältiger Schrift aufzuschreiben und jedes in einen Briefumschlag zu stecken? Den er dann ordnungsgemäß frankiert hatte! Sie lächelte, während ihre Finger bereits sehnsüchtig nach dem nächsten Brief griffen. *Küsse sind wie winzige Gold- oder Silberstücke, die man auf der Erde findet und die keinen großen Wert haben, jedoch trotzdem wertvoll sind, da sie zeigen, dass in der Nähe eine Mine liegt.* GEORGE VILLIERS.

Von jenem ersten Kuss, den sie niemals erhielt, bis zum nächsten vergingen drei Jahre. Es war an ihrem fünfzehnten Geburtstag gewesen, und an diesem Morgen, an dem Sara umgeben von Briefen in ihrem Büro auf dem Boden saß, hätte sie viel darum gegeben, sich an den Namen des Jungen erinnern zu können, der ihn ihr gegeben hatte. Doch es gelang ihr nicht. Sie wusste nur noch, dass er nach Schokolade geschmeckt hatte, wahrscheinlich weil der Junge gern Schokoladenkuchen aß.

Wonach wohl Fernandos Küsse schmeckten? Allein der Gedanke daran ließ sie erröten. Ängstlich sah sie sich nach allen Seiten um, als ob jemand ihre Gedanken gehört haben könnte.

Das Herz ist ein Kind, es hofft so, wie es wünscht. AUS DER TÜRKEI und *Einen Menschen lieben heißt sagen, du wirst nicht sterben.* GABRIEL MARCEL, waren die nächsten beiden Sätze, die ihr unbekannter Freund ihr zuraunte.

»In Ordnung«, meinte sie, als säße er ihr gegenüber. »Ich habe deine Botschaft verstanden: Du willst mir etwas über die Liebe sagen! Oder besser ...«, sie musste innerlich lachen, »... du bedienst dich einiger sehr erlesener Helfer, die es an deiner Stelle tun.«

Diese Feststellung rief ihr das Stück *Cyrano de Bergerac* ins Gedächtnis, das sie mit ihrem ersten richtigen Freund während einer Reise nach Madrid im Theater gesehen hatte. Dieser Freund hieß Miguel, und wie bei dem Protagonisten des Theaterstücks war seine Nase so lang wie die von Pinocchio. »Du warst ein prima Kerl, Miguel«, sagte Sara nun zu seinem imaginären Schatten. »Ein bisschen langweilig, aber lieb, und jetzt kann ich es dir ja sagen: In Wahrheit hast du meiner Mutter besser gefallen als mir. Als Mann für ihre Tochter, meine ich natürlich.« Das Theaterstück hatte sie in guter Erinnerung behalten: Cyranos Verse hatten sie sehr berührt, vor allem in der Szene, in der er unter einem Fenster seine Liebe gestand, ohne dass seine Angebetete ihn sehen konnte.

Die leeren Umschläge legte sie neben sich ordentlich auf einen Stapel – stumme Zeugen, die so viel Leidenschaft enthalten hatten. Die Nachrichten selbst lagen ungeordnet auf ihren Knien. Sie wollte sie so nah wie möglich bei sich haben, als könnte sie so die starke Hand spüren, die sie geschrieben hatte.

»Wie wahr!«, sagte sie seufzend: *Liebe tröstet wie Sonnenschein nach Regen.* WILLIAM SHAKESPEARE. Von beinah kindlicher Freude getrieben, griff sie mit beiden Händen in die Masse an Briefen und nahm sich jede Menge Umschläge. Zwar wusste sie noch nicht, wer ihr all das geschrieben hatte, doch hatte sie in diesen glücklichen Momenten auch keine große Lust, sich mit dem Ursprung dieser Magie zu beschäftigen, sondern wollte sich einfach nur darin verlieren. Sie konnte regelrecht spüren, wie all diese Worte über ihre Augen direkt in ihr Herz glitten, das jedes Wort, das sie las, als Liebkosung empfand.

Für mein Herz genügt deine Brust, für deine Freiheit genügen meine Flügel.[7] PABLO NERUDA. *In Sachen Liebe sind die Verrückten diejenigen, die mehr Erfahrung haben. Frage keine Klugen nach der Liebe, die Klugen lieben klug, das ist wie noch nie geliebt zu haben.* JACINTO BENAVENTE und *Geliebt wirst du einzig, wo schwach du dich zeigen darfst, ohne Stärke zu provozieren.* THEODOR W. ADORNO.

Ob sie einen heimlichen Verehrer in Mastán hatte? Wie konnte das möglich sein? Schließlich verschlug es sie nur äußerst selten in den Nachbarort, eigentlich nur, wenn ihr Kollege dort krank war und sie ihn vertreten musste.

Im Geiste begann sie, alle ihre Bekannten durchzugehen, um herauszufinden, wer von ihnen sich so viel Mühe gemacht haben konnte. Der Apotheker? Aber der ist fast siebzig Jahre alt!, sagte sie sich. Der Klempner vielleicht? Seit der Klempner in Porvenir in Pension gegangen war, wandte sie sich im Bedarfsfall immer an seinen Kollegen aus Mastán. Er war ein sympathischer Mann mittleren Alters – der glücklich mit einer Lehrerin verheiratet war. Nein, sie kam nicht darauf, wer der geheimnisvolle Absender sein konnte.

In einem der Umschläge muss ein entscheidender Hinweis versteckt sein, sagte sie sich, sicher wird sich der Urheber dieser Mission irgendwie zu erkennen geben.

Es ist ein Missgeschick, wenn man nicht geliebt wird. Aber es ist ein Unglück, wenn man nicht liebt. ALBERT CAMUS. Erleichtert atmete sie auf: Sie konnte lieben. Ihre Söhne zum Beispiel liebte sie wie verrückt, genauso wie sie ihre Eltern geliebt hatte, als sie noch lebten. Außerdem hatte sie Rosa unendlich gern, Mauricio und seinen Sohn Álex. Und sie hatte ihr sehr nahestehende Freundinnen. Sie war sich sicher, dass sie alle dies Camus gegenüber bestätigen würden. Und Fernando? Liebte sie Fernando? Ihr plötzlich viel schneller schlagendes Herz gab ihr die Antwort auf diese Frage. Vielleicht sollte sie, was das anging, auf Luis de León hören: *Wahre Liebe wartet nicht darauf, eingeladen zu werden. Sie kommt ungebeten und bietet sich an.* LUIS DE LEÓN.

Sollte sie den ersten Schritt machen? Aber wie?

Auch der Inhalt des nächsten Umschlags ermunterte sie dazu: *Kein Mensch ist so feige, dass die Liebe ihn nicht zum kühnen Helden macht.* PLATON.

Plötzlich schämte sie sich ein wenig. War es nicht ein Verrat an Fernando, dass sie all diese Liebesbriefe erhalten hatte und sie las? Was würde er sagen, wenn er davon wüsste? »Bitte sei nicht wütend, es ist so lange her, dass jemand mir so schöne Dinge gesagt hat!«, murmelte sie, als ob der norwegische Schiffbrüchige sie hören könnte.

Es ist besser, Liebe empfunden und Verlust erlitten zu haben, als niemals geliebt zu haben. ALFRED LORD TENNYSON. Und: *Stunde meines Herzens: Stunde der Hoffnung und der Enttäuschung.* ANTONIO MACHADO, las sie weiter.

Wir lernen nur von denen, die wir lieben. JOHANN WOLFGANG VON GOETHE. Was *aus Liebe getan wird, geschieht immer jenseits von Gut und Böse.* FRIEDRICH NIETZSCHE. Und: *Du fragst mich, warum ich Reis und Blumen kaufe? Ich kaufe Reis, um zu leben, und Blumen, um etwas zu haben, für das es sich zu leben lohnt.* KONFUZIUS.

Ihr Verehrer verstand wirklich etwas von schönen Worten. Sie versuchte ihn sich vorzustellen, wie er in irgendeinem Haus am Wohnzimmertisch saß. Es war schon spät, und das Licht brannte. Über das Papier gebeugt, schrieb und schrieb er, umgeben von einem Schutzwall an Büchern: Lexika, Sprichwörter- und Zitatsammlungen. Hin und wieder hob er den Kopf, sein Blick verlor sich zwischen den Möbeln, und er seufzte. Wenn er an sie dachte.

Es rührte sie, sich vorzustellen, dass jemand sie, ohne es zu wissen, einen ganzen Abend lang begleitet hatte. Dass der Gedanke an sie ihn zu so wunderschönen Sätzen inspiriert hatte.

»Ich lese deine Worte. Wer du auch bist, du bist nicht allein«, murmelte sie und spürte, wie ihre Augen sich mit Tränen füllten.

Die besten und schönsten Dinge auf der Welt kann man weder sehen noch hören. Man muss sie mit dem Herzen fühlen. HELEN KELLER. *Liebe hat kein Alter, sie wird ständig neu geboren.* BLAISE PASCAL. Vielleicht war es noch nicht zu spät für sie. Nicht zu spät für alle Frauen, die sich wie Sara nach einer zweiten Chance sehnten. Wir müssen es nur wagen, dachte sie. *Die Liebe ist eine köstliche Blume, aber man muss den Mut haben, sie am grausigen Rand eines Abgrunds zu pflücken.* STENDHAL.

Tränen liefen über ihre Wangen. Sie trocknete sie nicht gleich, und eine fiel auf den nächsten Brief und verwischte das erste Wort: *Die, die von Herzen lieben, sprechen nur mit dem Herzen miteinander.* FRANCISCO DE QUEVEDO.

Alles, was wir von der Liebe wissen, ist, dass Liebe alles ist. EMILY DICKINSON. *Liebe ist wie das Feuer; zuerst bemerkt man von außen den Rauch, bevor man innen die Flammen lodern sieht.* JACINTO BENAVENTE. Und: *Liebe kann hoffen, wo der Verstand zweifelt.* GEORGE LYTTELTON.

Am Ende waren nur noch drei Umschläge übrig. Sara zitterte. Denn sie wollte sich dieses Glück noch ein wenig bewahren.

Deshalb wollte sie noch etwas warten, bevor sie sie öffnete. Sie nahm die Briefkarten von ihren Knien und stand auf. Die drei noch geschlossenen Umschläge legte sie auf den Postschalter, die anderen Briefe steckte sie in ihre Tasche, wobei sie sich fragte, an welchem Ort sie diesen Schatz wohl am besten verstecken konnte. Auf jeden Fall mussten sie für sie jederzeit erreichbar sein, damit sie sie an den grauen Tagen, die garantiert auf sie warteten, noch einmal lesen konnte, um sich besser zu fühlen.

Sie machte sich einen Kaffee. Es war kurz vor neun Uhr morgens. Lange konnte sie das draußen angebrachte Schild *Wegen Postzustellung geschlossen* nicht mehr als Entschuldigung nutzen. Sie musste das Postamt öffnen und, soweit sie dazu in der Lage war, so tun, als wäre es ein ganz normaler Arbeitstag.

Ein Kuss wird dir alles verraten, was ich dir verschwiegen habe. PABLO NERUDA.

Sie nahm den nächsten Brief zur Hand, ohne zu ahnen, dass sie dort endlich einen Hinweis finden würde. Es war LORD BYRON, der ihn überbrachte: *Wenn die Tränen, die Sie gesehen haben, was, wie Sie wissen, nicht meiner Natur entspricht, und die Aufgewühltheit, die mich bei unserer Trennung ergriff, wenn all das, was Sie gesehen und erfahren haben, nicht Zeugnis genug für meine wahren Gefühle ist, dann, meine Liebste, weiß ich nicht, welchen Beweis ich noch vorlegen kann {...} Möge Gott Sie schützen, segnen und Ihnen verzeihen, für immer und darüber hinaus.*

»Also kenne ich dich«, murmelte Sara nachdenklich. »Ich habe dich gesehen, du hast mit mir gesprochen ...«, entnahm sie dem Brief und küsste ihn. Dann legte sie ihn an ihre Wange. *Ich liebe, du liebst, er liebt, wir lieben, ihr liebt, sie lieben. Wie schön wäre es, wenn diese Konjugation Wirklichkeit wäre.* MARIO BENEDETTI.

Neununddreißig Briefe zählte sie laut. Eine besondere Zahl, die ihr bestätigte, dass ihr heimlicher Verehrer, wer auch immer er war, wusste, wie alt sie war ... für ein paar Stunden noch. Denn er hatte ihr eine Liebeserklärung für jedes ihrer Lebensjahre geschickt.

Sie lächelte und sagte sich, dass er ihr auf diese Art wohl zu sagen versuchte, dass er schon sehr lange in sie verliebt war. Vielleicht schon immer, ohne es selbst zu wissen. Oder er wollte sie für all die Jahre entschädigen, in denen er es ihr nicht mitteilen konnte.

Erneut kamen ihr die Tränen, als sie nun allein dort in ihrer vertrauten Umgebung stand, in ihrem Postamt. Tränen des Glücks mischten sich mit dem altbekannten Schmerz verlorener

Liebe und der Sehnsucht nach den Menschen, die sie einmal geliebt hatte und die längst nicht mehr bei ihr waren.

Sie drehte sich um sich selbst. Vielleicht würde sie bald auch darum weinen, dass dieses kleine Postamt geschlossen und verlassen im Staub versinken würde. Daher nahm sie sich vor, diesen Moment für immer in ihrer Seele zu bewahren.

Wäre Sara nicht so in Gedanken versunken gewesen, hätte sie sicher bemerkt, dass sie von draußen heimlich beobachtet wurde. Von zwei Menschen, die etwa gleich groß waren, eine ähnliche Frisur hatten und beide zufrieden lächelten.

Álex' grüne Augen glänzten. Und Alma hatte den Eindruck, darin verhaltene Tränen erkennen zu können. Sie drückte seine Hand, während sie sich ansahen. Dann nickten sie sich zu, drehten sich um und liefen einträchtig die Straße hinab.

Denn sie hatten es eilig, Fernando zu berichten, dass seine Liebesbriefe ihr Ziel erreicht hatten und direkt in Saras Herz angekommen waren.

29
Tiefschläge

Wie ungerecht,
wie bösartig,
wie gemein der Tod doch ist,
der nicht uns das Leben nimmt,
sondern denen, die wir lieben.

CARLOS FUENTES

Alma schlug das Buch zu, in dem sie gerade las. Sie konnte sich nicht konzentrieren.

Das Geräusch der heftig bearbeiteten Computertastatur, das aus dem Nebenzimmer herüberdrang – schnelle, entschiedene, kräftige Anschläge –, ließ sie immer wieder den Faden verlieren. Sie hatte vier Monate lang allein in diesem Haus gelebt und wohnte nun gerade mal seit zwei Tagen mit Fernando zusammen. War sie zu einer Eremitin geworden?

Sie atmete tief durch und blickte an die Decke ihres Zimmers. Eine kleine Spinne hatte sich dort eingenistet. Sie krabbelte von einer Seite zur anderen, um sich zu vergewissern, dass niemand unerlaubt in ihr Territorium aus abblätternder Farbe und rissigem Putz eingedrungen war.

»Hier müsste dringend mal gestrichen werden«, sagte Alma seufzend, während sie die lange vernachlässigten Wände und den Boden betrachtete. Dabei fiel ihr ein, dass die Tür, die von der Küche in den Garten führte, entsetzlich quietschte und dass ein Fensterladen im ersten Stock lose war und im Wind klapperte.

Vielleicht kann mir Álex ein wenig im Haus helfen, dachte sie.

Seit der Begegnung mit Mara Polsky ging ihr ein Satz, den die Schriftstellerin über das Haus ihrer Großmutter und über ihr Leben gesagt hatte, nicht mehr aus dem Kopf: »Ist dir eigentlich bewusst, dass beides schicksalhaft zusammenhängt?« Was mit beidem geschehen würde, lag allein in ihrer Hand. »Luisa Meillás, da hast du mir einen schönen Schlamassel eingebrockt«, murmelte sie, »und sag mir nicht, dass das nicht in deiner Absicht lag, ich kenne dich!«

Der Gedanke, eine Residenz für junge Schriftsteller zu eröffnen, der ihr zunächst wie ein unerreichbarer Traum erschienen war, nahm allmählich Gestalt an. Sie hatte Álex davon erzählt, der sofort von der Idee begeistert war, weniger aus Interesse an der Literatur als von der Tatsache, dass Alma sich zum ersten Mal mit der Vorstellung beschäftigte, auf längere Sicht in Porvenir zu bleiben.

Ich bin gekommen, um höchstens eine Woche zu bleiben, suche jedoch ständig nach einem Grund, um nicht mehr fortzugehen, dachte sie und lächelte bei dem Gedanken an die Briefkette, an ihren Freund und an den Leseclub …

Oje! Was schreibt dieser Mann wohl mit einem derartigen Eifer? Seine Memoiren?, fragte sich Alma. Da ihr die Ruhe zum Lesen gefehlt hatte, hatte sie das Licht ausgemacht und versucht einzuschlafen, was ihr jedoch auch nicht gelang.

Im Dunkeln griff sie nach ihrem Mobiltelefon auf dem Nachttisch und sah nach, wie spät es war: zwei Uhr morgens.

Sie hatte sich angewöhnt, auch nachts ihr Handy nicht abzuschalten. Ihre Mutter hatte sie darum gebeten, die nach wie vor nicht verstehen konnte, dass ihre Tochter allein in einem so großen leeren Haus leben konnte, das kilometerweit von der nächsten Menschenseele entfernt inmitten von Feldern und Wiesen lag.

»Falls Einbrecher kommen, falls ein Feuer ausbricht, falls du einen Herzinfarkt bekommst … musst du sofort jemanden zu

Hilfe rufen! Versprich mir, dass du immer dein Handy dabeihast!«, hatte sie gesagt.

Alma hatte darauf entgegnet, dass ihre Mutter ihrer Meinung nach zu viele Filme im Fernsehen sah, jedoch letztlich zugestimmt. Als sie Álex davon erzählte, hatte er zu ihrer Überraschung ihrer Mutter recht gegeben. Als sie ihm daraufhin gesagt hatte, dass sie niemals gedacht hätte, dass ein verträumter, in den Bergen aufgewachsener junger Mann und eine Hausfrau in den Vierzigern so viel gemeinsam haben könnten, hatte er sie lange angesehen.

»Keine Bange«, hatte er geantwortet, »wir sind grundverschieden, aber eine entscheidende Tatsache verbindet uns: Wir beide lieben dich und machen uns Sorgen.«

»Du liebst mich?«, hatte Alma ihn kokett gefragt, jedoch keine Antwort erhalten. Álex war weiter neben ihr hergegangen, als wäre nichts geschehen, als hätte er nichts Wichtiges über sein Gefühlsleben geäußert. Er war kein Mensch großer Worte. Daran würde Alma sich gewöhnen müssen, auch wenn es ihr schwerfiel.

Irgendwann schreckte sie aus dem Schlaf auf. Mit geschlossenen Augen versuchte sie das Geräusch zuzuordnen, das sie geweckt hatte, nachdem sie endlich eingeschlummert war. Fernandos Computertastatur war es nicht, von dort war nichts zu hören.

Zwei Sekunden später ließ das Klingeln ihres Handys sie erneut zusammenzucken.

Ihre Hand ließ sich nur schwer dazu bewegen, nach dem Telefon zu greifen, als wüsste sie, dass dieser Anruf mitten in der Nacht nur schlechte Nachrichten bringen konnte. Nach dem vierten Klingeln ergab sich Alma jedoch ihrem Schicksal, da sie dem, was ihr der Anrufer zu sagen hatte, offensichtlich nicht entgehen konnte.

»Álex …«

Am anderen Ende der Leitung blieb es still.

»Álex? Was ist los? Warum rufst du mich um diese Zeit an?«

Sie hörte ein unterdrücktes Schluchzen.

Erschreckt setzte sie sich im Bett auf, machte das Licht an und wartete ein paar Sekunden, die ihr unendlich lang erschienen.

»Wenn du mir nicht sagst, was passiert ist, kann ich dir nicht helfen …«, sagte sie voller Angst.

Sie spürte einen Stich im Magen und legte sich wieder hin. Schützend rollte sie sich unter der Decke zusammen. Sie fürchtete sich vor dem Moment, da Álex' Schmerz sie erreichen würde. Sie erahnte die Tränen, die ihm übers Gesicht liefen, und wusste nicht, wie sie sie stoppen konnte. Sie glaubte, dass sie beide daran ersticken würden.

Bevor er es aussprach, wusste sie es bereits.

»Mein Vater.«

Nein, nein, nein …, wehrte Alma innerlich ab.

Auf einmal fehlte ihr die Luft zum Atmen, und sie brachte kein Wort heraus. Sie öffnete den Mund, um wie eine Ertrinkende gleichzeitig zu atmen und zu schreien, während die Wellen sie in die Tiefe zu ziehen drohten. Dabei klammerte sie sich an ihr Handy wie an einen Rettungsring. Sie musste die Ruhe bewahren, sonst würden sie gemeinsam untergehen.

Auch wenn sie die Antwort mit erstaunlicher Sicherheit vorausahnte, fragte sie: »Was ist passiert?«

Im Hintergrund hörte sie eine unbekannte Stimme, die eine Frage über die Versicherung stellte. Die weibliche Stimme, die darauf antwortete, kam ihr bekannt vor: Es war die von Sara, der Briefträgerin.

»Wer ist bei dir, Álex?«

»Komm!«

Der befehlende Ton, in dem er das gesagt hatte, überraschte Álex selbst. »Ruf dir ein Taxi, bitte«, setzte er mildernd hinzu. »Die Zentrale in Mastán ist rund um die Uhr erreichbar. Oder weck Fernando auf, damit er …«

Doch Alma hörte schon nicht mehr, was er sagte. Als hätte ihr Herz ihr ganzes Leben lang auf dieses eine »Komm!« gewartet, war sie aus dem Bett gesprungen und hatte das Handy auf die Matratze geworfen.

Eilig griff sie nach den erstbesten Kleidungsstücken: einer dunklen Cordhose, einem weiten Strickpullover, Wanderschuhen. Um diese Uhrzeit – es war vier Uhr morgens – musste es draußen eiskalt sein. Sie zog einen Schal, eine Mütze und ihren Anorak an. Erst dann fiel ihr das Handy wieder ein.

»Álex?«, fragte sie, während sie mit dem Telefon am Ohr aus dem Zimmer stürzte.

Doch Álex hatte bereits aufgelegt.

Als sie zwischen den Pinien entlangrannte, fühlte sie sich plötzlich unverwundbar. Es war stockdunkel: Der Himmel trug Schwarz, und der Mond war verschwunden. Sie meinte die Blicke der Eulen im Rücken zu spüren, die sie von den Baumwipfeln aus anstarrten und mit ihren Rufen den anderen Nachttieren verkündeten, dass das Mädchen mit dem kastanienbraunen Haar und den honigfarbenen Augen unberührbar sei.

Sie hatte keine Ahnung, woher sie die Kraft nahm, kilometerweit zu laufen, ohne eine Pause zu machen, aber Angst hatte sie nicht. Die Liebe war der beste Schutzschild gegen jede Gefahr. Sie sprang über Steine und Wurzeln und achtete nicht auf die Geräusche des Waldes, in Sorge um Álex, der zu ihr gesagt hatte »Komm!«, und der geweint hatte, was sie noch nie bei ihm erlebt hatte.

Wie kann man in fünf Stunden derart altern?, schoss es Alma durch den Kopf, als Álex ihr die Haustür öffnete. Er umarmte sie wie ein Ertrinkender, zog sie in die Wohnung. Ohne Tränen, ohne Worte.

Sara und der Arzt gingen, als sie eintraf, versprachen jedoch, am frühen Morgen wiederzukommen, um sich um den Leichnam zu kümmern und darum, was sonst noch zu tun war.

Im Haus herrschte absolute Stille. Die Einsamkeit kroch heran, um diesen Ort zu erobern, der einmal einer Familie voller

Leben und Träume für die Zukunft gehört hatte. Und am Ende des Flurs wartete Mauricios lebloser Körper in seinem Zimmer auf die letzte Pflicht – seine Beerdigung.

Álex und Alma blieben ein paar Stunden eng aneinandergeschmiegt auf dem Sofa im Wohnzimmer sitzen. Sie respektierte sein Schweigen, während er ihr unentwegt durchs Haar strich, um es dann wieder zu glätten, so als ob ihn diese Gesten beruhigten.

Sie ließ ihren Gedanken freien Lauf und erinnerte sich an ihre erste Begegnung, kurz nachdem sie in Porvenir angekommen war. Damals hatte sie an der Kapelle mit geschlossenen Augen die Hand zu dem als Türklopfer dienenden Kopf des schielenden Engels ausgestreckt und stattdessen Álex' Gesicht berührt. Er hatte sich furchtbar erschreckt, und wenn ihr damals, als er panisch die Flucht ergriffen hatte, jemand gesagt hätte, dass sie bald mehr als Freunde sein würden, hätte sie gelacht. Sie hatte ihm das Buch von Bruce Chatwin noch immer nicht zurückgegeben, wofür er in der Bibliothek bestimmt zum ersten Mal einen Eintrag kassiert hatte.

Überrascht fragte sich Alma, wie es möglich war, dass man unter derart tragischen Umständen an solch triviale Dinge denken konnte. Sie fühlte sich ein wenig schuldig.

Im selben Moment verspürte sie das dringende Bedürfnis, noch einmal, wie damals, das Gesicht ihres Liebsten zu berühren, und strich sanft über seine Wange. Mehr aus Reflex als aus einer Gefühlsregung heraus erschien so etwas wie ein Lächeln auf seinem Gesicht, während sein Blick sich irgendwo im Halbdunkel seiner Welt verlor.

Alma schloss die Augen. Einen Augenblick lang erwartete sie, dass im nächsten Moment Álex' Vater hereinkommen würde, um nach dem Foto seiner Frau zu verlangen, wie er es jeden Tag getan hatte. Sie erwartete es einfach, obwohl sie wusste, dass es nicht möglich war. Sie war erst zum zweiten Mal in diesem Wohnzimmer, dennoch konnte sie spüren, wie schwer die Abwesenheit dieses Mannes wog, dem sie nur einmal begegnet war.

Sie versuchte sich vorzustellen, wie er gewesen war, bevor die Krankheit sein Gedächtnis zerstört hatte. Irgendwann, wenn all dies überstanden war, würde sie Álex bitten, ihr von seinem Vater zu erzählen. Sie wollte ihm helfen, die Erinnerungen zu bewahren.

Die ersten Sonnenstrahlen stahlen sich durch die Vorhänge. Zuerst erhellten sie die Wände, drangen dann langsam zu den Möbeln, den Bildern und dem gerahmten Foto von Álex' Mutter vor. Am Ende erreichten sie ihre Füße, und schließlich tauchten sie ihre Gesichter in Licht.

Die Glocken der Kirchturmuhr schlugen sieben Mal.

Als sei das das Signal, auf das er die ganze Nacht lang gewartet hatte, hob Álex seinen Blick und sah sie traurig an. Und mit leiser, brüchiger Stimme sagte er: »Er ist weg.«

30

Dort, wo du jetzt bist

28. Januar

Liebster Papa,

wissen die Toten, dass sie tot sind?

Wo bist Du jetzt?

Hier im Haus ist nur Dein Körper zurückgeblieben. Aber dieses kleine Bündel Mensch bist nicht Du. Diese steifen Arme, nach denen Sara gerade greift, um Dir Deinen besten Anzug anzuziehen, bist nicht Du, genauso wenig wie diese weißen knöchernen Füße, die sich dagegen zu wehren scheinen, die Socken anzuziehen. Ich habe Dich kurz berührt. Ich wollte Dich zum Abschied auf die Stirn küssen – Du bist so kalt. Danach habe ich mir wütend über den Mund gerieben, denn ich will nicht, dass dies die letzte Erinnerung ist, die mir von Dir bleibt.

Das bist nicht Du. Du bist schon vor einer Weile gegangen. Genauso wie dieser fremde Körper in ein paar Stunden das Haus verlassen wird, um zum Friedhof gebracht zu werden. Ich habe vorher noch nie einen Toten gesehen. Wenn ich nicht wüsste, dass bis gestern Du noch in diesem Körper gelebt hast, würde ich ihn für eine leere Hülle halten. Für eine Marionette, wie Du sie mir, als ich klein war, mal zu Weihnachten geschenkt hast. Damals hat mein Bruder, um mich zu ärgern, der Puppe die Fäden durchgeschnitten, als ich damit gespielt habe. Daraufhin ist sie einfach so zusammengefallen wie ein Haufen Stoff.

Wer hat bei Dir die Fäden durchgeschnitten?

In Deinem Fall fürchte ich, dass es eine Befreiung war. Habe ich recht? Es macht mich traurig, wenn ich daran denke, aber ich weiß, dass Du, wenn Du in der Lage gewesen wärest, mich darum zu bitten, die Fäden durchzuschneiden, es getan hättest. Denn Du warst in einem Körper gefangen, der Dir nicht mehr gehorcht hat. Durch ihn warst Du an eine Welt gefesselt, die Dir zu groß und zu fremd geworden war. Am Anfang hat meine Anwesenheit Dein Leid sicher ein wenig gelindert, denn es setzte der Sinnlosigkeit von Mamas Tod und dem Ausbruch Deiner Krankheit etwas Sinnvolles entgegen. Doch am Ende konnte nicht einmal mehr ich Dich in Deinem Unglück und Deinem Leid retten.

Und das warst auch nicht mehr Du, Papa.

Der Mann, um den ich mich in den letzten Jahren gekümmert habe, war ein Fremder, den ich jeden Tag neu kennenlernen musste. Jeden Tag warst Du ein anderer. Manchmal bin ich fast verrückt geworden, weil Du sogar jede Stunde ein anderer warst.

Hin und wieder jedoch habe ich Dich wiedergefunden, so unwirklich das auch klingen mag. Es gab Momente, in denen Du ganz leise in diesem Haus zu Besuch gewesen bist. Ich habe gemerkt, dass Du mich traurig angesehen hast. Das hat mich wütend gemacht. Ich wollte Dir sagen, dass Du mich nicht bemitleiden musst, dass ich mich entschieden habe, bei Dir zu bleiben, weil ich es so wollte. Weil ich Dich liebe. Oder Dich geliebt habe, als Du noch Du warst. Der Arzt meinte, dass ich mir das nur eingebildet habe, dass Du kein Mitleid mit mir empfunden haben kannst. Weil Du am Ende nicht mehr wusstest, wer ich bin und was Mitleid ist.

Aber ich sehe das, wie Mama es immer gesehen hat: Ich glaube den Ärzten nur dann, wenn sie das sagen, was ich hören will.

Ich wollte hierbleiben, Papa. Obwohl ich hätte gehen können, genau wie meine Freunde. Wie mein Bruder. Du hast mir gesagt, dass ich gehen soll, als Du es noch sagen konntest. Später konntest Du nur noch Unsinn reden. Weißt Du, dass das schlimmer zu ertragen ist als das Schweigen? Es hat Tage gegeben, an denen ich mir gewünscht habe, dass Du nichts mehr sagst. Auch wenn es mir leidtut. Es wäre mir lieber gewesen, als Dich tausend Mal die gleichen Dinge wiederholen zu hören. Du warst enttäuscht, weil Du mir absurde Fragen gestellt hast, die ich nicht beantworten konnte. Wenn die Leute sagen, dass das Schweigen unerträglich ist, irren sie sich. Dein sinnloses Gerede zu hören war viel schlimmer. Genauso schlimm, wie Dir etwas zu sagen, in dem Wissen, dass meine Worte für Dich nur noch unverständliche Laute gewesen sind. Manchmal hast Du Dir die Ohren zugehalten. Das war Deine Art, mir deutlich zu machen, dass ich still sein soll.

Mein Vater, der mich so viel gelehrt hat, der mich so oft getröstet und mich genauso oft zum Lachen gebracht hat … Auf einmal fragte er mich ohne Unterlass, wann seine Mutter kommen würde, um ihm etwas zu essen zu geben. Großmutter, die seit mehr als dreißig Jahren nicht mehr lebt. Wie ist so etwas möglich?

Auf eine gewisse Art hat mich all das vielleicht darauf vorbereitet, den heutigen Tag zu ertragen. Damit es mir leichter fällt, mich von Dir zu lösen. Das Leben ist weise, sogar in Zeiten der Krankheit. Das, was ich für eine Riesenungerechtigkeit gehalten habe oder einen schlechten Scherz des Schicksals, diese schreckliche Krankheit mit ihren vielen Gesichtern, war in Wirklichkeit die Vorbereitung auf einen weniger schmerzhaften Abschied.

Ich werde nicht sagen, dass ich mir gewünscht habe, dass Du gehst, weil das gelogen wäre. Aber zu wissen, wie sehr Du Dich danach gesehnt hast, mit Mama zusammen zu sein, und Dich jeden Tag leiden zu sehen, lässt mich Deinen Tod leichter akzeptieren. Am Ende hast Du Dich mitten in der Nacht mit einem Schrei verabschiedet. Die Pflegerin hat mich geweckt, ich bin in Dein Zimmer gestürzt und gerade noch rechtzeitig gekommen, um Deine Hand zu halten, bevor Du aufgehört hast zu atmen. Hast Du es gemerkt? Ich wollte im letzten Moment bei Dir sein, damit Du Dich nicht so allein fühlst. Hoffentlich hast Du es noch gespürt.

Gestern Abend war alles noch ganz normal. Wenn ich gewusst hätte, dass ich heute ohne Dich frühstücken muss, hätte ich Dir ganz laut gesagt, dass ich Dich liebe!

Jetzt bist Du fort, und ich trage noch so viele Dinge in mir. Dinge, die ich Dir sagen wollte, die Du jedoch nicht verstehen konntest. Des-

halb schreibe ich Dir. Um sie loszuwerden und damit sie Dich begleiten. Sie sind für Dich. Nimm sie mit.

Ich wollte Dir noch sagen, dass es nicht Deine Schuld war, dass Mama gestorben ist. Dass ich Dir daran keine Schuld gegeben habe. Aber ich wollte um sie weinen, und Dein Schmerz hat meinen erdrückt. Ich konnte nicht weinen, weil Du mehr gelitten hast als ich. Also habe ich meine Tränen hinuntergeschluckt, und weißt Du, was geschehen ist?

Alma sagt, dass mein Herz am Schmerz erstickt ist. Man merkt, dass sie eine Dichterin ist. Du hast sie vor Kurzem kennengelernt. Es freut mich, dass Du sie noch gesehen hast.

Du hast Mama so sehr geliebt. Und wir haben sie auch geliebt.

Als Du krank geworden bist, wollte ich bei Dir bleiben. Weil ich auch Dich geliebt habe. Manchmal war es sehr schwer für mich. Kannst Du Dir vorstellen, dass ein Gefangener seine eigene Strafe festlegt? Zehn Jahre und einen Tag. Zwangsarbeit. Exil. Bei mir war es so: Ich habe mich hier eingeschlossen, ohne zu wissen, für wie lange. Alle sind weggegangen. Und oft habe ich mit dem Gedanken gespielt, der Nächste zu sein, der für eine Weile fortgeht.

Niemals konnte ich Dich an meinen Reiseträumen teilhaben lassen. Denn das ist es, was ich machen möchte: in jeden Winkel der Erde reisen. Ich möchte den Boden der Länder unter den Füßen spüren, an deren Grenzen ich auf der Karte mit dem Finger entlanggefahren bin; an exotischen Stränden baden, Fotos von Tempeln machen und lachend ein Glas Rum in der Hand halten. Ich möchte mit anderen Menschen reden und in Züge mit unbekanntem Ziel steigen. Jetzt kann ich arbeiten, um Geld zu sparen, und sobald es möglich ist, fahre ich los. Ich werde Alma bitten, mit mir zu kommen, denn ich habe mich daran gewöhnt, dass sie mich überallhin begleitet. Ich liebe sie sehr. Wenn wir zusammen sind, erscheint alles viel einfacher. Mit Alma ist das Leben leicht. Doch wohin wir auch reisen – wir werden immer nach Porvenir zurückkehren. Ich liebe unsere Wälder, die Kapelle und die Steinhäuser. Alma weiß es noch nicht, aber auch sie trägt all das bereits in sich. Das spüre ich.

Als Kind bin ich gern zur Schule gegangen. Wenn ich keine Lust mehr habe herumzureisen, werde ich vielleicht studieren. Ich interessiere mich für Geographie, Geschichte und Anthropologie ... So viele Dinge! Noch bin ich nicht zu alt, es zu versuchen. Gerade sind wir dabei, einen Leseclub zu gründen, der hier in Porvenir in der Bibliothek zusammenkommen wird. Gemeinsam mit Alma, Sara und den anderen werde ich Bücher mit Briefen lesen. Briefen wie diesen, den ich Dir gerade schreibe. Das finde ich sehr bewegend.

Mein Leben war wie ein abgeschlossenes Drehbuch, doch in den letzten Monaten ist viel Unvorhergesehenes geschehen. Es sind viele Dinge passiert, über die ich gern mit Dir geredet hätte. Der Leseclub ist eine Sache und Alma natürlich. Und dann gibt es noch eine Kette von anonymen Briefen, um Saras Arbeitsplatz zu retten.

Eines Tages habe ich einen Brief von einer amerikanischen Dichterin erhalten, die mich gebeten hat, mich daran zu beteiligen. Sie hat mir in ihrem Brief von ihrem spannenden Leben erzählt und mir sogar einige Geheimnisse anvertraut. Ich habe dann tatsächlich auch einen Brief geschrieben. Weißt Du, an wen? An die Mutter meines Freundes Miguel, an Hypatia. Die Briefkette wurde fortgesetzt. Ich weiß nicht, ob wir es schaffen werden, das kleine Postamt zu retten und Saras Versetzung nach Madrid zu verhindern. Aber ich weiß, dass diese Briefe etwas Magisches haben und auf irgendeine Art das Leben all derer verändern werden, die einen solchen Brief erhalten haben.

Immer wieder habe ich mich gefragt, wer wohl die wunderbare Idee hatte, diese Briefkette zu beginnen. Wenn ich es eines Tages erfahre, werde ich mich aufrichtig bedanken.

Gerade ist Sara hereingekommen und hat mir gesagt, dass es so weit ist. Dass sie hier sind. Sie werden Deinen Körper mitnehmen. Mir bleibt noch eine Minute, um mich von ihm zu verabschieden. Denn danach werde ich nur noch den Sarg sehen.

Vergiss mich nicht dort, wo Du jetzt bist, Papa. Ich bin noch hier.

Álex

Er legte den Stift auf den Tisch. Ohne das Geschriebene noch einmal zu lesen, faltete er den Brief zusammen. Die Tränen, die ihm gekommen waren, als er zu schreiben begonnen hatte, waren getrocknet. Und er war von einem eigenartigen Frieden erfüllt, als er nun die Phantasieadresse auf den Umschlag schrieb:

Mauricio Salvan
Im Viertel der Gerechten
Stadt der Hoffnung
Im Reich des Paradieses

EILT!

31

Verschiedene Arten, sich zu verabschieden

Sie verabschiedeten sich,
und im Abschied klang bereits das Willkommen.
MARIO BENEDETTI

Schließlich war es so weit, der große Tag war gekommen. Es war der 28. Januar, Saras Geburtstag.

Die Feier war perfekt vorbereitet. Fernando hatte für alles gesorgt. Er hatte sogar eine Band engagiert, was Alma ganz schön ins Schwitzen gebracht hatte, die nicht wusste, was sie mit ihren Wohnzimmermöbeln anstellen sollte, damit das Schlagzeug, das Keyboard und die drei Sängerinnen ausreichend Platz finden würden.

Hypatia hatte in den letzten achtundvierzig Stunden kaum geschlafen, um das ganze Essen vorzubereiten. Sie war es auch gewesen, die Rosa für das Fest eine ganz spezielle Aufgabe zugeteilt hatte. Die alte Dame, die sich überaus gefreut hatte, auch ihren Beitrag leisten zu können, hatte ihnen jede Menge Fotos herausgesucht, auf denen Saras glücklichste Momente und die wichtigsten Menschen in ihrem Leben zu sehen waren. Damit hatte Alma eine Diashow vorbereitet, die sie während der Feier zeigen wollten. Alma war froh, dass sie der ehemaligen Freundin ihrer Großmutter noch nicht persönlich hatte gegenübertreten müssen. Sie wusste, dass sich ihre Wege früher oder später kreuzen würden, hatte es jedoch nicht eilig damit.

Rosa hatte sich auch bereit erklärt, Sara an diesem Abend mit einem Trick zum Haus der Familie Meillás zu locken. Zwar fragten sich alle, wie sie das schaffen wollte, ohne Verdacht zu erregen, doch die alte Dame hatte ihnen gesagt, sie sollten sich keine Sorgen machen und das Ganze ihr überlassen. Schließlich habe sie Sara schon gekannt, als sie noch im Bauch ihrer Mutter gewesen sei, und wisse daher genau, was sie zu tun habe.

Doch nun war alles anders gekommen. In den letzten Stunden hatte sich ihre Welt grundstürzend verändert, dachte Alma, während sie mit Hypatia und Fernando in ihrem Wohnzimmer saß. Zu dritt hockten sie schweigend auf dem Sofa und tranken einen Kaffee.

Um neun Uhr morgens, gleich nachdem Alma Álex' Haus verlassen hatte, hatte sie einen Krisenstab einberufen. Nach dem plötzlichen Tod von Mauricio mussten sie darüber beraten, ob es überhaupt noch angebracht war, Saras Geburtstag wie geplant zu feiern. Immerhin war Álex einer der Hauptorganisatoren des Fests. Er hatte für Fernando die wichtigsten Dinge erledigt: die neununddreißig Liebesbriefe zur Post gebracht und all das besorgt, was dem »Galan, der aus der Kälte kam« so eingefallen war, wie vierzig weiße Rosen, eine CD von Saras Lieblingsmusikern, ein neues Hemd für den Abend … Und als ob dies noch nicht ausreichend Gründe wären, waren Saras Familie und er schon seit ewigen Zeiten befreundet.

»Das Ganze komplett abzusagen halte ich nicht für nötig«, meinte Alma und brach damit das traurige Schweigen, das über dem großen Sofa hing.

»Das heißt?«, fragte Hypatia.

»Wir könnten das Fest zwei oder drei Tage verschieben, bis Mauricio beerdigt ist. Sara wird sich auch dann noch freuen, und Álex könnte zumindest vorbeikommen, um ihr einen Geburtstagskuss zu geben …«, erklärte Alma.

»Nein«, sagte Fernando ernst.

Die beiden Frauen sahen sich überrascht an.

»Ich muss morgen Nachmittag zurückfliegen. Heute früh hat mein Chef mich von der Bohrinsel aus angerufen. Der Typ, der mich während der Ferien vertreten sollte, ist am Pfeiffer'schen

Drüsenfieber erkrankt, und sie mussten ihn zurück an die Küste bringen«, erklärte er unglücklich.

»Ehrlich gesagt, kann man auch das Essen nicht so lange aufbewahren«, fügte Hypatia entschuldigend hinzu. »Wir müssten alles wegwerfen und von vorn anfangen.«

Die Köchin seufzte resigniert.

Erneut versanken die drei in Schweigen.

»Und wenn wir im kleinen Kreis feiern?«, fragte Alma nach einer Weile.

Die anderen sahen sie zweifelnd an.

»Was meinst du mit ›im kleinen Kreis‹?«

Bevor Alma etwas antworten konnte, erklärte Fernando: »Sie meint, dass wir nur ganz bescheiden feiern könnten. Nur ein paar wenige Leute, ohne großen Aufwand, ein kurzes Zusammentreffen …« Er schüttelte den Kopf. »Das finde ich nicht gut. Ob man nun groß feiert oder im kleinen Rahmen, ein Fest ist es in jedem Fall. Und vor die Wahl gestellt, finde ich dann, dass Sara eine große Feier verdient hat.«

»Du hast recht«, stimmte Alma ihm seufzend zu, der jedoch allmählich die Ideen ausgingen.

»Abgesehen davon sind alle Gäste eingeladen und haben bereits ein Geschenk gekauft …«, meinte nun auch Hypatia. »Heute Morgen habe ich in der Bäckerei Karol, die Putzfrau aus dem Postamt, getroffen, die mir gerührt erzählt hat, dass dies das erste Fest ist, zu dem sie eingeladen worden ist, seit sie hier lebt. Sie freut sich so sehr darauf, dass sie extra einen Friseurtermin ausgemacht hat.«

Beide Frauen richteten den Blick auf Fernando. Wenn Karol sich schon so sehr auf das Fest freute, wie musste er sich dann erst fühlen, nachdem er, um für die Frau, die er liebte, all dies zu organisieren, ganz Europa durchquert hatte und nun die Gefahr bestand, das Ganze absagen zu müssen? Alma und Hypatia fühlten sich irgendwie schuldig Fernando gegenüber, der geistesabwesend in seinem Kaffee rührte.

Schließlich rief Hypatia bei Rosa an, um mit ihr über die Zweifel, die ihnen gekommen waren, zu reden. Die alte Dame hörte sich mehrere Minuten lang all die Argumente an, ohne sie auch nur einmal zu unterbrechen.

Unterdessen warteten Alma und Fernando nervös, was geschehen würde. Wenn es um Sara ging, war Rosas Meinung heilig. Sie war schließlich ihre Nachbarin seit Saras Geburt, aber auch ihre Freundin und zählte in gewisser Weise zur Familie. Rosa wusste genau, was im Herzen »ihres Mädchens« vorging, wie sie Sara gern nannte. Abgesehen davon war sie eine kluge Frau, die im Dorf überall geschätzt wurde. Ihr Rat konnte ihnen in diesem Schlamassel vielleicht weiterhelfen.

»Rosa? Bist du noch da?«, fragte Hypatia jetzt.

Die anderen beiden sahen sie fragend an. Um sie zu beruhigen, nickte Hypatia bestätigend.

»Stell auf Lautsprecher«, bat Fernando unruhig.

Hypatia sah ihn an, als hätte er Chinesisch gesprochen.

Alma nahm ihr das Telefon aus der Hand und stellte die Lautsprecherfunktion ein.

»Was sagt denn Álex dazu?«, sagte Rosa gerade. »Ich denke, dass seine Meinung in dieser Sache nicht ganz unwichtig ist … und vielleicht anders, als ihr es erwartet.«

Die drei Konspirateure sahen sich überrascht an. Tatsächlich waren sie im Begriff gewesen, eine Entscheidung, die in erster Linie ihn anging, zu treffen, ohne ihn auch nur gefragt zu haben.

Seit zweiunddreißig Minuten und zwanzig Sekunden starrte Alma auf ihr Mobiltelefon. Sie saß allein auf dem Sofa vor dem Kamin. Dann blickte sie aus dem Fenster und dachte an den Regentag, als sie den jungen Mann nach seinem Fahrradunfall mit in ihr Haus genommen hatte, um seine Wunden zu versorgen. Was soll's, sagte sie sich. Wir haben schon andere Dinge miteinander durchgemacht! Und im Grunde war es doch ein

Glück, dass sie in einem schweren Moment wie diesem für Álex da sein konnte, hier, in Porvenir, in seinem Leben.

Als sie ihn vor ein paar Stunden verlassen hatte, wartete er gerade auf die Mitarbeiter des Beerdigungsinstituts. Er war sehr gefasst gewesen, doch Alma war sich sicher, dass sich hinter seinen ruhig blickenden Augen ein Abgrund an Schmerz und Angst auftat.

Für einen Moment bereute sie, Hypatia und Fernando versprochen zu haben, ihn anzurufen, um ihn zu fragen, ob sie das Fest für Sara absagen sollten oder nicht. Jetzt, da sie wieder allein war, erschien ihr die Frage absurd. Wie konnte sie nur an so etwas denken? Wie würde Álex es aufnehmen? Nervös kaute Alma auf ihrem Finger herum und verfluchte Hypatia, die wieder nach Hause gegangen war, und Fernando, der sich in sein Zimmer zurückgezogen hatte, um eine letzte Überraschung für seine Liebste vorzubereiten. Ihr macht es euch ganz schön leicht, warf sie ihnen im Geiste vor, habt einfach alles mir überlassen!

Ihr war klar, dass sie nicht noch mehr Zeit verlieren durfte. Sie nahm all ihren Mut zusammen, um Álex anzurufen. Ihnen blieben nicht einmal mehr zwölf Stunden, um das Fest des Jahrhunderts starten zu lassen – oder es abzusagen.

Als sie das Telefon in die Hand nahm, wusste Alma nicht, welche der beiden Möglichkeiten ihr lieber war. Doch Álex würde eine Entscheidung treffen. Und Hypatia, Rosa, Fernando und sie würden dann wie treue Soldaten das tun, was er sagte.

»Ich erinnere mich noch genau an den sechzigsten Geburtstag meines Vaters.«

Álex' Stimme brach ab. Sofort verfluchte sich Alma dafür, die Frage überhaupt gestellt zu haben. Ich habe ja gewusst, dass es keine gute Idee ist, dachte sie.

»Álex, wenn du es nicht …«

Ohne ihr zuzuhören, spann Álex den Faden seiner Erinnerungen weiter.

»Schon Monate vorher hatte Mama überlegt, wie wir ihn feiern könnten. Sie wollte für Papa eine Überraschungsparty machen, mit allen Freunden und Verwandten, damit er diesen Tag niemals vergessen würde.«

Álex holte tief Luft.

»Ich werde das nie vergessen ... solange mein Gedächtnis funktioniert, werde ich immer wieder daran denken!«

»War es denn ein schönes Fest?«, wagte Alma vorsichtig zu fragen.

»Es hat nicht stattgefunden. In derselben Woche kam meine Mutter ins Krankenhaus. Es war das erste Mal von vielen, was wir damals allerdings noch nicht wussten. Mama hat uns versichert, dass wir Papas Geburtstag nachfeiern würden, dass wir uns keine Gedanken machen sollten. Daher haben wir die Bilder und die Gedichte, die wir für ihn gemacht hatten, gut aufbewahrt. Genauso wie die eingeladenen Gäste ihre Geschenke. Wir alle haben darauf gewartet, das Fest nachzuholen, wenn sie wieder gesund ist.«

Er schwieg.

»Doch dazu ist es niemals gekommen.« Alma hörte, wie er aufschluchzte. »Später habe ich dann gedacht, dass mein Bruder und ich zumindest zu seinem siebzigsten Geburtstag ein Fest organisieren könnten, so wie es schon ein Jahrzehnt zuvor geplant war. Aber da war Papa schon zu krank. Zu viele Leute um sich zu haben hat ihn geängstigt, und so haben wir den Tag zu dritt verbracht und sind in den Bergen spazieren gegangen.«

Alma begann lautlos zu weinen. Als könnte Álex die Tränen sehen, die ihr übers Gesicht liefen, versuchte er, einen heiteren Tonfall anzuschlagen.

»Der beste Tag, um glücklich zu sein, ist heute, Alma. Alles, was wir auf später verschieben, werden wir vielleicht nicht mehr erleben. Wer weiß, was in einer Woche mit uns sein wird? Noch vor ein paar Stunden habe ich gedacht, dass mein Vater sich heute genau wie jeden Tag mit seiner Pflegerin streiten würde. Und nun …«

»Aber meinst du wirklich, dass …«

»Ich möchte, dass Sara ihr Fest bekommt. Sie verdient dieses Glück und hat lange genug darauf gewartet.« Alma spürte, dass er lächelte. »Und in gewisser Weise wird es dann auch das Fest meines Vaters sein. Das, was weder an seinem sechzigsten noch an seinem siebzigsten Geburtstag stattfinden konnte.«

32
Meilen, die zurückzulegen sind

Ich habe diese Seereise nicht der Ehre und
des Reichtums willen unternommen.

CHRISTOPH KOLUMBUS
zu den Katholischen Königen im Jahr 1503

Álex stand mitten im Wohnzimmer und schaute um sich. Er ließ seinen Blick über die Bilder von Porvenir schweifen, die an der Wand hingen und schon dort gehangen hatten, als er noch ein Kind war, über das alte Sofa und den niedrigen Tisch davor. Dieselbe Anrichte, derselbe Esstisch und die Stühle, die seine Mutter in einem der besten Möbelgeschäfte in Madrid gekauft hatte, standen wie Wachtposten auf ihren Plätzen.

»Alles wie immer und doch anders«, murmelte er.

Er wäre nicht in der Lage gewesen zu sagen, was genau sich verändert hatte. Das gemütliche, wohl vertraute Zimmer erschien ihm auf einmal fremd. Es war schwer zu glauben, dass er sich hier einen Tag zuvor noch zu Hause gefühlt hatte. Am liebsten wäre er weggelaufen, um sein Zuhause zu suchen, denn dieses Haus erkannte er als solches nicht wieder. Doch er konnte es nicht. Seine Beine reagierten nicht auf die wilden Schreie seines Herzens.

Er fühlte sich plötzlich wie ein Schiffbrüchiger, wie ein Robinson Crusoe, der verlassen in den Bergen saß. Die Einsamkeit schnitt ihm ins Herz. Er setzte sich auf das Sofa, und seine Gedanken flohen über die Terrassentür nach draußen.

Die Männer vom Beerdigungsinstitut hatten seinen Vater mitgenommen. In ein paar Stunden würde er in der Leichenhalle die

Totenwache halten. Sara hatte die Männer verabschiedet, sich davon überzeugt, dass es Álex einigermaßen gut ging, und hatte sich dann mit den Versicherungsunterlagen auf den Weg gemacht, um einige bürokratische Dinge zu erledigen. Und gerade hatte er mit Alma gesprochen. In einem Anfall von Kühnheit hatte er sie ermutigt, mit den Vorbereitungen für Saras Fest fortzufahren, hatte er gesagt, dass er kein Problem damit habe. Bis sein Bruder aus Madrid eintraf, würde es noch eine Weile dauern.

Zum ersten Mal in seinem Leben fühlte Álex sich vollkommen allein.

Wie ein Schlafwandler ging er durch die Zimmer des Hauses, das er bis vor einigen Stunden noch mit seinem Vater geteilt hatte. In der Küche gab es kaum etwas, was an ihn erinnerte. Seit sein Vater das Gedächtnis verloren hatte, hatten sie ihn zu seiner eigenen Sicherheit von diesem Raum möglichst ferngehalten. Er hatte Mauricio so oft vor den Gefahren gewarnt, die dieses Zimmer für ihn barg, dass er ihn mehr als einmal wie angewurzelt auf der Türschwelle zwischen Flur und Küche angetroffen hatte, mit zugleich ängstlichem und erwartungsvollem Blick, als erwarte er, jeden Moment von wilden Löwen angegriffen oder von einem Orkan fortgeweht zu werden.

Schließlich betrat Álex den Raum, der seit der Hochzeit seiner Eltern deren Schlafzimmer gewesen war. Er öffnete den Kleiderschrank und konnte zwischen den Hemden und Hosen noch deutlich den Geruch seines Vaters wahrnehmen, als weigerte sich dieser, den Ort zu verlassen. Álex atmete tief ein, um seine Lungen mit dem Duft des gealterten, müden Mannes zu füllen, als könnte er ihn auf diese Weise noch eine Weile bei sich behalten. Dann setzte er sich auf das Bett und strich über die Kuhle, die der Körper seines Vaters hinterlassen hatte. Die Männer des Beerdigungsinstituts hatten in der Eile das Bettzeug nicht glattgestrichen. Und nun meinte er, in den Vertiefungen Mauricios Hinterkopf, seine Arme und seine Beine wiederzuerkennen.

Im Badezimmer fiel ihm sofort das Rasierzeug seines Vaters ins Auge. Wie erschreckend traurig und nutzlos diese Dinge plötzlich erschienen. Er selbst verwendete einen elektrischen Rasierer. Mauricio hatte dieses »elekrische Zeug«, wie er es nannte, immer gehasst, und weil er den Wunsch seines Vaters respektierte, hatte Álex Mauricio bis zum letzten Tag jeden Morgen mit dem Rasierpinsel eingeschäumt und rasiert.

Er stützte seine Hände auf den Rand des Waschbeckens und betrachtete sein Gesicht im Spiegel, auf der Suche, darin irgendeine Spur seines Vaters zu entdecken. Er erinnerte sich, dass seine Mutter, als er noch ein Kind war, immer behauptet hatte, er habe Mauricios Ohren. Nun begutachtete er sie aufmerksam, und der Gedanke daran, wie sein Vater sie ihm früher, wenn er irgendeinen Unsinn angestellt hatte, langgezogen hatte, ließ ihn trotz seiner Traurigkeit lächeln. Einmal war er mit ein paar Schulfreunden auf die Idee gekommen, die Katze der Nachbarin in einen kleinen Schotten zu verwandeln, indem sie das Tier von der Schnauze bis zur Schwanzspitze mit einem grün-roten Karomuster bemalt hatten. Die arme Katze hatte diesen unheilvollen Tag niemals verwunden, und jedes Mal, wenn sie Álex' Stimme nebenan gehört hatte, hatte sie angefangen, panisch zu miauen.

Schließlich ließ er sich erschöpft aufs Sofa sinken. Müde wickelte er sich in die Decke, die er beim Fernsehen immer über die Beine seines Vaters gelegt hatte. Gleich darauf fiel er in den Schlaf, den er in der letzten Nacht nicht gefunden hatte.

Die Haustürklingel ließ ihn aufschrecken. Er sah auf sein Handy: Es war bereits nach zwei Uhr nachmittags. Er hatte fast drei Stunden geschlafen! Mit einiger Mühe stand er auf, um die Tür zu öffnen. Wer mochte das sein?

Er fühlte sich absolut noch nicht in der Lage, Nachbarn und Bekannte zu empfangen, die ihm ihr Beileid ausdrücken wollten. Lieber wollte er warten, bis sein älterer Bruder da wäre. Der konnte mit derartigen Situationen viel besser umgehen als er.

Noch immer erinnerte er sich mit Entsetzen an die Totenwache für seine Mutter, als er noch ein Kind gewesen war. An all die in Schwarz gekleideten weinenden Frauen und den Priester, der ihm aufmunternd auf die Wangen geklopft hatte. Noch monatelang hatte ihn das in seinen Träumen verfolgt.

»Álex, Álex, bitte mach auf ...«, hörte er plötzlich eine Stimme durch die Haustür, die von energischem Klopfen begleitet wurde.

Er erkannte die Stimme sofort und zögerte kurz, bevor er öffnete.

»Tomás«, murmelte er schüchtern, als er Hypatias Mann gegenüberstand.

Tomás reichte ihm die Hand, die er wie ein Automat schüttelte. Als er die Wärme des anderen spürte, stahlen sich Tränen in seine Augen. Bevor sie ihm übers Gesicht liefen, wandte er sich beschämt ab und ging ins Wohnzimmer.

»Wenn du reinkommen möchtest ...«, sagte er leise.

Er hörte, wie hinter ihm die Tür geschlossen wurde, dann Schritte, die ihm ins Wohnzimmer folgten. Er hatte Tomás schon als Kind gekannt. Er war der Vater eines seiner besten Freunde und hatte ihn in gewisser Weise aufwachsen sehen. Daher wusste der alte Tomás wohl wie kaum ein anderer, was gerade in ihm vorging. Er sah ihn mit ernsten Augen an, und Álex schüttelte den Kopf, als könnte er so seinen Blick abschütteln.

Die beiden warteten schweigend, ohne zu wissen, was sie sagen oder tun sollten. Keiner von ihnen war ein Freund großer Worte, aber in dem Wissen, dass er den jungen Mann in einem Augenblick tiefster Trauer angetroffen hatte, nahm Tomás all seinen Mut zusammen und machte den ersten Schritt.

»Heute Morgen hat deine Freundin bei uns angerufen und Hypatia erzählt, was passiert ist.«

Dass Tomás Alma als »seine Freundin« bezeichnete, überraschte Álex im ersten Moment. Es war das erste Mal, dass jemand Alma ihm gegenüber so nannte. Es gefiel ihm, und er dankte Tomás mit einem schüchternen Lächeln.

»Es tut mir unendlich leid, mein Junge. Du weißt, dass wir für dich da sind, wenn du uns brauchst …«, fügte Tomás langsam hinzu, und man sah, dass ihm die Worte nur schwer über die Lippen gingen.

Mit einem Kopfnicken bedankte sich Álex für das Angebot. Vielleicht geht er ja jetzt wieder, dachte er. Das wäre ihm lieber gewesen. Er hatte nichts gegen Tomás, doch im Moment wollte er lieber allein sein und seinen Erinnerungen nachhängen, bis Alma oder sein Bruder kamen. Doch stattdessen saß dieser Sechzigjährige hier, den die Situation genauso überforderte wie ihn selbst, und ließ ihn nicht aus den Augen. Es schien, als wolle er noch etwas loswerden, ohne zu wissen, wie er es sagen sollte.

Wahrscheinlich wird er mir gleich erzählen, was für ein guter Mensch mein Vater gewesen ist. Oder er klopft mir auf den Rücken und sagt mir, dass ich jetzt ganz tapfer sein muss, dachte Álex ohne jede Ironie. Er bedauerte sich selbst, und auch der alte Mann tat ihm leid, den sicher die gute Hypatia geschickt hatte, damit er sich seiner annahm.

Er beschloss, im Interesse von ihnen beiden die Sache zu beenden.

»Tomás, ich bin dir aufrichtig dankbar, dass du gekommen bist. Morgen um elf Uhr ist die Beerdigung, und mein Bruder und ich, wir würden uns freuen, wenn ihr kommen könntet.«

Tomás machte keine Anstalten zu gehen, woraufhin Álex deutlicher wurde.

»Also, wenn es dir nichts ausmacht … Ich würde mich gern noch ein bisschen sammeln, bevor ich nachher zum Beerdigungsinstitut muss«, murmelte er.

Es sah aus, als wolle Tomás seiner Bitte Folge leisten. Er legte die Arme auf die Lehnen des Sessels, auf dem er sich niedergelassen hatte, als wäre er im Begriff aufzustehen, doch im letzten Moment entschied er sich anders und ließ sich wieder zurücksinken. Zögernd steckte er die Hand in die Manteltasche, nahm einen Briefumschlag heraus und hielt ihn Álex hin, der nicht verstand, was das sollte.

»Ich bewahre ihn schon seit Jahren auf. Irgendwann, nachdem dein Vater von den Ärzten erfahren hatte, woran er litt, kam er zu mir ...«

Tomás verstummte.

Álex starrte auf den Umschlag, den Tomás ihm gegeben hatte, und drehte ihn hin und her, als hätte er nie zuvor einen Briefumschlag gesehen. Dann hob er den Blick und sah dem schweigenden alten Mann in die Augen. Tomás und Mauricio hatten an vielen Sonntagen in der Bar in Porvenir zusammen Domino gespielt. Sie kannten sich, seit ihre Kinder zusammen zur Schule gegangen waren, und wenn sie auch nicht wirklich eng befreundet waren, hatten sie sich gegenseitig doch stets respektiert. Sein Vater hatte immer viel von dem schweigsamen, ernsten, loyalen Mann gehalten. »Er ist so spröde wie das Holz unserer Tannen«, hatte er einmal über Tomás gesagt.

»Dein Vater hat mich gebeten, dir das hier zu geben, wenn er eines Tages mal nicht mehr ... Wir alle wussten ja, dass es nur eine Frage der Zeit sein würde. Es tut mir wirklich sehr leid, Junge.« Tomás seufzte erleichtert.

Álex verstand, dass ihm dieses Geheimnis auf der Seele gelegen hatte. Tomás hatte ein Versprechen gegeben, das er erst erfüllen konnte, wenn Mauricio gestorben war. Auf so etwas warten zu müssen war schlimm gewesen, aber er hatte es getan, weil er Mauricio geschätzt hatte, ebenso wie den Jungen, der so oft genug in seiner Küche zusammen mit seiner Familie gegessen hatte.

Den ganzen Morgen über hatte Tomás gegrübelt, ob dies der richtige Moment für die Übergabe des Briefes sei. Dabei hatte er tausend Gründe gefunden, die dafür sprachen, noch damit zu warten. Doch dann, als er sich zum Essen hinsetzen wollte, hatte sich in ihm etwas gerührt. Hypatia hatte ein wunderbar duftendes Gericht auf den Tisch gestellt. Sie hatte sich ihm gegenüber hingesetzt, ihn angelächelt und ihm guten Appetit gewünscht.

»Und da ist mir klar geworden, dass du heute zum ersten Mal allein an diesem Tisch essen musst. Da habe ich gleich meinen Mantel genommen, um dir auf der Stelle den Brief deines Vaters zu übergeben. Es sind seine Worte an dich, und ich hoffe, du verzeihst mir, dass ich dich in deiner Trauer gestört habe …«

Tomás hob die Schultern, und Álex machte einen Schritt auf ihn zu. Als ob er das Anliegen dahinter verstehe, stand der alte Mann aus seinem Sessel auf und umarmte ihn.

Lieber Álex,

wenn Du diese Sätze liest, werde ich nicht mehr bei Dir sein.

Denn Tomás soll Dir diesen Brief erst geben, nachdem ich gestorben bin. Und weil er ein Mensch ist, der sein Wort hält, wird er auch genau das tun. Er wird den Brief nicht öffnen, und er wird ihn nicht verlieren, deshalb habe ich ihn darum gebeten.

Vor ein paar Monaten haben die Ärzte es mir ganz klar gesagt: Ich habe Alzheimer. Noch merke ich nichts davon. Aber ich habe große Angst. Bald werde ich alles vergessen. Ich habe Dich gebeten zu gehen, aber ich weiß, dass Du genauso dickköpfig bist wie ich: Deinem Gesicht war anzusehen, dass Du Dich, sosehr ich auch darauf bestehe, keinen Zentimeter von hier wegbewegen wirst. Du liebst Porvenir so, wie ich es liebe. Doch darüber hinaus ist Dein Verantwortungsgefühl so groß, dass es Dich an mich ketten wird. Ich hoffe, dass dieser Anker nicht so schwer ist, dass Du mit mir untergehst.

Es heißt, dass ein Alzheimerpatient am Ende hilflos wie ein Kind ist. Bald wirst Du Dich mit Deinen gerade mal zwanzig Jahren um mich, Deinen über sechzigjährigen Vater, kümmern müssen wie um ein Baby. Ich werde so von Dir abhängig sein wie Du von mir, als Du auf die Welt kamst. So schließt sich der Kreis.

Du warst ein Geschenk, mit dem wir gar nicht mehr gerechnet hatten! Als Du kamst, war ich schon ein relativ alter Vater, dennoch habe ich stets gedacht, Dich viel länger auf Deinem Weg begleiten zu können. Ich habe mir vorgestellt, dass ich noch erlebe, wie Du Dein Studium abschließt, dass ich auf Deiner Hochzeit auf Dein Glück trinke oder dass ich eine Postkarte von Dir erhalte, wenn Du auf Reisen bist. Aber das ist nun nicht mehr möglich.

Die Ärzte sagen, dass ich Dich irgendwann nicht einmal mehr wiedererkennen werde. Ich habe Angst davor, meine Erinnerungen zu verlieren, aber noch mehr fürchte ich zu vergessen, wer Du bist, mein Sohn. Wir werden zwei Unbekannte sein in diesem Haus, in dem wir so viele schöne gemeinsame Momente erlebt haben. Ich hoffe, dass, wenn es eines Tages so weit ist, es rasch vorbei sein wird. Denn so will ich nicht leben, und Du sollst nicht so leiden.

Ich möchte Dir nicht allzu lange ein Klotz am Bein sein. Damit Du das Leben leben kannst, das vor Dir liegt.

Wenn Du dennoch entscheidest, in Porvenir zu bleiben, dann, weil Du es willst. Und mich würde es freuen. Deine Mutter und ich haben diesen Ort sehr geliebt. Wir haben uns immer gewünscht, dass auch unsere Kinder ihr Leben hier verbringen. Doch wenn Du Dich entscheidest zu gehen, sollst Du wissen, dass wir auch das gutheißen. Bau Dir dort ein Leben auf, wo Du meinst, glücklich zu werden. Und nimm uns im Herzen mit Dir mit, damit Du Dich, wo Du auch bist, zu Hause fühlst.

Schon als Kind hast Du davon geträumt, tausend Abenteuer zu erleben. Erinnerst Du Dich noch, wie oft Du mich gebeten hast, Dir aus Die Schatzinsel *vorzulesen? Wie sehr mir dieses Buch irgendwann auf die Nerven ging! Ich fürchte, die Abenteuer dieser Piraten werden das Letzte sein, was ich vergesse … Und dann* Der Kurier des Zaren, In 80 Tagen um die Welt, Marco Polo … *Irgendwann habe ich den Überblick über all die Reisen und Helden, mit denen Du Dich beschäftigt hast, verloren.*

Glaubst Du, dass ich es nicht weiß? Dass Du ganze Tage in der Bibliothek verbringst und auf den Landkarten Reiserouten folgst. Oder nachts in Deinem Zimmer unzählige Abenteuer- und Reiseberichte verschlingst.

Um Dich um mich kümmern zu können, hast Du darauf verzichtet, Dir all diese Orte anzusehen.

Hast Du den kleinen Schlüssel in dem Umschlag gesehen?

Wenn ich eines Tages nicht mehr bin, möchte ich, dass Du mit diesem Schlüssel zur Bank gehst und Dir das Schließfach, das auf Deinen Namen läuft, öffnen lässt. Darin findest Du einen Umschlag. Er enthält kein Geheimnis, nur Geld. Es ist für Dich. Verlass die Bank, ohne zurückzublicken, und geh sofort zum Bahnhof. Nimm den ersten Zug und mach Dich auf den Weg, Deine Träume zu verwirklichen. Beil Dich, denn Du hast einiges aufzuholen.

Ich bin stolz auf Dich.

Und ich liebe Dich, mein Junge. Selbst wenn ich alles vergessen haben werde, kann ich mir nicht vorstellen, dass ich jemals vergessen könnte, wie sehr ich Dich liebe. Ich habe all die Zeit über nicht einen einzigen Tag aufgehört, Dich zu lieben. Dessen bin ich mir sicher.

Dein Vater Mauricio

Álex faltete den Brief zusammen und drückte ihn an seine Brust. Er wartete darauf, dass sein Herzschlag sich wieder beruhigte. Dann griff er zum Telefon und wählte eine Nummer, die er auswendig kannte. Keine halbe Stunde später klopfte jemand an die Haustür.

Alma, die sich völlig außer Atem an der Tür abstützte, fiel beinah hin, als diese sich öffnete.

»Was ist los?«, fragte sie besorgt.

Álex nahm ihre Hände und zog sie ins Haus, bevor er hinter ihr die Tür schloss. Im Halbdunkel des Flurs erahnte er ihren beunruhigten Blick. Er hörte ihren schnellen Atem. Zärtlich strich er ihr über die glühenden Wangen. Sicher war sie nach seinem Anruf, seiner Bitte, gleich zu kommen, weil er ihr etwas Wichtiges sagen müsse, sofort losgerannt.

Er nahm sie fest in die Arme. Und während er ihren Herzschlag an seinem spürte, fragte er: »Kommst du mit mir nach Porvenir?«

»Du meinst, ob ich mit dir in Porvenir bleibe?«, fragte Alma, eng an seinen Körper geschmiegt.

»Nein. Ich meine, wenn all das vorbei ist, wirst du es dann wagen, mit mir auf einem Schiff den Atlantik zu überqueren, um das Porvenir auf der anderen Seite der Welt anzuschauen?«

Alma merkte, wie alles vor ihren Augen verschwamm. Sie umarmte Álex, so fest sie konnte, und zum ersten Mal seit langer Zeit fehlten ihr die Worte.

Álex lächelte. Er streifte mit seinen Lippen ihr Ohr und flüsterte: »Ich liebe dich, Alma Meillás. Nun beginne ich zu leben, und ich möchte, dass Du mich begleitest.«

Sie öffnete den Mund, um etwas zu sagen, doch bevor sie auch nur ein Wort äußern konnte, verschloss er ihn mit einem Kuss, der sie Lichtjahre von diesem nach Einsamkeit riechenden Hausflur wegkatapultierte.

Und wenn Alma nicht genau gewusst hätte, dass das Meer Hunderte von Kilometern weit entfernt lag, hätte sie geschworen zu spüren, wie ihr der Seewind das Haar zerzauste.

33
Hände hoch: Dies ist eine Party

Freundschaft verdoppelt die Freude und halbiert die Angst.
FRANCIS BACON

»Rosa, geht es dir gut?«, fragte Sara besorgt.

»Wieso fragst du, Liebes, mir geht es hervorragend«, antwortete die alte Dame, während sie den obersten Knopf ihres Mantels schloss.

Sara sah sie an, ohne zu verstehen, was los war. So kannte sie ihre alte Freundin gar nicht! Seit etwa einer Stunde verhielt sie sich äußerst seltsam und war nicht zur Vernunft zu bringen. Noch spät am Abend hatte sie sich in den Kopf gesetzt, das Haus zu verlassen, und darauf bestanden, dass Sara und ihre Söhne sie begleiteten. Was konnte so dringend sein, dass sie alle mitten im Winter eine halbe Stunde vor Mitternacht nach draußen mussten? Und dann auch noch am Abend vor meinem Geburtstag!, dachte die Briefträgerin leicht genervt.

Musste sie sich allmählich Sorgen um Rosa machen? Wurde die alte Dame senil? Ein Schauer lief ihr über den Rücken.

»Ach, Rosa! Muss das denn sein?«

»Es ist ja nicht so, dass ich dich ständig um einen solchen Gefallen bitte, oder?«, entgegnete Rosa, wobei sie Sara aus dem Augenwinkel beobachtete.

»Das ist es ja gerade, Rosa, sonst bist du immer so vernünftig. Deshalb hast du mich noch nie um einen solchen Gefallen gebeten«, entgegnete Sara zärtlich und legte der alten Frau den Arm um die Schultern.

Doch Rosa war nicht bereit, von ihrem Plan abzuweichen. Schließlich hatte sie Hypatia, Fernando, Álex und dessen Freundin Alma versprochen, Sara zu der Überraschungsparty zu bringen. Ungeduldig sah sie auf die Uhr: Ihr blieben gerade noch dreißig Minuten, um Sara und die Jungen dazu zu bewegen, ihre Jacken anzuziehen und mit ihr hinauszugehen. Und das war erst der erste Teil des Plans, den zu verwirklichen ihr am Morgen noch recht leicht erschienen war. Der zweite Teil, sie bis zu dem abgelegenen Haus zu führen, würde sich sicher noch bedeutend schwieriger gestalten.

Als Mauricios Sohn ihr erzählt hatte, dass die Feier dort stattfinden würde, hatte Rosa das Gefühl gehabt, dass sich tausend Nadeln in ihr Herz bohrten. Seit fast sechzig Jahren war sie nicht mehr dort gewesen.

Sie erinnerte sich noch an diesen Tag, als wäre es gerade erst geschehen: Luisas Vater hatte in der Tür gestanden und sie nicht eintreten lassen. Er hatte sie traurig lächelnd angesehen und auf ihre Bitte hin, mit seiner Tochter sprechen zu dürfen, entgegnet, dass Luisa nicht zu Hause wäre. Sie hatte es nicht geglaubt, und all die Jahre über hatte sie immer wieder vor Augen gehabt, wie sich im Erdgeschoss der Vorhang bewegte. Ihre Freundin hatte erfahren, dass sie und Abel geheiratet hatten. Andere hatten ihr mitgeteilt, was ihre besten Freunde nicht in der Lage gewesen waren, ihr zu erzählen. Ein leichter Aasgeruch war ihr in die Nase gestiegen, und Rosa wusste, dass es ihre Freundschaft war, die da verweste.

Von da an war sie davon überzeugt gewesen, dass sie nie wieder einen Fuß in das Haus der Familie Meillás würde setzen können.

Álex, der, um Saras Fest nicht zu gefährden, lieber darauf verzichtet hatte zu erklären, dass nun Luisas Enkelin dort lebte, hatte Rosa davon überzeugt, es dennoch zu tun. Er hatte gelogen und ihr gesagt, dass die Leute, die sich um das Haus kümmerten, es ihm für die Feier überließen, weil er ihnen bei der Gartenarbeit geholfen hatte. In den letzten Jahrzehnten habe sich dort viel verändert, und dies sei die perfekte Möglichkeit für Rosa, die Gespenster der Vergangenheit ein für alle Mal zu vertreiben, hatte er versichert.

Das letzte Argument hatte die alte Dame schließlich überzeugt.

Seit sie im letzten November jenen Brief geschrieben hatte, war kein Tag vergangen, an dem sie nicht an ihre Freundin aus Kindertagen gedacht hatte. Sie wusste, dass jemand den Brief gelesen haben musste, da die Briefkette fortgesetzt worden war. Zumindest hatte Sara ihr erzählt, dass sie überraschenderweise deutlich mehr Briefe als sonst in Porvenir zuzustellen hatte. »Jetzt nicht massenweise, aber es sind mehr geworden.«

Als Rosa dies erfahren hatte, war sie gleichzeitig glücklich und traurig gewesen. Möglicherweise hatte Luisa ihren Brief tatsächlich gelesen und ihrer Bitte, einen weiteren Brief zu verschicken, Folge geleistet. Jedoch war sie ihr eine Antwort schuldig geblieben. Zwar hatte Rosa sie nicht ausdrücklich darum gebeten, aber insgeheim doch darauf gehofft. Ein kurzer Brief, ein Telefonanruf oder eine Nachricht über die Leute, die sich um das Haus kümmerten, hätten ihr vollauf genügt. Doch nichts dergleichen war geschehen. Vielleicht war dieses Fest nun also wirklich die Gelegenheit, die alte Wunde für immer zu schließen. Kehrten Mörder nicht auch immer noch einmal an den Ort des Verbrechens zurück?, fragte sie sich.

»Also schön. Wenn du nicht willst!«, seufzte Rosa in gespielter Resignation. »Ich wollte dich mit etwas überraschen, aber es soll wohl nicht sein.«

»Aha! Dann erzähl mir doch einfach, was so wichtig ist. Du weißt, dass ich, wenn es sein muss, für dich zu Fuß die Wüste durchqueren würde … Aber, bitte, gib mir einen Grund, es zu tun!«

Sara schwieg einen Moment und fügte dann hinzu: »Einen wichtigen, wirklich einleuchtenden Grund.«

Rosa zog sich die Handschuhe an. Während sie an den Fingern herumnestelte, versuchte sie sich zu sammeln, um nicht zu viel zu verraten.

»Du hast doch morgen Geburtstag«, erklärte sie.

»Ja?« Sara hörte aufmerksam zu.

»Und du weißt ja, dass das für mich ein ganz besonderes Datum ist. Weil ich damals dabei war. Wenn ich nicht gewesen wäre, würdest du morgen nicht vierzig Jahre alt.«

Sara wusste, was jetzt kommen würde: die Erinnerung daran, wie ihr Vater ohnmächtig geworden war, der Arzt wegen des Schnees nicht kommen konnte und Rosa mit einem Blick auf ihre Hände gewusst hatte, dass sie tun musste, was zu tun war, um dieses neue Leben zu retten.

Die alte Dame redete weiter, während sie sich ihren Hut aufsetzte und sich die Tasche umhing. Sara sah sie überrascht an: Für einen Moment hatte sie den Eindruck, dass ihre Nachbarin ein wenig Lidschatten aufgelegt hatte. Doch das konnte nur eine Täuschung sein, denn Rosa schminkte sich ausschließlich zu ganz besonderen Gelegenheiten, und mal eben vor die Tür zu gehen zählte wohl kaum dazu.

»Also tu mir einfach den Gefallen!«

In Gedanken versunken, hatte Sara Rosas letzte beiden Sätze nicht mitbekommen. »Von welchem Gefallen sprichst du?«, fragte sie verlegen.

Rosa hatte entschieden, alles auf eine Karte zu setzen.

»Ich habe dir gerade gesagt, wie wichtig es für mich ist, dass du mitkommst, um dir das Geschenk anzusehen, was ich für dich ausgesucht habe, und du hörst mir nicht mal zu …«

Sara bemerkte die Träne, die in den Wimpern der alten Dame hing. Und das war mehr, als sie ertragen konnte.

»Also gut … aber sollte das nicht eine Überraschung sein?«

»Es ist nur … Ich bin mir nicht sicher, ob dir die Tasche gefällt, deshalb möchte ich sie dir im Schaufenster zeigen. Wenn du sie magst, kaufe ich sie gleich morgen früh und bringe sie dir, damit du sie sofort einweihen kannst«, erklärte Rosa und wies auf die Wohnungstür.

Ihnen blieb nur eine Viertelstunde, und sie mussten noch in Saras Wohnung hinaufgehen, um ihre drei Söhne abzuholen. Doch Rosa hatte die drei Jungen schon tags zuvor instruiert, ab elf Uhr für einen abenteuerlichen Nachtspaziergang bereitzustehen, bei dem es um eine Überraschung für ihre Mutter gehe.

»Und wenn ich mir die Tasche morgen ansehe?«, meinte Sara jetzt. »Ich gehe ganz früh ins Geschäft, hänge sie mir mal um und sage dir dann, ob sie mir gefällt. Dann kannst du gleich losgehen und sie kaufen, während ich auf dem Markt bin.«

Unglaublich, dachte Rosa, dieses Mädchen gibt einfach nicht auf.

»Aber ich kann nicht schlafen, wenn ich die ganze Zeit daran denken muss, ob sie dir gefällt oder nicht …«, erklärte sie mit zittriger Stimme und schlug theatralisch die Hände vors Gesicht.

Rosa wusste, dass Sara große Angst davor hatte, dass sie irgendwann senil werden könnte. Daher bat sie die Briefträgerin von Porvenir im Stillen um Verzeihung für dieses übertriebene Schauspiel.

Als Sara ihre Wohnungstür öffnete, stellte sie überrascht fest, dass ihre drei Söhne, warm angezogen und mit einem unternehmungslustigen Lächeln auf dem Gesicht, schon auf sie warteten.

»Aber was ist denn heute Nacht mit euch allen los, dass ihr unbedingt raus in die Kälte wollt? Wehe, einer von euch erkältet sich! Dann bin nämlich ich wieder diejenige, die die Krankenpflege übernehmen darf …«, warnte sie drohend, während auch sie sich ihren Mantel anzog.

Als sie kurz darauf vor dem Geschäft standen und sich die Tasche im Schaufenster angesehen hatten, hatte Sara es eilig, nach Hause zurückzukehren.

»Rosa, nun ist es aber gut! Die Tasche ist wunderbar, aber jetzt ist es wirklich höchste Zeit, ins Bett zu gehen!«, erklärte sie.

»Nein, noch nicht. In ein paar Minuten ist Mitternacht. Wie wäre es, wenn du deinen Geburtstag damit beginnst, mal etwas ganz anderes zu tun?«

»Wie wäre es, wenn ich ihn morgen früh damit beginne, wie jeden Samstag auf den Markt zu gehen? Ich verspreche dir auch, dass ich dich und die Kinder mittags zu einer Pizza in Mastán einladen werde. Zum Glück wird man nicht jeden Tag vierzig.«

»Aber dein Geburtstag beginnt jetzt gleich! Vergiss nicht, dass du im Morgengrauen geboren bist und nicht am helllichten Tag.«

»Bitte, Mama ...«, schaltete sich Saras ältester Sohn ein.

Die anderen beiden taten es ihm nach.

Sara blickte seufzend in die Runde. »Immerhin ist es nicht ganz so kalt heute.« Sie beschloss nachzugeben, schließlich kam es auf ein paar Minuten nun auch nicht mehr an.

»Weißt du, was ich jetzt am liebsten machen würde?«, setzte Rosa noch einen drauf, während sie untergehakt die Hauptstraße überquerten.

»Nein«, entgegnete Sara, die inzwischen mit allem rechnete.

»Zu dem abgelegenen Haus fahren.«

»Zu welchem abgelegenen Haus?«

»Dem Haus der Familie Meillás.«

Sara blieb abrupt stehen. Sie kannte die alte Geschichte, die Rosa mit dem Steinhaus in den Feldern verband. Als sie noch ein Kind war, hatte Rosa ihr selbst von der besonderen Freundschaft zu Luisa Meillás erzählt, dass sie unzertrennlich gewesen waren, bis Abel ihren Weg gekreuzt hatte. Mehrfach hatte sie ihr gestanden, dass kaum ein Tag verging, an dem sie sich nicht wünschte, mit Luisa reden zu können, aus ihrem Mund zu hören, dass auch sie ihr Glück gefunden hatte, dass sie ein genauso erfülltes Leben geführt hatte wie sie selbst. »Diese Worte würden mich von der einzigen Schuld erlösen, die ich noch zu begleichen habe«, hatte Rosa oft traurig gesagt.

Und nun kam sie ihr kurz vor Mitternacht mit diesem Ansinnen! Sara spürte, wie der Boden unter ihren Füßen zu wanken begann. Zwar war ihre Nachbarin bereits über achtzig, dennoch war es für sie noch viel zu früh, um sie für immer zu verlieren. Sie sah Rosa in die Augen, und es überraschte sie, in ihrem Blick die absolute Gewissheit zu erkennen, dass sie ihr diese jede Vernunft entbehrende Bitte erfüllen würde.

Sara hatte keine Ahnung, was sie letztendlich dazu veranlasste, Rosas Wunsch stattzugeben. Vielleicht war es die kindliche Hoffnung im Blick der alten Dame. Vielleicht die Angst davor, dass es einer ihrer letzten Wünsche sein könnte. Oder das blinde Vertrauen in die Liebe, die sie ihr entgegenbrachte.

Sie stiegen wieder ins Auto und fuhren zu dem alten Steinhaus, zu dem Sara zu Beginn des Winters jenen lavendelfarbenen Brief ohne Absender gebracht hatte, der an Luisa Meillás adressiert gewesen war. Sie hatte ihrer Freundin nie davon erzählt, um keine alten Wunden aufzureißen. Vielleicht sollte ich das in den nächsten Tagen nachholen, dachte Sara. Das, was Rosa mit diesem Haus verband, schien sie wieder mehr zu beschäftigen, und vielleicht hatte jener Brief irgendeinen Hinweis enthalten.

Wie zu erwarten gewesen war, lag das Haus in absoluter Dunkelheit und Stille.

Das jedoch hielt Saras Söhne und Rosa nicht davon ab, die Autotüren zu öffnen und auszusteigen. Bevor Sara irgendwie reagieren konnte, sah sie, dass die vier das Tor öffneten und zum Hauseingang liefen. Die beiden Kleinen rannten, als wäre der Teufel hinter ihnen her, und der Große reichte der alten Dame seinen Arm, um sie zu stützen. Zwei Minuten darauf waren alle vier verschwunden, als hätte das Haus sie verschluckt.

Wo waren sie hin?

Als Sara wenig später die Hand an die alte Haustür legte, gab diese sogleich nach. Sie wagte nicht, über die Schwelle zu treten, sondern lauschte aufmerksam ins Innere des Hauses, ob dort die

Stimmen ihrer Kinder zu hören waren. Doch das Einzige, was erklang, waren in der Ferne die zwölf Schläge der Kirchturmuhr. Nun war sie offiziell vierzig Jahre alt.

»Rosa? Bist du da?«

Sara war etwas mulmig zumute. Sie öffnete ihre Tasche und nahm in einer hilflosen Geste ihr Handy heraus, als könnte sie sich damit gegen alle bösen Wesen aus dieser oder einer anderen Welt verteidigen, die an diesem Ort auf sie lauerten.

»Ich bin hier«, hörte sie Rosas Stimme.

Sara seufzte erleichtert.

»Ich auch«, sagte ihr jüngster Sohn.

»Ich auch.«

»Ich auch.«

Karol? Hypatia? Hatte sie nicht gerade deren Stimmen gehört? Oder spielte ihr die Einbildung einen Streich? Sara schloss die Augen und atmete tief durch. Ihr war leicht schwindelig, und sie fürchtete, ohnmächtig zu werden, als plötzlich jemand das Licht einschaltete und ein stürmischer Applaus die Stille der Nacht durchbrach.

Sara blickte sich um, ohne wirklich wahrzunehmen, was sie sah. Dutzende bekannter Gesichter lächelten sie an und riefen ihr Glückwünsche zu. Sie scharten sich um sie. Sie spürte, wie alle sie umarmten und küssten. Einige machten Scherze über das Alter, das sie nun erreicht hatte. Andere zogen sie mit sich ins Wohnzimmer. Sie erkannte die Bibliothekarin und ihren Hausarzt. Weiter hinten zwinkerte ihr Chef ihr zu. Das alles konnte doch nicht wahr sein!

Ein plötzliches Hochgefühl erfasste ihren Körper, und sie glaubte vor Glück in tausend Teile zu zerspringen.

Dabei ahnte sie nicht, dass die größte Überraschung erst noch auf sie wartete.

Ein paar Minuten lang brachte sie kein Wort heraus. Sie stieß mit jedem der Gäste an, probierte alle möglichen Häppchen und Tapas und lächelte unaufhörlich. Als es ein wenig ruhiger wurde, überreichten die Gäste einer nach dem anderen ihre Geschenke: Bücher, ein Halstuch, Pralinen …

»Mein Geschenk ist nichts Besonderes«, sagte Hypatia schüchtern und wies auf eine große Schachtel, die auf dem Esszimmertisch stand.

Sara ging darauf zu, wobei ihr sämtliche Augenpaare folgten. Man merkte ihr die Neugier an, während sie die Schachtel öffnete. Als sie sah, was darin war, entfuhr ihr ein Freudenschrei: Die beste Köchin von ganz Porvenir hatte ihr einen Geburtstagskuchen in Form eines Briefumschlags gebacken. Es war ein kleines Kunstwerk, und Hypatia hatte sorgfältig auf jedes Detail geachtet. In Schokoladenschrift standen ihr Name und ihre Adresse darauf. Und das Bild auf der Briefmarke kam ihr ziemlich bekannt vor. Ihr mittlerer Sohn, der sich neben sie gedrängt hatte, beseitigte die letzten Zweifel: »Das bist ja du aus Zuckerguss!«

Er klatschte entzückt in die Hände, und alle Anwesenden fielen ein.

Sara ging zu der gerührten Hypatia hinüber, die an Tomás' Arm hing, als fürchtete sie, jeden Moment umzufallen. Sie umarmte die Freundin herzlich, um sich für all die Mühe zu bedanken, die sie sich ihr zuliebe gemacht hatte. Denn jeder Bissen, den sie zu sich nahm, zeugte von Hypatias kundiger Hand.

In diesem Moment trat Karol vor.

»Jetzt bin ich dran, Chefin«, sagte sie und überreichte dem Geburtstagskind ein kleines grünes Päckchen.

Ungeduldig wie ein Kind packte Sara es aus. Mit jedem Geschenk, das sie erhalten hatte, war ihre Freude gestiegen. Alle hatten sich etwas Besonderes ausgedacht, und an der liebevollen Auswahl und Verpackung war zu erkennen, wie gern sie alle hatten.

Sie lächelte Karol zu, als sie das kühle Mineral spürte. Die Peruanerin nahm es ihr aus der Hand und hielt es ins Gegenlicht. Auf einmal funkelte der schwarze Stein in den unterschiedlichsten Farben.

»Aus den Tiefen meiner Heimat. Die Bergleute dort glauben, dass er Glück bringt. Ich habe ihn vor drei Jahren mit hergebracht und möchte ihn jetzt mit meiner Freundin teilen.«

Die beiden Frauen umarmten sich, und Sara hätte am liebsten all die Wärme und Zärtlichkeit, die ihr entgegengebracht wurde, an die zierliche Peruanerin weitergegeben, um ihr Heimweh zu lindern.

Alles um sie herum lachte, die Gäste stießen an, Gläser klirrten, und Applaus und Musik erfüllten das ganze Haus.

»Dieses Geschenk ist von Álex und seiner Freundin Alma«, sagte Rosa mit einem Anflug von Traurigkeit in der Stimme.

Seit die alte Dame das Haus betreten hatte, hatte sie versucht, ihre Erinnerungen im Zaum zu halten. Anders als Álex es gesagt hatte, hatte sich hier drinnen nichts verändert. Zumindest nicht für sie. Es stimmte, dass nun ein anderes Sofa im Wohnzimmer stand, dass die Wände in einer anderen Farbe gestrichen und die Stühle neu bezogen waren. Dennoch konnte sie die Gegenwart ihrer Freundin Luisa, ihres Bruders und ihrer Eltern spüren – wie damals, als sie alle noch hier lebten. Die ganze Vergangenheit hatte sich all die Jahre über zwischen den kühlen Steinen gehalten. Rosa wusste, dass Luisas Eltern längst gestorben und auf dem Friedhof von Porvenir begraben waren, doch was war mit Luisa? War sie ihren Eltern bereits gefolgt, oder lebte sie noch?

Mit brennender Geduld, las Sara den Titel des Buches, das Rosa ihr gegeben hatte, und drehte es um. Auf der Rückseite stand: *Ein Roman über Freundschaft und Liebe, über Poesie und Leidenschaft, über Freiheit und Politik.*

Neugierig schlug Sara das Buch auf und studierte den Klappentext.

Dieser Roman ist eine poetische Hommage an den größten chilenischen Dichter unserer Zeit, Pablo Neruda. Mit brennender Geduld *erzählt die Geschichte der Freundschaft zwischen dem Briefträger Mario Jiménez, dem Sohn eines Fischers in Isla Negra, und Pablo Neruda, dem weltberühmten Dichter. Mithilfe eines Gedichts, das Mario dem väterlichen Freund abringt, gewinnt er das Herz seiner Angebeteten: Die Macht des Wortes, die treffende Metapher, die Poesie wirken Wunder. Als Neruda von der Regierung Allende als Botschafter nach Paris entsandt wird, vergisst er seinen Briefträger nicht. Er schreibt ihm, und dafür schickt ihm Mario auf Tonband die Glockentöne, das Meeresrauschen, die Laute der Tiere und Menschen ins ferne Frankreich,*[8] las Sara und nahm sich vor, gleich am nächsten Tag mit der Lektüre des Buches zu beginnen.

Rosa strich ihr übers Haar, um ihre Aufmerksamkeit zu erregen.

»Und das hier ist von mir. Damit du dich immer an unsere gemeinsame Zeit erinnerst, auch wenn wir irgendwann keine Nachbarinnen mehr sein sollten.« Der alten Dame brach fast die Stimme. Sie wies auf ein großes Paket, das Saras Söhne mit komplizenhaftem Lächeln herantrugen.

Als Sara das Geschenkpapier entfernt hatte, wurde sie von einigen lachenden Gesichtern begrüßt, die sie lange nicht mehr gesehen hatte. Es war ein wunderschöner großer Bilderrahmen, der Fotos enthielt, die ihr ganzes Leben zusammenfassten: Auf dem ersten, einer Schwarzweißaufnahme, waren ihre Mutter und Rosa zu sehen, die, die kleine Sara zwischen sich an den Händen haltend, durch Porvenir spazierten. Hinter ihnen unterhielten sich ihre beiden Ehemänner, denen die Bedeutung des Moments völlig entgangen zu sein schien. Sara trug auf dem Bild ein hübsches Kleid mit Rüschen und entzückenden rosafarbenen Tupfen.

Auf dem zweiten Foto, diesmal in Farbe, war Sara in jungen Jahren zu sehen, an dem Tag, an dem sie zum ersten Mal ihre Postuniform trug. Ihr stolzer Vater hatte ihr seine Uniformmütze aufgesetzt, die ihr viel zu groß war. Und obwohl der Schirm ein Stück weit ihre Augen bedeckte, war auch zwanzig Jahre später noch zu erkennen, wie sehr sie strahlten. Wie ist Rosa wohl an dieses Foto gekommen?, fragte sich Sara. Denn sie konnte sich nicht erinnern, es jemals gesehen zu haben.

Das dritte Foto war vom letzten Sommer. Sara lag auf dem Rücken im Gras und zählte zusammen mit ihren Söhnen die Wolken. Der jüngste hatte sich an ihrer Seite zusammengerollt und schlief, die anderen beiden zeigten lachend mit dem Finger in den Himmel.

Der Platz für das letzte Bild war komplett schwarz geblieben. Überrascht sah sie Rosa an, die sich mit einem Taschentuch umständlich die Tränen aus den Augenwinkeln wischte.

»Und das?«

»Das musst du unter den Bildern, die du in den nächsten Jahren machst, selbst auswählen.«

Saras drei Söhne überreichten ihr ein Diplom für die beste Mutter der Welt, das sie mit Rosas Hilfe gebastelt hatten. Sie küsste ihre Jungen einen nach dem anderen und nahm sich vor, dieses Bild für immer im Gedächtnis zu behalten, zusammen mit den Erinnerungen an die Geburten ihrer Kinder, die Nächte, in denen sie an ihrem Bett gewacht hatte, die ersten Schultage und all ihre Geburtstagsfeiern.

In diesem Augenblick waren draußen im Garten vor dem Haus Gitarrenklänge zu hören. Alle eilten überrascht und erfreut zu den Fenstern. Die Kinder öffneten die Tür und rannten hinaus. Die Erwachsenen folgten ihnen.

Sara blieb in der Tür stehen, und ihr ganzer Körper kribbelte vor Freude. Draußen nahmen drei Musiker, ein Sänger und drei Chorsängerinnen bereits die ersten Wünsche des trotz der Kälte begeisterten Publikums entgegen.

Es war ein Uhr morgens an ihrem vierzigsten Geburtstag. Sie betrachtete all ihre Lieben, die mit ihr zusammen feierten. Nie im Leben hatte sie mit einem solch wunderbaren Fest gerechnet.

Plötzlich spürte sie eine Hand auf ihrem Rücken.

Mit einem glücklichen Lächeln drehte sie sich um.

Und wäre fast in Ohnmacht gefallen.

Nach all den Jahren, nach all den Stürmen des eisigen Nordwinds und den Unwägbarkeiten des Lebens lächelten Fernandos Augen noch auf die gleiche Art wie damals, als sie ihn kennengelernt hatte. Sie stand ganz still, wie unter einem Zauber, und wusste nicht, was sie sagen sollte. Wie sehr hatte sie sich diesen Moment heimlich herbeigewünscht!

Das Erste, was ihr in den Sinn kam, war, dass sie unmöglich aussah. Sie versuchte ihre zerknitterte karierte Bluse glattzustreichen und blickte auf die Spitzen ihrer schmutzigen Winterstiefel. Unwillkürlich fasste sie sich an den Kopf und stellte mit Entsetzen fest, dass sie das Haar einfach mit einem Bleistift hochgesteckt hatte. Weder hatte sie sich geschminkt, noch trug sie irgendwelchen Schmuck.

Sie wagte es nicht, den Blick zu heben, bis sie eine raue Männerhand unter ihrem Kinn spürte.

»Herzlichen Glückwunsch zum Geburtstag, meine rothaarige Meerjungfrau.«

Die Worte waren wie ein Zauberspruch, der sie endlich aus ihrer Erstarrung löste. Die Erde drehte sich wieder, und sie spürte, dass sie ihren Platz gefunden hatte.

»Mein Geschenk ist das einzige, das du noch nicht bekommen hast, aber ich würde es dir gern an einem Ort geben, wo wir ungestört sind.«

Sara wurde rot. Sie blickte in den Vorgarten, wo die Gäste inzwischen tanzten und nicht weiter auf sie achteten.

Fernando hatte seinen Mitverschwörern gesagt, dass er sich einen filmreifen Auftritt wünschte. Er hatte sich in dem Raum neben dem Kamin versteckt, in dem das Holz aufbewahrt wurde, und von dort aus ungesehen das Fest verfolgen können. Nach all den Jahren, in denen er nachts über das Meer gewacht hatte, war er mit Geduld gewappnet, und nun war sein großer Moment gekommen.

Als er jetzt in Saras Gesicht blickte, wusste er, dass sich das Warten gelohnt hatte: Nach der ersten Überraschung war ihr anzusehen, wie gerührt sie war und wie sehr sie sich freute, ihn zu sehen.

Fernando streckte seine Hand aus, und sie nahm sie. Dann führte er Sara durch das Wohnzimmer, in dem sie kurz zuvor noch von ihren Freunden und ihrer Familie gefeiert worden war. Sie gingen in die Küche, wo er zielsicher die Terrassentür öffnete, um mit ihr in den kleinen Garten hinauszutreten.

Die knorrigen Äste des Kirschbaumes schienen im Dunkel der Nacht nach den Sternen zu greifen. Sara lehnte sich gegen den Stamm und schlang fröstelnd die Arme um sich, woraufhin Fernando ihr seine Jacke um die Schultern legte. Dabei kam er ihr so nahe, dass Sara das Meersalz auf seiner Haut zu riechen meinte.

Sie legte den Kopf zurück und machte die Augen zu.

Er küsste sie auf die geschlossenen Lider. Sonst passierte nichts. Als Sara ihre Augen überrascht wieder öffnete, hielt er ihr einen kleinen weißen Briefumschlag entgegen.

Sara brauchte nur zwei Sekunden, um ihn einzuordnen: Erst vierundzwanzig Stunden zuvor hatte sie neununddreißig dieser Umschläge, im Postamt auf dem Boden sitzend, geöffnet. Nur dass dieser hier im Gegensatz zu den anderen keinen Poststempel aus Mastán aufwies.

Nun wusste sie, wer der heimliche Verehrer war, der ihr auf neununddreißig verschiedene Arten gesagt hatte, dass er sie liebte. Sie lächelte, denn sie ahnte, was sie in dem letzten Umschlag finden würde. Dennoch oder vielleicht gerade deswegen war sie so aufgeregt, dass es ihr nicht gelang, ihn zu öffnen. Lachend musste Fernando ihr helfen.

»›Schenk mir ein Gramm deiner Liebe, und ich werde Dir dafür zehn Truhen voll Liebe zurückgeben. Gib mir eine Chance, Dich zu lieben, und ich werde sie tausendfach ergreifen. Schenk mir nur einen Tag mit Dir, und ich werde jeden einzelnen meiner Tage nur Dir widmen‹«, las Sara mit zitternder Stimme.

Jedes Wort streichelte ihre Kehle, bevor es über ihre Lippen kam.

Sie blickte auf.

»Und von wem ist dieses Zitat? Neruda? Lord Byron? Stendhal?«

»Von CASTAWAY 65, einem Schiffbrüchigen, der endlich die Küste entdeckt hat, an die er sich retten kann.«

34

Buchseiten, um sie zu lesen, Momente, um sie zu leben

Ein offenes Buch ist ein sprechender Geist;
geschlossen ist es ein wartender Freund;
vergessen, eine verzeihende Seele;
zerstört, ein weinendes Herz.
HINDUISTISCHES SPRICHWORT

Ganze fünf Minuten stand Alma jetzt schon vor der Tür der Bibliothek und wagte nicht einzutreten. Lampenfieber hatte sie erfasst, und die Aufregung schlug ihr auf den Magen. Es war der vierzehnte Februar, Valentinstag. Das Datum der offiziellen Eröffnung des Leseclubs von Porvenir.

Sie hatte den Eindruck, dass in den letzten Monaten die Zeit extrem schnell vergangen war. Seit sie sich letztes Jahr im November mitten in der Nacht nach Porvenir geflüchtet hatte, war so viel passiert in ihrem Leben. Hätte sie an die Macht des Schicksals geglaubt, wäre sie davon überzeugt gewesen, dass die Entscheidung, hierzubleiben, nicht ihre eigene, sondern eine universelle gewesen war.

Obwohl ihre Großmutter schon seit Jahren nicht mehr lebte, hatte sie ihr ein letztes Geschenk gemacht: das Haus ihrer Familie. Sie, Alma, hatte es mit der Absicht bezogen, eine kurze Weile zu bleiben, um Abstand zu gewinnen und zu entscheiden, was sie mit ihrem Leben anfangen wollte: nach Hause zurückkehren und sich eine feste Arbeit suchen, wie ihre Eltern es gern gesehen hätten, oder ihrem Herzen folgen und sich der Poesie widmen.

Doch seit jener Nacht, als sie vor dem massiven alten Steinhaus aus dem Taxi gestiegen war, war sie so gut wie gar nicht mehr dazu gekommen, über ihre eigenen Probleme nachzudenken. Als hätte mit dem Überschreiten der Schwelle dieses Hauses alles einen anderen Sinn bekommen, hatte sie zu schreiben begonnen und kaum noch etwas anderes getan, ohne sich Gedanken darüber zu machen, ob das, was sie verfasste, irgendwann veröffentlicht werden würde, ob sie davon leben könnte oder ob es anderen gefiel.

Auf ebenso geheimnisvolle wie selbstverständliche Art war sie nach und nach in das Dorfgeschehen eingebunden worden: Sie hatte an einer Briefkette teilgenommen, um das Postamt zu retten, sie hatte sich mit Hypatia und Sara angefreundet, und sie hatte sich in einen jungen Mann aus dem Ort verliebt und mit ihm zusammen den ersten Leseclub in dieser Gegend gegründet. Sie selbst hatte sich die Ketten angelegt, die sie in diesem Dorf festhielten.

In Porvenir war alles möglich, stellte sie erstaunt fest. Man konnte seine Lieblingsschriftstellerin aus dem fernen Amerika kennenlernen, man konnte seine große Liebe finden, und man konnte die unvollendete Geschichte der eigenen Vorfahren zu einem glücklichen Ende bringen.

Rosas Brief lag noch immer auf ihrem Nachttisch, zusammen mit dem Schwarzweißfoto der beiden Mädchen auf den Fahrrädern, das sie auf dem Speicher gefunden hatte. Sie hatte den Brief immer wieder gelesen, sodass sie ihn inzwischen fast auswendig kannte. Und sie hatte die Bitte, die darin enthalten war, erfüllt, indem sie die Briefkette, um der einzigen Briefträgerin des Ortes zu helfen, fortgeführt hatte.

Doch Alma war nicht dumm, und sie hatte durchaus die nicht ausdrücklich formulierte Bitte, die aus Angst oder Scham ungesagten Worte, verstanden, die zwischen den Zeilen zu lesen waren. Rosa sehnte sich danach zu erfahren, was nur sie, Alma Meillás, ihr erzählen konnte: dass Luisa trotz allem in ihrem Leben das große Glück gefunden hatte. Zuerst hatte sie in ihrer Verärgerung geglaubt, dass Rosa diese Antwort nicht verdiente. Doch dann hatte sie festgestellt, dass Rosa keineswegs ein schlechter, egoistischer Mensch oder gar eine Verräterin war.

Durch Álex, Sara und Hypatia hatte sie nach und nach ein Bild von Rosa gewonnen, das wesentlich zutreffender war: das einer gutherzigen, tapferen, großzügigen, treuen und entschiedenen Frau. Einer Frau, die Luisa Meillás ganz bestimmt sehr geliebt hatte. Da Alma nicht auf Saras Fest gegangen war, kannten sie und Rosa sich bisher nur aus den Erzählungen der anderen. Doch heute, bei der Eröffnung des Leseclubs, würden sie sich zum ersten Mal Auge in Auge gegenübertreten. Würde die alte Dame an ihr eine Ähnlichkeit mit der Freundin aus Kindertagen feststellen?

Alma hatte es kaum glauben können, dass ihre Großmutter das Haus in Porvenir so lange behalten und auf dessen guten Zustand geachtet hatte, damit sie, ihre Enkelin, eines Tages hierherkommen würde. Sie holte den kurzen Brief ihrer Großmutter hervor, den sie seit ihrem dreiundzwanzigsten Geburtstag gefaltet in ihrem Portemonnaie aufbewahrte, und las ihn noch einmal:

Wenn Du diese Worte liest, liebe Alma, bedeutet das, dass ich Deinen dreiundzwanzigsten Geburtstag nicht mehr erlebe. Du ahnst nicht, wie gern ich bei Dir wäre, um von Deinen Träumen und Deinen Zukunftsplänen zu erfahren! Doch der Mensch denkt, und Gott lenkt.

Es sollte nicht sein, daher wirst Du mein Geschenk nach meinem Tod von einem Notar erhalten.

Gern hätte ich Dir diese Schlüssel an Deinem heutigen Geburtstag persönlich übergeben und Dich auf Deiner Reise begleitet. Dir jeden Winkel gezeigt und mit Dir zusammen meine Erinnerungen wiederentdeckt, die ich in dem Haus meiner Kindheit zurückgelassen habe, um zu sehen, wie die Zeit mit ihnen umgegangen ist. Ich habe mir so sehr gewünscht, noch einmal mit Dir gemeinsam dorthin zu fahren, um mit meiner Vergangenheit Frieden zu schließen.

Nun wirst Du dies für mich tun. Allein. Und ganz allein wirst Du eine Entscheidung treffen. Wie sie auch aussehen wird, es wird die richtige sein. Ich liebe Dich.

»Alles klar hier draußen?«

Eine amüsierte Stimme riss Alma aus ihren Gedanken. Sie wandte sich um und blickte in ein paar blitzende grüne Augen.

»Komm ruhig rein, der Eintritt ist frei, wie ich erfahren habe«, meinte Álex augenzwinkernd, während er ihre Hand nahm.

Sie lächelte. Seit dem Tod von Álex' Vater waren sie kaum noch getrennt gewesen. Fernando hingegen hatte sich an dem Tag nach Saras Geburtstagsfeier verabschiedet, »nur vorübergehend«, wie er leicht wehmütig gesagt hatte.

Sara und er hatten beschlossen, es miteinander zu versuchen. »Und weil eine Bohrinsel nicht unbedingt der richtige Ort für drei lebhafte Lausebengel ist, haben wir entschieden, dass es wohl das Einfachste ist, wenn ich nach Porvenir ziehe. Ich sehne mich danach, festen Boden unter den Füßen zu haben!«, hatte er erklärt. Im Sommer würde er endgültig zurückkommen.

Als das junge Paar Fernando gefragt hatte, wie es denn mit einem Job aussah, hatte er mit den Schultern gezuckt und gesagt: »Eins nach dem anderen. Zuerst kommt die Liebe, dann der Rest.«

Nachdem Fernando sich also auf den Rückweg nach Norwegen gemacht hatte, war Alma in dem leeren Haus die Decke auf den Kopf gefallen. Das Alleinsein, das ihr monatelang so gutgetan hatte, erschien ihr auf einmal wie eine Strafe. Daraufhin hatte Álex ein paar Sachen zusammengepackt und gleich die erste Nacht nach Fernandos Abreise im Haus seiner Freundin verbracht. Auch er war nicht gern allein in seinem Haus, weil ihn dort alles an seine Eltern erinnerte.

Sie nutzten die Zeit, um das Projekt, das Haus zu einer Unterkunft für Nachwuchsschriftsteller zu machen, voranzutreiben. Mara Polsky hatte sich dabei als sehr aktive Schirmherrin erwiesen. Sie hatte für sie gebürgt, damit sie ein erstes Darlehen bekamen, und sich mit befreundeten Professoren, die Creative Writing unterrichteten, in Verbindung gesetzt.

Als Alma sah, dass das Ganze konkrete Formen annahm und zu einem durchaus realistischen Vorhaben wurde, hatte sie sich schließlich dazu durchgerungen, ihren Eltern zu gestehen, dass sie in Porvenir bleiben würde, um dort eine Residenz für junge Autoren zu eröffnen. Ihre Mutter hatte, wie zu erwarten gewesen war, Zeter und Mordio geschrien. Die Reaktion ihres Vaters hingegen hatte Alma überrascht:

»Ich wusste es! Gegen Luisa kann man nicht gewinnen. Nun hat sie tatsächlich erreicht, dass einer von uns nach Porvenir zieht.«

Für einen Moment hatte sie den Eindruck, dass der knallharte Anwalt, von sentimentalen Erinnerungen an die Vergangenheit überwältigt, die Deckung fallen ließ. Doch dann gewann der erfahrene Jurist wieder die Oberhand, und er hatte gefordert: »Schick mir mal die Planungsunterlagen zu dem Projekt, dann prüfen wir in der Kanzlei, ob das Ganze Hand und Fuß hat. Letzten Endes ist es immer noch das Haus meiner Familie, auch wenn deine Großmutter Luisa das anscheinend vergessen hat.«

Alma hoffte, dass sie ihm irgendwann klarmachen konnte, dass es nach wie vor auch sein Zuhause war.

An den Abenden planten Álex und sie ihre Reise nach Patagonien. Längst hatte ihr Freund sie mit seinem Faible für Landkarten angesteckt. In einem Notizbuch schrieb Alma die Namen von sämtlichen Ortschaften, Bergen und Flüssen auf, die sie sich unbedingt ansehen wollten.

»Lass uns auf den nächsten Winter warten, das ist die beste Zeit für die Reise«, hatte Álex vorgeschlagen. Und sie hatte allzu gern eingewilligt und freute sich bereits auf ihren zweiten »ganz besonderen Winter«.

»Ich habe mir ein kleines Ca-te-ring erlaubt.« Hypatia strahlte.

Als Alma und Álex die Bibliothek betraten, wurden sie von der besten Köchin Porvenirs empfangen, die ihnen ein Tablett mit Schinken- und Käsehäppchen entgegenhielt.

Alma küsste ihre Lieblingsköchin auf die Wange. Wie es aussieht, hat Hypatia Gefallen an dem englischen Ausdruck gefunden, dachte sie. Álex musste lachen, als er das üppige Speiseangebot sah, für das sie gesorgt hatte.

»Klein? Ich würde eher sagen, das sieht aus wie das Festessen auf der Hochzeit von Kanaan. Na ja, wenn wir zu viert sind und die Katze auch etwas isst …«, meinte er und wies auf die Platten mit Kroketten, Tomatenbrot und Tortilla, die auf einem Tisch an der Wand standen.

Der Kellerraum der Bibliothek war klein und gemütlich. Da es kein natürliches Licht gab, sorgten ein paar Lampen an den richtigen Stellen für ein warmes Licht. In der Mitte des Raumes hatte die Bibliothekarin die unterschiedlichsten Stühle und Sessel im Kreis angeordnet.

Wie die Teilnehmer an diesem Leseclub, die auch alle völlig unterschiedlich sind, dachte Alma. An den Steinwänden hingen ein paar gerahmte Trockenblumen. Alma ging näher heran, um die Beschriftung zu lesen, die jemand mit großer Sorgfalt zu jeder der heimischen Pflanzenarten hinzugefügt hatte.

Daher stand sie mit dem Rücken zur Tür, als sie Álex sagen hörte: »Rosa! Wie sehr ich mich freue, dass du tatsächlich gekommen bist!«

In diesem Moment wünschte sich Alma, sich in eine weitere Blume jener Sammlung zu verwandeln und sich auch in einem schützenden Holzrahmen verstecken zu können.

»Schließlich muss ich doch endlich mal dieses besondere Mädchen kennenlernen, das dein Herz gestohlen hat! Dieser

Leseclub ist ein wunderbarer Vorwand, um meine Neugier zu befriedigen und einmal mehr Hypatias unglaubliche kulinarische Fähigkeiten zu genießen«, entgegnete die alte Dame.

Alma hatte keine andere Wahl, als sich umzudrehen. Sie legte die Hände zusammen, damit man nicht merkte, wie sehr sie zitterten.

»Rosa, das ist Alma«, sagte Álex stolz.

Alma spürte Rosas Hände auf den ihren. Es waren kleine Hände voller Falten und Altersflecken, aber dennoch sehr weich. Alma hob den Blick und sah Rosas herzliches Lächeln.

»Sehr erfreut«, sagte sie schüchtern.

»Ganz meinerseits«, entgegnete Rosa herzlich, während sie die junge Frau auf beide Wangen küsste.

Nach und nach trafen alle Teilnehmer des Lesekreises ein.

Hypatia hatte Tomás mitgeschleppt, was ihr nur gelungen war, weil sie ihm angedroht hatte, ihm ansonsten ein ganzes Jahr lang keine Torrijas mehr zu servieren. Hypatia wollte nicht, dass Álex der einzige Mann in der Runde war, und auch wenn Tomás weiterhin darauf beharrte, dass Literatur Weiberkram wäre, hatte die in Aussicht gestellte Strafe ihn schließlich dazu bewogen mitzugehen.

Rosa setzte sich neben das Ehepaar. Sie hatte ein kleines rotes Notizbuch dabei, um sich etwas aufschreiben zu können – eine Geste, die Alma rührte.

Dann sah sie, dass Sara ihr zuwinkerte und ihr einen Brief zeigte, den sie in der Hand hielt. Da sie sich in ihrem Leseclub mit Briefliteratur beschäftigen wollten, hatte sie wohl gedacht, es sei angebracht, eigene Korrespondenz mitzubringen.

An Saras Seite saß Karol, die junge Frau aus Peru, die das Postamt putzte. Sara hatte vorgeschlagen, sie auch einzuladen. Nach den jüngsten Ereignissen hatten sie sich angefreundet und sogar schon ein paarmal sonntags bei Sara zu Hause mit deren Kindern gemeinsam gegessen. Karol ihrerseits hatte eine Frau mittleren Alters mitgebracht, die weder Álex noch Alma kannten.

Fehlt nur noch Mara Polsky, aber die wird wohl nicht erscheinen, dachte Alma enttäuscht.

Bis zum letzten Moment hatte sie gehofft, dass die Schriftstellerin ihrer Bitte Folge leisten und kommen würde, um den Club zu eröffnen. Doch offensichtlich war diese letztendlich wohl der Meinung gewesen, dass dies ihrem literarischen Rang nicht angemessen wäre.

»Ich heiße Manuela. Ich wohne erst seit ein paar Jahren in Porvenir. Aber ich bin hier geboren. Als mein Vater gestorben ist – damals war ich noch ein Kind –, haben meine Mutter und ich den Ort verlassen. Viele Jahre später bin ich dann zurückgekehrt. Ich bin geschieden und arbeite in der Freizeitbranche«, leierte Manuela alias Sarai ihren Text wie auswendig gelernt herunter. »Als ich jünger war, habe ich sehr gern gelesen, aber seit einer Weile bin ich kaum noch dazu gekommen. Dennoch hat Karol, die für mich arbeitet, mich davon überzeugt, sie hierher zu begleiten.«

Sie schwieg ein paar Sekunden lang. Dann sah sie Karol an und versuchte ein Lächeln, das aus mangelnder Gewohnheit zu einer Grimasse geriet.

»Sie hat bei mir etwas gut, wie sie meinte, also bin ich, um meine Schulden zu bezahlen, zu diesem ersten Treffen des Leseclubs gekommen. Ehrlich gesagt, glaube ich nicht, dass ich beim nächsten Mal wieder dabei sein werde. Das ist nichts Persönliches, ich bin einfach nicht so gern unter Menschen«, erklärte Manuela, wobei sie abwechselnd ihre Ärmel langzog.

»Und was ist mit Briefen?«, fragte Rosa freundlich. »Haben Sie briefliche Kontakte? Reicht Ihnen das?«

»Ja, in letzter Zeit hatte ich viel mit Briefen zu tun«, entgegnete Manuela mit einem ironischen Unterton.

Dabei dachte sie an die beiden Briefe, die sie erhalten hatte: den der Köchin, die den Brief zusammen mit ihrem Enkel geschrieben hatte, und den der Frau, die ihre Familie und ihre

Heimat vermisste und bei der es sich offenbar um Karol handelte. Dennoch hatte sie, ohne wirklich zu wissen, warum, beschlossen, den erbetenen diskreten Umgang mit dem Brief zu respektieren und auch nichts über die Briefkette zu verraten. Sie dachte an den ersten Brief, den sie geschrieben und an das Traumhaus ihrer Kindertage geschickt hatte. Es war klar, dass irgendjemand ihn erhalten hatte, da die Briefkette ja fortgesetzt worden war, bis sie das zweite Schreiben bekommen hatte. Nun war sie zum zweiten Mal am Zug, wenn sie auch noch nicht entschieden hatte, wem sie schreiben würde.

Dabei scheint mir eines der Mitglieder dieses Clubs das perfekte Opfer zu sein, sagte sie sich.

Manuela alias Sarai lächelte und nahm sich fest vor, an diesem Abend noch einen Brief zu schreiben.

»Jetzt, nachdem sich alle vorgestellt haben«, meinte Álex in dem Bewusstsein, dass beinah sämtliche Anwesende sich seit Jahren kannten, »können wir beginnen. Wie ihr wisst, besteht das Ziel dieses Clubs darin, dass wir uns einmal im Monat treffen, um etwas über die Briefliteratur zu erfahren, zu lesen und über Briefe, die in Büchern veröffentlicht wurden, zu reden. Dabei geht es nicht um irgendein literarisches Niveau, sondern um das Interesse und die Freude, die wir daran haben. Das Wichtige ist, dass es Spaß macht und man etwas lernen kann.«

Von draußen war ein Schrei der Überraschung zu hören, gefolgt von eiligen Schritten, die die Holztreppe herunterpolterten.

»*Oh my God!* Ist es möglich, dass die einzigen pünktlichen Menschen in diesem Land die Mitglieder des Leseclubs sind? Ausgerechnet ihr!«, meinte Mara Polsky amüsiert, als sie unter großem Hallo den Raum betrat.

Alma klatschte vor Freude in die Hände: Sie war tatsächlich gekommen! Mara Polsky war da! Die anderen Mitglieder des Clubs taten es ihr, überrascht von ihrer Reaktion und ohne zu wissen, warum, gleich.

Die amerikanische Dichterin verbeugte sich amüsiert. Sie hatte ihr langes graues Haar zu einem Zopf zusammengebunden, der ihr weit auf den Rücken hinabreichte. Sie war dezent geschminkt und trug ein Paar lange silberne Ohrringe mit schwarzen Steinen, die gut zu ihrem schwarzen Stehkragenpullover und dem langen, weiten Rock passten. Eine Weste in Regenbogenfarben war das einzige bunte Kleidungsstück, das sie sich erlaubt hatte.

Sara schluckte, als sie Mara Polsky sah. Sie hatte diese Frau nicht gerade in guter Erinnerung behalten. Eigentlich hatte sie gedacht, dass sie schon längst aus Porvenir abgereist war. Stattdessen war sie noch da und nahm an ihrem Leseclub teil. Sie konnte sich nicht verkneifen, einen raschen Blick auf die Füße der Frau zu werfen, die an diesem Tag zum Glück weder barfuß ging noch Schellen an den Fußknöcheln trug.

Als hätte Mara Polsky ihre Gedanken gelesen, legte sie Sara, die vor ihr im Stuhlkreis saß, die Hände auf die Schultern, woraufhin diese sich anspannte.

»Ich bin zu spät, weil … sagen wir, weil ich mich in übertriebener Form den örtlichen Gepflogenheiten angepasst habe. Und das hat nichts mit dem Whisky, dem Cognac oder dem Wein zu tun, die sich als allzu schlechte Ratgeber erwiesen haben«, erklärte sie und drückte dabei beruhigend Saras Schultern, »sondern wegen meiner Liebe zur Siesta: Ich habe verschlafen!«

Hypatia sah auf ihre Uhr und lächelte etwas herablassend: Es war sieben Uhr abends. Diese Ausländer müssen immer übertreiben!, dachte sie.

»Das ist Mara Polsky. Sie hat sich dazu bereit erklärt, unsere Schirmherrin zu sein«, sagte Alma glücklich und wies auf die Dichterin, die sich nun neben ihr niederließ.

Wenn ihr vor einem Jahr jemand gesagt hätte, dass sie einmal auf diese Art ihre so verehrte Schriftstellerin vorstellen würde, hätte sie sicher laut gelacht.

In der nächsten Viertelstunde referierte Alma über die beeindruckende Biographie Mara Polskys, beginnend mit dem kleinen jüdischen Mädchen im nationalsozialistischen Deutschland bis hin zur berühmten Schriftstellerin, die ausgerechnet hier in Porvenir auf neue Inspiration hoffte. Zum Abschluss ihrer Rede zitierte sie aus einem Interview, das Mara Polsky vor gut einem Jahrzehnt einmal gegeben hatte, und schloss mit den Versen der Dichterin, die ihr gut zu passen schienen: »›All die Fäden dieses immensen Teppichs, der nicht nur mein Leben ist, sondern das von allen, die mir vorangingen; ich möchte aus ihnen etwas Schönes weben, damit all jene, die nach mir kommen, mich darin sehen können.‹«

Alma blickte lächelnd in die Runde. »Der Dichter César Vallejo hat einmal gesagt: ›Wenn aus einem Gedicht ein Vers, ein Wort, ein Buchstabe oder ein orthographisches Zeichen entfernt wird, stirbt es.‹ Und genauso ist es mit Mara Polskys Werk. Wenn jemand versucht, ein Bild, eine Szene, eine Person zu streichen, entstellt er es, tötet er es. Es ist so, wie Federico García Lorca sagt: ›Ich würde in dem Buch hinterlassen/all das, was meine Seele ist.‹«

Eine respektvolle Stille legte sich über den kleinen Kellerraum. Die Magie der Poesie bewirkte, dass alle anwesenden Frauen und Männer, so unterschiedlich sie von Alter und Herkunft her auch waren, spürten, dass diese Verse von all ihren Kämpfen, Leiden und Sehnsüchten sprachen. Vielleicht verstanden sie nicht genau den Sinn von dem, was Alma vorgelesen hatte, wohl aber spürten sie die Kraft, die sich hinter diesen Bildern verbarg.

Mara Polsky ließ sich mit geschlossenen Augen und gesenktem Kopf davon treiben und spürte, wie sich mit jedem Atemzug ihr Ich wieder aufrichtete.

Als Alma schließlich ihren Vortrag beendet hatte, klatschten die Mitglieder des Clubs begeistert Beifall. Ganz langsam hob Mara Polsky den Kopf, als wäre dies das verabredete Signal gewesen aufzuwachen. Sie sah die junge Frau eindringlich an, die mit so viel Leidenschaft über Poesie sprach. Dann legte sie die Hände an ihre Brust, wie um all die Gefühle, Gedanken und Worte zu bewahren, verneigte sich lächelnd und ergriff das Wort. Sie bemühte sich, dieses kleine Publikum in dem von Wäldern umgebenen Nirgendwo genauso in ihren Bann zu ziehen, wie sie dies bereits bei vielen anderen Gelegenheiten in Universitäten oder anderen Sälen in der halben Welt getan hatte. Wie ein Pfau schlug sie ihr Rad und stellte all ihre Pracht zur Schau. Voller Begeisterung sprach sie von der Herkunft der Briefe und wie diese von der großen Geschichte erzählten, aber auch von der kleinen.

»In ihren Briefen stellen die Menschen die Alltäglichkeit ihrer Seele dar. Das übliche Einerlei, ihre kleinen Sorgen ... ihr wahres Gesicht«, erklärte sie den aufmerksamen Zuhörern. »Eines Tages erhielt Paul Auster einen Brief des Literaturnobelpreisträgers J. M. Coetzee, in dem er ihm ein Angebot antrug: ein gemeinsames Projekt zu realisieren, ›um aneinander ein paar Funken zu schlagen‹. Und worin bestand dieses Angebot? In nicht mehr oder weniger als einem Briefwechsel. Dieser wurde in einem Buch mit dem Titel *Von hier nach da. Briefe 2008–2011* veröffentlicht. Worum geht es darin? Um alles und nichts: um die Wirtschaftskrise, darum, Vater zu sein, um Sport, um die Kindheit, die Liebe ...«

Mara Polsky nahm ein Buch aus der Tasche.

»Ich möchte euch gern den Anfang des ersten Briefes vorlesen, in dem es um ein Thema geht, dem wir nicht immer die ihm zustehende Bedeutung zukommen lassen: ›Lieber Paul, ich habe über Freundschaften nachgedacht, wie sie entstehen, warum sie so lang halten – einige von ihnen länger als die leidenschaftlichen Beziehungen, für deren blasse Imitationen sie manchmal (fälschlicherweise) gehalten werden. Ich war dabei, Dir über all das einen Brief zu schreiben, und wollte mit der Beobachtung anfangen, dass es erstaunlich ist, wie wenig über das Thema geschrieben wurde, wenn man bedenkt, wie wichtig Freundschaften im gesellschaftlichen Leben sind und wie viel sie uns bedeuten, besonders in der Kindheit.[9]‹«

Seit Alma sie gebeten hatte, den Leseclub von Porvenir zu eröffnen, der sich der Briefliteratur widmen wollte, war Mara Polsky die Briefkette, an der sie teilgehabt hatte, nicht aus dem Kopf gegangen. Jemand, der Sara zweifellos sehr liebte, jemand, der vielleicht jetzt gerade hier in diesem Kreis saß, hatte sie in Gang gesetzt, indem er einen ersten Brief geschrieben hatte, ohne zu wissen, dass er damit nicht nur eine Hilfsaktion für Sara startete, sondern auch der Freundschaft ein aus Worten errichtetes Denkmal setzte.

»Im Jahr 1917 schrieb Lawrence von Arabien, während er mit einigen arabischen Kämpfern die Wüste Nefud durchquerte, eine Reihe von Briefen. Diese Briefe erzählen ein historisches Epos, aber sie verdeutlichen auch, aus welchem Holz jemand geschnitzt ist, der sagt: ›Es gibt zwei Arten von Menschen: die, die nachts schlafen und träumen, und die, die tagsüber, wenn sie wach sind, träumen … die sind gefährlich, weil sie nicht aufgeben, bis sie sehen, dass ihre Träume Realität geworden sind.[10]‹ Anhand jedes Briefes, den wir schreiben, zeigen wir, wer wir wirklich sind und von was wir träumen«, fügte Mara Polsky hinzu.

Überrascht stellte sie fest, dass Rosa rot geworden war. Die Dichterin lächelte. Sicher war auch sie ein Glied in der Briefkette und war sich plötzlich bewusst geworden, wie weit sie sich in ihrem Brief entblößt hatte. Was Mara Polsky jedoch nicht ahnte, war, dass die alte Dame die Urheberin der Initiative war.

»Briefe ermöglichen uns, wirklich traurig zu sein. Der große Schriftsteller und Intellektuelle Julio Cortázar schrieb nach dem Tod Che Guevaras einen Brief an einen seiner Freunde namens Roberto, weil er nicht die Worte für einen Artikel oder ein Essay fand. Dieser Brief war in Wahrheit ein Gespräch zwischen zwei entfernten Seelen und kein schriftstellerisches Werk. ›Eines möchte ich Dir sagen: Ich kann nicht schreiben, wenn mir etwas derart wehtut, ich bin nicht und werde nie ein Schriftsteller sein, der so professionell ist, dass er das verfassen kann, was man von ihm erwartet, worum man ihn bittet oder was er selbst verzweifelt von sich verlangt. Die Wahrheit ist, dass das Schreiben mir heute, angesichts dessen, was geschehen ist, als die banalste aller Künste erscheint, als eine Art Zufluchtsort, beinah eine Heuchelei, der Ersatz für das Unersetzliche. Che Guevara ist tot, und mir bleibt nichts als Stille … Hier in Paris erreichte mich eine Nachricht von Lisandro Otero, in der er mich bat, in hundertfünfzig Worten etwas für Kuba zu verfassen. Genau so: hundertfünfzig Worte, als könnte man sich die Worte einfach so aus dem Ärmel schütteln. Ich glaube nicht, dass ich das schreiben kann, ich bin leer und ausgedörrt und würde irgendeinen Blödsinn von mir geben.‹«

Mara Polsky sprach auch über die Korrespondenz zwischen Vincent van Gogh und seinem Bruder Theo. Der niederländische Maler war ein kranker Mann, der von seinen eigenen Gedanken gequält wurde. Zwanzig Jahre lang schrieb er seinem Bruder Briefe und hinterließ so ein schriftliches Zeugnis darüber, was die Malerei, die Farben oder die Landschaften für ihn bedeuteten. Eines Tages im Juli 1890 erschoss er sich, an seinem Leid verzweifelt, auf einem Weizenfeld. In der Tasche seiner Jacke, genauer gesagt, seines Jacketts, fand man einen letzten, unvollendeten Brief.

Als Mara Polsky die Traurigkeit sah, die sich in den Gesichtern ihrer Zuhörer spiegelte, entschied sie sich, das Thema zu wechseln und abschließend über Liebesbriefe zu sprechen.

»Laut Mark Twain ist das ›aufrichtigste, ungehemmteste und intimste Produkt des Geistes und des Herzens ein Liebesbrief‹. Daher möchte ich nun aus einigen der berühmtesten Liebesbriefe zitieren. Zunächst aus einem Brief Franz Kafkas, der zahlreiche Briefe an seine geliebte Felice schrieb. In einem davon aus dem

Jahr 1913 gesteht er seine Liebe zu ihr und der Literatur: ›Liebste, ich bitte Dich jedenfalls mit aufgehobenen Händen, sei nicht auf meinen Roman eifersüchtig. Wenn die Leute im Roman Deine Eifersucht merken, laufen sie mir weg, ich halte sie ja sowieso nur an den Zipfeln ihrer Kleidung fest. Und bedenke, wenn sie mir weglaufen, ich müsste ihnen nachlaufen und wenn es bis in die Unterwelt wäre, wo sie ja eigentlich zu Hause sind. Der Roman bin ich, meine Geschichten sind ich, wo wäre da, ich bitte Dich, der geringste Platz für Eifersucht. Alle meine Menschen laufen ja, wenn alles sonst in Ordnung ist, Arm in Arm auf Dich zu, um letzten Endes Dir zu dienen [...] denn durch mein Schreiben halte ich mich ja am Leben, halte mich an jenem Boot, auf dem Du, Felice, stehst.‹ Erscheint euch das nicht eine unglaubliche Aussage?«

Sara lächelte, als sie an die vierzig kurzen Liebesbriefe dachte, die sie kürzlich erhalten hatte, und Alma bei der Vorstellung, welche Liebesbriefe ihr Álex wohl eines Tages schreiben würde.

»Doch nicht nur Schriftsteller sind in der Lage, ihre Gefühle auf so wunderbare Art in Worte zu fassen. So schickte der Physiker Albert Einstein seiner großen Liebe Mileva einen Brief, in dem er sagte: ›Eine Bessere wie Dich könnt ich auf der Welt nicht finden, das seh ich jetzt erst recht, wo ich andre Leute sehe [...] Sogar meine Arbeit erscheint mir zwecklos und unnötig, wenn ich mir nicht dazu denke, dass Du Dich mit dem freust, was ich bin und was ich tu.[11]‹«

Fünf Minuten später beendete Mara Polsky ihre Ausführungen und erntete dafür einen Riesenapplaus. Sie hatte Rosa und Karol zu Tränen gerührt, die sich, ohne sich wirklich zu kennen, gegenseitig an den Händen fassten. Schließlich ergriff Álex das Wort, um an den Termin für das nächste Treffen zu erinnern und an das Buch, das sie lesen sollten, um darüber zu sprechen: *Briefe an Milena.*

Kurz bevor sie sich verabschiedeten, stand Sara abrupt auf.

Álex sah sie verwundert an.

»Ich möchte noch etwas hinzufügen …« Die Briefträgerin räusperte sich. »Mit der Erlaubnis von Mara Polsky. Ich finde, dass sie einen brillanten Vortrag gehalten hat. Aber ich würde gern noch einen Auszug aus einer anderen Art von Brief vorlesen. Es ist weder ein literarisches noch ein politisches oder ein historisches Zeugnis, noch ein Zeichen der Freundschaft oder ein Liebesbrief.«

»Eine Weihnachtskarte?«, fragte Tomás amüsiert, der bis dahin kein Wort gesagt hatte und sich sofort einen Ellbogenstoß seiner Frau einhandelte.

Sara räusperte sich erneut. Sie faltete ein Blatt Papier auseinander, das sie seit Beginn des Treffens in der Hand gehalten hatte. Es war so verknittert, dass sie es erst ein paarmal glattstreichen musste, bevor sie vorlesen konnte.

»›Zehnter Februar, zu Händen Sara Naval. Postzentrale Personalbüro.‹«

Noch ein Räuspern.

»›Hiermit möchten wir Ihnen mitteilen, dass aufgrund des stark angestiegenen Briefaufkommens im Postbezirk Porvenir von der geplanten Schließung des Postamtes, dessen Betrieb Ihnen unterstellt ist, abgesehen wird. Daher bitten wir Sie, Ihre Arbeit weiterhin so gewissenhaft wie bisher fortzuführen, und nehmen von der vor Weihnachten angekündigten Versetzung bis auf Weiteres Abstand.‹«

Hypatia sah Rosa an und unterbrach Sara mit der Frage: »Wie bitte? Sara bleibt? Sie geht nicht nach Madrid?«

Die alte Dame lächelte. Sara hatte ihr gleich am Morgen, als sie den Brief erhalten hatte, die gute Nachricht mitgeteilt. Als sie es erfahren hatte, hatte sie gedacht, dass ihr altes Herz vor Freude zerspringen würde. Sie hatten sich umarmt und für eine Weile vor Freude gelacht und geweint. Und jede von ihnen hatte im Stillen und ohne dass die andere es ahnte, all jenen gedankt, die einen Brief geschrieben hatten: eine Kette aus Worten, die so lang war, dass sie bis in die Stadt reichte, und so fest, dass auch dort sie niemand zerreißen konnte.

Und nun, als Rosa die zufriedenen Gesichter ihrer Nachbarn und Freunde sah, verstand sie, dass viele von ihnen an der Kette teilgenommen hatten. Was ihr niemals in den Sinn gekommen wäre, war, dass sogar Mara Polsky ihren Beitrag dazu geleistet hatte. Das wurde ihr erst in dem Moment klar, als die Schriftstellerin nicht mehr anders konnte, als aufzustehen und zu Sara hinüberzugehen. Sie küsste die überraschte Briefträgerin auf beide Wangen und rief: »Ich wusste es, meine Liebe, ich wusste es! Wir haben es geschafft! Eine Kette von Briefe schreibenden Frauen hat dich gerettet! Du kannst in Porvenir bleiben. Wir haben gewonnen!«

Für alle überraschend meldete sich daraufhin Álex zu Wort: »Eine Kette von Briefe schreibenden Frauen und Männern, Señora Polsky. In meinem Fall ist Álex nämlich ein männlicher Name.« Er musste lachen, als er das überraschte Gesicht der Amerikanerin sah.

Álex zwinkerte ihr zu und machte eine Geste, als verschlösse er seinen Mund mit einem Reißverschluss. Mara Polsky nickte ihm lächelnd zu.

»Oje, Sara! Wahrscheinlich hast du keine Ahnung, worüber wir hier alle reden, es ist nämlich so …«, begann Hypatia mit einer Erklärung, während die anderen nickten.

Die Briefträgerin beeilte sich, den Irrtum aufzuklären, und erzählte ihnen, dass sie eines Tages einen unzustellbaren Brief geöffnet hatte, um ihn, auf den Treppenstufen einer Villa mit verrammelten Fenstern zwischen herrschaftlichen Säulen und exotischen Bäumen sitzend, zu lesen, ohne wirklich zu wissen, was sie da tat. Sie entschuldigte sich dafür, den Brief geöffnet zu haben, und gestand, dass sie einfach nicht in der Lage gewesen war, einen dieser Briefe, die ihnen die Hoffnung wiedergegeben hatten, für unzustellbar zu erklären.

»Ist die Palme noch da? Und sind noch Fische im Teich?«, fragte Manuela mit wehmütiger Stimme.

Sara begriff auf der Stelle, dass sie die Absenderin des Briefes gewesen war. Sie erinnerte sich noch gut an den Tag, an dem sie diese Frau kennengelernt hatte, wie sie ins Postamt gekommen war und sich so unverschämt und aggressiv verhalten hatte. Sie hatte noch das Bild vor Augen, wie sie das Postfach öffnete und zum ersten Mal nach zwei Jahren einen Brief darin fand. Nun tat sie ihr leid.

»Ja, die Palme ist noch da, und sie ist wunderschön«, sagte sie freundlich. »Sie ist die Königin in dem großen Garten. Du solltest einmal hingehen und dir die Träume zurückholen, die du hinter dem Eisentor zurückgelassen hast. Du solltest sie nicht aufgeben.«

Zum ersten Mal seit langer Zeit murmelte Manuela alias Sarai das Wort »Danke«. Sie sagte es gleich zweimal, einmal mit Blick auf Sara, das zweite Mal an Karol gewandt. Letztere verstand sofort, dass Manuela ihren Brief erhalten und von nun an teilhatte an all ihre Träumen und Sehnsüchten.

Es war wohl dieser Augenblick, in dem die kleine Bibliothek von Porvenir von einer Welle der Solidarität erfasst wurde. Hypatia gestand, dass auch sie mit der Hilfe ihres Enkels einen Brief geschrieben hatte, was Tomás vollkommen überraschte, der nun wirklich der einzige Anwesende war, der immer noch keine Ahnung hatte, was vor sich ging. Er brummte ein bisschen vor sich hin, als ihm klar wurde, dass seine Frau ihm zum ersten Mal in fünfzig Jahren etwas Wichtiges verschwiegen hatte. Doch nachdem die Verschwörer ihm erklärt hatten, was es mit der Briefkette auf sich hatte, nahm er Hypatias Entschuldigung an, die versprach, ihn in ihr nächstes geheimes Hilfsprojekt auf jeden Fall einzuweihen.

Nur zwei der Anwesenden hüllten sich in Schweigen: Alma und Rosa.

Alma sagte nichts, weil sie meinte, noch nicht die Kraft zu haben, sich der Vergangenheit ihrer Großmutter zu stellen. Die alte Dame hingegen schwieg aus Bescheidenheit. Sie wollte nicht, dass Sara erfuhr, dass sie die Urheberin der Briefkette gewesen war. Allerdings war es nicht leicht, den Fragen der rothaarigen Briefträgerin auszuweichen, der die ungewohnte Schweigsamkeit ihrer Freundin nicht entgangen war.

Sara war durchaus in der Lage, ihre eigenen Schlüsse zu ziehen, und sie fragte sich überrascht, wie Rosa, die sie jeden Tag sah, zwei derart große Geheimnisse hatte für sich behalten können: die Überraschungsparty zu ihrem Geburtstag und die Briefkette.

Auch ein Mensch, der einem so nah ist, hat also seine unbekannten Seiten, dachte Sara. Und dann dachte sie gar nichts mehr, sondern war einfach nur glücklich.

»Ich wüsste wirklich zu gern, wer diese geniale Idee hatte«, meinte Mara Polsky fröhlich, während Álex die Tür der Bibliothek abschloss.

Sie hatten das erste Treffen des Leseclubs beendet, und einige der Mitglieder waren bereits nach Hause gegangen. Nur die beiden jungen Initiatoren des Clubs, Mara Polsky, Sara und die schweigsame Rosa waren noch da.

»Wir sollten derjenigen ein Denkmal setzen! Findest du nicht, Sara?«, fuhr die Schriftstellerin fort. »Wir müssen sie finden!«

»Vielleicht müssen wir da gar nicht so lange suchen«, erklärte Sara und warf Rosa einen bedeutungsvollen Blick zu.

Die alte Dame hatte den Blick in die Ferne gerichtet und drehte nervös an ihrem Trauring, eine unauffällige, aber stetige Geste, von ihren Mantelärmeln verborgen, sodass Sara sie nur erahnen konnte.

»Wie meinst du das?«, fragte Álex.

Auch Alma hatte ihren Blick auf Rosa gerichtet. Rosa spürte ihn genauso intensiv wie Saras Augen, die sie nach wie vor beobachteten.

»Und? Willst du uns dazu nicht etwas sagen, Rosa?«, ermunterte Sara ihre Nachbarin.

Die alte Dame seufzte. Dann murmelte sie sehr leise: »In diesem Dorf ist es unmöglich, ein Geheimnis zu bewahren. Mit achtzig Jahren sollte ich das eigentlich wissen …«

An diesem Abend ging Sara wie jeden Tag vor dem Schlafengehen zu Rosa hinunter, um die alte Dame daran zu erinnern, das Gas abzustellen, und ihr eine gute Nacht zu wünschen. Sie klopfte drei Mal an die Tür, schloss sie dann auf und lief in die Küche.

Rosa hatte sich gerade ein Glas warme Milch gemacht, um es mit ins Bett zu nehmen. Als sie ihre Freundin eintreten sah, lächelte sie.

Sara trat auf sie zu und umarmte sie schweigend, und in dieser Umarmung lag all die Zärtlichkeit und Liebe, die sie empfand und auszudrücken vermochte.

Zwischen ihnen beiden waren alle Worte bereits gesagt.

35

Das letzte Glied der Kette

Jeder für sich allein sind wir alle sterblich.
Zusammen jedoch werden wir ewig leben.
LUCIUS APULEIUS

»Rosa, hättest du vielleicht eine Minute Zeit für mich?«, fragte Alma leise und ohne den Kopf zu heben.

Ein sanfter Regen fiel vom Himmel.

Wassertropfen rannen wie Tränen über die Gräber aus Marmor und Stein. Die alte Dame hatte den Blick geistesabwesend auf den ihr so vertrauten Anblick gerichtet. Dann las sie konzentriert den Namen auf der ihr am nächsten liegenden Grabnische: *Soledad García, 1912–1990. In Gottes Armen sollst du ruh'n.* Bei Sole hatte sie vierzig Jahre lang ihr Brot gekauft. Fröstelnd zog sie die Schultern hoch. Inzwischen waren mehr ihrer Freunde innerhalb dieser Mauern begraben, als durch die Straßen von Porvenir spazieren gingen.

Ganz in der Nähe verrieten die frisch eingravierten Buchstaben, wer von ihnen zuletzt hier seinen Frieden gefunden hatte.

Álex, der darauf bestanden hatte, noch ein wenig auf dem Friedhof zu bleiben, obwohl der Priester ihn gebeten hatte, ihm in die Kirche zu folgen, verdeckte den Namen des Toten, den sie nicht erst lesen musste, jedoch nicht den Grabspruch: *Ruhe in Frieden, dort, wo die Erinnerungen keine Bedeutung haben, sondern nur die Liebe Gottes und das ewige Lächeln deiner Frau.*

Seit Mauricios Tod war ein Monat vergangen.

Ein leichter Wind kam auf. Wie es aussah, hatten die anderen Besucher der Gedenkmesse es relativ eilig, den Friedhof wieder zu verlassen. Die Lebenden mögen nun mal weder die Gesellschaft der Toten noch das schlechte Wetter, dachte Rosa und seufzte.

»Könnte ich mal kurz mit dir reden?«, fragte Alma wieder.

Rosa sah sie an. Die Dringlichkeit, die in Almas Frage mitschwang, machte deutlich, dass der jungen Frau etwas auf dem Herzen lag.

»Natürlich. Gehen wir zusammen zum Ausgang.«

Alma sagte leise etwas zu Álex. Ein trauriges Lächeln erschien auf dem Gesicht des jungen Mannes. Kurz drückte er die Hand seiner Freundin, und Rosa schien es, als hätte er sie am liebsten festgehalten.

Erneut bat der Priester um seine Aufmerksamkeit. Álex schlug den Kragen seines Mantels hoch und folgte ihm. Erst als er sich vom Grab seiner Eltern abgewandt hatte, wurden ihm die Kälte und der Regen bewusst.

Die beiden Frauen blickten ihm nach, während er den Friedhof überquerte, der mit all seinen verschlungenen Wegen, den Nischen, Gräbern und Statuen den Ort Porvenir zu spiegeln schien.

Schon kurz nach der Gründung des Dorfes war der erste Einwohner auf dem kleinen Areal hinter der Kirche mit Aussicht auf die Berge zur ewigen Ruhe gebettet worden. In einem eilig ausgehobenen Grab hatte man ein zweijähriges Kind begraben. Der Name war inzwischen nicht mehr zu lesen, dafür jedoch die Todesursache, die Grippe.

Mehr als zweihundert Jahre später lagen hier nun Hirten, Bauern, Lehrer, Ärzte, Bürgermeister und Diebe in einem Labyrinth aus Gräbern in friedlicher Eintracht nebeneinander, die zu Lebzeiten unvorstellbar gewesen war. Zwar waren die Wege auf dem Friedhof ohne irgendeinen Plan entstanden, jedoch schien diese Unordnung irgendwie beruhigend auf die Menschen zu wirken, die hierherkamen, um zu den Ihren zu beten. Das Gras und ein paar Bäume, die, vom Wind gesät, gewachsen waren, machten den Friedhof zu einem verwunschenen Ort.

Im Schutz ihres bunten Regenschirms gingen Rosa und Alma in friedlicher Eintracht nebeneinander her.

»Kennst du den Friedhof gut?«, fragte Alma, obwohl sie die Antwort bereits kannte.

»Besser, als mir lieb ist«, entgegnete die alte Dame traurig. Dabei kam ihr eine Zeile aus einem Lied in den Sinn: *No es triste la verdad, lo que no tiene es remedio. – Die Wahrheit an sich ist nicht traurig, allerdings lässt sie sich nicht ändern.* Der Gedanke tröstete sie ein wenig und gab ihr die Kraft, der jungen Frau neben sich zuzulächeln.

»Jetzt sag nicht, du bist an einer Führung interessiert«, sagte Rosa und wies mit dem Arm über die Gräber.

»Na ja, es ist so etwas in der Art«, entgegnete Alma, die ihre Aufregung kaum verbergen konnte.

»Schöner ist es allerdings, wenn die Sonne scheint«, sagte die alte Dame darauf.

Rosa hatte sich bei Alma untergehakt. Wie zerbrechlich sie ist!, ging es Alma durch den Kopf. Als hätte Rosa ihre Gedanken gelesen, fasste sie deren Arm fester.

Bereits mehr als einmal hatte Rosa gedacht, dass das plötzliche Auftauchen dieses Mädchens etwas Schicksalhaftes hatte. Genau in dem Moment, als Mauricios Leben zu Ende ging, war sie da gewesen, um bei Álex zu sein. Genauso wenig war Rosa entgangen, dass Alma die entscheidende Rolle bei der Gründung des Leseclubs gespielt hatte, des aufregendsten Ereignisses, das es in Porvenir seit Jahren gegeben hatte. Für all das konnte sie ihr nur dankbar sein.

Alma war plötzlich stehen geblieben. Stumm und konzentriert blickte sie auf die Pfützen, die sich auf dem Weg gebildet hatten, als suche sie dort nach den richtigen Worten. Rosa sah das Spiel ihrer Miene und fühlte sich der jungen Frau mit einem Mal ganz nah.

Es ist, als würde ich dich schon mein ganzes Leben lang kennen, Alma. Wie eigenartig!, dachte Rosa. Es liegt wohl am Alter, dass alle Menschen, die man kennenlernt, einen an irgendjemanden erinnern. Sie wollte der jungen Frau die Zeit geben, die sie brauchte.

Wenn sie eines in ihrem achtzigjährigen Leben gelernt hatte, dann, dass man das wirklich Wichtige niemals in Eile erreichte. Weder wenn es darum ging, die richtigen Worte zu finden, noch um schwere Lasten zu erleichtern, tiefe Wunden zu heilen oder große Freude zu teilen.

»Es muss aber heute sein!«, murmelte Alma beunruhigt.

Rosa schüttelte den Kopf und band sich den Schal fester um den Hals.

»Ich könnte ja mal eine Ausnahme machen. Und nur, wenn es eine kurze Friedhofsbesichtigung ist … Aber ich warne dich, ich bin nicht billig!« Sie lächelte.

Alma hob den Blick, der noch immer durch irgendein Geheimnis getrübt wurde. Ihre honigfarbenen Augen wirkten verschleiert wie die Welt an diesem Regentag. Ihr Pony fiel ihr hartnäckig in die Stirn, obwohl sie schon mehrfach versucht hatte, das lästige Haar wegzupusten. Oder ihre Angst zu verscheuchen, dachte Rosa.

»Ich wollte dich eigentlich bitten, mir bei der Suche nach einem Grab zu helfen …«

Alma verstummte und löste sich von Rosas Arm. Sie hielt der alten Dame weiterhin den Schirm hin, trat aber selbst einen Schritt zur Seite, als wolle sie auf diese Weise eine gewisse Distanz schaffen. Dann richtete sie den Blick auf die Berge, die den Friedhof schützend umgaben.

»Das der Familie Meillás.«

Auf einmal schien die Zeit stillzustehen.

Die Regentropfen verharrten an irgendeiner Stelle zwischen Himmel und Erde. Rosa spürte, dass selbst die Toten den Atem anhielten und ihre leeren Augenhöhlen auf ihr Herz richteten, in dem Versuch, die Lawine an Gefühlen zu deuten, die Almas Worte in ihr auslösten.

»Warum gerade das der Familie Meillás? Hat Álex dir von ihnen erzählt?«, fragte sie gegen jede Vernunft in dem Bewusstsein, dass sie so nicht davonkommen würde.

Alma setzte zu einer Antwort an, doch sie brachte kein Wort heraus.

Vergeblich versuchte sie eine erklärende Geste zu machen, doch das Einzige, wozu sie in der Lage war, war, ihre Tasche zu öffnen. Sie wühlte zwischen all den überflüssigen Dingen, die sie darin herumtrug, und zog schließlich ein festes Stück Papier daraus hervor.

Ohne es anzusehen, hielt sie es mit zitternder Hand Rosa hin. Zwei Mädchen, die unverschämt glücklich schienen, strahlten sie an. Auch nach sechzig Jahren brauchte Rosa nicht eine Sekunde, um sie wiederzuerkennen.

Mit der Fingerspitze folgte die alte Dame dem Umriss eines der Räder, des Rocks, den die Mutter für sie genäht hatte. Dann strich sie über das Gesicht ihrer besten Freundin, ganz vorsichtig, so als hätte sie Angst, die zarten Züge zu verwischen. Sie sah das schöne Lächeln, das sie all die Jahre so sehr vermisst hatte, und schaute dann ungläubig zu Alma hinüber.

In ihrem Blick stand eine Frage zu lesen, die Almas Lippen beantworteten: »Ich bin Alma Meillás, Luisas Enkelin.«

In dem Moment, als Alma und Rosa sich umarmten, löste sich unmerklich auch die Zeit aus ihrer Erstarrung.

Alma wunderte sich, als sie sah, dass an dem Grab ihrer Urgroßeltern und deren Eltern gleich neben dem Marmorkreuz ein Krug mit frischen Blumen stand. Sie strich über ein paar der Blütenblätter, die sich weich anfühlten. Nicht ein Buchstabe fehlte auf dem Grabstein, in den die Namen ihrer verstorbenen Vorfahren mit Ausnahme ihrer Großmutter Luisa eingraviert waren.

»Immer wenn ich zum Grab meiner Eltern und meines Mannes gehe, komme ich hier vorbei«, sagte Rosa, erleichtert, dass sie ihr Geheimnis nun mit jemandem teilen konnte.

Den Blick auf das Grab gerichtet, stellte sich Alma vor, wie Rosa einen kleinen Strauß weißer Nelken dorthin stellte und mit den Toten der Familie Meillás sprach, die so allein in Porvenir zurückgelassen worden waren. Ihnen ist kein Verwandter geblieben, der sie besucht, dachte Alma.

Kurz verspürte sie erneut die große Freude darüber, an ihrem dreiundzwanzigsten Geburtstag jene Nachricht ihrer Großmutter erhalten zu haben. Den Brief, der sie hierhergeführt hatte. Diesmal jedoch nicht, weil sie Álex kennengelernt, all die Gedichte geschrieben und neue Freunde gewonnen hatte. Diesmal freute sie sich darüber, nun für die da sein zu können, die von ihrer Existenz geträumt hatten, bevor sie geboren worden war.

»Sprichst du manchmal mit ihnen?«, fragte Alma und wischte sich eine Träne von der Wange.

Als wäre sie bei etwas Verbotenem ertappt worden, errötete Rosa.

»Ja, ich rede mit ihnen. Sie sollen sich nicht einsam fühlen. Wahrscheinlich hältst du das für eine Verrücktheit oder die Dummheit des Alters, aber ...« Sie zuckte mit den Schultern.

Alma hielt es weder für das eine noch für das andere, sondern für eine wunderbare Geste. Was Rosa ihnen wohl erzählte? Was sich im Dorf so ereignete? Was sie an Weihnachten machte oder ob ihr gerade die Knochen wehtaten?

Doch auf einmal wusste sie, was Rosa mit den Toten der Familie Meillás verband: Es war die eine Frage, die gleiche, die sie genau jetzt auf dem Herzen hatte, ohne es zu wagen, sie auszusprechen. Die gleiche Frage, die sie in dem Brief formuliert hatte, den Alma in ihrer Tasche bei sich trug: War Luisa glücklich gewesen? Hatte ihre beste Freundin den Schmerz, den sie ihr mit ihrem Verrat zugefügt hatte, überwunden?

Alma lächelte, weil sie, anders als die Toten, Rosa die Antwort auf diese Frage geben konnte.

Sie zog den malvenfarbenen Brief hervor, den sie zu Beginn des Winters erhalten hatte. Inzwischen war der Lavendelduft vollständig verflogen. Sie gab ihn der gerührten Rosa, die ihn nicht einmal ansehen musste, um zu wissen, worum es sich handelte. Schnell steckte sie den Umschlag in ihre Tasche, um ihre noch stets zärtlich bewahrte Freundschaft vor den kalten Blicken der Toten zu schützen.

Ohne ein weiteres Wort ging Alma ein paar Schritte weiter und blieb an einer bestimmten Stelle vor der Urnenwand stehen. Sie studierte die Namen auf den Grabplatten, und ihr Blick verharrte schließlich auf einer Platte, die sich rechts unten in der Nische befand.

Sie bückte sich und streichelte über den glatten Stein. Dann las sie laut die Inschrift: »›Louise Valois. Paris, 1995. La vie des morts vit dans la mémoire des vivants. Ruhe in Frieden dort, wo es dir zu Lebzeiten nicht möglich war.‹«

Alma drehte sich um und sah Rosa auf sich zukommen. Der Regen hatte aufgehört, und ein zarter Sonnenstrahl schien ihr den Weg zu weisen. Die alte Dame sah sie mit großen Augen an.

»Meine Großmutter hat in Paris gelebt. Sie hat zweimal geheiratet. Ihr erster Mann war ein Emigrant wie sie, und als er starb, heiratete sie einen französischen Patissier, der um einiges älter war als sie und sie sehr liebte.« Alma lächelte. »Übrigens hat sie tatsächlich Tango tanzen gelernt, wie sie es sich als junges Mädchen erträumt hat. Sie hatte einen Sohn, Ramón, meinen Vater. Er ist Anwalt. Als junger Erwachsener hat er sich entschieden, in Spanien zu leben. Ich wurde hier geboren. Meine Großmutter hat die Patisserie weitergeführt, bis sie sich zur Ruhe gesetzt hat. Und Rosa – sie war sehr, sehr glücklich.«

Sie nahm die Hand der alten Dame, die zitternd neben ihr stand. Gemeinsam sahen sie auf den Grabstein. Alma bemühte sich, ihre Stimme so heiter wie möglich klingen zu lassen, da sie merkte, dass die Freundin ihrer Großmutter mit den Tränen kämpfte.

»Sie ist vor fünfzehn Jahren gestorben. Sie wollte immer nach Porvenir zurückkehren, und sie hat es als Louise Valois dann auch getan.«

Rosa streckte die Hand aus und strich über den französischen Namen ihrer Freundin.

»Das heißt, du warst die ganze Zeit so nah ...« Sie verstummte.

Einige Minuten lang sprach jede von den beiden Frauen auf ihre Art mit Luisa Meillás.

Alma bedankte sich für ihr Geschenk: ein Haus, das so viel mehr als nur ein Haus war, da sie dort ihre Wurzeln gefunden hatte.

Rosa erzählte Luisa, wie sie sich in Abel verliebt hatte und dass auch er an seinen Gefühlen nichts hatte ändern können. Sie gestand, dass sie sich bis zum Ende seines Lebens geliebt hatten. Sie bat sie um Entschuldigung, weil sie in ihrem Glück so egoistisch gewesen war und weil sie nicht in der Lage gewesen waren, an sie zu denken. Sie freute sich aufrichtig über Luisas erfülltes Leben und lachte über die Sache mit dem Tango.

Als Alma schließlich ihre Hand vorsichtig auf Rosas Arm legte, glaubte sie, Luisa zu spüren.

Sie machte einen unerklärlichen Zeitsprung zurück zu jenem Moment, als das Foto aufgenommen worden war, das sich nun in ihrer Tasche befand. Es war an einem sonnigen Tag gewesen, an dem sie und Luisa einen Ausflug gemacht hatten, bevor ihre Freundschaft so düster überschattet worden war.

Sechzig Jahre später nahm sie nun diese Freundschaft wieder auf.

Sie hörten, wie jemand ihre Namen rief, und blickten auf. In einiger Entfernung machte Álex ihnen ein Zeichen. Die beiden Frauen lächelten sich voller Einverständnis zu, wobei die Jahrzehnte, die sie trennten, jegliche Bedeutung verloren.

»Es ist Zeit, etwas zu essen. Gehen wir?«, fragte Rosa und winkte Álex zu.

»Ja, aber was hältst du davon, wenn wir vorher …«, begann Alma und wies auf Luisas Grabplatte.

Es war nicht nötig, dass sie ihren Satz beendete. Rosa hatte auch so verstanden.

Sie nickte.

Der Wind blies heftig, als wollte er das Lachen und die Worte der beiden Frauen forttragen, die die ewige Ruhe auf diesem kleinen Friedhof nicht zu respektieren schienen. Fröhlich schritten sie auf das Tor am Ausgang zu, wo ein schlaksiger junger Mann mit verliebt blickenden grünen Augen auf sie wartete. Mit einer weiteren Böe wollte der Wind auch ihn vertreiben.

Doch das Einzige, was von dem Wind erfasst wurde, war ein malvenfarbener Umschlag, der vor dem ewigen Lächeln von Luisa Meillás auf dem Boden lag.

Doch auch ihm konnte der Wind nichts anhaben.

Dieser Brief war das erste Glied in einer Kette, die aus Freundschaft geschmiedet war und stärker war als die Zeit und die einen Winter lang, der nun seinem Ende zuging, die Bewohner eines ganzen Dorfes fest miteinander verbunden hatte.

Dank

Ich möchte mich bei allen bedanken, die mir Briefe schreiben oder meine Briefe lesen. Diese Geschichte ist eine Hommage an all die Stunden, die wir damit verbringen, auf diese Art über jede Entfernung hinweg miteinander zu sprechen. Denn genau das ist für mich ein Brief: ein Gespräch über Freundschaft, Liebe, Sehnsüchte, Träume … auf Papier. Ein Stück unseres Lebens, das wir eingefangen und in Tinte gegossen haben.

Allerdings geht es in diesem Roman nicht nur um Briefe, sondern auch um Freundschaft und die Bedeutung kleiner Dinge. Khalil Gibran hat gesagt: »Denn im Tau kleiner Dinge findet das Herz seinen Morgen.« Daher habe ich meinen Roman, für jetzt und für immer und so gut es mir möglich ist, für all die geschrieben, die mir das eindrucksvolle Geschenk ihrer Freundschaft zukommen lassen.

Für Francesc Miralles, den Maestro, von dem der spanische Titel meines Romans stammt; für Esther Sanz, die die Erste war, die an meine Fähigkeit zu schreiben geglaubt hat; für Sandra Bruna, die mir diesen Traum ermöglicht hat, und für Marisa Tonezzer, die das Abenteuer gewagt hat, meine Lektorin zu sein. Für María Guerra und Elena Mellado, die das Manuskript gelesen und mich mit ihrer liebevollen Reaktion ermutigt haben, weiterzumachen. Für Alvar de Flake und Bea, die irgendwann einen Film aus meiner Geschichte machen wollen, weil sie sich darin verliebt haben. Für Jose Manrique de Lara, der in der Lage ist, durch seine Kamera die Schönheit zu sehen, die sich in mir versteckt.

Für meine ersten Freundinnen, die vor mehr als dreißig Jahren in meinem Leben aufgetaucht und geblieben sind: Carmen, Mireia, Anna, Elena, Teresa. Für Carmina, weil Freundschaft keine Frage der Zeit ist. Für Ester, weil es sie gibt. Für Inés und Mariona, für María M., da ich glücklich bin, dass das Leben sie mir zurückgebracht hat.

Für Ignacio, für alles. Für Piedad und Reyes, einfach so. Für Carlos P., Judith R. Und Belén V., ohne bestimmten Grund. Für Aurea, Ana und Mara, weil eine meiner Protagonistinnen ihren Namen trägt. Für Shaari und Hugo jenseits des Ozeans. Für Marta, Elena, Encarna, Lucía, Marc und Nacho. Für die Unentbehrlichen von Aventura 92. Für ihre Lieben, die auch meine Lieben sind. Weil sie mir bewiesen haben, dass Loyalität keine Frage von Zeit und Entfernung ist. Für meine Jilgueras Pirahas, ohne die ich mir die Welt nicht vorstellen kann.

Für die »Claudias«, weil unsere literarischen Abenteuer uns so oft zum Lachen gebracht haben. Für NuMa und ihre Aufrichtigkeit. Für Dani S., unsere vielen gemeinsamen Spaziergänge und die, die wir noch machen werden. Für Fernando und Dani, die über die Arbeit in mein Leben getreten und geblieben sind. Für Yolanda, Marc R., Anna B., Anna G., Anna T., Teresa, Eli, Sandra, Isabel, Arnau, Rosa und Toni …, die Bekannte waren und Freunde geworden sind. Für die beiden »Piaristen«, die für mich einen eigenen Namen haben. Für Jaume P., weil wir uns jetzt Briefe schreiben. Für meine Lauri, Mari Carmen, Roberto und den Rest der Sippe aus dem Ateneu.

Für alle Freundinnen und Freunde, die ich hier nicht erwähnt habe, weil ich ihnen das nächste Buch widmen werde.

Für meine Patentante, der ich seit meiner Kindheit Briefe schreibe, weil sie mich nicht hören kann.

Für die ganze große Familie, ihr gehört zu mir, für immer. Für jeden Einzelnen und alle zusammen.

Quellennachweis

1 Fernando Pessoa: *Briefe an die Braut*, Amman Verlag 1995, Übersetzung von Georg Rudolf und Josefina Lind.

2 Bruce Chatwin: *Der Nomade*. Briefe 1948–1988, Hanser Verlag 2014, Übersetzung von Dietrich Leube und Anna Leube.

3 Bruce Chatwin: *Der Nomade*. Briefe 1948–1988, Hanser Verlag 2014, Übersetzung von Dietrich Leube und Anna Leube.

4 Pedro Salinas: *Gedichte / Poemas*, Suhrkamp Verlag 1990, Übersetzung von Rudolf Wittkopf.

5 Pablo Neruda: *Seefahrt und Rückkehr*, Sammlung Luchterhand im dtv 1987, herausgegeben von Karsten Garscha, Übersetzung von Monika López.

6 Samuel Beckett: *Warten auf Godot*, Suhrkamp Verlag 1953, Übersetzung von Elmar Tophoven.

7 Pablo Neruda: *Zwanzig Liebesgedichte und ein Lied der Verzweiflung*, in: Das lyrische Werk, Band 1, Hermann Luchterhand Verlag 1984, Übersetzung von Fritz Vogelsang.

8 Antonio Skármeta: *Mit brennender Geduld*, Piper Verlag 1985, Übersetzung von Willi Zurbrüggen.

9 Paul Auster, J. M. Coetzee: *Von hier nach da, Briefe 2008–2011*, Fischer Taschenbuch 2014, Übersetzung von Reinhild Böhnke und Werner Schmitz.

10 T. E. Lawrence: *Selbstbildnis in Briefen*, Paul List Verlag 1948, herausgegeben von David Garnett, Übersetzung von Hans Rothe.

11 Albert Einstein, Mileva Maric: *Am Sonntag küss' ich dich mündlich, Die Liebesbriefe 1897 – 1903*, Piper Verlag 1998.